———— 阅读之前 没有真相

午夜文库

长恨歌

（日）驰星周 著
逸宁 译

新星出版社 NEW STAR PRESS

0

杨伟民眺望着窗外，乌云密布的天空下朱雀门依稀可见。自从他由歌舞伎町来到横滨的亲戚家以来，天空一直都是阴沉沉的，天与地的分界线变得模糊不清。从这间半旧的公寓房间里往下看，中华街的景象也依然是萧条的。

"健一那个畜生……"他用台湾话自言自语道。

杨伟民的视线离开了窗户，他在客厅里那简陋的椅子上坐了下来。这是一个寒冷的春天。陈旧的空调吱吱作响，很难将屋子里的空气变暖。可能是因为椅子太硬，加之寒冷，杨伟民的神经痛又犯了。他闭上眼睛极力忍受着疼痛。以前从没有接触过的亲戚为来访的杨伟民准备了这个房子，所以他没有理由对家具挑三拣四。

"健一……"杨伟民又一次呻吟似的说道，伸手拿起了电话。

"喂，是我！"他用北京话对着话筒说道，"你想让我等到什么时候？"

杨伟民一边听着对方的电话，一边眯起了眼睛。他不能闭上眼睛，一旦闭上眼睛，刘健一的侧脸就会映入自己的眼帘。随之会出现血压升高，心律不齐的现象。对于一把年纪的他来说，愤怒到头昏眼花这种事是绝对不允许的。他熟知如何克制怒气和憎恨，所以才得以在歌舞伎町艰难地活了下来。

歌舞伎町既是他的异乡又是他的故乡。他的一大半人生是在歌舞伎町度过的，与那条街分享了自己的喜怒哀乐，而如今歌舞伎町也离他很遥远了。这一切的变化都是刘健一那个家伙所为。

杨伟民微微地摇了摇头。明明是想压住自己的怒火，可是脑细胞却不听使唤了。也许是因为上年纪了吧，思考能力逐渐衰退，让刘健一占了上风。

对方说完了一通话后，杨伟民叮嘱道："三天后，没错吧？"

对方给予了肯定的回答。

"那么，我让你保管的钱一共有多少？"

"三亿日元。"对方说道。

比他想象得要少，不过也不是太少。杨伟民叹了口气说："哦。那好，三天后请你准备好那三亿。我会带着东西去你那里。"

杨伟民挂断了电话。他将手伸进了上衣的内侧口袋，掏出了半张老旧的一万日元纸币。

这半张面值为一万日元的纸币上印的头像是圣德太子。钱币没有丝毫的褶皱，是从中间被撕开的。这其实是一张符契，在歌舞伎町赚的钱存了在战后华侨的地下银行。进入八十年代后，流氓如雨后春笋不断涌现出来，但是他没有选择将钱存在流氓那里，而是一如既往地选择了华侨的地下银行。签名和图章是不可信的，开始交易的时候他们将崭新的一万日元纸币撕成两半，把其当成符契进行交易。但是，那也是上一代人的做法了，现在继承银行家业的儿子不只面向年长的人做生意，所以顾客数量在不断增加。

杨伟民所持有的符契并不是那个地下银行给的。

三亿，对于在歌舞伎町东山再起来说太少了。上海帮和北京帮那些贪得无厌的流氓肯定不会对区区三亿日元感到满意吧。不过最糟糕的下场就是钱被夺去同时被杀，所以除了放弃歌舞伎町之外，他别无选择。

可是，除了现金之外，如果拥有这张符契的话，结果就会大不相同。虽然过去的威望已经消失殆尽，但是这张符契的力量能够给刘健一带来一定的打击吧。

"健一那个畜生……"

杨伟民的手指玩弄着一万日元的符契。

这时电话响了起来。杨伟民皱着眉头拿起了电话。

"爷爷？"

一个年轻女孩称呼杨伟民为"爷爷"。她是亲戚的孙女，叫丽美。日语读作"REIMI"，中文读作"LIMEI"。这是她父母给她起的名字，无论是日语还是中文，读起来都朗朗上口。但是丽美自己连中文都讲不好，总与当地的不良少年混在一起，令一家人很头疼。

"怎么了，丽美？"杨伟民用日语问道。

"爸爸让我给爷爷您送饭。我现在就过去喽。"

"你给我送饭？真是太阳从西边出来了啊。"

"今天我有空嘛。在家无所事事的话，爸爸又该发火让我干活了。"

杨伟民没有出声，不禁笑了起来。揭穿丽美的谎言也显得无聊。她应该是以送饭为借口，打算找他要零花钱。

"现在吃晚饭是不是太早了？"

"爷爷睡觉不也很早嘛。"

"好吧。我等你,快点儿拿过来吧。"

"好的,我马上就过去。"

挂断电话后,杨伟民一边苦笑一边放下了电话。他把符契放回了内侧口袋中,将放置在桌子上的茶碗端到了自己的面前。这是特意从台湾弄来的最好的乌龙茶,即使凉了也香味四溢。他太喜欢这茶的味道,说他是因此赖在横滨不走也不过分。

门铃声从玄关传来。

"够快的,手头那么需要钱吗?"杨伟民用台湾话嘟囔着站了起来。从腰部到背部的隐隐作痛让他皱起了眉头。门铃响个不停。

"来啦,没那么着急吧。"

杨伟民用手扶着腰向玄关走去。患上这个毛病后他一直坚持服用中药,可是药在位于歌舞伎町自己开的药店里放着。听说那个药店也被刘健一卖掉了。

"健一那个畜生……"杨伟民嘴中重复着这句话,打开了玄关的门。丽美迫不及待地推开门,笑着走了进来。她手中却是空空的。

"晚饭呢?"杨伟民问道。同时他注意到了丽美背后的人影。

那个人影没有做任何准备动作直接撞向了丽美。丽美摇摇晃晃地抱紧了杨伟民。杨伟民没能支撑住丽美的体重,和丽美一齐向后摔倒了。杨伟民感觉到腰部发出一阵剧痛。

"你干什么?!"

丽美的叫声震耳欲聋。杨伟民眉头紧锁,抬头将视线转向那个人影。

"徐锐……"

冲撞丽美的人影,肯定就是徐锐。徐锐是托杨伟民从台湾带来日本的一名男子的儿子。杨伟民在方方面面都很照顾他，可是他却背叛杨伟民成为了刘健一的手下。

"不好意思啊，杨爷爷。无论如何，健一大哥都想取你的脑袋。"

徐锐掏出了枪。它是中国制造的托卡列夫——黑星。这种手枪从地下渠道大量流入日本，歌舞伎町一带到处都有。

"什么情况？怎么还拿着枪，你是不是搞错了？"

丽美迅速站了起来，想上前揪住徐锐。徐锐用握着枪的手无情地对丽美的脸颊来了一拳。丽美应声倒在地板上，发出了微弱的尖叫声。

"我已经背叛了爷爷。可是，爷爷，您如果也被亲戚出卖的话，那就完蛋了。您知道吧？"

徐锐的眼神冷酷无情。眼中已经不再有浮躁时的青涩和愚昧。与刘健一杀死夏美后的眼神很像。

"健一不来了吗？"杨伟民躺在地板上用台湾话问道。

"大哥他很忙！"徐锐用中文回答说。

"我本以为他会亲自来见我。"

"换做是爷爷的话，你会这么做吗？"

徐锐的声音和他的眼神一样冷酷。杨伟民摇了摇头。没错，就算他站在刘健一的立场上，也不会考虑自己动手的。无论采取何种手段杀他，都是一死，不会有什么区别。为此冒风险是愚蠢的。

"爷爷，你还有没有什么牵挂？"

杨伟民听到徐锐的话后，不自觉地把手放在了内侧口袋处的外套上。当他意识到自己愚蠢的行为时，一切都为时已晚。杨伟民清楚地看到，徐锐的眼睛像野兽嗅到猎物的气味似的闪闪发光。

杨伟民在歌舞伎町主宰中国人社会长达五十年之久。不计其数的人来到这里，又从此地离开。虽然过去歌舞伎町是台湾人的地盘，但是也被上海帮和北京帮取代了。可是，那也不过是几年的繁荣。福建和东北的中国人的数量迅猛增加。数量就是力量。最终，上海帮和北京帮也被驱逐出歌舞伎町。

"请转告健一，"杨伟民开口说道，"他也要完蛋了，如今已经不是台湾人的时代了。更何况他是个杂种，任何地方都没有他生存的空间。"

"爷爷，大哥早就明白这点。"徐锐笑着说道。

杨伟民闭上了嘴。他看到徐锐手中的枪口里喷射出一团火焰，没能听到枪声。杨伟民的鲜血和脑浆迸溅到地板上，同时身体慢慢地倒了下去。

1

曾经有人问我最初的记忆是什么。从娘胎出来后,刻在脑子里最初的记忆。

我清楚地记得是白布。到处都是稍微有点脏、略发黑的白布。只要回想起白布,我就变得郁闷起来。消毒液的味道充斥鼻腔。医院、护士、医生、注射器、抹在舌头下面的苦药。

我最初的记忆是医院,母亲一直躺在病床上。母亲一出院,就轮到我住进了医院。那白色的布是用来遮挡病床与病床之间的帘子。只要帘子一摆动,就会露出护士、医生或者母亲的脸。如果是护士,我就微笑;如果是医生,我就哭闹,因为我讨厌打针和吃药;如果是母亲,我就装睡觉。母亲总是以泪洗面。

当时我大概三四岁吧,已经忘了疾病的名字。总之,我患上了很严重的病,治疗费用给家里带来了沉重的经济负担。之前母亲看病的钱就是借来的,母亲常常哭泣着说:"如果有钱的话……"当时我觉得我也想要钱。祖父告诉我，如果到国外去就会有钱了。所以很小的时候，我就梦想能到国外去。

现在我仍讨厌医院，一看到白布就郁闷。最初的记忆是痛苦难耐的，我希望在死前回想起的记忆是美好的，这么漫无边际地思考着，之后开始自我嘲笑起来。

我将记忆打上封条，不去碰触。记忆是我的天敌。

这次的工作任务是取枪，然后送到韩豪那里。

韩豪在这次交易中可能与流氓之间出了点麻烦。他认为准备一些自卫的装备是有必要的，其实只是被怒气冲昏了头脑。

我认为根本没有必要对日本的流氓亮枪。不过，韩豪很固执，点名让我去完成运枪的任务。

我的经历如同一张白纸。我持有日本国籍，所以不用担心被巡警叫住被要求出示外国人登记证。对于麻烦的工作，韩豪一向都交给我去做。可是，我得到的好处却少得让人伤心。

按照韩豪的指示，我要去大久保的一家由马来西亚人经营的饭店，带枪前来与我碰面的将是福建的流氓。那些家伙的思维方式很简单，而且性子很急。我一个人与他们交起手来着实占不了便宜。

我用手机拨通了矢岛茂雄的电话。

"怎么了？"矢岛拉着长声问道。

他肯定是正仰坐在缉毒办公室的椅子上接的电话。

"韩豪让我去取枪。"

"枪？要发生什么大事了吗？"

"明天韩豪要与东明会的家伙们见面。他们是要细算一下上个月的交易状况。不过，形势好像有点不妙。韩豪做事也谨慎了起来。"

"说起上个月的交易，是摇头那笔交易吧。我们做了秘密调查之后发现，进行交易的净是些跑龙套的小角色。"

矢岛的声音里带着责难的色彩。我可以嗅到他那言外的威胁，他想让我提供更多有用的情报。我吸了一口香烟，平息一下内心涌起的怒火。

摇头，也叫摇头丸。它是一种近几年在中国人的圈子里很流行的合成毒品。吃了摇头丸后，配合欢快的音乐就会疯狂地摇动自己的脑袋，让人产生进入天堂般的幻觉。

"韩豪那样的家伙和流氓骨干们应该不会出现在交易的现场吧，他们只管钱。"

"你说得也有道理。但是，如果你只是提供这点情报的话，养着你就没什么意义了。"

我大口大口地吸着烟，刚刚点着的那根烟已经快全部变成灰了。

"我今晚去取枪，能不能在我背后帮忙监视一下？"

"靠，我是缉毒警察。枪械是我管辖范围之外的。武基裕，或者叫你李基更合适吧？无论怎么说，我想要的是关于毒品的情报。你为此在阴沟里爬行，我则是缄口不言。我只要泄露一句话，你就成死人了。你没有忘记吧？"

我没有忘记，我不能忘记。

"我要做你的奴隶到什么时候？"我压低了声音问道。

在不断溢出的记忆中，绝望和憎恶混沌不清。那是我摆脱不掉的噩梦。

"直到我说'不用了'为止。"

矢岛那好似轻蔑的声音打断了我的记忆。我挂断了电话，将烫到手指的烟头扔掉。转过身去,歌舞伎町的霓虹灯已经开始闪烁了。

2

　　狭窄的街道挤满了行人。系着领带的红脸膛儿是日本人，打扮像学生模样用锐利眼神盯着地面的是中国人，皮肤微黑的是泰国人、新加坡人和马来西亚人。街上没有酱油的香味，空气中弥漫着鱼酱、五香粉和辣椒的味道。

　　过去歌舞伎町被称为是一个不像日本的地方，现在大久保周边也有了这种感觉，街上的行人大半是外国人。他们比日本人还要从容，旁若无人地走在街上。不过这种景象仅限于平时。出事之后，只要警察一上街，或者听到入国管理局进行搜查的消息后，大久保一带的行人就会减半。

　　我拨开人群前行，带有抑扬音调的某种语言钻进了我的耳朵。标准中国话是普通话，也就是北京话，但是我听到很多地方的方言。几年前新宿一带是上海人的地盘，如今福建人和东北人在此地很有势力。由于长期的不景气，厌倦都市生活的人们回到了故乡。但仍有人认为即使面临经济长期的不景气，也比待在故乡强，他们接连不断地跨洋渡海来到日本。很久以前就在歌舞伎町扎根的人们对此则皱起了眉头。但是现实是无法改变的，我也置身于这样的潮流中，只为混口饭吃。

我从 JR 大久保车站出来，朝小泷桥大街走去，马来西亚人经营的饭店就在第五条胡同里。晚上十点的饭店很冷清，喜欢这种饭店的日本人已经吃饱换了地方，只有过了午夜才会聚集到此类饭店的中国人目前还在工作。在这空空荡荡的饭店里，我看到穿着过时且尺寸不合适夹克的两个人坐在最里面的一张桌子边上。他们肯定是正在等我的福建人。

我径直朝他们走去，他们二人用福建的方言交谈着。明明已经注意到我了，可就是不予理睬。也许他们觉得率先报上姓名会被我轻视吧，真是愚蠢的家伙。

"我是韩豪派来的。"

我在那张桌子的一角停住了脚步。他们两个装模作样地回过头。

"韩豪派来的？"我右边的男人用乡音浓厚的北京话说道。

"是的。我叫李基，请多多关照。"

左边的男人咂咂嘴，故意皱起了眉头，好像对我的北京话有些不满。福建人一向都是这样的。东北人说话的时候卷舌音很多，北京话也有非常多的卷舌音，但是，中国南方人发不好卷舌音。当面对发卷舌音很轻松说北京话的人时，他们会感觉自己被当成傻瓜了。东北人很看不起那些只会勉强讲普通话的福建人。如今由福建人和东北人霸占新宿的两股势力之间，常常因为这么愚蠢的原因而发生冲突。

"请坐吧，李先生。"右边的男人对我说道。他用眼神在检查我的行头。"我姓何,他姓万。"

"请多关照。何先生,万先生。"

我在姓何的旁边,也就是姓万的对面的椅子上坐了下来。

"你这身衣服不错嘛。很有品位。"姓万的叼着一支香烟说,"在日本待很长时间了吧?"

"差不多十五年了吧。"

我也将一支香烟放入嘴里,先为姓万的点着了烟。姓万的对此感到很满意。我一边吸烟,一边若无其事地远眺背后。店里仍然没有来客的苗头,也看不出除了何、万二人之外的福建流氓藏在暗处的迹象。店里的伙计对我们素不相识,可以看出他们不想和我们扯上任何关系。

"我就开门见山吧……"

我将韩豪给的茶色信封放在了桌子上,信封里装着二十张面值为一万日元的纸币。姓何的迅速拿起茶色信封,打量着里面的东西。

"我们已经和韩先生打了多年交道了,钱的数目应该不会有什么问题的。"

姓万的吐着烟圈说道。从他张开的嘴可以看到被烟油子熏黄的牙齿,牙齿不是很整齐,想必也没怎么用心刷牙吧。

"东西呢?"

他将手伸到了桌子下面。果然与钱不同,把枪拿到桌子上可没那么痛快。

"不要着急嘛!"姓何的说道,"你说你已经来日本十五年了?那么应该与我们不同,你是偷渡过来的吧?"

鬣狗的眼神,彼拉鱼的气味。这两个福建流氓竭力想利用我的弱点敲诈我一笔。毕竟能够拥有正经身份在日本社会中逍遥自在的中国人很少。

"不是偷渡。如果是的话,不可能在日本居住十五年之久吧?"

"不是偷渡,是什么?你的亲戚是做官的,还是富豪?"

姓万的向前探探身子。烟草和食物残渣混在一起的臭气,如同鬣狗的口臭扑面而来。

"无论是这两种情况中的哪一种,我现在都不会和你们在这里做今天这种交易了。我当初是为了留学而申请留学签证来到日本的,大学毕业后获得了就业签证。"

我对着他们两个人一通胡说,完全没有必要将真相告诉这些不知何时会袭击我的家伙们。原始森林的法则在日本也非常通用。与其欺负日本人被警察追捕,还不如攻击弱小的同胞,这样欺软怕硬、趋利避害的流氓到处都是。

"持有正规签证的李先生,为什么要和韩豪这样的流氓共事呢?"

"由于同乡的关系,韩豪他很照顾我,我也愿意在他那里打打工。即使被街上巡警叫住,也无所谓,因为我有外国人登记证。"我持有日本的护照、驾照以及保险证。证明身份的话,光驾照就足够了。武基裕,原籍为埼玉县朝霞市,现居住地为东京都新宿区四谷。出生地为中国黑龙江省,现在是无职业者,我每个月去公共职业安定所一到两次。我已经有十五年没回黑龙江省了,朝霞市也有十年没去过了。信口开河,胡编乱造的经历。我的父母都是中国人、祖父是日语教师,他在关东军的庇护下教中国人日语。日本投降以后,祖父被视为日本帝国的走狗遭到了迫害。想到儿子年纪轻轻的就死了,他下定决心计划将孙子送到日本去。祖父从无知的农民那里购买了户籍,经过修改后,将自己的儿子变成了日本人——战争遗留孤儿。跟着祖父学习日语的孙子也对去日本产生了强烈的憧憬。

那个时候，只要有知识就能解决很多问题。但是现在如果没钱就寸步难行。

于是我作为第二代战争孤儿踏上了日本这块土地，当时就连那个矢岛对我的日本人身份也是深信不疑。

"为了挣点零花钱而从事运枪的工作？你也是个出色的流氓啊。"姓万的像要呕吐似的说着。

我没有反驳，姓万的说得没错。但是，为了封住他的嘴，我开口说道："差不多了吧，韩豪正等着呢。"

姓何的和姓万的二人面面相觑。姓何的歪着嘴唇哑哑嘴，姓万的从怀里取出了揉成一团的纸袋，伸到了桌子下面。

我接过纸袋，感觉沉甸甸的，里面的东西冰凉。我把枪连同纸袋一起插到了腰间，用上衣外套遮挡住，硬邦邦的感觉让人很不舒服。

"这是美国制造的自动手枪。"姓万的说道。

"不同于你们用的黑星哟。"姓何的说道，"请你认真转告韩豪，二十万是我们特殊照顾的价格了。"

"子弹呢？"

"已经装满了，不必担心。"

"那么，我就告辞了。"我站起身来说道。

姓何的与姓万的好像还要继续谈些事情。那已经不关我事了。我想尽快将枪交给韩豪，以挣脱肩上的重压。信口开河、胡编乱造的经历，因为有突然暴露的可能性，总是令我极其害怕。

3

　　风林会馆的咖啡店是流氓们经常聚集的场所。韩豪说,他将与东明会的人在那里谈判。也会带两个手下一同前往,这两个手下中不包括我,韩豪认为我有其他的用武之地。

　　韩豪盯着手中的枪对我说:"阿基,你负责在外面把风。"

　　"阿"在中文里是称呼亲近的人而使用的爱称。称呼我为阿基,那么称呼韩豪就是阿豪。但是,没有一个人能够称呼韩豪为阿豪。

　　韩豪经常这么说:"阿基,你与我们不同。你能够讲流利的日语,脑袋想事情的时候也是用日本人的观点思考。你和日本人一样留着相同的发型,穿着相同的衣服,怎么看都不像中国人。有你这样的人在我身边,真是如获至宝。"

　　我不想成为韩豪的至宝。但是,矢岛对我下达了此命令。我有不能违抗矢岛的难言之隐。为了进一步掩饰我胡编乱造的经历,我不得不像陀螺一样继续围绕着韩豪转下去。

韩豪和东明会主要是因为金钱的分配发生了争执。在他们的合作关系中，韩豪负责联系中国来的朋友安排走私摇头丸，东明会的下级组织在日本海岸的某个码头负责安排联络由中国驶来的货船，接收摇头丸后运到东京，然后韩豪将摇头丸卖给中国的同胞。对于之前摇头丸的销售额，他们双方是五五分成。现在，东明会提出变成四六分的要求。其实他们言外有恫吓之意：韩豪，能够做摇头丸生意的可不只有你一个人。

韩豪已经看出他们葫芦里卖的是什么药，他被气得头昏脑涨。因此，他集结了二十个流氓。韩豪头脑清醒的同时有些性急。他太在意面子了，他认为东明会的挑衅让他很没面子。

"只是吓唬我们吧？"我向韩豪问道。

"肯定的。"韩豪冷淡地回答。

他的视线仍然盯在手中的枪上。我在危险的气息中看到他那危险的目光。我无法阻止韩豪。即使找矢岛寻求帮助，他也会说枪械和杀人不在他的管辖范围内而不予理睬的。

现在的我处于暧昧的立场，我的立脚点似乎即将倒塌。有一个我希望不要发生任何事，另外一个我正在嘲笑这个自己。

这两个自己分别是作为中国人的我和冒充日本人的我。

"走，我们出发吧。让日本人看看我们的胆量。"

韩豪很有气势地站了起来。手下们也都做好了出发的准备。

韩豪要是死了，或者被警察追捕的话，我之前的努力就会化为泡影。如果真是如此，矢岛不会轻易饶过我的。

风林会馆在区役所大道上。这个太阳还很高的下午，歌舞伎町仍是半睁着眼,街上是一片朦胧的景象。区役所大道上车辆混杂,路上的行人只有闲散的年轻人和为晚上采购而奔走的饭店伙计。

我路过区役所大道的时候,远眺了一眼风林会馆一层的咖啡店。东明会的人早就坐在那里了。韩豪和两个手下毫不怯场地坐在了对面。

为了能够随时拨打电话,我将手机握在右手里。左手拿着香烟。这几个月吸烟的数量有所增加,由于胃不舒服而在夜里醒来的次数也增加了。醒不来的噩梦仍在困扰着我,我像一条鱼一样在深深的水底游来游去。

韩豪与东明会的谈判仍在继续。干燥凉爽的秋风吹着我的脸颊,街上没有什么奇怪的迹象。

有两个男人从歌舞伎町KOMA剧场的方向走来,从走路姿势及发型可以得知他们是中国人。他们两个都穿着比较薄的风衣。虽说已经入秋,但是穿风衣还早了点吧。他们二人眯缝着眼睛,露出有些娘的微笑,让人感觉不到危险的气息。也许是去上班的正经人,或者是去见老大的流氓。如果是来自中国南方的人,这个季节穿风衣也没什么奇怪的,他们极其怕冷。

我放松了盯着他们两个人的神经,丢掉了手中的烟头。他们两个人进入了风林会馆的咖啡店。

我听到刺耳的引擎声由远及近。两辆大排量摩托车从靖国大道那边向这里驶来,与区役所大道的风景很不和谐。

我突然产生一种闻到火药气味的错觉。摩托车直奔咖啡店驶去。

刚才那两个中国人朝着韩豪所在的桌子走去。他们的脚步很轻快,不像是在找没人的空桌子。他们脸上的微笑消失了,眼神直勾勾地盯着韩豪。

我按下了手机的数字键,给韩豪打电话。振铃音响起。我看到韩豪低下头，将手机凑都了耳朵旁。

那两个人掀开风衣，从风衣下面掏出了霰弹枪。

"阿基，怎么了？"

"危险！"

我和韩豪的声音被轰鸣声淹没了。那两个人手中的霰弹枪喷出了火焰。韩豪及其手下、东明会的流氓们被包围在硝烟里。

咖啡店内的枪声仍然没有停止，其他顾客为了躲避战火四散奔逃。摩托车靠近了咖啡店。

"韩豪！韩豪！"我对着电话继续喊道。

那两个手持霰弹枪的人转过身，奔跑起来。一边殴打着顾客，一边往店外飞奔。摩托车在他们二人的跟前停了下来，他们两个人分别跳上一辆摩托车。我的耳朵里仍残留着枪声，韩豪没有给我任何回复。

两辆摩托车发出刺耳的引擎声，我目瞪口呆地看着摩托车飞驰而去。不知是谁的惨叫声让我回过神儿来。

太危险了，赶紧跑吧。有的人东张西望全然不知发生了什么。有的人被惊呆了，站在那里一动不动。有的人发出恐怖的尖叫声四散奔逃。注意力被惨剧吸引过去的汽车造成了追尾事故。

我也本能地转过头来，想尽量远离歌舞伎町。我抑制住了想跑的欲望，迈着轻快的脚步走向明治大道。

差一点儿迎面撞上从人行道走出的行人，我的身体失去了平衡。

"喂！"

将要撞到一起的男人抓住我的手腕扶住了我。

"没事儿吧？"那个男人盯着我的脸庞问道。

他那双黑色的眼睛看着我，眼睛像深不见底的黑色海洋。

"对不起,我太着急了,没有注意到您。"

我马上将视线从他身上移开,甩开他的手腕迅速离去。

我好不容易走到明治大道,才想起那个男人看到了我的脸,他没有问我发生了什么事。

他应该听到了霰弹枪发出的枪声。他看到从发出枪声一带快走甚至跑来的我,应该会觉得有些可疑。

我转过身去发现,那个男人的身影已经消失了。

4

　　我在自己的房子里躲了两天。歌舞伎町一带一定挤满了警察、东明会的人和韩豪的手下吧。如果我愚蠢地靠近那里，不知道会被卷入什么骚乱。我打开了电视机，任其自动播放，拿起报纸，将早晚报从头到尾仔细地看了一遍。无论是电视的新闻还是报纸的报道都在讲日本流氓与中国黑社会的斗争。当天在座的所有人都死了，袭击他们的既不是东明会也不是韩豪的手下，而是企图夺取摇头丸市场的其他中国人集团干的。可能是福建帮或者其他的东北帮。诸如此类的报道真是令我发笑，可以这么构思的剧本不计其数。

　　从九十年代起就混在歌舞伎町一带的人们都异口同声地感叹：过去真好！台湾人、上海人和北京人，对于主宰歌舞伎町中国人社会的人们是有规则存在的。即使是日本人看来毫无计划的事情，在那里也会有一定的规章制度。现在那样的景象早已消失了，中国人的犯罪者呈现出多样化和扩散化的特点。在日本全国，任何中小城市的街道都有中国犯罪者出没。过去只在有限的区域里栖息的家伙们抛弃了自己的老巢。与此同时，大家都认同的规则也随之烟消云散。福建人除了自己和家人之外不指望任何外人，东北人通过与战争遗留孤儿的关系扩大了势力。从中国边境蜂拥而至的人们既无仁义又不讲规矩。他们组建了各自的帮派，在歌舞伎町为所欲为。毫无秩序和混沌支配着歌舞伎町。

在那样的街道上发生什么都不是不可思议的。他们即使与日本流氓为敌，也觉得那些流氓连个屁都不如，他们照样到处耀武扬威。韩豪就是这样的人，跟我做枪交易的何、万二人也是如此吧。说是群雄割据未免太好听了，只不过是流氓们无视秩序而胡作非为罢了。

很多中国人开始厌恶歌舞伎町，过去的金街如今已完全褪色。即便如此，也有人只想守在歌舞伎町。我就是其中之一吧。

至于思考袭击韩豪他们的人是谁、是哪里的人等问题，是毫无意义的。

我应该去想的事情是如何自保。矢岛得知韩豪死了之后又要督促我了，他会鼓励我去接近别的集团，深入腹地，从而收集情报，做他的走狗。我不能违抗矢岛的命令，只能一边咒骂矢岛，一边对其阿谀奉承。这都是为了保护我那胡编乱造的经历。

除了矢岛之外，东明会也在拼命寻找韩豪的手下吧。为了弄清楚发生了什么，韩豪的手下们应该也在找我。任何一方都不会像猫一样轻轻地靠近我，肯定会不问青红皂白地逼我坦白。即使我什么都不知道，他们也不会相信的。在面子和复仇心面前，谈理论是毫无意义的。

第二天晚上，我打开了关闭了两天的手机，查看以下留言。"赶紧给我回电话"，矢岛那粗鲁的声音重复了五遍这句话。"阿基，你在哪里？不马上回电话，让我看见你的时候就是你的死期"，这是韩豪手下胡明的声音，他操着不标准的普通话重复了八遍。还有一条低沉的声音说道："是武君吗？我在某人那里要来了你的电话，我是东明会的村上。能不能给我回一个电话？我不会害你的。"村上在留言的最后加上了自己的手机号码。

手机的留言记录里没有来自警察的留言。在那两个凶手扣动霰弹枪的扳机之前，我拨打了韩豪的电话。警方应该会对在袭击之前给被害人打电话的人很感兴趣。难道霰弹枪的子弹将韩豪的手机打坏了？还是警察不想打草惊蛇，准备悄悄地搜捕我？他们光凭电话号码应该不能掌握我的行踪。我的手机是从锦系町的印度尼西亚人那里连银行账户一起购买的，真正的机主早就离开日本了。只要将每个月的电话费存入相应账户，ntt docomo 也不会说什么。

无论怎么想象警察的举动都无济于事。我一边想着会是谁将我的手机号码告诉了东明会的人，一边拨通了矢岛的电话。

"喂，整整两天的时间，你干什么去了？"

矢岛的声音充满了杀气。

"我躲起来了。出了这么大的事，当然是躲起来喽。换成别人，肯定远走高飞了。"

"如果下次还是像这回这样耍我的话，我不会放过你！"

"在我被杀之前，我会与你联络的。"

"发生了什么事情？"

他完全没有理我的玩笑。为了不让矢岛听到，我轻轻地叹了口气。我开始向矢岛报告看到的一切。

"袭击韩豪他们的是什么人？"听完我的汇报后，矢岛问道。

"我不知道。你应该知道歌舞伎町里有多少中国人吧？"

"你去查查。应该是想抢夺东明会毒品生意的愚蠢的中国人所为吧?"

"我不能马上就去查。新宿一带已经挤满了警察和东明会的人了吧?况且在风头过去之前,那些恶党也应该会藏起来,所以我不能马上行动。韩豪死了之后,如果我立即像狗一样去找别的主人,信用会暴跌的。"

"喂,武君!这是一起轰动社会的事件。我想努力将其跟贩毒行为牵连起来,从而抓获罪犯。你认为怎么样?"

矢岛故弄玄虚地说道。我没有做出回答。反正他马上就会给出答案。矢岛是一个不懂如何抑制情绪的男人。

"我们缉毒警察对于杀人事件既没有搜查权也没有逮捕权,但是毒品就另当别论了。牵涉毒品的罪犯即使是杀人的元凶,我们也对其有逮捕权。怎么样?武君,你明白了吗?"

我还是如同没有听到矢岛说什么一样叹了口气说:"如果能够抓到如此轰动社会事件的犯人,你会迎来数不尽的掌声和喝彩,同时你们缉毒警察也会让刑警无地自容。多么完美的一石二鸟啊。或许你会得到晋升。"

"正如你所说。随后会怎样?"

矢岛露出了笑声。面对比自己立场弱小的我,他享受着敲诈的快感。我用力闭上了眼睛,期待着眼前会浮现出什么,终究还是徒劳。

"你远离现场。我为了你的晋升去搜集必要的情报,从而换来我的自由。"

这次矢岛笑出了声音。

"武君,你很聪明嘛。我始终都觉得去拜访情报咨询公司有些过了。所以,你会去做吧?你会为我去做吗?"

矢岛的话没有一句是可以相信的，长年从事缉毒警察的职业使矢岛的精神出现了多重扭曲。我很清楚这一点。即便如此，我除了听他的话之外别无选择。

"知道了。让我试试吧。"

我没等矢岛回话就挂断了电话。

为了获得自由，为了从噩梦中解脱出来，我必须有所行动。

我犹豫着要不要联系韩豪的手下。被他们刨根问底的话，在充满互相猜忌的旋涡中，我很有可能会被认为是个叛徒。我必须远离歌舞伎町，从那些走来走去的家伙的视线里消失。然后，去接触袭击韩豪的人。

光凭脑袋思考是很简单，但是现实中有太多的困难等着我。我必须去接触谁？首先必须确保自己在歌舞伎町能够自由活动，我用不着去考虑谁会帮我。

我想到了东明会的村上，他在我的电话留言中留下自己电话号码，于是我拨通了他的电话。

"我是村上。"

没等铃音响起，对方就接起了电话。他好像一直在等着我的电话。

"我是武基裕。我听到了你的电话留言。"

"你让我等得好苦啊。能不能给我点面子？我不会对你怎么样的。我想知道那里到底发生了什么，能不能详细地告诉我？"

从村上的口吻中听不出杀意和愤怒。在某种程度上是值得信任的。

"您能不能告诉我一件事？"

我很礼貌地问道。

"什么？"

"您是从谁那里要来我手机号码的？"

"你的同伴中有一个姓黄的家伙吧。"

黄贤那油光锃亮的脸庞在我的脑海中闪过。虽说是韩豪的手下，但是充其量是个跑龙套的，这个男人总是看着头儿的脸色行事。

"我抓到了那个家伙，问了很多问题。从而得知了你的手机号码，我们弄明白了你是何人，了解到事发时你在咖啡店外把风。"

村上的声音仍是爽直明快的。但是正像能干的销售一样，他的声音也能够让我感觉到在客户签约之前不肯放弃的那份执着。

被流氓们一直盯着的话，我在歌舞伎町也还是不能自由地活动。

"村上君，我不介意与您见面，但是我有个请求。"

"这次又是什么？"

"您能不能一个人来？"

"靠，你开什么玩笑！你也无法保证只有你自己，让我一个人去？你把我当成傻子了吧！况且是出了这么大的事之后。"

"我很害怕。"

我苦苦哀求地说道，声音里带着感情。村上如果愿意一个人与我见面的话，我这样做也是值得的。

"姓黄的也告诉你们我不擅长打架了吧？我不会考虑东明会的人会怎么做。"

"你们中国人是不可信的，不好意思。"

"我是日本人。"

信口开河的足迹，胡编乱造的经历。跟祖父学的日语在日本得到了锻炼。我在日本买的第一本书是《广辞苑》。我读遍了所有称得上名作的文艺作品。开着收音机,让随机的日语流入自己的耳朵,纠正自己的发音,增加词汇量,逐渐养成了用日式思考的习惯。不到三年的工夫,我就达到了比日本人都熟练地运用日语的水平。

"哦,这……样……啊。对……对……对不起。"

村上结结巴巴地说道。就连流氓也会对瞬间暴露出日本人特有的天真而发笑的。当然,我没有笑出来。

"不过,我不会一个人独自前往的。"

村上补充说道。我舔了舔嘴唇,如果接受他的要求就能与其见面了。

"那么,来两个人好吗?"

我们将见面地点定为饭田桥的咖啡店后挂了电话。

5

在去饭田桥之前,我乘坐地铁和 JR 来到了新宿,手机屏幕上显示的时间是下午六点。这是繁华街半睁开蒙眬睡眼的时间。即便如此,我刚穿过靖国大道踏入歌舞伎町一步,就感觉到不同寻常的空气将自己包围起来。我从中央大道的入口向 KOMA 剧场的方位放眼望去,是平时数倍的警察映入我的眼帘。

只要避开人多的道路进入小胡同,这个时间流氓的身影是非常显眼的,警察和流氓们在搜索中国人,而我看起来不像。流氓们充满杀气的眼神不会在我身上停留的。

我不露声色地穿过樱花大道向北方走去,在花道大街路口一向右拐,就看到了巡逻车那耀眼的警灯。风林会馆被印有"禁止入内 新宿警局"的警戒带封锁了,站岗的警察用敏锐的眼神观察着周围的动静。

这是意想不到的事件,我终于领悟到了。那两个人的枪击及后来骑摩托车逃跑也都没有在我的脑海中形成结点。但是，看着歌舞伎町里警察和流氓的身影，我感觉他们好像就要打起来了。在日本白天很少发生霰弹枪枪击案的。风林会馆的周边好像带着静电一样，被战战兢兢的空气笼罩着。

我装出打电话的样子停住了脚步，一边注意警察的视线，一边转过身，回到了来时的路。由于心跳过快，身体稍微出了点汗。

虽然姓何的和姓万的那两个福建人曾说过我和流氓没什么不一样，但我是个胆小鬼。像我这样的流氓是没有前途的。我想洗手不干，想从这个泥潭中脱身。我想回到过去的那种生活，早上七点起床，八点跳上满员的列车，晚上九点回到家里的生活。长期的经济不景气将我的一切都夺走了。工作了十年的公司倒闭后，在公共职业安定所找到的工作都很惨。歌舞伎町有能赚大钱的工作，对于能够流利地讲中文的日本人来说，找工作是轻而易举的，我知道到处都有陷阱，也认为自己具备避开陷阱前行的机智。我在北京人和上海人中可以讲通道理。我能跟东北人说上话。对于福建的家伙，我也可以避开他们，直到我与美琪相遇。

因为我胡编乱造经历，被矢岛抓住了小辫子。简直要发疯的疼痛感让我喘不过气来。由于担心警察会不会追上来，我的两腿有些发软。

我从王子酒店地下街道的SUBNADE穿过，回到了JR新宿站。每走十步我就回头看一看，看看有没有警察跟踪我。

我乘坐总武线在饭田桥下了车，提前半个小时到达了和村上约好的咖啡店。我在一个可以看到街上风景的位置坐了下来，等待村上的到来。

到了约定的时间，还不见村上的影子。又过了十五分钟，一辆笨重的奔驰S级轿车在咖啡店附近的路边停了下来。那个司机一边观察着周围一边下了车，打开了后车门。从外表上来看，坐在后座的家伙与其说是流氓团伙的干部，不如说是大企业的优秀课长更贴切。一头短发，一身既不高贵又不低廉的西服，穿得很得体。他的两只手上没有闪着金光的首饰，取而代之的是提着ZERO HALLIBURTON牌的公文包。他的年龄在四十左右，如果不是那个一脸流氓相的司机在，不会让人觉得他是个流氓。

村上跟着那个跟班司机走进了咖啡店。在入口处停下了脚步，若无其事地观察着店里的情况。没能认出要找的人，也就是没有认出我，他皱起了眉头。那一瞬间，我从他脸上看到了流氓特有的土气。村上只在那一瞬间露出了那样的表情，之后迅速而巧妙地将其藏了起来，用优秀课长的神态控制着一切。

我站起身来引起了村上的注意。村上大方地点了下头，向我的座位走来。

"你就是武君吧？"

在落座之前，村上开口问道。

"我是武基裕。初次见面，请多多关照。"

"只是一个普通的日本人嘛。"

"我是日本人。虽然与中国人共事。"

"那太好了。是日本人的话，交流起来就方便多了。"

村上将公文包放在桌子上，坐了下来。那个跟班立刻招呼店里的服务员点了咖啡。

"你刚才说与中国人共事？"

村上掏出一支烟，没等手下，自己动手点着了。

"偶尔会用到中文。其实我想做正经工作的，但是现在的情况太困难了……"

"那边的语言是在哪里学的？在大学里？"

"是在那边学的。我是第二代战争孤儿。我的母亲被丢下了，我的父亲是中国人。在十五岁的时候，我来到了日本。"

已经习惯撒谎的我，随口说道。

"令尊呢？"

"家母在那边去世了。家父是中国人，所以留在了那边。"

"兄弟姐妹呢？"

村上不慌不忙地吸着烟，接连不断地提出问题。恐怕是从黄贤那里打听了我的情况，他想找出与我自己说法不一致的地方来。

胡编乱造的经历千锤百炼，不会轻易露出破绽的。

"我是在独生子女政策全面落实的时期出生的。"

"这样啊。不好意思，我问了你这么多问题。我必须确认一下你是不是真正的武基裕。对了，你在中国的时候名字叫什么？"

"我叫李基。李基，李是中国人姓李的李，基是基地的基。"

我先是用中文介绍自己，然后用日语做了解释。歌舞伎町资历较老的流氓，与中国流氓交往会很多。村上应该也是每天都接触中文。通过我的发音，他多少就能知道我的中文是什么水平了吧。

"武是你母亲的姓吧？"

"是我亲戚的姓。母亲的姓是中村，自从她在那边去世以后……因为存在各种手续问题，所以加入亲戚的户籍更加方便。"

武氏家族的人们对祖父制作的假档案深信不疑，将毫无关系的我们当成了自己的家人。由于我无法忍受继续说谎，于是选择了离家出走。从那以后，我再也没有和武家人联系过。我的户籍上写的是日本人，我能流利地讲日语，所以不愁没有饭吃。

"原来如此啊。"

村上把烟头摁到了烟灰缸里。他的左手手背上有一道蚯蚓状的刀疤。村上伪装状态下所掩饰的东西不只是长度为一厘米左右的伤疤。恐怕村上自己没有意识到这一点。正因为如此,他才毫无防备地将伤疤展示在我的眼前。或者他没有感觉到我是他的同类,所以疏忽大意了吧。

烟灰缸中的烟头还在冒着烟,面无表情的服务员将村上和他手下的咖啡端了过来。村上的手下接过咖啡将杯子放到了村上的面前,他虽然穿着黑色西服,但是接过杯子的动作好像哪里有些不灵活。他的腰间应该佩带着手枪,看起来的不稳重也是因为如此吧。由此可以想到他平时并不带枪出门的。

"好了,让我听听你的话吧。"

村上等服务员离去后开口说道。

"基本上没有什么可说的。我当时是在风林会馆外面把风的,也只是按照韩豪的吩咐去做,真的没有想到会出事。"

说到这里,我闭上了嘴巴。村上默不作声,用眼睛示意我继续说下去。

"韩豪与你们的人开始洽谈后,大概过了十分钟的时候,两个中国人从花道大街走来……"

"等等,你怎么知道他们是中国人?"

村上打断了我的话。他那瞪圆眼睛的眼神与左手的伤疤散发出相同的味道,村上在怀疑我是不是袭击韩豪那两个家伙的同伙。

"当然知道了。从他们的相貌和穿着什么的就能看出来。对于溜达在歌舞伎町的人是日本人还是中国人,抑或是韩国人,就连您也能分辨出来吧?"

"刚才打断了你,不好意思。请继续说吧。"

我清了清嗓子,喝了口咖啡。不凉不热的咖啡一点也不解渴。

"他们两个看起来很不显眼。身上的衣服土里土气的,给人感觉是刚从农村出来的福建人,没有任何危险的气息。就连当他们二人进入那个咖啡店时,我也认为他们只是路过进去喝杯茶而已。那天不是很冷,他们却穿着风衣,我对此有所注意,不过也没放在心上。后来……"我耸了耸肩后继续说道,"突然,我感觉情况不妙。于是我拨通了韩豪的电话,可是韩豪接电话的时候已经来不及了。"

"你看到他们的脸了吗?"

村上仍旧瞪着眼睛看着我,他早就放弃了模仿正经人的打算。

"我是从远处看的。"

"以前见过他们两个吗?"

我用力摇着头。我已经想过无数次了,在头脑中重复了多次当时的情景。我几乎在记忆的角落中搜了个遍,可还是对那两个人没有印象。

"下次见到他们的话,能认出来吗?"

"差不多吧。"

村上的眼神放松了一些。他总算不再怀疑我是凶手的同伙了。

"他们是坐摩托车逃走的?"

"我觉得他们是从一开始就计划好了的。骑摩托车的两个人就像盯着他们两个进入咖啡店似的,从区役所大道缓缓驶来。"

"看到骑摩托那两个人的脸了吗?"

"他们戴着全覆盖式头盔。"

村上盘着胳膊说道:"哼,肯定是抢夺我们和韩豪生意的家伙干的。一点线索都没有吗?"

"说没有的话确实没有,说有的话确实太多了。"

"你是说歌舞伎町的中国人谁都有可能,是吧?"

"不仅限于歌舞伎町范围内的中国人。"

"是啊。现在和过去不同了,如今日本到处都有中国人,他们为所欲为。如果把他们聚集在一起会互相残杀的。"

村上又叼起一支烟。他的手下打开打火机点着了村上的烟。烟气升起,使村上的表情变得朦胧起来。

我的话说完了。但是,我不认为村上会就此放过我。至于我看到的一切,警察应该彻底调查过,像东明会这样的组织在警察内部应该有线人。也就是说,村上只不过是用我所说的对已经知道的情况做个补充和甄别罢了。

"必须做个了断!你也是日本人,我们世界里的规则不用说,你也懂吧?"

我不想点头,可是除了点头我别无选择。矢岛窃喜的表情在我的脑海中闪过。

"必须做个了断!"村上重复着相同的话语。"不过,搜索中国人的工作对于我们日本人来说是极其困难的。他们不像我们这样的组织纪律严明。他们如同一盘散沙,为所欲为。虽然有几个互助的中国人帮派,但是我很清楚他们的阴谋。他们想要的是钱,仅此而已。那样的家伙们是不能相信的,没有一个中国人是能够相信的,你知道吗?"

我没有点头,而是问道:"你想让我做什么?"

村上没有直接回答我的问题,对着我说:"你应该清楚吧?"

村上的处事风格从哪里看都是日本人的作风。

"请你饶了我吧。我办不到的。"

"我饶了你？能够理解我们的规矩办事的人不多。况且还要加上会说中国话。我的眼前只有这么一个人。我觉得你很不幸，你还是死了心吧。"

"我办不到啊。"

我有气无力地重复说道。

在我听到村上电话留言的时候，我就知道会是现在这种情形。从约村上见面的时候起，我就确信会变成如今这样。即便如此，我也不能没有反抗的姿态。

"即使办不到，你也得去做。找到枪击我们兄弟的那两个人，把他们带到我的面前来。喂，这是我的命令，知道吗？"

村上向他的手下翘了一下下巴。那个流氓从西服的内侧口袋中取出一个茶色信封。摆在我面前的信封有一定的厚度。

"这是必要的经费。如果不够的话，请随时打我的手机。我提前忠告你一句，请不要有从我这里捞钱的念头。我想你明白这一点。"

我看着茶色的信封，接收流氓团伙的金钱是糊涂透顶的行为。只要收下一次，就等同于在终身的奴隶契约上签了字。我很犹豫，脑海中的矢岛推着我的后背。我不只是深入了中国人的帮派，如果可以挤入东明会的话，矢岛掌握的证据就会越来越充足。

"如果我找不到的话，会怎样？"

"我不会对你怎么样的。但是，如果你找不到凶手的话，这钱就不是必要的经费了，而变成了贷款。如果你失败了，只要还钱就可以了。但利息一分也不能少。"

没等我回话，村上就站了起来。他将烟头扔进烟灰缸，拿起了自己的公文包。那个公文包好像哪里有开关一样，村上身上危险的气息瞬间就消失了。和来到这里的时候一样，村上将自己伪装成一个能干的正经人，离我而去。

"记得买单！"

村上的手下像说台词一样对我说完这句话后，跟在村上屁股后面离开了咖啡店。他的这句话宣布我已经是东明会最下级的成员了。

6

茶色的信封内是五十张面值为一万日元的纸币。如果我找不到凶手的话,钱必须得还给村上,这五十万将会变成五百万吧。

村上乘坐的奔驰在我眼前一消失,我就拨通了矢岛的电话。当我告诉他东明会的村上给我下达了搜索那桩事件罪犯的命令时,矢岛欣喜若狂。但是,他驳回了与他见面的请求。他说手头有个大活儿,接下来的三天都没有时间见我。矢岛专横地说:"你要老实地报告情况啊!"说完后他挂了电话。

我咂了咂嘴,不知如何是好。

歌舞伎町很狭窄,但是在包括大久保在内的一带生活的中国人多得让人应接不暇。至于潜伏于黑夜中的家伙,我无法想象到底有多少。这只是将袭击韩豪的凶手假设为住在歌舞伎町的人。如果凶手是从别的地方来的话,我就无能为力了。

我想来想去,最后决定去接触王华。他是韩豪的一个手下,与韩豪是老乡，他们的联系比较紧密。王华由于太欠缺勇气，所以韩豪在工作上没有重用他，不过很疼爱他。王华肯定希望为韩豪报仇。与其他家伙不同的是，王华比较容易驾驭。

明明可以闻到恶臭，可是猖狂的鬣狗还是挤满了街道。带着五十万在歌舞伎町溜达可不是什么好事。于是我暂且回了趟家。

我只拿了五万日元放入钱包里，把剩下的钱塞进保鲜盒推到了冰箱的最里面。这四十五万是发生意外时的保险。我想尽量不去碰触它。

我很快就找到了王华。他在电话的另一端确认是我后，开始质问我这两天在哪里，干了什么，悲叹韩豪死亡的同时，大声嚷着要复仇。

我安慰了伤心的王华，并准备与其在韩豪经常光顾的中国俱乐部碰面。

由于时间还很宽裕，我冲了个澡，喝起啤酒来。我在脑海中思考着村上、矢岛以及杀死韩豪的凶手。我向神灵咒骂，为什么会出现这种状况？然后得出了一如既往的结论，一切都是自作自受。我终于在黑暗中冷静下来。

只要一处在黑暗中，我就会看到美琪那若隐若现的脸庞。美琪死后，无论我到了哪里，她的脸庞都会跟在我后面。

美琪曾这样说："阿基，你是一个胆小且愚蠢的男人。但是，我也是个傻瓜。我就是喜欢这样的你。"

美琪每次这么说，我的心情都会变得复杂起来。美琪深信我是一名战争遗留孤儿。她不知道我的身世是胡编乱造的，深爱着我。即便如此，美琪非常清楚我的本质，我是一个愚蠢且胆小的男人。

美琪已经死了，就像被我亲手杀掉的一样。我为了保住性命，为了保护我那胡编乱造的经历，为了毫无意义的东西，抛弃了美琪。

我当时想救她，想和美琪一同得救。可是摆在面前拯救她的机会被我放弃了。

我想变成别的东西，只要是自己以外的东西，无论是什么都行，我想用它替代自己。这种愚蠢的欲望经常会抬起头来。

我将喝光的啤酒罐攥瘪，朝墙上扔了过去，开始做出门的准备。

"深更半夜"在歌舞伎町的尽头，从职安大道进入歌舞伎町的小胡同旁。那是一个四层的杂居大楼，正如意思为"深夜"的中文店名一样，在深夜到来以前，店里经常很冷清。虽然这家店的老板是台湾人，但是掌管该店的是个来自哈尔滨的男人。店里的小姐和客人基本上都是中国的东北人，呈现出一种同乡会的样子。东北出身的人之所以能如此迅速增加，终究与战争遗留孤儿有千丝万缕的关系。虽然说那些战争遗留孤儿本来就是日本人，但是他们的青春期及青年时期是在中国度过的。他们绝大多数的人不会讲日语，思维方式也和中国人没什么两样。同乡的中国人找其寻求帮助，他们就会伸出援助之手。取得留学签证和就业签证的亲戚将同乡们召集到日本来。东北人因为与战争遗留孤儿关系紧密，所以形成了一大势力，在日本成为了中国人犯罪的一大集团。我也成了该组织的一员。

没能融入日本生活和习惯而变成流氓的第二代及第三代战争孤儿，经常出入"深更半夜"。我讨厌与他们碰面，所以很少光顾那里。每当和那些真正的战争遗留孤儿见面，我就为我那胡编乱造的经历会出现破绽而感到不安。冒牌货的脚跟经常会不安地摇摆。

但是，现在我不能挑三拣四了。我和王华约定的见面时间是晚上九点整。这个时间店里和平时一样冷清。有一拨貌似是日本人的顾客，十来个小姐簇拥在两个日本人的左右。

我用眼神跟站在门口旁边的服务员打过招呼后，在该店最里面的包厢中坐了下来。店里的人知道韩豪被杀的事，也知道我是韩豪的手下。他们很清楚与死了人的流氓帮派扯上关系的危险，所以谁也没有靠近我。

我点着了一支烟，等待王华的到来。日本客人所在的席位唱起了歌。我没见过日本人开的俱乐部配备卡拉OK的，中国人的俱乐部反而很流行卡拉OK，也许是语言的问题吧。日本人当然不会说中文。即使是中国人，在农村长大的人中也有很多不会说普通话的。卡拉OK则是填补语言缝隙的工具。

当粗野的歌声进入我耳朵的时候，店里的店长不知从哪里冒了出来。恐怕是门口的服务员与其取得联系了吧。对于可能会给店里带来灾祸的顾客，他们是很敏感的。

"您好，好久不见。好像出了大事吧……"

这个圆滑的家伙面带微笑靠近我说道。我将手中的烟掐灭了。

"有没有听到什么风声？"

我向店长招手让他坐在我的对面。在歌舞伎町一带从事这种工作的人对于情报是极为敏感的，也许他已经听说有关袭击韩豪那俩家伙的传言了吧。

"对于这件事……"

"你已经听说相关的传言了吧？无论你知道多少，将你听说的告诉我吧。"

"真的没有。"

店长将身子趴桌子上，在面前摆着手说道。

"我没有听说任何与此次事件相关的消息,虽然我也问了你们的人很多。依我看,不是新宿的人干的。"

"不是新宿的人?那么是哪里的人呢?池袋?锦系町?还是名古屋或者是大阪?"

店长可能是有些呼吸困难,将手放到了喉咙上,用手指推了推领带的结扣,眼睛眯缝成了一条缝。

我又掏出了一支香烟,一边慢慢地点着火一边思考着。那两个凶手认识韩豪。他们毫不犹豫地靠近韩豪,迅速扣动了霰弹枪的扳机。也就是说他们知道韩豪是谁,而且了解他正在干什么。韩豪与东明会的谈判并不是什么秘密。但是对于和歌舞伎町毫无关系的流氓而言,要想知道那天的那个时刻韩豪在那个地方是很困难的。

不过,如果是某个与歌舞伎町有关的人策划了那桩袭击的话,应该会从哪里流出消息的。

"您别耍我了。我只是回答了我所听到的情况。"

"你真的没有听说什么吗?"

"真的。这两天我一直等着有关此次事件的消息,可是谁也不知道。你与其来问我还不如去问福建人呢,也许他们的消息更灵通。"

店长说道。这个男人也觉得这次袭击事件的凶手是福建人。日本人顾客的卡拉OK结束了,小姐们的欢呼声响彻整个店里。店长如同老师一般将视线转移到小姐们的身上,又将视线转向门口。他就像预料好了一样,此时门口的服务员用普通话大声喊道:"欢迎光临!"

王华走进了店里。我瞄了一眼手表,他迟到了十五分钟。

"他是您要见的人吧。您想喝点什么?小姐给您怎么安排?"

"这些都不需要,给我弄点茶来。"我无视店长那极不痛快的表情,继续说道,"总之,无论你听到什么风声,都要联系我,好吧?"

"您的电话是?"

我把我的手机号码告诉了他。店长用脑子记住了电话号码。因为写下手机号码、出生日期、护照号码等各种数字,很可能会被怀疑是取钱的密码。本来中国人的数学就好,在歌舞伎町工作的人都养成了记数的习惯。

"好的。接下来请您慢用。"

店长轻快地站了起来,对着向我这边走来的王华低下头说:"欢迎光临!"

店长的圆滑反而让人感到厌恶。王华毫不掩饰地皱起了眉头,将店长推到一边,坐了下来。

"浑蛋!弄得跟日本人似的。"

王华的气息有些凌乱,韩豪的死对他的打击很大。

"连那个家伙我都问过了,似乎没有什么风声。"

我突然开口说道,这不是面对王华的愤怒和愚蠢应有的说话方式。

"靠,在场的人全部都挂了,和你却完全联络不上。我们大家到处去打听消息,可是没有一点儿我们想要的情报。发生了这么大的事,风声应该会交错乱飞吧。可是,大家都表示对此不知情。阿基,你怎么看?"

日本客人所在的席位又开始唱起了歌,这次握着麦克风的是中国小姐。王华一边咂着嘴一边向那热闹的角落瞥了一眼,没有一个人注意到王华的眼神。王华虽然胆小,但是他很容易与他人吵起来,我讨厌看到周围的人卷入他的麻烦当中。王华的唇形看上去要骂"日本鬼子"。于是我打断他说道:"我全都看到了。杀死韩豪的家伙认识韩豪,因为他们毫不犹豫地对其进行了突然袭击。也就是说,他们对那边很熟悉。可是到目前为止没有一点风声,这太奇怪了。"

"你看到凶手的脸了吗?"

王华的注意力回到了我身上。

"嗯,看到了。再遇见他们的话,我会立马认出来。"

"既然如此,你为什么这两天一直不露面?为了给韩豪报仇,我们一直在找你,你知道吗?"

"这不是和你见面了吗?你们没有在现场,所以你们不了解情况。我害怕得要死。如果杀死韩豪的家伙盯上我们怎么办?"

我知道肯定不会发生那样的事情,重要人物就韩豪一个,包括我在内韩豪的手下只是些虾兵蟹将罢了。从事抢劫或杀人的家伙,只要干掉韩豪这个首领,就能获得薪水更高的工作了。采购摇头丸的门路及对策全部由韩豪一个人掌握,这就是这个世界的规则。无论有多么深厚的交情,只要是家人以外的人就不能相信。有些时候,连家人都不能相信。赚钱的秘诀不能透露给任何人,只能带着它一起下地狱。那是自己一个人的秘密,自己一个人的对策。因为一个人无法赚钱,所以增加了伙伴。可是合作伙伴终究是伙伴,不是自己的家人。

我没有家人。我不相信任何人,也没有人相信我。

"有这个可能啊。"王华深思后抱着胳膊说道。

王华什么都不知道。不止王华一个人,在生活中很多人都是明明不知道,却装出知道的样子。

"可是,我们这么前怕狼后怕虎的,就没法报仇了,阿基。你既然知道杀死韩豪的家伙长什么样,我们就去找找吧?"王华抬起屁股说道。

"等等。如果我们摸黑寻找下去，想找到他们不是那么容易的事。如果我们大张旗鼓地胡来的话，让他们知道后，可能会警惕起来……"

"那我们该如何是好？"

"别着急，慢慢搜集情报。"

"那该怎么做呢？"

王华抑制不住内心的焦躁，张牙舞爪地说道。他不擅长思考。

"去找找情报咨询公司。"

"情报咨询公司？"

"是的。我曾听谁说过，歌舞伎町中有从事买卖情报生意的人。这种人或许知道点儿什么。"

"那会需要资金吧？"

"想给韩豪报仇吧？"

王华咬着嘴唇。我舔了舔舌头。村上给的五十万作经费太少了。我想利用韩豪手下的侠义之心，诱出他们的钱来。

"真的有必要找情报咨询公司吗？"

"凶手可能不是新宿的人。单凭我们能把整个日本搜个遍吗？别胡来了。无论花多少钱，还是找职业的更好。"

"有情报咨询公司吗？"

王华思考了一会儿问道。他虽然想反驳我，但是不知道如何说才好吧，不满地噘起了嘴。

"当然有啊。"

我信口说道。其实我对此一无所知。虽然矢岛的想法影响了我，但是我尽量保持着不和新宿最深层的黑道扯上关系。我所知道的情况与王华所知道的有很大的差别。

不过，无论是矢岛还是村上都比我更了解情况。

"是可以相信的人吧?"

"我不知道能不能相信。但是,他是做生意的。如果卖出的情报是假的,在歌舞伎町混的流氓都知道会有什么结果吧。"

"需要多少钱?"

"每个人出二十万的话就够了吧。"

"二十万?"

与韩豪关系不错的流氓大概有十个人。他们中有三分之二的人肯出钱的话,我就会得到超过一百万的经费。虽然不是特别多的钱,但是比起没有来已经很不错了。

"为了韩豪出这点儿钱,不多吧?"

我堵住了王华的退路。他只能点头表示同意。

7

于是王华向同伴们打了筹钱的招呼。与王华分开后，我在歌舞伎町闲逛起来。街上依然挤满了警察和东明会的人。白天的时候，看到他们我会吓得发抖，但是到了晚上，在黑暗和耀眼霓虹灯的映衬下，一切都变得模糊了。连我内心的恐惧也变得不定了。

可能是到处都是警察的原因，走在街上的中国人寥寥无几。非法入国或非法就业等没有签证的人们都躲起来了，在这种状况下是无法收集情报的。我意识到职业的情报果然很有必要。

我在歌舞伎町逛了一圈后，朝大久保走去。穿过职安大道，我来到了酒店一条街，我一边走路一边拨通了矢岛的电话。心想这么闲逛下去，被站街小姐搭讪会很郁闷的，不过我根本就没有见到这些女人的身影。

"什么事？"

矢岛急忙忙地接起电话问道。我可以听到矢岛周围的嘈杂声。

他可能在哪个酒馆呢吧。他说的大活儿，也许就是与同事的酒会吧。

我的皮肤内似乎什么东西在蠕动，与酒店一条街的黑暗一同将我吞噬。

"我有点事想问你。"

我抑制住突如其来的冲动说道。

"明天说不行吗？"

"你知不知道对新宿的中国人社会非常熟悉的情报咨询公司？"

我无视矢岛的话问道。矢岛叹了口气说："稍等一会儿。"

嘈杂的声音逐渐远去，矢岛应该已经离开座位移动到没人的地方了吧。

"立刻就想知道吗？"

我等了一分钟后，矢岛的声音回到了电话里。

"如果可以的话。"

"对中国人社会熟悉的情报咨询公司？我不太确定有没有，我一会儿查一查。三十分钟后你再给我打电话过来。"

如果放在平常，他应该会说"明天再说吧"。这是一起牵连毒品的杀人事件，再加上我已经接触了东明会，这两点让矢岛很兴奋。为了钓上大鱼，矢岛在我面前失去了自我。

"好的，三十分钟后我再打给你。"

我挂断了电话。穿过酒店一条街，向与何、万二人交易手枪的饭店走去。当然，姓何的和姓万的没有在那里。即使向店里的人询问关于此二人的消息，也不会得到有价值的信息。在歌舞伎町和大久保生活的中国人也分为正经人和流氓，他们的世界有天壤之别。有关流氓的情况必须向流氓打听，正经人对流氓的世界是一无所知的。知道些情况的正经人其实就是冒充正经人的流氓，这个店里的人都是正经人。

我点了炒面和啤酒，吃完后再一次拨通了矢岛的电话。

"好像有一个叫刘健一的男人。"

"刘健一？"

"刘备刘玄德的刘，健康的健，一番的一。听说他是中国台湾和日本的混血儿。原来他经营的是收购赃物的黑店，现在好像也涉猎情报生意了。在歌舞伎町想知道什么就去问那个家伙吧。"

刘健一，我的记忆稍微受到了点刺激。我在哪里听过这个名字，可是回想不起更多的细节。我感觉到肛门周围有些刺痒。

"那个家伙的联系方式……"

"不知道。只告诉了我名字，其他情况你自己去调查吧，那也是你的工作吧。"

"矢岛君，如果您把这称为工作的话，您给我开工资吗？"

"你不要得意忘形，武君。"

"可是，您也说了这是我的工作啊。真是让人恶心。"

"别开玩笑了。谁雇佣你了？我只是让你在我的工作上帮点小忙而已。如果你觉得不爽，你可以逃到任何地方都可以。国内暂且不谈，如果你逃到国外的话，我也对你束手无策啊。可是，你没有这么做。如果你讨厌我的话，逃走就好了。既然你喜欢做狗的工作，所以请你闭嘴，照我说的去做！"

矢岛突然挂断了电话。怒火在我眼睛中燃烧，下意识地想重拨电话，可是我打消了这个念头。

从饭店出来，我从大久保大道走向了小泷桥大道。

如果我想逃跑的话，任何时候都能逃走。这句话反复撞击着我的大脑，不是中文，而是日语。这不是突然萌生的想法，我一直这么想，但是不断思考又是种自我逃避的行为。

能逃走就好了。为什么我没有不顾一切地逃走呢？罪恶感、对美琪的赎罪、对在未知世界重新生活的徒劳感……

可以举出好多理由来。但是我也知道哪个理由都不能成为坚实的论据。

为什么不逃走呢？世界各大城市中肯定都有唐人街，逃到那些地方就好了。为什么我做不到呢？为什么我不想那么做呢？为什么要在这个国家、这条街道，带着沉重的徒劳感生活下去呢？

我不知道，也没有弄明白过。

8

我的固定关系人将"刘健一"这个人名告诉了东北人,让他们去查查刘健一的情况。

最初没有什么反应。过了一段时间,从秘密渠道传回了有关刘健一的信息。

刘健一,情报咨询公司、收购赃物的黑店的老板,日本和台湾的混血儿,曾经的大人物。

当我听到他是"曾经的大人物"这句话时,我想起来了。只要是漂流到歌舞伎町的中国人,都应该听说过刘健一的名字。

曾经,应该是比五年前更久远的过去了。当时上海和北京的帮派在此地呼风唤雨,耀武扬威。一个叫刘健一的男人掌管着歌舞伎町的中国人社会。歌舞伎町的实权在刘健一的手中,他掌握着情报和金钱的流转,指挥着帮派们的行动,维持着各方势力的均衡。台湾帮的势力完全衰退了,可是日本和中国台湾的混血儿刘健一却能拥有如此大的权力。关于其中的理由也流传着无数种传说。

有的说，他的父亲原来是歌舞伎町的大佬；有的说，在上海和北京的帮派互相欺压，争权夺势的时候，他中途介入得到了出人意料的特权；有的说，他杀了歌舞伎町的老大，夺取了死者的地位；有的说，他偶然成了得天独厚的男人；有的说……

真实情况在传言的阴影下变得模糊不清，这些对于乱编谣言的人来说是无所谓的。我也不是很关注为什么刘健一会青云直上成为歌舞伎町的主宰者。那已经是过去的事了，现如今日本的中国人社会——歌舞伎町由与当时完全不同的规则支配着。在福建人和东北人的人数爆发式增长中，刘健一也被埋没在过去的故事中。

即便如此，我对他的名字还是很耳熟。在歌舞伎町生活的中国人头脑中刻着刘健一的名字，都是因为各种传说吧。传说，或是恶名。

刘健一为了爬上高位，亲手杀了自己心爱的女人。杀害自己女人的瞬间，刘健一丧失了人性，变成了恶鬼。关于刘健一杀死自己监护人，夺取死者地位的传言也是基于这个传说。据说他的恋人必须要死的理由是他的监护人逼的，所以变成恶鬼的刘健一亲手杀了自己的监护人，夺取了他所拥有的一切，完成了复仇。

有的中国人说起刘健一杀死恋人的瞬间来，就像他们当时在现场似的。大概是来自没有活路的上海人，他们描述得很真实。正因为如此，刘健一的恶名刻进了每个人的心里。

我也听说了这样的传言，不过我对此嗤之以鼻。只有人类才会想着复仇。如果刘健一真的杀死了自己的恋人，变成了恶鬼的话，他就不会希望复仇了。恶鬼的存在只是为了给人们带来诅咒。

我集中精神，感到呼吸困难。据说刘健一如今仍然生活在歌舞伎町，他在风林会馆的附近经营着一家生意不是很兴旺的酒吧。

"那个酒吧是会员制的。"有人说道,"如果不是刘健一的熟人,好像进不了那个店。门口装着监控摄像头。"

这句话语中含有嘲笑的意味。曾经的大人物,如今只是个无名小卒。可是,他竟然安装监控摄像头来确认访问自己的来客。

"你有没有熟人?能不能把我介绍给刘健一?"我问道。

对方的回应只是嘲笑声。

"我要是有钱使唤情报咨询公司的话,就不会做强盗了。"

我的关系人说到这里挂断了电话。我一集中精神仍然感到呼吸困难。我下定决心,直奔歌舞伎町。

9

　　街上的警察减少了。不过,风林会馆的周围仍然被森严的警戒带封锁着。我听说刘健一开的酒吧与花道大街相隔,位于风林会馆正对面的旧街区内。

　　当我进入狭窄而黑暗的小胡同时,下水道散发出的气味让人无法呼吸,眼前的景象发生了巨变。歌舞伎町的繁华和杂乱褪了色,我被可疑的空气笼罩着。眼看就要腐朽的二层木质建筑进入我的视野,中国菜馆和性交易场所以及让人联想起金街的酒吧,这些店铺的招牌放出毫无秩序的光芒。

　　我想起来了,过去这一带的上海帮与北京帮之间发生了一场惨烈的对抗,那个时候歌舞伎町的中国人社会被与现在不同层次的混沌笼罩着。在北京人经营的中国菜馆里,上海帮的流氓蜂拥而至,他们用青龙刀对店内的人们大肆屠杀。那起事件的残暴和大胆让日本人震撼不已。不过,如今没有干那种蠢事的流氓了。如果必须要杀某人，会在暗地里悄无声息地杀掉目标，并悄无声息地将其埋葬。

一切都变了。

穿过"L"字形的胡同一走入东大街，就看到写有"加勒比海"的招牌。这个蓝底白字的招牌与周围的空气格格不入。我沿着东大街继续往里走，来到一座二层建筑前，一楼是卖成人玩具的店铺。从玩具店门口的旁边可以看到一道厚重的铁门，铁门上方的"加勒比海"招牌闪闪发光。招牌的上方安装着摄像头，通过它主人可以监视来访的人。恐怕铁门的里边有着通往二楼的楼梯吧。

我站在铁门前，抬头望着摄像头。通过二楼的窗户可以看到室内亮着灯，从窗户传出低音和鼓声节奏鲜明的旋律。我呼吸起来仍然很困难，喉咙干燥，手掌则冒出了汗水。楼宇对讲装置在与我右肩同高的地方，我那将要伸出按对讲按钮的手指在微微颤抖。

我一边自我嘲笑，一边按下了对讲按钮，自我意识再强也要适可而止了。我会被拒之门外还是会被迎接入门呢？无论怎么想，也只会出现这两种结果中的一个。

过了一会儿，扬声器里传来了声音。

"这里是会员制的。"

说话人讲的是日语。听到这平淡无奇而又捉摸不定的声音，我的呼吸困难越来越严重了。

"我想见刘健一先生。"

"我说了，这里是会员制的。"

"那么，让我成为这里的会员吧。"

我听到了他那试图憋住的笑声。

"你说得真轻巧啊。"

于是我说话的口吻变得谦虚起来。呼吸困难的症状略微减轻。

"无论如何我都想见刘健一先生。"

"五万。"

"啊?"

"入会费。"

我急急忙忙地摸了摸自己的口袋。想起了将村上给的经费中的一部分放进了钱包,我长舒了一口气。

"没问题。"

在我说这句话的同时,铁门上方响起了开锁的金属声。我的手伸向门把手,往下一拧,厚重的铁门静静地打开了。铁门的里边是勉强能通过一个人的狭窄楼梯,空气中混杂着发霉和酒精的味道。我登上楼梯,酒吧的模样映入眼帘,昏暗的灯光和拉丁音乐,我在楼梯上每迈一步就发出吱吱嘎嘎的声音。

这个酒吧很小,店内没有一个客人。靠着墙壁一侧摆着三张四人餐桌。店里的人在那狭小的柜台里面。

"先交五万块钱。"

那个男人开口说道。我的眼睛盯着他,年龄不详的面孔上有一双目光深邃的黑眼睛,是我当时遇到的那双眼——他是从人行道蹿出的那个男人。

"我见过你。"

我像说梦话似的嘟囔道。

"啊,对。我们见过。你当时从凤林会馆那边像逃跑似的跑来。"

没错。就是那个时候,枪击事件发生后我碰到的那个男人就是他。

"你就是刘健一吗?"

"你听说了刘健一在这个店里吧?这个店里除了我之外还有谁呢?"

我没有必要环视这个店了。刘健一所在的柜台里面只有半张草席大小的空间,他在冰箱和灶台之间的地方,青白色的灯光照着他的脸。冰箱的上面有一个显示器,画面里是店前胡同的景象。在显示器那微弱光亮的映衬下,刘健一看起来像个亡灵。他的双眼仍是黑不见底,我跟被鬼附身似的不能动弹了。

"韩豪被杀了。我必须找到凶手。"

我终于张开了嘴说道,我的喉咙在颤抖。

"先交五万再说。"

刘健一的反应十分乏味。我从钱包里抽出了钱,放到柜台上。

"韩豪啊……"

刘健一一边数钱,一边用中国话说出了韩豪的名字,没有什么口音,不过也不像那种从出生就开始讲这种语言的人那样流利。

"你是他的手下,武基裕吧。"

刘健一将钱塞进了自己的口袋。这次用日语说道。

"你认识我?"

"我知道你的基本情况。武基裕,中国名字是李基,是一名第二代战争孤儿,籍贯是黑龙江省。出生日期也不妨让我说说吧?"

我摇了摇头。脖颈周围的汗珠流了下来。恐怕自己胡编乱造的经历出现破绽,这个一直纠缠着我的不安勒住了我的喉咙。

他应该不会知道的。单凭个人档案信息的话,是不能将一切暴露于光天化日之下的。我在心里无数次地默念,可是不安没有得到任何缓解。

"你是怎么知道的?"

"我这里是情报咨询公司。你应该听说了吧?在新宿一带工作的中国人的简历,基本上都在这里。如果连这都做不到的话,我就没法养活自己了。"

刘健一指着自己的脑袋说道。我想掏出存在他脑子里的东西，将与我有关的信息全部删掉。乱七八糟的想法在我脑海里层出不穷，不安的冷汗已湿透我的后背。两肩有种类似于疲劳的倦怠，口干舌燥，喘不上气来。

"除此之外，你还知道什么？"

"你想免费从我这里打听一切情报吗？"

"不……我只是因为有些害怕。"

"这种感觉很正常。先请坐吧！我不喜欢站着谈话。"

在刘健一的催促下，我在门口的一张桌子前坐了下来。刘健一改变了显示器的角度后，从柜台里面走了出来。连我这个位置都能很清楚地看到显示器里的画面。

由于陷入不安，我害怕保持沉默，于是我看着那个显示器说："至于你能发挥什么作用，单凭那厚重的铁门就足以说明了。"

"过去这一带更乱，我也在年轻的时候干了很多乱七八糟的事。很多流氓扬言要杀死我，于是从那时候起我就养成了这个习惯。我知道那道铁门其实没什么作用，但我还是装上了。"

刘健一拿起放在柜台一角的笔记本电脑，坐在了我的对面。

他打开了电脑说："你说你必须找出杀死韩豪的凶手？"

"嗯。"

"你好像不是要报仇。找到他们的理由是什么？"

"你应该知道东明会的人也被杀了吧？一个叫村上的家伙与我接触了，他威胁我必须让我找到那起袭击事件的凶手。"

"原来如此。日本的流氓惹不起啊。"

"你了解哪些情况？"

刘健一没有回答我的问题，双手忙碌地操作着电脑。好像是用无线上的网，键盘一角的指示灯不停地闪烁。这是一台B5笔记本，里面一定存储着庞大的信息，肯定也有关于我的信息。强迫症再次发作，我想弄坏这台电脑并清除里面的数据。

"现在还没有任何情报。"

刘健一停住敲击键盘的手指，像是自言自语地说道。

"只要歌舞伎町发生什么事件后，就会有情报的邮件吗？"

我努力抑制住沮丧的表情问道。我把刘健一的电脑想象成魔法箱了，所以沮丧的程度也如此之深。

"我有几名情报提供者。除此之外，还有以挣钱为目的发送各种资料的人。对于这次事件的情报，目前来看是很有限的，几乎接近于零。"

另一种沮丧向我袭来。连专业情报咨询公司都不掌握事件的概要，我该如何调查啊？

"你能准备多少钱？"

刘健一关闭了电脑。我对于笔记本电脑的执念变薄弱了，问题果然还是刘健一脑袋中的东西。他知道我哪些信息，到什么程度呢？

我微微摇了摇头。这里如果是中国的话另当别论，在日本调查我的真实经历几乎是不可能的。我一直陷入这种无聊的思考之中。如果没有什么收获的话，我会被矢岛和村上做掉的。

"只要出钱就能获得情报吗？"

"不试怎么知道。但是，如果不试，确实什么情报也没有。不花一分钱是没法使唤人的。"

"什么行情？"

"我是根据想得到的情报内容来定价的。至于这次你的情况，先交五十万押金，之后我会分别扣除你从我手中买情报的钱。"

刘健一的脸上洋溢着微笑。那微笑的意思很明显。

"也可能会出现五十万打水漂的情况吧？"

"是的，你应该明白吧，这种买卖是没有任何约束的。"

"如果我说支付完五十万，请你告诉我比你收钱少且情报质量高的情报咨询公司呢？"

"你所说的，至少在东京是没有的。"

刘健一脸上的微笑依然没有消失，从他的微笑中可以看出他极度自信。

先交五十万的押金，恐怕最后需要超过一百万的经费。村上给了我五十万，加上韩豪手下们凑的钱，几乎剩不下什么钱给我自己了。

"我明天把钱准备好。"面对这种情况，我也只能这么说了。

"我肯定会带钱来的，能不能现在就开始为我收集情报呢？"

"已经开始了。"

刘健一离开了座位，回到了柜台内。他弓着背打开了冰箱门。

"什么情况？"

"刚才，有几个人给我发来了邮件。两三天就会有反馈了吧。"

"你确信我会付钱吗？"

"我只是确信除了我以外，你没有可以依靠的人了。"

刘健一仍然弓着背从柜台里边走了出来。他右手拿着一瓶啤酒，左手拿着两个玻璃杯。落座后，他将杯子放在桌上，开始倒酒。

"这是店里请的。庆祝你入会，喝吧！"

刘健一举起杯子说道。我伸手去拿杯子，被汗水浸湿的手掌感觉杯子很凉。我将嘴轻轻地凑到杯子边上，喝了一口啤酒。刘健一没有喝，聚精会神地盯着我看。

"还有什么话要说吗？"

"找到袭击韩豪的凶手，将他们卖给东明会，之后你有什么打算？"

"这就和你没有关系了吧？"

"你的气味很淡。"

"气味？"

刘健一放下杯子，白色的泡沫逐渐减少。

"是的。流氓们都会散发出一种鲜明的气味，可是你的气味……很稀薄。可能是和某种理由有关系吧，你并不很喜欢现在的样子。"

不安穿过我的脊背。这个男人知道些什么？他掌握着些什么信息？

"是你推测的，还是你掌握着某些信息？"

"是我的直觉。或者说是好奇心。可以说方方面面都有吧。也许你也听说了，几年前在这一带我也是有头有脸的。现如今变成了你看到的这个样子。一个落魄的混血儿过着艰苦的日子，只能将手里有限的情报做出正确的分析。为了一直做这样的买卖，必须将任何情报都收集过来为己使用。我必须搞清楚出现在我眼前的人的来路，有时会担心得无法安心睡觉。这就是偏执狂。虽然自己清楚这一点，但就是停不下来。"

我听到了微波似的声音，是幻听。发出声音的原形是我的不安。它吵吵嚷嚷地发出声音尖锐地对抗着刘健一的每一句话。

"我眼前有一个男人，"刘健一没有介意我的不安，继续说道，"他是个流氓，但是完全没有流氓的气味。这个男人是谁？为什么要置身于流氓的世界？我想了解他的情况，非常想了解。我破坏了气氛吗？"

"没有。"

我用理性回答说。汗水湿透了衬衫贴到了背上。不过,别人所能看到的部位都是干燥的。这可以说是我为了生存练就的特技,专门应对那挥之不去的不安。绝对不能表露出内心的不安,不能让对方知道我的不安。

"那么,请你告诉我,你为什么要置身于这个世界呢?"

"回答这个问题也是入会费的一部分吗?"

"不是,我只是好奇而已。"

"那样的话,我只能回答,你没有必要知道这些。"

我喝光杯子里的啤酒后,站了起来。刘健一的杯子里只是气泡在减少。他一口也没有喝。

如同微波的声音在我耳边萦绕,不曾离去。后背流淌下的汗水浸湿了内裤。

"谢谢你的啤酒。"

"在回去之前请把你的手机号码告诉我。有什么情报,我会立马联系你。"

汗水带走了身体的温度,我忍受着向我袭来的寒气,将电话号码告诉了刘健一。

10

度过了一个难以入眠的夜晚,我迎来了一个精神恍惚的早晨。与刘健一见面后萌生的不安一直没有消失,这让我的神经疲惫不堪。疲乏的神经仍然不间断地继续发送电波,让我的大脑持续转动,直到临近过热而崩溃。类似于强迫性思维的想法抓住我不放。

刘健一在干什么?他在哪里?他肯定在调查我的过去,我胡编乱造的经历肯定会被揭穿的。

我坐立不安,拨通了朋友的电话。我向他打听了几个在歌舞伎町早已扎根的台湾人的名字,他们都是老人或者女人,年富力强的台湾人选择在日本奋斗已经是很久以前的事了。男人们回到了故乡,或者去了香港和东南亚地区,只有一部分女人在日本站稳了脚跟,靠经营店铺维持生计。

老人基本上都是地主,或者经营饭店。现如今将店交给他人经营,自己过上了优雅的老年生活,他们远离了喧嚣的歌舞伎町。不过,正经的店铺毕竟是正经的店铺。长年在那里上班的职工，可能见证了歌舞伎町长年的变化。

我冲了个热水澡，睡眠不足的大脑变得清醒了些，现在正好是吃中午饭的时间。打理好自己后，我出门奔向歌舞伎町。

进入西武新宿站对面的胡同后，没走几步我就来到了一栋杂居的高楼前，一楼有一个"台南饭店"。这家饭店仍然残留着过去中华饭店的样子，菜单上也罗列着和台南没有关系的饭菜。我点了荞麦面和饺子，用吃饭打发时间。虽然说是午饭的时间，但是店里并不拥挤，不过也谈不上安静。无论什么方面来看这个店都是不完善的。

一个小时过后，突然没有顾客了。一名面无表情的中年男子正在收拾顾客用过的餐具，我望着他的背后用普通话问道："您在这个店里工作多年了吧？"

这个男人板着脸回过头说："已经七年了。"

他口音很重，恐怕籍贯是福建一带的吧。台湾有很多来自福建的人，他们说的话和福建方言很像。

"那可真不简单。这里的经营状况不是很好，我想你的工资也不高吧。"

"没有办法啊，我也没有其他的能耐。如果想赚得更多，只能去当流氓了，那样的事我可干不了。"

"你几点开始休息？"

"你问这个干什么？"

这个男人的表情终于有了变化。好奇和警戒使他那将要睡着的眼睛突然充满了活力。

"我想问问你有个兼职你要不要做？不是什么危险的工作。我想让你告诉我五六年前这一带的情况。"

"什么？这样啊。"

这个男人又恢复了冷淡的表情。

"一个小时左右就好。在那边的咖啡店一边喝点茶什么的一边聊……对了，如果你告诉了我想知道的事，我会给你两万日元。"

这个男人瞪圆了眼睛，表情发生了戏剧性的变化，即使从他的喉咙里伸出一只手也不奇怪。我笑着点了点头。这个男人应该会什么都跟我说吧。不安变得微弱，极强的自信支配着我的神经。

"我从三点开始休息，到五点结束。"

"那么，我们就定在三点吧。"

我马上将附近一家咖啡店的名字告诉了他，说完我离开了这家饭店。

三点整的时候，那个男人来到了我指定的咖啡店。我的咖啡已经凉了。

"你真的会给我两万日元吗？"

这个男人落座后，激动地问道。他在台南饭店的工作，每个月拿到的工资连二十万都不到吧。对于他来说，两万应该是个不小的数目。我从钱包里抽出了两张面值为一万日元的纸币，放在了咖啡杯碟的下面。

"你叫什么名字？"

"丁友。"

这个男人两眼紧紧盯着那两万日元，他简直就像要用意念将咖啡杯打破。

"我叫武基裕。"

"你是日本人？"

丁友终于抬起头问道。

"我是第二代战争孤儿。"

"哦，原来是这样啊。你是什么人都无所谓。你赶快告诉我，我应该说些什么吧。"

我举起手来，引来了店内服务员的注意。我一边给丁友点咖啡，一边点着了一支烟。丁友脸上出现了不舒服的表情，看着我的一举一动。

"你说七年前你就在那家饭店工作了？"

"对，我就是个廉价劳动力啊。因为是托远房亲戚的关系才过来的，所以也不能有什么不满……只要在那个饭店上班，就不会担心因非法就业而被捕……"

"那么，你应该知道上海和北京的家伙们主宰这一带时的情况吧。"

"啊，我来到歌舞伎町的时候感到很意外，流氓们正拿着青龙刀和枪在那一带作威作福。你来到日本多少年了？"

"十五年。"

"那么，你看过报纸和电视的新闻吧？杀人的事件经常发生。那真是个不可思议的年代，与现在完全不同。"

丁友盯着我的手说道。我手中的香烟升起了摇摆的青烟，我把烟盒推到了丁友那边。丁友一边说着感谢的话，一边叼起了一支烟。

"最近很少抽烟了，日本的什么东西都贵。"

"但是总比回福建要强，是吧？"

"老家毕竟是农村。"

"刘健一这个名字你听着耳熟吧？"

我突然投掷了一颗炸弹。已经点着烟的丁友像呛着似的咳个不停。

"刘健一？那个家伙是个鬼。只要不招惹他，就会平安无事的。"

"鬼？你开玩笑呢吧。现在提起鬼来，连孩子都不害怕。"

"我说的是真的。"丁友向前探着身子说道，"他为了保全自己的性命，杀死了自己的女人和弟弟。"

"弟弟？"

杀死自己恋人的传言倒是煞有介事地流传过，至于杀死自己的弟弟，我是第一次听说。

"亲如弟弟与其一同成长起来的一个男人，刘健一无情地将他杀害了。"

"到底是什么情况？"

"我哪儿知道啊。"

丁友大口大口地吐着烟说道。

"只是谣言吧？"

"不是谣言。虽然大家都认为这只是谣言，但是我了解此事。我们饭店的老板是一个台湾的爷爷。我听到了台湾人聚在一起开会的内容。"

"他们说了什么？"

"他们说，遇到大麻烦了。当时一个好像是刘健一监护人的爷爷也在。我记得他好像叫杨伟民。总之，那个爷爷在歌舞伎町很有势力。据说上海和北京的家伙们远不如他。那个爷爷最疼爱刘健一的弟弟，可是刘健一却杀死了他。刘健一的这一举动震惊了所有台湾人。就这么放任不管？愤怒的杨伟民将有什么动作？我就不得而知了。"

当服务员端着咖啡走到他们面前的时候，丁友闭上了嘴巴，将手中的烟头扔进了烟灰缸里。

"怒火中烧的杨伟民做出了什么出人意料的事?"

丁友脸上露出悲伤的表情,摇了摇头。他简直就像在感叹自己的祖父一样。

"杨伟民被刘健一逐出歌舞伎町,最后被杀害了。然后,刘健一就成了歌舞伎町的主宰。爷爷的人脉和金钱全部落入了他的手中。不过也就折腾了一两年的时间。后来我们福建和你们东北的人们大量拥入日本,已经将过去的权力和人脉弄得乱七八糟。"

"杨伟民也是被刘健一杀害的吗?"

"除了他之外还能有谁?杨伟民藏身于横滨,伺机进行反击,可是在发动反击前就被杀了。台湾人都惊慌失措,乱了手脚。只要杨伟民活着,即使是落魄的台湾人也能在歌舞伎町混口饭吃。杨伟民这一死,一切都完了。杨爷爷死后,很多台湾人都离开了这里。"

"你刚才说刘健一得到了杨伟民的钱?"

"这也是我从我们老板那里听来的。杨爷爷好像在地下银行存着好几亿日元,那些钱也都进入了刘健一的口袋。不过,如果你看到那家伙现在的生活状态,会觉得我在胡说八道。因为,如果能够拥有那么多的钱,完全可以告别这里,在别的地方过上悠然自得的日子,是吧?"

杀害自己的恋人,杀害亲如兄弟的男人,杀害自己的监护人……刘健一那乌黑的眼睛清楚地浮现在我的脑海里。

"原来如此,看来刘健一是个残忍的家伙。不过,他做出这么过分的事,有很多人想做掉他吧?虽说称其为鬼,但是他应该很弱吧?"

"可是他亲自动手杀害的只有他的女人,而且当时的情况是如果不杀她,他自己就会被杀。知道了吧?如果是神志失常错杀的还可以理解。但是,刘健一是经过冷静的思考,有计划地杀死了亲如家人的两个人。所以说，他简直就是一个恶鬼。他没有感情，不知道将感情忘在哪里了。也许从他出生那一刻起，他就没有感情这种东西。"

"他杀死了自己的恋人，不是吗？既然能喜欢上女人，说明他应该是有感情的。"

我红着脸说道，好像在生什么气。

"也许是亲手杀了自己的恋人后，变成了鬼。"

丁友这次没有请示我，自己抽出了一支香烟。咖啡他一口也没有喝。

"现在的刘健一有朋友吗？"

"不清楚。我既与他没有任何交集，又对他不感兴趣。不过，鬼毕竟是鬼，只要不接近他就不会有事的。"

丁友所掌握的情报微乎其微。我沮丧地叹了口气，把钱塞进了丁友的手里。

"谢谢，你帮了我大忙。"

"告诉你这些就可以了吗？"

"嗯，已经足够了。"

"我虽然不知道你为什么要打听有关刘健一的事，但是我要劝你最好不要接近那个家伙。"

"嗯，我不会接近他的。"我站起来说道，"那我们再会吧。"

我对丁友说完客套话，来到收银台买单。我发现忘拿烟了，回过头去看到丁友正在用手机发邮件。我顿时感觉后背袭来一股寒气。如果丁友是刘健一的一名情报提供者的话……这种猜测不是不可能，我擦了擦冒出的冷汗。丁友注意到了我的视线，抬起了头。他露出爽朗的笑容，挥动着我的烟说："这个给我吧，好吗？"

我微微点了下头，接过收银员的找零后，迈着凌乱的脚步离开了这家咖啡店。

丁友如果是刘健一的情报提供者……这种妄想的疑念在我脑中挥之不去。从丁友的言谈举止可以看出,他是一个有正经工作的人,可是我却一点也不感到内疚。即便如此,我还是不能摆脱这种疑念。它就像我最初记忆中的白布摇摆不定,刺激着我的神经。

我拨打了王华的电话,与他取得了联系。王华说他筹集到了一百五十万。他强调这是给韩豪报仇的钱,我回答说:"那当然。"王华怀里揣着一大笔钱,徘徊在街上的鬣狗对钱的味道很敏感。所以我们碰面的话,有必要避开繁华街区,但也得是个人多的地方,于是我们决定在神保町的三省堂见面。约好见面地点后,我挂断了电话。

我上了一辆出租车,直奔神保町。如果乘坐人员混杂的电车,处在人山人海中,可能会被人盯上吧,这种妄想没完没了地在我大脑中铺开。没过三十分钟的工夫,刘健一的存在又在我脑海中变得巨大。他那乌黑的眼睛和深邃的眼神与白布形成对比,使我陷入了不安。

我在神保町的十字路口下了出租车,向三省堂走去。这时我的手机开始震动起来。我从靖国大道拐进一条没有人的胡同,边走边从口袋里掏出了手机,没有来电信息。

"是我。有什么进展吗?"

可能是信号的问题,矢岛的声音有些不稳定。

"还没有。"

"声音好像有延迟吧。昨天你不是挺激动的吗?"

"从早上起来就一直东奔西跑的,我已经筋疲力尽了。"

"至少你已经努力了。这么做也是为了你自己哈……喂，明天的午饭一起吃吧？"

"你手头的大活儿怎样了？"

"已经搞定了，没想到会这么快。"

矢岛若无其事地说道。

"好的。我们在哪里见面？"

"高轮王子怎么样？在那边的话，与歌舞伎町的无赖和中国流氓碰在一起的可能性会很小吧？"

"十二点可以吗？"

"嗯。我在大堂等你，和往常一样。"

"好的。"

我用带刺儿的口吻说完，挂断了电话。与矢岛通完电话后，内心又涌起了与以往一样的感情。不是厌恶，不是侮蔑，也不是憎恨。这种感情类似于开始感冒时感觉到的寒冷。

我在铃兰大街左转后进入了三省堂，人不多不少，这里并不适合日本流氓，我害怕被人看见的想法变淡了。

我到的时候，王华已经坐在那里等我了。他在读一份中文报纸。

"才筹集到一百五十万啊，看来有几个人钱出得不太痛快吧？"

听到我的声音后，王华放下报纸，露出脸来。

"他们认为人都死了，做这些也没什么用。净是些废物。"

王华把报纸放到桌边，粗鲁地喝起了咖啡。

"哎，没办法啊。谁让我们处在残酷的社会中呢，只有那些有干劲的家伙才会去报仇吧？"

我坐在了王华对面的椅子上，伸手去拿他的烟。自丁友拿走我的烟后，我就没有吸过一支烟。我的身体想要尼古丁了。

"与情报咨询公司谈过了吗？"

"嗯，我已经交了一部分钱，让他着手去做了。"

"那个公司信得过吗？"

"那个人很能干。我打算先从他那里做一些试探，我们最好也要尽量去收集情报。"

"嗯，阿英在外面听说了一点风声。"

阿英是一个叫周英的小伙子，他是一个地位极其卑微的男人，但是他能获取了小流氓之间流传的风声。

"阿英说了什么？"

"听他说锦系町一带最近出现了一个自以为潇洒的年轻人。他是一名第三代战争孤儿，你知道吧？他在千叶与飞车党和流氓们结盟，有一定的势力。"

我一边吐着烟圈一边点了点头。作为第二代及第三代战争孤儿，他们无法融入日本的生活和社会结构，很多人走上了无视法律的那条路。

"他们怎么了？"

"平时他们都是狠压价的，最近他们出手很阔气。即使询问他们为什么手头这么宽裕，他们也只是得意地大笑而已。"

歌舞伎町和锦系町都有走上歧途的第二代及第三代战争孤儿。不，现在日本全国各个地方都有，就如同中国人一样。他们憎恨日本，也憎恨中国。那种被憎恶束缚的感情很容易爆发，爆发的可怕程度是难以形容的。如果是第二代战争孤儿或者第三代制造了那场袭击，应该没有人会感到吃惊吧。

"锦系町啊……你那里有熟人吗？"

"有几个。你要去吗？"

我看了一眼手表，这是一个没有意义的动作，我只是想要一点思考的时间。我本已打算好今晚去歌舞伎町，想去几家中国人的俱乐部转转，和那些知道过去情况、了解刘健一的台湾女人聊聊。但是和丁友说完话后，我的脑袋里残留着一个挥之不去的疑念。频繁进入背景复杂的场所，打探刘健一的各种情况是一件危险的事情。

"去吧。"

"那好，我叫上阿亮一起去。有他在的话，出什么事都让人放心。"

程光亮是一个让人畏惧的彪形大汉。他身体强壮，虽说不是很凶暴，但是一般人在他旁边都会老老实实的。

"对，有阿亮在就放心了。阿华，你联系好锦系町的朋友，和阿亮一起先去锦系町，八点左右我去与你们会合。"

"这段时间你要去干什么，阿基？"

"我先去把钱存起来，带着这么多钱在外面晃荡不好吧？"

我翻过手掌，向王华伸去。王华的眼睛放出厌恶的光芒。

"这可是我们的钱。你千万不要忘记，阿基。"

"为韩豪报仇的钱，我不会忘的。"

王华从上衣的口袋内掏出了一个厚厚的茶色信封。我接过这个信封后，看了看里面的钱，面值为一万日元的钞票凌乱地塞满了这个信封。我有些怀疑这些钱是不是真的有一百五十万，但是觉得王华也不会因为这几个钱跟我闹别扭。十年前的话，十万、二十万的钱对于从中国非法来到日本的人而言算是个大数目，现在只能算得上是零钱。

我把这个茶色信封塞进了内侧的口袋。为了告诉来到我们面前的服务员我不需要点东西，我冲他摆了摆手。

"那我们待会儿见，阿华。八点前我给你打电话。"

我说完这句话后没等王华张嘴，就起身离开了。

11

信封里的钱不是一百五十万,而是一百四十二万。我从中抽出六十万,剩下的部分存入了假名登记的银行账号。曾有一个日本学生兼职出售印章、密码与银行账号捆绑的银行账号,我的存款账号就是从那个学生手里购买的。如果印章和密码发生变化的话,余额就会被取光。虽然存在这样的担心,但是比起存入自己的账号要放心得多。比起徘徊于繁华街区的鬣狗,国税局的官员更难对付。

由于时间还很充裕,我便回家冲个热水澡。我在车站前的快餐店用汉堡填满了肚子后,跳上了电车。虽然讨厌电车和拥挤的乘客,但是我确实不具备打车到锦系町的经济条件。乘坐总武线的我在锦系町下了电车,从检票口出来的时候是晚上七点半。我站在车站前拨通了王华的手机号码。

"现在,我在车站的前方。我该往那个方向走?"

"朝反方向走。东武酒店斜对过的杂居大楼中有一个叫'夜来来'

的店,我们八点半在那里碰面。招牌很醒目,很容易找到的。"

"'夜来来'?是个俱乐部吗?"

"我的朋友说想一边喝酒一边谈事。我也没办法啊,于是就选择了那里。"

王华含混不清地回答道。肯定是王华想喝酒了,而且那个店也有小姐。因为歌舞伎町有很多熟人,所以不方便干龌龊之事,在锦系町的话就没有那么多顾虑了,于是他动了淫念吧。

"据说那个店有很多东北的小姐,我们也可以放松放松。"

一股寒气又向我后背袭来,我不想去东北人聚集的地方。那里可能会有认识我的人,可能有认识我熟人的人。我那胡编乱造的经历可能会出现破绽。这些强迫性思维一直困扰着我。

"知道了。八点半对吧?"

"我和阿亮会早去一会儿,在这边闲逛没什么意思。"

王华随口说道。他早就顾不上我了。

"知道了。我尽量在八点半之前过去。"

挂了电话后,我加快了前进的步伐。在锦系町公园的十字路口左拐后,向前走了一会儿我就看到了东武酒店。酒店对面的右侧有一栋杂居大楼,我看到了红底黑字写着"夜来来"的招牌。那个招牌确实很醒目。

过了一会儿,我站在对面的人行道上,观察出入那个杂居大楼的人们。那里面有饭店、酒吧、成人会所等,这个时间店里的男人们已经开始工作了,进入这个大楼的基本上都是年轻女子。当然,没有一个是我认识的。一般在酒吧上班的女人年龄大概在二十岁左右吧,我来到日本的时候,她们还是小学生呢。

抽完三支烟后,我感觉站在那里没有什么意义,于是离开杂居大楼向东武酒店走去。我到休息室里要了一杯生啤酒。啤酒和香烟平息了我那凌乱的神经。我整理好思绪后，正好时间差不多了。在银台结完账后，我离开酒店直奔"夜来来"。

"夜来来"可能刚刚开门营业，顾客很稀少。王华与程光亮在店内最里面的包厢中，好几个小姐陪着他们两个。服务员带着我向他们那里走去，程光亮注意到了我，我向他挥了挥手。王华也看到我朝他们走去，他不耐烦地对我说："你来早了吧？"

"不，我来得正好。"

包厢的座位是个U字形的，王华坐在正中间。他的两侧分别坐着两个小姐，程光亮坐在他们的左侧，八个小姐伺候着王华他们二人。当店内客人变多的时候，这个包厢的小姐人数就会减少了吧。王华开心地用手搂着左右小姐的腰。

我坐在了他们的右侧。小姐们跟我打过招呼后，我开口对王华说："对方来几个人？"

"两个。"

"谈完事我就回去。"

王华皱起了眉头。

"你们谈事要谈多久呢？"

我旁边的一个小姐开口问道。她穿着一身露肩的红色长裙，亮丽的波浪形黑发很是性感。虽然她化了妆，但是眼角的皱纹依稀可见。她大概二十多岁吧。她身上有一种其他小姐没有的稳重。

"三十分钟或者一个小时吧。"

"一个小时后你就要回去了吗？"

"我是来谈工作的，不是来玩的。"

"不过你的朋友好像和你不同。"

这个女人偷看着旁边的王华小声说道。王华正陶醉在与左右小姐的聊天中，他好像把来这里的目的忘得一干二净了。

"我最初坐在那个人的旁边，可是他说不想要我这样的老女人。"

她说话的口气中并没有愤怒的味道。她是在嘲笑王华的愚蠢，同时她的声音让人感觉到一种照顾弟弟般的温柔。

"如果你是老女人的话，这个世界上的女人一大半就都是奶奶了。"

"谢谢。虽然我知道您说的是客套话，但是我还是很开心。在新宿那边，我这个年龄还算年轻，这里就不同了。我叫小慈，你呢？"

"我叫武基裕。"

"你是日本人？"

"第二代战争孤儿。"

"黑龙江，还是吉林？"

小慈歪着身子仰视着我。用手往上拢头发的动作与刚才的印象不同，让人感觉她还很幼小。通过红色裙子可以看出她的胸部说不上丰满，不过也能让人联想到娇嫩的果实。

"黑龙江的一个村子。"

"我也是。我出生于哈尔滨附近的一个农村。"

"我好像跟你一样。幸亏我妈妈是日本人，我才得以逃出那个破村庄。"

坐在我们对面的程光亮旁边的小姐端来了几杯掺了水的酒。我接过酒后，一饮而尽。便宜威士忌的呛味道刺激着我的喉咙。

"我可以叫你武先生吗？还是……"

"叫我阿基就行。"

"好的。"

小慈微笑着说道。在昏暗的灯光下，她的脸上好像突然闪烁着光芒。受她那笑容的刺激，我回忆起了过去。在我所生活的贫穷农村，连每天吃饭都成问题。可是，孩子们也可以无忧无虑地笑，我也像他们一样放声欢笑过吧。

"我家附近过去住着一个叫阿基的人，他比我……"

门口的方向好像变得热闹起来，小慈闭上了嘴。王华从座位上站了起来，对进门的客人招手，示意他们来这边。

"他们到了吗？"

"嗯，如约而至。好像来了两个人。"

我扭过头去将视线转移到了门口。那两个人下身穿的都是牛仔裤，走在前面的那个家伙上身穿的是皮夹克，后面的男的上身是红色卫衣。只看一眼的话，分不清他们是不是日本人。这样穿着的中国人最近也增加了很多。我看程光亮要站起来，于是我也跟着站了起来。

"阿基，我来给你介绍一下。他们两个是陈汉良和伍海。阿良、阿海，这位是阿基，那位是阿亮。"

不只是王华，我的朋友们在向别人介绍我的时候绝对不会使用我的全名。虽然我知道是我太敏感，但就是无法阻止，反正也没有多少人想知道我的名字。

穿着皮夹克的是陈，穿着卫衣的是伍。他们两个坐在了王华的旁边。小姐也相应增加了两名，坐在了陈和伍的左右。这样一来，包厢里就坐满了人，连一只蚂蚁容身的缝隙都没有了。大家互相说完客套话后，在谄笑声中举起了酒杯，干杯的声音响彻整个包厢。在第一杯酒喝光之前，大家谈的都是些不靠谱的无聊话题。小慈与我的对话在被打断后再也没有继续下去。

陈和伍是两个小偷。他们以东京近郊那些家中无人的住宅为目标，通过破窗而入的非法手段，盗取钱财。偷来的现金直接变成他们的收入，物品则流入黑市。如果黑市不好卖的话，他们就将东西以便宜的价格卖给锦系町一带的中国人。

得知他们两个的"工作"后，小姐们改变了眼色，开始向他俩诉说对名牌货及化妆品的需求。我控制住内心的焦躁情绪，一点一点地喝着酒。

"你心情好像不太好吧？"

小慈靠在我身上说道。

"我刚才已经说了，我是来谈工作的。这样下去怎么谈正事啊。"

"稍微等一会儿吧，小女孩没有眼力劲儿。"

"你就与她们不同嘛。"

"面对这样的场合，三四年前我和她们一样。但是，如今我已经'毕业'了。"

"真好。"

"是吧？如果您真这么认为的话，能不能安抚一下这么乖的小慈？"

这个女孩真会说话。我顺着她说的话，将两手放在了小慈的肩上，轻轻地抚摸她的胳膊。小慈的肌肤紧紧地被我的手掌吸住了。

"真温暖。这里空调的温度太低了。"

"好像哪里都是这样。"

我一边摸着小慈的胳膊，一边环视了一下店内的情况。店里已经来了不少顾客。服务员终于来到我们这里，叫走了几个小姐，让她们陪其他客人去了。

于是，讨论名牌的话题结束了。我给王华使了个眼色。

"阿良，接下来能不能跟你打听点正事？"

"好啊，你尽管问吧。"

回答王华问题的是姓伍的家伙。伍将身子面向我，点着了一支烟，他的左手放在了小姐的大腿上。

"你们知道我们的老大被杀的事情吧？"

陈回答说："啊，那起惨烈的事件啊。警察都巡逻到这一带来了，连我们也受到了影响。"

"我们正在寻找凶手，他们可能不是歌舞伎町的人。即便如此，我们也应该能听到点传言什么的，可是一点风声都没有。我们听说这边有个很有势力的人，才到这里来见你们的。"

"是那个家伙吧？"

我们一齐默默地点了点头。小姐们突然闭上了嘴，侧耳倾听我们的谈话。正因为如此，我才讨厌在这种地方谈工作的，不知道她们会将听到的事情透露给谁。

"小西由浩是他们的老大，中国名字叫赵浩。他们是一群第三代战争孤儿。"

陈闭上嘴后，伍接着说道："他们已经在这一带出没一年左右了。虽然是由四五个孩子组成的团伙，但是很有势力。据说这群战争遗留孤儿背后有日本的流氓撑腰，所以任何人都阻止不了他们。"

"这只是谣言吧？"

"谁会去确认这种事啊？你也是第三代战争孤儿，所以应该很清楚这一点吧。日本的警察对他们都点头哈腰的，加入日本流氓组织的战争遗留孤儿太多了吧？"

伍说得没错。从八十年代起，留在中国的战争遗留孤儿开始回国。有很多人找到了自己的父母或者亲戚，没有找到自己亲人的孤儿在日本过着最糟糕的生活。第一代战争孤儿基本上都已过了壮年的光景,学起日语来很辛苦,第二代和第三代能够比较容易地掌握日语,但是他们失去了在大陆上混得不错的父母。他们的生活很苦,被歧视被愚弄,所以很多第二代、第三代战争孤儿选择了走上使用暴力赚钱的道路。

"赵浩他们是飞车党。"陈开口说道,"他们在千叶好像很猖狂。父母也没有办法,所以将他们送到了这边的流氓亲戚家里。"

我大体知道了赵浩这个男人的背景。他只是一个在任何地方都会折腾的男孩罢了,我想知道赵浩是否与袭击韩豪事件有关。

"听说这个赵浩最近很狂?"

"没错。"这次回话的是伍,"最近几天,他带着自己的手下在这样的酒吧和色情场所玩乐,已经花了一百万了吧。问他们发了什么财,他们也不回答。他们平时总是虚张声势,如果这次干了一票大活儿的话,肯定会自大和到处吹嘘的。"

"你们有没有什么线索?"

"关于什么的线索?"

"那个赵浩干的大活儿。这边有没有相关消息?"

"没有。"陈回答说,"最近这边很安静。虽然有些偷盗的事情发生,但是没听说赚大钱的事件。"

"你不觉得可疑吗,阿基?"

王华一边吐着烟圈,一边对我说道。他的脸上浮现出自大的表情。

"目前还不清楚。"我兴味索然地说道。

"赵浩的住处和经常去的地方,你们掌握到了吗?"我向伍问道。

陈和伍面面相觑,他们二人以接近光速的速度明白了彼此的意思,瞬间脸上浮现出下流的笑容。

陈说："我们去查查吧？"

"能查出来吗？"

伍说："给我们点时间，我们试试吧。"

"需要多少钱？"

"二十万。"伍继续说道。

"你们也太能敲诈了吧？"王华凶狠地说道。

"我们也没办法啊，对方是个暴徒啊。他要是知道我们在找他老巢的话，不知道会搞出什么名堂来。二十万也包括了危险补偿。"

"可是……"

王华唾沫四溅还想说什么，我制止了他。

"等等，阿华！"

"你干什么，阿基？"

"我让你等会儿。"

我将两手交叉在一起，托着下巴思考。有一种想法闪现，可是也存在风险。不安束缚着我的心脏，黏糊糊的汗水又浸湿了我的脖子。我十分清楚，如果这种不安挥之不去的话，就无法向前迈出一步。

"我们可以出二十万，但是还有一个请求。"

"什么？"

"如果在这一带听到了刘健一这个男人的名字，请马上联系我。"

我感觉到小慈的动静，她伸手拿过王华那即将喝光酒的玻璃杯，为他重新倒上了酒。

"刘健一？谁啊？"陈歪着脑袋问道。

"你们没有必要知道这个。这个男人与这件事没有关系，只是我个人想了解他。"

陈与伍再一次面面相觑。可是这次他们两个好像没有达成共识，陈没有什么表示，伍好像对此感兴趣。

"如果你们也留心这件事的话，我先付给你们十万。"我没有给他们说话的时间，继续说道。

听我这么一说，陈好像也做出了让步。他说："知道了。如果我们有他的消息，会和你联系的。"

"谢谢。"

我从钱包里抽出钞票，细心地数完钱后递给了陈。陈把钱放入自己的钱包后，之前那种多少有点紧张的气氛终于得到了缓解。

"关于工作的事，我们就谈到这里。接下来为了增进彼此的友谊，让我们放松放松吧，啊？"

伍举起酒杯大声说道。陈也跟着举起了酒杯。王华有些不爽，勉勉强强地举起了酒杯。程光亮似乎有点漫不经心。我一边擦着手掌中的汗水一边举起了酒杯。小姐们发出娇滴滴的声音，我们的包厢一下变得热闹起来。

"感觉你们的谈话有点火药味。"小慈小声对我说道。

"情况比较复杂啊。"

"其他人暂且不论，你看起来不像是黑社会。"

我不知道回答什么是好。我掏出了一支烟，听到清脆的一个声响后，一团火焰出现在了我的面前。小慈向我伸过打火机来。我表示谢意后点着了烟。她手中的打火机是一个有些破旧的银色都彭（DUPONT）。

"在这种店里除了一百日元一个的之外，很难见到其他的打火机。"

"这是爷爷的遗物，它是当年日军的军官送给爷爷的礼物。"

我感觉我的头脑中火花四溅，火花变成无数的小刺不断刺扎着我的脑细胞。

"能给我看看吗？"我兴奋地问道。

小慈毫不犹豫地把银色的都彭打火机放在了我的手中。这是一个雕刻着细长方格的传统都彭打火机，雕刻的纹路已经变得暗淡发黑了，镀银的外表有多处脱落，露出了黄铜的内核。我感觉口渴，汗水也直往外淌。我屏住呼吸，把手中的都彭翻过来看另一面。充气口的旁边有一个明显的瘪坑。

我感觉到自己的身体在颤抖。胡编乱造的经历即将出现破绽，暴露只是时间的问题。

"你怎么了？看你脸色不太好。"

我没有意识到自己太专注于那个打火机了，小慈的脸和我的脸快碰到了一起，她和我同样看着这个打火机。

"没什么。这段时间有些睡眠不足，所以状态不太好。"

我将打火机还给了小慈，抽起烟来。烟刺激到喉咙后，我开始产生了呕吐的感觉。

"你没事吧？"

小慈摸着我的后背问道。我将烟熄灭，一口气干了杯中的酒。还是不行，呕吐感更加强烈了。

"阿华。"

王华摸着小姐的大腿娘里娘气地说："怎么了？"

"我身体有点不舒服。从那个时候以来，一直睡眠不足，身体有点吃不消了。这二位就交给你了，请好好招待他们。"

我从钱包里抽出十万日元递给我了王华。这样一来，除去要付给刘健一的五十万，我几乎身无分文了。

"你要回去了？"

王华目瞪口呆地看着我。他并不是担心我的身体状况，而是在意十万是否够支付今天在这个店的消费。

"不够的话，你先垫上。回头我还你。"

说完这句话后，我摇摇晃晃地站了起来，忍着呕吐感直奔门口。小慈跟在我的后面。

"阿基，真的没事吗？"

"睡一觉就好了。"

我若无其事地将放在我肩上小慈的手拿开说："你不必送我，去陪我的朋友吧。"

"可是……"

"我说了，我没事。"

"你是讨厌我吗？如果是的话，给你找个年轻的……"

"没有这回事。谢谢你，小慈。我还会来找你的。"

我冲小慈挥手告别，走向门口。到门口我停住脚步，回过头去。我努力用不颤抖的声音对小慈说："告诉我你的全名吧。"

"蓝文慈。问这个干什么？"

"真是个好名字。"

我忍受着痛苦说完，像逃跑似的飞快地离开了这个店。

12

"小文……她是小文。绝对没错,她是我的宝贝小文。"

我漫无目的地在锦系町的街上徘徊,嘴里一直嘟囔着,如同说梦话一般。经常被寒气包裹的身体,此刻带着温度,确确实实变得没有了实体。我也分不清自己是否真的存在于当世。胡编乱造的经历出现了破绽,我那虚伪的外衣被剥个精光,裸着身子的自己被抛入了世界。

肯定没错,那个银色的都彭是蓝文乐的。在我小的时候,他多次展示给我看,关于它的来历我也听腻了。都彭是蓝文乐的宝贝。

蓝文乐是我祖父的挚友。蓝家与我们家有五所房子之隔,他是蓝家的户主。在打仗的时候,他和我的祖父都是为日军工作的,所以得到了都彭。战后他和我的祖父都遭到了迫害,李家和蓝家成了村子里的异端。我们两家则背着村民继续交往。

蓝文乐在修理出了毛病的粮仓墙壁时,用都彭代替锤子钉了小钉子，都彭底部的伤痕就是当时留下的。我现在还清楚地记得当时蓝文乐那悲伤的表情，蓝文乐最心爱的都彭现在在一个叫小慈的女人手里，一个叫蓝文慈的女人手里。

"是小文，那个女人是小文。"

我离开了锦系町的车站，越走越远。国技馆在很远的前方。我像发了高烧一样，说着胡话继续往前走。

蓝文乐有两个儿子和一个女儿，大儿子继承了他的田地，二儿子去了哈尔滨。他的女儿嫁到了另外一个村庄，但是丈夫去世后，被婆家赶了回来。他的女儿带着一个宝宝，是个女孩。在中国农村，没有生下男孩的寡妇是没有任何价值的，这个小女孩就是小文。我们大家不叫她小慈，而是小文。蓝文乐的大儿子好几年前就娶了媳妇，他的媳妇为他生了两个男孩。这两个男孩是小文的表哥，他们都是一无是处的笨蛋，且蛮横粗暴。小文为了躲避傲慢的两个表哥，在很小的时候就常来李家的田地玩耍。和她一起玩耍的小伙伴就是我，李家只有我一个小孩。

小文迈着即将跌倒的踉跄脚步跟在我的后面。她说长大成人后要做我的新娘。

蓝文乐的大儿子虽然是个好人，但是毫无长处，碌碌无为。他的两个儿子很让人头疼。蓝文乐精神矍铄的那些年，这两个小鬼表面上很老实，当蓝文乐开始变糊涂的时候，他们露出了原形。我的祖父告诉我不要和蓝家的孩子交往。李家拥有绝对权力的是我的祖父，母亲又体弱多病，所以我没有违背祖父的劝诫。不过，我没有切断和小文的联系。

天真可爱的小文，像娃娃一样的小文。在一无所有的贫困农村，无条件追随我的小文，对我而言她比亲人还亲。春夏秋冬，我和小文一同成长，一同度过了北方恶劣的四季。虽然小文比我小七岁，但是年龄的差距不是问题。我没有年龄相仿的亲戚，小文也只有那两个狗屎不如的表哥。无论是李家还是蓝家，都被村子里的人排挤。蓝文乐渐渐衰老，舅舅也靠不住，我成了小文唯一的依赖。小文是我的开心果，她能够让我忘却郁愤，喜笑颜开。

我们如同亲生兄妹一样共同度过了美好的时光，两个人之间形成了比亲兄妹还要牢固的羁绊。小文认为这种羁绊能够永远延续下去。在我们很小的时候，她就认真地考虑过将来要和我结婚。

我却坦然地将这种羁绊切断了。母亲死后，我与这个家庭似乎产生了隔阂，在祖父问我是否去日本的时候，我的脑海里确实没有小文的位置。摆在我面前的路有两条，一是在农村被人指着脊梁、说着闲话生活，二是在日本赌上自己的将来，我没有在这两种选择之间权衡取舍。

祖父从别人那里买来的假户籍上，母亲是日本人，名叫中村菊子。我是她唯一的孩子。我乘坐政府给准备的飞机来到了日本，见到了中村菊子的舅舅。这个人一看到我，就说我和妹妹长得一模一样。在武氏家族的血统中，A型血的人有很多，我也是A型的。幸亏没有进行DNA鉴定，我的日本人身份得到了认可。武氏家族决定收留我。

我回到村子里，开始做迁往日本的准备。小文总是泪流满面，她紧紧地抱住我说："阿基，你要丢下我去日本吗？"我受到了罪恶感的谴责，但是我的眼里只有面向未来的新道路。"我不是日本人，我所持有的户籍信息是假的。"我如果对小文说出这句话，应该可以解救她。可是我没有去解救小文。

小文跟着我来到了开往北京列车的站台，当时她应该是十二岁。

小文紧紧地闭着嘴唇，肩膀在不停地颤抖。她的眼睛被泪水浸湿了，但是拼命忍着不哭出来。

我无法直视小文的眼睛，即使看着她的眼睛，我的想法也不会动摇；即使直视了她那悲伤的眼神，也不会改变去日本的信念，我讨厌这样的自己。我上了列车，找到一个空座后，打开了窗户，朝伫立在站台的祖父和小文的方向探出了身子，我是可以目不转睛地看着小文的正面的。

小文没有说任何抱怨的话，没有说任何责备我的话。

"我会等你的，阿基。我会等你的，你一定要来接我。你要把我带到日本去啊。"

"知道了。"我说出了无心的话，"我一定会在日本功成名就，然后来接你的，小文。"

我不知道她是否相信我对她说的这番话，小文只是默默地盯着我看，简直就像要将我的脸孔刻进她的头脑中似的。

列车启动，我向祖父和小文道了别。我想挣脱小文的悲伤，立刻在座位上坐了下来，目不转睛地盯着前方。我知道，只要我回头去看，小文一定在看着我。我知道她一定会目送我，直到列车消失在她的视线里。我在心中从一数到一百，回过头去发现，小文站在离我最近的站台边上，将两手放在嘴边，口中喊着什么。她的声音传不到列车这边，但是我却能清楚地听到她的叫声。

"这是我们的约定。我会等你的，你要来接我，阿基。"

我的心很痛。这时我真的感觉到了心痛。我一定会来接你的，你要等着我，小文。我在心里无数次地重复着这句话。我用之前从未有过的诚实，在心中对小文许下了这样的承诺。

我心安理得地放弃了这一约定，为了习惯新的环境而忙忙碌碌。

适应新的环境后,我又为赚钱而忙忙碌碌。随着时间的流转,我与小文的约定布满了灰尘,改变了形状,最后被我抛到了九霄云外。由于过分担心自己的处境,我努力去关闭过去记忆的大门。可能与之也有关系吧。但是,无论有什么样的理由都无法进行辩解,我违背了与小文的约定。那是我用自己人生中那真情实感对小文做出的承诺。

"她肯定就是小文!"

小文已经变了,幼小可爱的少女如今已变成了一个成熟的女人,恐怕我的变化更大。骨瘦如柴的农村少年,沾染了都市的尘垢,对于自己的罪恶吓得发抖,我已经失去了年轻的面孔,容貌变得丑陋,头发稀疏,脸上也爬满了皱纹。我站到镜子前吓到了自己,镜子中的我不知何时变成了疲惫的中年男人,看起来要比我的实际年龄大五岁。

一时间我没有觉察到眼前的女人就是小文,我想小文也是一样没有看出是我来吧。我们都发生了很大的变化,毕竟从黑龙江到日本,我们相隔得太远了。

我在这个陌生的地方漫无目的地闲逛,口渴得实在难以忍受,不得不停止了前进的脚步。应该很遥远的锦系町车站,看上去是那么近,我非常吃惊。我貌似又回到了原来那个地方的附近。我从自动售货机中买了一瓶冰镇的乌龙茶,一口气就喝光了。周围有一条类似于"夜来来"所在地的热闹街道,色彩斑斓的霓虹灯嘲笑着月光,张扬着自己的存在。杂居大楼中已经不见醉汉们的身影,散发出淫秽气息的男男女女从杂居大楼中走了出来。由中国人经营且面向中国人的俱乐部,基本上都是"带回去"的店。顾客与店内的小姐自行协商,如果商量妥了,顾客就会把小姐带出店,带小姐去附近的情人旅馆。小姐们用自己身体赚来的钱则要交给店里一部分。

"小文也在接客吧?"

我嘴里嘟囔着,不禁为之愕然。在那样的店里上班,不顾本人的意志而被强迫接客是理所当然的。我的手脚都麻了,感觉到下腹部的里面好像发出了"砰"的一声。附着在我身体上的热气像蒸发了一样消失了,那股熟悉的寒气又向我的后背袭来。

我扔掉乌龙茶的空瓶,拿起了手机,用颤抖的手指拨打了刘健一的电话。

刘健一立刻接了电话。

"是我,武基裕。有什么消息了吗?"

我用中文滔滔不绝地说道。

"不要着急嘛,这可不是一朝一夕就能搞定的。"

"锦系町有个叫赵浩的家伙,日文名是小西由浩。他是第三代战争孤儿,一个年轻的流氓。你听说过这个人吗?"

"没听说过。这个家伙怎么了?"

"最近这个家伙突然变得很有势力。他好像干了一票大活儿,至于究竟干了什么,他本人守口如瓶,周围的人也不知道。"

"你觉得这家伙可疑?"

"我也不清楚,只是想确认一下。"

"知道了,我查查看吧。赵浩,是吧?"

"对了,我还有一事相求。"

"什么事?"

"锦系町中有一个叫'夜来来'的中国俱乐部,你能不能帮我查查那个店的老板是谁?"

一如既往的不安让我变得很焦躁。只要一想到小文接客,急迫的心情就会涌上心头。

"那个店和韩豪的事件也有关系吗？"

"没有……"

我刚要张开嘴，将想说的话又吞进了肚子里。刘健一会立刻觉察到我对"夜来来"的执着吧，进而会了解到我和小文的关系。如果那样的话，我一直拼命保护的经历就有可能会暴露。

管他呢——我的头中自己在嘶喊着。去救小文！信守与她的约定。你当时没有保护好美琪，现在去做些补偿吧。

"怎么了，阿基？"

刘健一的声音在催促着我。

"没什么，这是我个人的事。你能帮我调查吗？"

"这是另外一回事啊。那么，钱也要另收。"

"多少钱？为了调查韩豪的事件，我这里存着朋友出的钱，还有些剩余。不过，我个人的问题可能不会花那么多的钱吧？"

"从我这里购买情报，不一定必须拿钱买。"

"不用钱的话，用什么支付？"

"等价交换。如果你知道我想要的情报，我们可以进行交换。"

"如果我没有任何你想要的情报呢？"

"那是不可能的。"刘健一像打嗝儿似的笑着说道，"锦系町的两件事我会立马调查的。昨天提到的五十万，下次见面的时候带来就行了。再见。"

刘健一突然挂断了电话。我感到四肢无力，呆呆地站在那里。我感觉那些艳丽的霓虹灯灯光正在嘲笑我。

13

  我像一个迷路的孩子，无依无靠地在锦系町溜达。理性告诉我即使做出那样的事也是没有用的。但是，我的感情抹杀了理性，被热闹街区的淫秽空气同化后飘到了空中。

  当我回过神儿来的时候，我已经站在了进入"夜来来"的杂居大楼前。我潜伏在黑暗中，观察着出入那个大楼的人们。如果小文和客人一起出来的话，我将做什么？我将不做什么？一切都变得暧昧和模糊。空气中夹杂着酒精和残羹剩饭的味道，这种空气和黑暗悄悄地侵袭着我的神经。与小文的分别，与美琪的相遇，仰望天空停止呼吸的美琪。应该被厚重的混凝土固封着的过去，变成了臭气喷射出来。

  时针转到了凌晨三点。中国人是善于熬夜的民族，一过晚上十二点，出来活动的人就多了起来。但是，平常到了三点多少会有些变化的。中国人在日本的标准时间里进入了无意识的状态。

好几对男女从杂居大楼里走了出来,他们消失在去往酒店一条街的黑暗中。我没有看到小文的身影,继续潜伏在黑暗中等待,像是钻进了世界的裂缝,提心吊胆地等待着世界的毁灭。

凌晨三点半,"夜来来"招牌的灯光熄灭了。

不大工夫,小姐们叽叽喳喳地走出了杂居大楼,小文也在她们当中,她们在商量着去吃什么。小文站在离她们有一定距离的地方打着电话。决定好吃饭的地方后,小文向这些小姐一个接一个地挥手告别,继续拿着手机听电话。小文换上了自己的便服,她穿着衬衫和牛仔裤。有些僵硬的脸上不见了昔日的风采,短小的手脚、苗条的身材,扁平的胸部变得十分圆润。那个女人真的是小文吗?是那个像娃娃的小文吗?是那个到哪里都一直跟在我屁股后面的小文吗?

小文挂了电话后,向前走去。我从黑暗中抽出身子,在后面跟踪小文。小文朝着与那些小姐离去的反方向走去。路过东武酒店后向左拐,沿着河边南下。她那挺直脊背走路的背影在夜里也能看得很清楚。周围没有什么人的气息,小文也没有因注意后方而回头,迈着大步径直朝前走。

穿过几个十字路口,过了新大桥大道后,小文进入了一个小公寓。这个公寓一共有六层,大概有二十户。这一带有好几栋这样极为普通的公寓。公寓入口是一扇镶着玻璃的门,进入之后右首是一排信箱。前面是电梯大厅,我等着小文走到电梯。我路过公寓门前后继续前行,抽完一支烟后,转身往回走。小文的身影已经从我的视线中消失了,我假装这里住户的样子走进了这个公寓后,发现电梯停在了第六层。我开始观察这些信箱,这个公寓的构造貌似是一层三户。六〇一和六〇二房间的信箱写着日本人的名字。六〇三的信箱没有标注居民的名字。虽然信箱是锁着的,但是大量的邮寄广告从收信口溢了出来。

我从中抽出一份，是减肥用品的邮寄广告。电脑印刷的收件人信息中清楚地印着"蓝文慈"。

"肯定没错。"

我嘴里嘟囔着，心跳变得剧烈起来。那个小文就在我的眼前，可是我却无法公开自己的真实身份。事到如今，我可以告诉她"无论变成什么样，我都是你的阿基"了吧。我将抽出的邮寄广告放回了信箱后，走出了这个公寓。我双腿无力，地面好像消失了一样，我感觉自己掉入了深不见底的黑暗之中。从地狱爬上来的无数冤魂拉住了我的脚，非常恐怖。

距离新大桥大道只有几米，我却认为那是一个无限遥远的距离。

14

我苦闷地度过了一个难以入睡的夜晚，起床打理好自己后前往与矢岛约见的地方。电车窗户上映出我的脸，看上去简直就像个幽灵。面色憔悴，毫无光泽，感觉不到实体。

矢岛伫立在高轮王子酒店的大堂里，他一定是和平时一样按部就班地在那里等我吧。矢岛拿出手机，不一会儿我的手机就响起了来电的铃声。

"我在一个叫'若竹'的天妇罗店预约了一个单间，登记的名字是须藤。"

矢岛说完这句话后就挂断了电话。矢岛装作不认识我，我也不向矢岛的那边看。

我横穿过大堂，在天妇罗店报上了须藤的名字。四块半草席大小的房间里，已经开始准备饭菜了。我喝了一口茶，刚叼起一支烟的时候，矢岛进来了。

"你脸色很差啊。有没有好好睡觉？"

矢岛盘腿坐在了我的正对面。

"最近见到我的人都这么说。矢岛先生，这次的工作真的相当费力啊。"

"哎，这些话待会儿再说。"

女招待员来到我们的单间开始介绍饭菜。总而言之就是天妇罗怀石料理。矢岛是特意这么安排的吧,做好的饭菜没有按顺序端上来，而是将已经炸好的天妇罗都放在了桌子上。矢岛用习惯的语调告诉招待员如果有事会叫她的，并吩咐她不让任何人靠近我们的包间。在矢岛与招待员说话的时候，我给他的玻璃杯里倒上了啤酒，给自己的杯子里倒上了茶水。我没有喝酒的心情。

女招待员一走出包间，矢岛快速拿起杯子凑到了嘴边。他叹了口气后，放下玻璃杯，一边用筷子夹菜，一边开口对我说："有什么进展吗？"

"歌舞伎町那边没有任何消息，也许是其他地方的家伙干的吧，我正在努力从其他的地方搜集情报。"

我隐瞒了赵浩的情况。没有必要将手里的牌全部打出。

"我知道调查这件事很难，但是你也要抓紧啊。警视厅好像也改变了眼色，如果不能找出凶手的话……"

矢岛的话说很含糊，他耸了耸肩膀。矢岛喝过啤酒后，脸颊变得绯红，与他脸上苍白的胡须交相辉映，矢岛那五彩的皮肤看起来像个爬虫。

"你和村上说了什么？"

矢岛一边嚼着天妇罗一边问我。我冷淡地回答了他的问题。

"如果顺利的话，你能够成为东明会的舍弟，武君。"

"如果我能完成好这次任务的话,你承诺我可以获得自由,对吧?"

"离开歌舞伎町你能去哪里呢?这个时候你是找不到像样的工作的。"

"我会自己想办法的。"

"不过,我认为你能够继续从事好的工作。"

"收入太少了。"

"你这么说那就完了。哎,也好。韩豪掌管的摇头丸货源,这次该由别人继承了吧?"

不到三十分钟,矢岛就吃光了自己的东西,而我的还剩一多半。我将还没有动过筷子的碟子推到了眼馋的矢岛面前。矢岛脸上浮现出卑鄙的笑容,对我说不好意思。

"说实话,我不清楚。为了搜集袭击韩豪的情报,我已经忙得焦头烂额了……我认为韩豪的手下们不会继承摇头丸的来路,谁也不具备那样的能力。"

"如果韩豪活着的话,会指明你来做继承人吧?"

矢岛的口吻不像是开玩笑。

"矢岛先生,您也太相信我了吧。"

我调整了一下坐姿。这些年,我对矢岛唯命是从。虽然我讨厌那样的话语和态度,但是我总是依赖"这是矢岛的命令"来为自己的行为辩解。或许是无所谓的,自己的人生已经无所谓了。连我自己都没有注意到,自从美琪去世后,我就变成了一个没有灵魂的躯壳。因此,我对死亡、被揍和被他人掌握自己的弱点等很是敏感恐惧。我是一个不完整的人,令人唾弃。

但是,我与小文重逢了。她是我年幼时的伙伴,我的分身。那个少女与我分享着我的记忆。我想遵守那天的约定，即使这个约定已经布满灰尘、出现裂缝、改变形状，我也想用最真实的自己去弥补。我要把小文从那个被迫卖身的店里救出来，让她过上正常的生活。经过一晚上的思考，我最后得出了这样的结论。

救出小文是需要经费的。我必须从矢岛的束缚中逃脱出来。

"你是瞧不起你自己吧？你虽然是个门外汉，但是作为缉毒警察的情报员，已经活动了三年，而且没有引起任何人的怀疑。你是如此的机警。"

"我只是运气比较好罢了。今后就不一定继续拥有这种好运了。"

"好了，这是对你女人的吊慰。再坚持一下吧。"

矢岛是个经验老到的家伙，他知道只要提到美琪，我就会老老实实地闭嘴。不过，现在不一样了。一切都发生了变化。

"我告诉你的情报咨询公司怎么样？"

"刚过了一天，目前还不清楚它的能力。"

"我做了一些调查，他过去好像是个有头有脸的人物，在歌舞伎町也是如此。"

"好像是。我也听到了关于他的传说。"

"当时我们缉毒警察掌握了新宿的外国人组织犯罪的全貌，也留下了不少资料……"

矢岛从西服内侧口袋中取出一个茶色信封。

"这是什么？"

"我复印了部分留在我们那里的资料，这是关于刘健一这个男人的背景调查。虽然没有什么重要的内容，但还是吸引了我的眼球，于是我把这些情况给你带来了。"

"谢谢您！"

矢岛伸直两腿，用牙签开始剔牙。我们的事情谈到这里就结束了。明明在电话里就能解决的问题，非要使用经费来大吃一顿，因为这是矢岛最大的乐趣。虽然这种做法很龌龊，但是我却不能嘲笑他。

刘健一，大家都叫他健一。一九六二年二月十三日，他向涩谷区政府提交了出生证明。他的母亲叫高桥信子。文件上没有登记父亲的名字。原籍是涩谷区本町。一九七五年搬到了现居地新宿区，从那以后文件上的住址就没再变更过。学历是初中毕业，没有赏罚记录。十八岁的时候获得了驾照，如今已持有优秀驾驶员驾照。过去五年在税务局申报的年收入在五百万到七百万之间浮动。职业是歌舞伎町饭店的经营者。

这只是索然无味的个人简历，只要在新宿生活就必定经历的一些艰难并没有在资料中体现出来。

我控制住自己不耐烦的情绪，翻开了下一页。刘健一个人履历的下面貌似是某位官员撰写的报告。内容是从一九九九年开始记述的，基本上无视现实社会编纂出来的传说，只是罗列着冰冷的情报。其中九成的情报是基于外界的传闻，没有涉及什么谣言。大麻、兴奋剂、销魂药、摇头丸，缉毒警察好像曾经有意让刘健一做中日暴力团伙之间的桥梁，但是一切都以扑空告终。该报告断定刘健一是单纯的情报咨询公司的经营者。

虽然矢岛摆着架子将这些资料给了我，但是对我来说只是一沓废纸。

没有与刘健一和锦系町那两个家伙取得联系，我是无法动身的。我不喜欢无所事事地消磨时间，于是我走出了房门。我在菊川车站下了地铁，小文的公寓就在跟前。小文的公寓后面与河相对，河堤上有类似于公园的配套设施。我坐在了这个公园的长椅上，一边抽着烟一边眺望着小文的公寓，再一次打开了记忆的大门。

当时农村的生活是凄惨的，我家特别贫困。由于祖父曾为日本人工作过，左邻右舍都排挤我家，而且家里根本就没有足够的人手去干农活。上了年纪的祖父和我，然后就是体弱多病的母亲。我们好不容易收获了自己的粮食，却被村里掌权的人不客气地抢去了。正在长身体的我经常饿肚子，我只能进入附近的山去寻找水果和蘑菇来填饱肚子。

山中的树林是我唯一的栖息地。孤独地伫立在寒冬中的树林，随着春天的降临会吐出鲜绿的叶子。进入夏季的树林，我会被呛人的味道和平静的空气包围。秋天的红叶映入眼帘会显得有些凄凉，但到处都是大自然的恩惠。

最初我是一个人进入树林里的。小文长大一点后，我牵着小文的手一起进去。我在小文面前得意地显摆自己的知识，讲着树木和花草的名字、昆虫的习性、如何辨别能吃的蘑菇和不能吃的毒蘑。小文总是两眼放光，听得津津有味。她对我来说是一个理想的学生。由于我和小文两个人在树林里的探索太愉快了，忘记了时间，忘记了农活，经常遭到祖父和蓝文乐的严厉批评，被批评后我们就老实了。可是，当肚子饿得难受的时候，我还是无法无视小文仰着头看我想去树林的眼神。

我和小文都讨厌冬天。一到冬天，大雪就会封闭树林，农闲期家里的气氛总是很沉重。大人们担忧粮食的不足，想到明年还要面临同样的艰苦生活就长吁短叹。虽然孩子们没有了容身之处，但是也不能出去。听着收音机里千篇一律的节目，看着祖父给的中文和日文书，厌烦了目不转睛地看书后，就到牛圈挤在牛的身上取暖。

现在想想就觉得受不了。

　　有一次，记不清是什么时候，我和小文在我家的牛圈里。当时很冷，嘴中吐出的哈气能立刻变成白雾，用嘴吹手根本无法暖和起来，反而会瞬间冻上。我骑在牛背上忍受着寒冷。不知什么时候小文来到了牛的脚下，她告诉我她也想到牛背上来，于是我抱着小文一起跨上了牛背。虽然我也很瘦，但是感觉小文好像没有体重一样，很轻。为了不被冻上，我们两个挤在一起，完全不顾牛的情绪。也许当时我有一些性的兴奋吧，仍然年幼的小文，身体却具有一种和男人不同的弹力。

　　对了，就是那个时候我们两个人互相立下了约定。被北风吹得发抖的小文嘟囔着"我讨厌冬天"。她的声音太细了，像具有无法抗拒的魔力牢牢地抓住了我的心。

　　我们去没有冬天的地方吧。我和你两个人离开村子，奔向暖和的地方。我一定会带你去的，我一定会带你去不会让小文冷得发抖的国家。

　　记忆的洪流波涛滚滚，尘封的记忆如同泛滥的河川一般吞没一切，继续流淌。

　　电话铃声打断了我的回忆，发现自己坐在长椅上发呆。如果手机没有响起的话，我不知道会这么坐着到什么时候。我疲惫地从口袋里掏出了手机。来电好像做了不显示号码的手脚，我不知道对方是谁。

　　"喂？"接通电话后我用中文说道。

　　"我是刘健一。"刘健一用日语报上了自己的名字，"'夜来来'的老板已经查清楚了。"

　　云雾缭绕的大脑好像变换了开关一样，突然变得很清晰。

"告诉我吧。"

"徐锐……"刘健一用中文说出了一个男人的名字,"他是台湾人。三十多岁,虽然比较年轻,但是好像做着大买卖。"

"住址和电话号码是?"

"你现在方便拿笔做记录吗?"

"我对自己的记忆力很有自信。没关系,你继续说吧。"

刘健一将这个男人的手机号码和住址告诉了我,我将这些信息刻进了脑子里。

"他的背后好像有大人物扶持吧?"

"目前还没有调查到这一步。既然是个年轻的台湾人,要么是做正经生意的人,要么是背后有人扶持,想想也就这两种可能吧。"

"知道了,请继续调查叫徐锐的这个男人的背景。另外,如果能给我弄一张徐锐的照片就更好了。"

"你想干什么?"

"和你没有关系。"

"好吧,我会按照你说的去做的。今晚或者明晚,请你来我店里一趟。我想和你谈谈关于这件事的费用方面的细节,韩豪事件的情报差不多也该到了,徐锐的照片也顺便给你。"

"一有时间我就过去。"

"我等你。再见。"

刘健一挂断了电话。我从长椅上站了起来,再一次仰望小文的公寓。公寓的墙面脏兮兮的。但是,应该不会像在故乡的农村那样挨冻吧。

江东区东阳三—X—X,东阳花园九〇一。我乘坐出租车来到了刘健一告诉我的徐锐住址。东阳花园是新建的公寓，给人感觉它比周围的建筑物高出一头。虽然我不知道最近公寓的行情，但是一户也不可能到五千万。正如刘健一所言，徐锐赚的钱好像相当多。

能找到这里固然是件好事，可是我此时感到迷惘。公寓的入口处好像配备了最先进的安全系统，需要输入密码或者用里边居民给的磁卡刷卡才能进去。即使侥幸溜进去，入口的内侧就是警卫室，穿着制服的警备员也会监视到。周围的行人很稀少，偶尔会有几个居民出入这个公寓。我既然不知道徐锐的长相，检查出入这个公寓的人就没有意义了。

我在公寓的周围徘徊，最终决定放弃，我刚要离开这里，公寓入口的方向有了动静。三个男人从公寓里走了出来。

这三个人年龄大概都在三十岁左右，都穿着名牌西装，看起来都像商人，不过无法判断是大陆人还是台湾人。我朝与他们三个人相反的方向走去，一边走着一边拿出手机拨打了从刘健一那里打听来的号码。我一边咽下留在嘴里的口水，一边按下了通话键。

过了一会儿，我听到了滚石乐队的旋律，是《Satisfaction》的来电铃声。我挂断电话后回过头去，看到中间的那个男人好像将手机贴到了耳朵边。

徐锐，肯定没错。我虽然想跟踪他们，但是更不想冒险。

徐锐在对其他两个人讲着什么。我听到了一些随风飘来的声音，他说的好像是台湾方言。

从入口出来的时候，徐锐的面孔已经刻进了我的眼里。

我拿起手机，用打电话来消磨时间。记忆的洪流难以忍耐，我好像不能集中精神想一件事。

王华说陈和伍还没有与他联系。没有任何异常的动静,也没有任何新的情况。巡逻警察仍然到处都是,即使只是在歌舞伎町走走都有危险。在这种状况下,能搜集到情报吗?

面对每隔一个小时打一通电话的我,王华最后喊着说道:

"非法入境和非法就业的外国人确实有存在于歌舞伎町的,只要进行职务询问就能将其送回国,指望在歌舞伎町搜集情报是白搭的。"

在这个夜深人静的时候,想去锦系町的想法涌上我的喉咙。从黑暗的歌舞伎町胡同里伸出了无数的手,抓住了我的四肢。这些手各自朝着胡乱的方向拽我,我产生了这种错觉。身体好像被拉得四分五裂了。

我忍受着疼痛,在歌舞伎町的夜色中徘徊。我走进了一家正经中国人——持有签证的中国人聚集的店,说三道四的家伙谈论着韩豪被害的事。我竖起耳朵去听,也得不到任何新的消息。夜间在歌舞伎町谈论的净是些乱七八糟的谣言,韩豪的被害一事被抛到了胡同的黑暗中变得模糊不清,我获得自由的希望也愈加渺茫。

我下定决心向刘健一的酒吧走去。应该被记忆的洪流冲跑的不安缠住了我的脚。我站在那厚重的铁门前,一动不动。我抬不起按门铃的胳膊,像一尊石像伫立在那里。这时,我听到头上传来打开窗户的声音。

"你打算在那里站多久?"

这是刘健一的声音。我忘了他可以在监控中看到我这回事。

"请开门。"我开口说道,没有抬头看摄像头。

随着一阵笑声,门打开了。我感觉身体一下就燃烧了起来。我的一切都被看透了——屈辱感比不安更加强烈。登上了狭窄的楼梯,我跑了上去。

店内和平时一样,没有一个顾客。刘健一坐在窗边的一个座位上,眼睛盯着电脑。电脑旁边放着一个大杯子和烟灰缸,刘健一的左手拿着一支冒着烟的雪茄。

"你抽雪茄啊?"

我随口说道。因为我不知道除了这个说什么好。

"你是觉得我不像是抽雪茄那种类型的人吗?"

刘健一的声音很嘹亮,任何人都听得出来话里充满讽刺。

"你对雪茄了解有多少?贵?劲儿大?味道比烟草好?在大型跑马场抽雪茄烟?"

我含糊地摇了摇头。我对雪茄烟一无所知。虽然我知道大型跑马场风靡一时的职业选手,但是第一次听说他有抽雪茄烟的嗜好。

"无论你对雪茄烟了解多少都没有关系。对我而言,雪茄很香,仅此而已。"

刘健一抽着雪茄说道。大量的烟圈盘旋上升,烟中隐约有些香味。

"你也听说了不少吧,我过去掌控着这条街。"刘健一右手攥着拳头说,"如今我只有这个店了。福建人和东北人从我手中夺走了一切,过去福建人狗屁不如。"

电脑显示器的光芒照着刘健一的脸。他脸色苍白,两眼乌黑,嘴唇红润,看上去像是一个从阴间来的鬼魂。

"跟我来!"

刘健一站了起来,拿着杯子开始走上了店内的楼梯。这楼梯和门口的一样狭窄,楼梯平台有一个洗手间,继续往上爬楼梯来到了楼上的阁楼,顶棚很低。在这个只有四张半草席大小的空间里,摆放着一张沙发床、一个衣柜和一个玻璃窗贮藏柜。贮藏柜里面塞满了盛放雪茄烟的箱子。迎面的门上方挂着一个数字温湿度计,温度是二十摄氏度,湿度是百分之六十八。在贮藏柜周围可以听到电动机的声音,柜的下层放着一个黑色的匣子,也许是它发出的声音。

"这是我的一切。"

刘健一伸出右手说道。他转过身来,抽口烟后继续说:"我这里够简陋的吧。"

确实是个简陋的房间。存放着雪茄烟的那个华丽的贮藏柜打破了这个房间的平衡。

"我住的地方和这里差不多,只是比这里大一点而已。"

刘健一翘起了嘴唇,他是想笑出来吧,可是那个让人联想起海底的乌黑眼睛没有表露出任何感情,他只是静静地看着我。

"你真是个温柔的男人。"刘健一说道。

"我还是第一次听别人这么说。不过,你肯定特别讨厌温柔的男人吧。"我舔着嘴唇说道。

刘健一这下摇晃着身子笑了起来,乌黑的眼睛已经不再盯着我看了。

"我不怎么喝酒,对女人本来也没有很强的欲望——这并不是说我喜欢男人啊——说起工作之余的乐趣就只有这个了。"

刘健一把手中的杯子放在地板上,打开了贮藏柜。电动机的声音好像也变大了,地板上除了杯子还有一个和楼下一样的大号烟灰缸。刘健一打开了一箱雪茄烟,取出了一支细长的雪茄。从口袋中掏出了一把类似小刀和一个打火机模样的东西的他,在切掉烟嘴后,打着了打火机,打火机喷出了细长的蓝火。刘健一用来点烟的不是打火机,而是一个小型的喷灯,细长的火苗外焰精巧地烧着雪茄。当雪茄的烟头变红冒出烟后,刘健一熄灭了喷灯,将这支雪茄烟递给了我。

"你试试这烟。不要将烟吸到肺里,只在口中吞吐就行。"

我接过这支雪茄烟,吸了一口,与普通香烟相差悬殊的烟量进入了我的嘴里。虽然我理解刘健一的意思,可是已经习惯吸普通香烟的喉咙无意识地将烟送到了肺里。

我并没有被呛到,也没有咳嗽。虽然受到了大量尼古丁的冲击,但是也尝到了烟的香味。这是以甜味为主的雪茄烟,芳香柔和,与我平时吸的香烟正好相反。

"怎么样?"

刘健一歪着脑袋看着我问道。

我回答说:"味道不错。"

"这是古巴产的名牌雪茄,在古巴也是很甜的。出人意料的是,它与普洱茶一起享用更加美味。"

刘健一再一次拿起放在地板上的杯子,一边喝着杯中的茶一边抽着雪茄。刘健一抽的雪茄和我的在颜色、长度和粗细上都不同。

"你已经对雪茄没有偏见了吧,是不是?"

"嗯,我没有想到会这么好抽。这下我就理解那些抽雪茄的人了。"

"不过,你并没有完全了解雪茄烟。"

我又抽了一口雪茄烟。这次没有让烟进入肺里,只是在口中回味它的香气。最开始的第一口感觉到的是甜味和香气,不过这一口让我感觉到甜味里面有几种香味复杂地交织在一起。让人难以置信的多种香气融合在一起,升华成了香草的香甜。我一边吐着烟圈,一边等待着刘健一的话语。

"人吧,有很多只要知道一就想知道十的笨蛋。你抽的雪茄烟,是我在这……"刘健一指着贮藏柜说,"精心培育出来的,所以很好抽。你可以到那边时髦的雪茄吧去抽抽一样的雪茄烟,肯定会觉得难抽得抽不下去的。"

"也就是说只有抽了难抽的烟后，才能了解真正好抽的雪茄烟？我好像已经明白这一点了。"

"只理解到这一层次是不行的，雪茄并不是由其本身决定味道的。抽雪茄的人的身体状况和精神状态等细节能改变其味道。另外，即时放在同一箱中同一牌子的雪茄烟，每一支烟的味道也可能都不同。"

"总之……"

"总之，只抽一支雪茄烟是不能了解其全部的。抽十支、一百支、一千支都无法完全了解。所以，雪茄跟人是一样的。"

"就像你一样？"

"嗯，就像我一样吧。"

刘健一说完，叼起了雪茄。他只是抽着雪茄烟，并不打算说话。我也抽着自己的雪茄烟，进一步感受它的味道，同时思考着接下来的话题。我没有想到刘健一为了向我介绍雪茄烟而滔滔不绝。这里边应该有什么蹊跷。

我一边抽着雪茄，一边等待刘健一再次开口说话。两个中年男人在昏暗的房间中一言不发地抽着雪茄，缓缓升腾的烟气令人毛骨悚然，也有些滑稽可笑。刘健一没有开口说话的意思。我觉得他是在试探我，内心有些焦急，雪茄烟的三分之一已经变成烟灰了。

"刚才你说的这番话是要给我什么教训呢？"

我实在忍受不了内心的急躁，率先开口问道。

"人都是傻瓜。虽然想了解对象，但是无法理解其全部。任何人都不知道这么简单的道理。你又如何呢？我觉得你比别人聪明一些。实际上又是怎么一回事呢？你这种人是最不好应付的。"

"你是什么意思？"

"即使到处打听我的消息,到头来你还是对我一无所知。"

飘在空气中的烟可能是太浓了,我看不清刘健一的脸色。冷气不知不觉袭来,雪茄的烟气变成了烟雾。我的脑海中浮现出台南饭店的丁友,还有锦系町的陈和伍的脸孔。无论是谁,他们三个都有可能是刘健一的情报员。

"好了,我们下楼吧。我这里已经获取了不少情报。"

刘健一用下巴指着楼梯的方向对我说道。我不想违背他的指令,悄然转身走下了吱吱嘎嘎的楼梯。我和刘健一脚踏楼梯的节奏踩到了同一调子上,奏出了奇妙的旋律。来到楼下后,刘健一走到了我的前面,坐在了电脑前的一把椅子上。电脑的屏幕是黑着的,刘健碰了一下键盘,屏幕变亮了。

"袭击韩豪的家伙不是新宿一带的人,可以这么下结论吧。虽然给予了很多奖励,但是一条像样的情报都没有。"

我想看一下电脑的屏幕,可是刘健一的肩膀摆出了一副拒绝观看的架势。不安如同雪茄烟的烟气一样缠绕着我的身体。我的精神状体做不到无视刘健一的拒绝。于是我坐在了他的正对面。

"如果暗中指挥的人是新宿的人,即使袭击韩豪的家伙不是这一带的人,也肯定能获取一些风声的。但是,这次什么也没有。凶手是从外面来的,袭击韩豪后,又回到了外面。只能这么认为了。"

刘健一站了起来,继续敲击着键盘。夹在左手的雪茄已经出现了两厘米长的烟灰,正如那牢固的外观,看不出烟灰要掉下来。

"除此之外的线索呢?有没有什么消息?"

我张嘴说话的时候才注意到嗓子渴得冒烟了。喉咙里面干透了,舌头发硬,已经不能正常地说话了。

"我们发现新宿一带收集不到情报,所以今天上午扩大了调查范围。池袋、涩谷、六本木、上野、锦系町……从这些地方听到了一些风声。其中也包括那个赵浩的消息。"

"据说他在做很赚钱的生意？"

"是的。"刘健一把烟灰弹到了烟灰缸里，"这两三天他好像玩得很大。除此之外还有一些让人担忧的情报，不过现阶段继续深挖锦系町的线索是最好的选择吧。当然，我们也获得了一些其他的情报。"

"赵浩的住址是？"

"现在我就让他们去查。我在锦系町有几个关系，明天就能知道了吧。接下来就是这个……"

刘健一的背后和楼梯之间放着一个黑色的箱子，他伸手从黑色的箱子里取出了一张照片和几页文件。

"这是徐锐的照片。"

我从刘健一手里接过了照片。照片上面是一个男人的头像，一头短发和锐利的目光。没错，他肯定就是我今天在东阳町见到的那个男人。

"他好像在锦系町和新小岩经营着几个类似于'夜来来'那样的店和色情场所。可以说一半是流氓生意，一半是正经生意吧。据说他的手下有几个俯首帖耳的东北流氓。"

刘健一平静地说道。

"资金来源呢？这么年轻就能做这么大的生意，应该有些背景吧，是不是？"

对于我的问题，刘健一摇摇头回答说："还没有调查到这一步。如果你想知道的话，我会安排人去调查的。"

我很想知道。徐锐这个男人是个怎样的人？背后有谁为其撑腰？是否容易驾驭？他会成为我拯救小文时的障碍吗？我想了解一切能够知道的情况。

"我的报告就到此为止了。"刘健一安静地说,"接下来轮到你了。"

"轮到我?"

我感觉自己好像被泼了一盆冷水。

"先把钱交了,五十万。"

"啊,这个啊。"

我急急忙忙地拿出了钱包,将十万一捆的五捆钱递给了刘健一。

"这是调查韩豪事件的押金,对吧?"

我没有必要回答这个问题。刘健一说这句话并不是问我,只是在提醒我罢了。

"'夜来来'和徐锐是另外一回事。押金也需要五十万。"

"我在电话里不是已经说过了吗?这份押金请你先等等。"

"你的伙伴们为了给韩豪报仇凑了一百五十万的经费,对吧?"

泼在我身上的冷水变成了热水,流到了我的后背上。刘健一无所不知。没有什么事能够瞒过这个男人。

"你怎么知道的?"

"我跟你说过好多次了吧,这是我的生意。一个人走漏了风声,别人听到之后又会告诉其他人。这么传来传去的就会传到我这里了。"

我舔了舔嘴唇,嘴唇也干得裂开了。

"那个钱是大家凑出来的,不是我一个人的。我不能因为私事而动用这个钱。"

"那你怎么支付呢?不好意思,我调查了你的经济情况。五十万,虽然我觉得你不是支付不起,但也不是那么容易。"

"我会想办法的。"

我用颤抖的声音说道。我越想抑制这种颤抖，颤抖得就越厉害。他是怎么知道的？他都知道什么？我头脑中的另一个声音在嘶吼，而且声音越来越大。

"我在电话里已经跟你说了，不一定要用钱来买情报。等价交换也是可以的，我说过吧？"

"你要让我交出什么呢？"

"第一，停止对我的调查。"

刘健一脸上的笑容或者接近微笑的表情消失了。他那双乌黑的眼睛就像虚无的入口，目不转睛地盯着我。

"知道了。"我用颤抖的声音回答道。

"第二，在这起事件调查中你付出了不少心血，我希望你能把在这期间的听闻向我汇报。当然，你要是隐瞒一些不方便报告的内容也没有关系。"

对我来说不方便报告的内容……我那胡编乱造的经历好像已经暴露了。无法阻挡的汗水从我的汗毛眼中大量涌出。

"第三，将缉毒警察的情报向我通报。"

我感觉自己的脑袋被一根粗大的棒子打中，一下就蒙了。对于处理和矢岛的关系，我一向都是很谨慎的。我们二人的关系应该是一个秘密，没有任何人知道，也没有人想知道，如果不是我或者矢岛走漏风声的话。会是矢岛吗？不会，如果矢岛是刘健一的情报提供者，那么刘健一就没有必要特意让我向他汇报缉毒警察的情报了。脚下的地板出现了一道裂缝，恐怖从中喷射出来。

"你怎么……"

"怎么知道的，是吧？最初我们见面的时候，我就说出了一些你的信息，你还记得吧？一般情况下，对于一个陌生的男人，而且是韩豪的手下，我是不会去查他的背景的。我发现有必要后，就对你做了一番调查，所以从中得知你是缉毒警察的一条狗。"

"如果你最初就知道的话，会觉得有必要从我这里套取缉毒警察的情报吧？"

我迫不及待地说道。绝对的恐怖占据了我的内心，我开始琢磨着杀死我眼前的这个男人。只要我那胡编乱造的经历出现一点破绽，很快就会完全暴露。在这发生之前，我必须采取一些措施。

"跟我讲述你的情况的人已经死了。控制你的缉毒警察是矢岛茂雄吧？那个人是矢岛的上司。武基裕，你的脸色不太好看啊。你一直认为，你的情况只有你自己和矢岛两个人知道，是吧？"

"不是吗？"

"那个家伙毕竟是个官员。晋升是他的第一目标，为了晋升他也会向上司献媚的。只要上司让他说出情报提供者的名字，他会乐呵呵地老实交代吧。"

矢岛的面孔在我的脑海中一闪而过。那个男人将我的名字出卖给他的上司，也不是不可思议的。手掌的疼痛让我意识到，不知什么时候我紧紧地握拳，指甲插进了手掌心，渗出了鲜血。鲜血煽动了我的感情，愤怒和杀意盖过了恐怖。这个男人有什么权利暴露我的秘密？他在逼迫我吗？他将如何待我？

"如果你同意的话，我就会停止调查你甘心做矢岛一条狗的理由。"

刘健一这么一说，我的怒火和杀意迅速从我的掌心溜走了。

"你说什么？"

"我很理解你这样的人。你不是为了金钱，是有其他的理由，而且是特别的理由吧。如果不是的话，你不会为了缉毒警察将自己置身于危险之中的。"

刘健一的那双乌黑的眼睛目不转睛地看着我。恐惧感再次袭来。他的眼睛在说这样的话：我全都知道，包括你和美琪的事，你的一切情况我都知道。我被刘健一眼睛中溢出的黑暗吞没了。我与美琪的回忆，美琪死亡瞬间的声音等都被那黑暗吞没了。向我袭来的黑暗，嘲笑我的诚实比尘土还轻。你为了保全自己，眼看着自己心爱的女人被杀。由于你那愚蠢的行为，违背了与小文的约定，她可是你比亲妹妹还要喜爱的女孩啊。

"你想知道什么？"

我问道，声音不再颤抖，只是机械地发出了单调的声音。

刘健一回答说："什么都想知道。我只是为了充实自己的买卖。"

刘健一声音的平淡不逊于我。

我额头上冒出的汗水，流到了下巴。我擦了擦脸，这并不是汗，而是从眼角流下的泪水。

15

恐惧感紧紧地抓住了我的心脏，黑暗缠住了我的脚。脑细胞完全崩溃，我变成了一个空空的躯壳在歌舞伎町徘徊。

刘健一知道了，他也许已经知道了。他毫不掩饰知道的情况，对我进行恫吓——为了保护你的身世，你得听我的。

这个男人令人厌恶，太卑鄙了。

我突然想起了丁友说的那句话："那个男人是个恶鬼，万万不能接近他啊。"

我明明知道不能靠近他，却主动送上了门；我明明知道不能接触这个人，却已经和他在同一条船上了。和以往一样，这一切都是自作自受。

我不想回家，不过在歌舞伎町闲逛也让我心痛。穿过大厦之间的风声，听上去像是美琪怨恨我的声音。我招手叫了一辆出租车，来到了锦系町。

和前一天晚上一样，我站在一个能够监视到进入"夜来来"的杂居大楼入口的地方，漫不经心地抽烟来打发时间。我自己的香烟很难抽。自从抽了刘健一给的雪茄烟后，感觉更难抽了。几个被客人挑中的小姐簇拥着客人走出了大楼。他们一边调情一边走向酒店一条街。小姐中不见小文的身影。她是因为自己过了巅峰期而对客人敬而远之了吗？这么一想，我的心情平静了一点。

午夜四点多的时候，"夜来来"的招牌熄灭了灯光。又过了三十分钟后，小姐们从店里走了出来。小文今天穿的便服和昨日不同，一身黑色短款套装。比起穿裙子，这样的装扮更像小姐。小文还是和昨天一样，向正在商量去吃什么的小姐们挥挥手，自己朝别的方向走去。

小文的黑色套装融入夜色之中，白皙的长腿妖艳诱人。

小文向穿梭于街道上的出租车招手，在这个时间段空车的出租很显眼。在小文叫的出租车停下之前，我跳上了一辆停在路边等客的出租车。

"跟在那辆出租车的后面！"

我对出租司机这么说，他的脸上竟然没有出现怀疑的表情。在这种运营不景气的背景下，只要能赚钱，他们什么活都跑。

可能是车子在加速的原因，座椅的靠背紧紧地挤压着我的后背。如果回自己公寓的话，没有必要打车。小文要去哪里呢？小文乘坐的出租车穿过锦系町车站前的大道后，径直南下。如果前面的出租车在新大桥大道右拐的话，很快就能到达小文的公寓。可是，车子并没有右拐，穿过新大桥大道后，仍然向南飞驰。

小文那性感白皙的大长腿在我的脑海里若隐若现。她今天的这种打扮，让我更加确信她是去见男人。穿成这样肯定是为了那个穿黑色西装的男人,他是小文的恋人或者非公开的丈夫。

我那脑子已经坏掉的头盖骨中升起了黑色的烟雾。我不知道这是因为悲伤、嫉妒还是绝望。

在接近东阳町的地方,小文乘坐的出租车放慢了速度。通过后挡风玻璃我可以看到小文正在给司机指路。

我突然感到头晕,想吐。

司机对我说:"您没事吧?"

"啊,没事。我好像喝得有点多。请在这里停车吧。"

"在这里停车?那前面的出租车……"

"没关系,我知道它的目的地。"

我通过后视镜看到司机的脸上露出了惊讶的表情,我毫不犹豫地下了出租车。小文乘坐的出租车离开了大道,进入了住宅区的街道。我迈着慢吞吞的脚步跟在后面,完全赶不上出租车的速度。不过,我知道他们要去哪里。出租车的尾灯越来越小,变成了两个发光的小红点。这辆车在一个大型公寓的前面停了下来。小文下车后,消失于这个公寓中。

我摇摇晃晃地抱住了电线杆子。

果然不出我所料,小文走进了徐锐居住的公寓。

我咬着牙发出了不快的声音。难以忍耐的寒气向我袭来。身体里的温度骤降,不停地颤抖。

我用颤抖的手握着手机,急不可待地摁着按键。我拨完号后把手机贴到了耳边,可是在呼叫声音响起之前,留言电话的声音先传了过来。

"浑蛋!"

我恶狠狠地骂着街,等待声音的结束。没等声音结束,我就大吼大叫道："为什么不接电话？天刚黑啊。"

留言电话信息的复音一边嘲笑我一边继续播报。声音终于结束了，我开始滔滔不绝地说道："是我，武基裕。徐锐有个女人，请你调查一下徐锐和这个女人的关系。拜托了！"

我挂断电话后，抬头仰望徐锐的公寓。小文就在那里，正在被徐锐玩弄。我实在受不了了，此刻，就像寒气不断向我袭来那般难以忍受。

16

我实在是太疲惫了，站着都费劲。我坐上一辆出租车回到了自己的房间。用一碗方便面填饱肚子，我喝了一些烈酒。泡了一个热水澡后，我如同一摊烂泥很快进入了梦乡。

我做了一个梦。我梦到了生我养我的故乡，那里的庄稼和山陵。还有捧腹大笑的小文，我的祖父和蓝文乐以及我的妈妈。安详的生活舞台暗转，来到了歌舞伎町。

家鼠在大街小巷穿梭，醉汉、小姐和流氓走过我的身旁。接着我看到了美琪的笑容，之后又看到了小文和美琪的笑脸。一切都是黑色的，到处都被黑暗所笼罩。我眼中也只有黑暗。时间停止了，我不能动弹也无法呼吸。在这黑暗中我感到非常恐怖，我伸出手去想抓住什么东西，可是这里只有黑暗的虚空。我的脑袋中也变成了黑色，黑暗阻止住我忆起小文和美琪的笑脸。连唯一的记忆也融入了黑暗中，我心中发出了绝望的怒吼。我的吼声也被这黑暗吞没，没有任何回声。

听到手机的铃声，我睁开了沾满汗水的双眼。手机将我从黑暗的深渊中解救出来。伸手拿手机之前，我看了一眼钟表，已经是晚上七点了。令我吃惊的是，我已经睡了超过十二个小时。可是，我的疲惫程度丝毫未减。疲惫感如同铅块一样重重地黏在胃的底部。

我一边擦着额头的汗水一边去拿手机，是村上打来的电话。

"武君，你给我打电话应该很方便吧？"

我摁下通话键后，听筒中立刻传来了村上那充满杀气的声音。

"对不起，我最近到处奔波，没有顾上给您打电话。"

我身上穿的T恤已经被汗水浸透了。无论怎么擦，汗水都不断冒出。

"这是一个很好的借口吗？啊？"

"对不起，今后我会认真地与您联系的。"

"你能明白就好！"村上突然改变了说话的声音，"对了，有什么进展吗？"

"我认为凶手不是新宿的人。所以我到处打听，目前找到了老窝在锦系町的流氓团伙。"

"锦系町的流氓？"

"好像是第二代和第三代战争孤儿组成的不良团体，这几天他们玩得很大。但是资金来源不明。"

"这倒是有些诡异。"

"我现在正在调查这群家伙。可是，即使凶手是他们的人，我也觉得为其出谋划策的另有其人。"

"嗯，你说的有道理。这种活与流氓的风格不符。"

反应迟钝的四肢终于能按照我的意志活动了。我走到了厨房，从冰箱中取出一瓶水。我并没有打开瓶盖喝水，而是将冰冷的水瓶压在了额头上。

"虽然他们是锦系町的中国人，但是这一流氓团体背后好像有大人物为其撑腰。我对日本的组织比较生疏，村上先生您应该对此很了解吧？"

"那个家伙叫什么名字？"

"小西由浩，中文名是赵浩。名字的汉字我一会儿用邮件给你发送过去吧？"

"拜托了。"村上将自己的邮箱地址告诉了我后说，"他们是锦系町的组织，是吧？"

"也许吧，我认为是。"

"好的。我会尽快去调查的。请忘了我刚才说的话吧。"

"今后我会每天都联系您的。"

"那样做也是为了你好。"

挂断了电话后，我在厨房里坐了下来，开始喝水瓶里的水。我使出浑身的力气眨着眼睛，感觉眼角中还残留着梦的碎片。我一边喝水一边给村上发邮件。我想听听小文的声音。一想到小文，我就会清晰地回忆起昨晚的事。想到小文消失于徐锐的公寓中，我就要疯了。我在刘健一的留言电话中提及了徐锐的女人。

想到这儿，我的汗水又像喷泉一般涌出。对方可是刘健一啊，他应该会立即看透我对徐锐的女人小文很执着吧。不久之后，我的本质及胡编乱造的经历也会暴露出来。

不可能。刘健一无论构建了怎样的情报网络，就算他真的是一个恶鬼，也无法击破我的经历。我的祖父已经死了，卖给祖父户籍的农夫也已经死了。就算他们到黑龙江我的故乡，能够在村子里找到记得我的人也不会有几个,恐怕他们也没那闲工夫吧。

除了小文,任何人都无法揭穿我的经历。

我感觉胃很疼而且喘气费劲,简直就像一个被病魔困扰的病人。

王华给我打来了电话。

"是阿基吗?刚才伍给我打了个电话。他说那个叫赵浩的傻叉好像正带着自己的手下寻欢作乐呢。"

"是在锦系町吗?"

"嗯,我们该怎么办?"

"我们去看看。伍他们也在锦系町吧?"

"嗯,他们在上次的那个叫'夜来来'的店里等我们呢。"

我想见小文,可是又害怕见到她。我想听听她的声音,想问问她与徐锐的关系。虽然我清楚自己没有这个资格,但是无法抑制内心这种强烈的愿望。

"知道了。我也马上赶过去,我们在那里会合吧。"

我挂断了电话,想直接就这么出门,可是我出了太多的汗。这可不是小文愿意闻的味道。怀着羞愧之心,我麻利地冲了个澡后,跳上了电车。

陈和伍坐在了和上次相同的包厢中。年轻的小姐在旁边伺候着他们二人。小文在别的桌子前。

"欢迎光临!"前台的服务员心领神会地将我带到了他们的包厢中,"尊敬的顾客,请问你要点名哪位小姐陪您呢?"

"请把小慈叫来吧。"我条件反射地回答道。

"好的,知道了。"

我装作目送离去的服务员，偷看正在接客的小文。小文和上次一样穿着红色的裙子。

"阿基，你来得够早的。"

陈随口叫了我一声"阿基"。虽然不至于让我愤怒，但是还是令我感到不舒服。我默默地坐在了空着的座位上。

"阿华一会儿也到。赵浩在哪儿？"

"请你保持冷静！"伍对我说，"现在他正在附近的饭店里和一群小姐吃饭。他们只要一离开那里，就会有人联系我的。"

我看了一眼手表，快九点了。如果他们是男女同行的话，这个时间应该快去酒店了。

"赵浩一个人吗？"

陈回答说："不是，他带着三四个手下。"

我掏出一支烟，旁边的小姐伸出打火机为我点着了烟。赵浩带出来的手下中，也许会有那天袭击韩豪的家伙吧。赵浩出来抛头露面，不会愚蠢到将袭击韩豪的家伙置于自己身边的地步吧。这些漫无边际的疑问在我的脑海中一闪而过。

"怎么了？我看你眉头紧锁的。又在谈工作的事吗？"

轻快的声音从我头部上方传到了我的耳朵里。我抬起头一看，小文正面带微笑地俯视着我。幸亏我是冲完澡出来的，太好了。我又在想些无聊的事情。

"情况比较复杂啊。"

小文坐在了我的左边，靠在了我的身体上。我想找回过去的小文，也就是幼年小文的肉感，可是徒劳无功。我是一个抛弃过去的男人，我一直都未曾谈及应该刻在大脑中的过去。

"我已经好多年没有笑过了。"

小文一边给我倒酒一边对我说:"这样啊,板着脸真可怜。"

她那裸露后背上的胎毛在灯光的照射下闪闪发光。

"你呢?你不可怜吗?"

"我?我很幸福的。在日本工作赚钱,不愁吃不愁住,也能够购买自己喜欢的衣服。在东北的时候,现在这种生活只有梦里才能看到。"

你没有忘记和我的约定吧。在那个贫困的农村里,你一直在等着我去接你吧。我想问她,可是又不能问。我开始后悔来这个店和点小文了,我感到了一种难以形容的自我厌恶。

我抑制住残留于内心的不快,举起小文为我倒完酒的杯子与陈、伍二人一起碰杯。小姐们发出夸张的笑声为陈和伍喝彩。他们两个人一口气喝光了杯中的酒,一点也不紧张。对他们两个人来说,一切都是比较划得来的兼职罢了。他们不仅能获得现金收入,在这样的俱乐部消费也是我们出钱。如果不喝上几杯,不玩高兴的话,他们会觉得有所损失的。

小文突然用日语问我:"你什么时候来的日本?"

"二十年前吧。"我没有经过思考就撒了个谎,而且是用日语说的。

"哦。"小文用中文回答说,"怪不得你的日语那么好。来之前只会说一点吧?我有一个童年的朋友和你一样,也叫阿基……"

我心跳加快。小文没有注意到我的变化,她继续说:"他十五年前离开了村子,我还想如果那个人就是你的话该多好。不过,不可能出现这样的偶然吧。"

我突然感觉嗓子干得冒烟。我熄灭了香烟,用酒润润舌头。我还想再喝点儿,可是我确信喝醉了的话我会失态的。

"你喜欢那个阿基吗？"

我的手头已经不听使唤了，我只说了这一句话。小文毫不掩饰地点了点头。

"我们比亲兄妹还要亲密。他虽然比我大好几岁，但是一直都关爱着我。我当时虽然是个孩子，但是坚信长大之后要和阿基结婚。"

我的胃很疼，疼痛感从胃部上升到了心脏、脑袋和眼睛。简直就像感冒的时候一样，喉咙里面也疼，眼睛里面感觉像被针刺痛一般。如果可以的话，我想尽快离开这里。我没有离开，而是叼起一支烟。小文向我伸出了那个都彭打火机，我表示谢意后，点着了烟。但是，我只是在口中吞吐，如果进入肺部的话，肯定会咳嗽不止。

"那个阿基抛弃了你，来到了日本？"

"是的。他太过分了，我非常恨他。"

我无法将视线从小文的脸上转移开。但是她的表情却与她说的话语不符，显得很轻松。

"不过，已经是过去的事了。现在想想他也是没有办法的，比起那个破农村，任何人都会觉得日本好。"

"哦……"

我只能说一个字，熄灭了刚刚点着的香烟。我如坐针毡，郁郁不乐。虽然我知道小文的态度自我意识过强，但是我感到无地自容。

门口的方向热闹起来，使我从酷刑中解脱出来。好像是王华和程光亮来了。王华没有理睬前台的服务员，直接朝我们的座位走来。

"不好意思，我迟到了，找阿亮费了不少时间。情况怎么样了？"

我懒得说话，将视线转向陈和伍。他们两个替我向王华介绍了情况。

"什么？你们倒是不着急啊！"王华愤怒地说道。

"着急也没用吧，怎么着也得三十分钟或一个小时。我们在这里喝点酒，等着吧。"

我这么一说，王华喜笑颜开。

"对，在这个地方不能郁闷。我们用等的工夫，在这里好好happy一下吧。"

王华刚坐在我的对面，伍的手机就响了。接通电话后，伍的脸色发生了变化。

"他们果真离开了那里。据说目前在附近一个叫'堕落天使'的店里。"

活跃的氛围一下变得凝重起来。

"我们去吗？"王华看着我说道。

我暧昧地摇了摇头。我可以离开小文了，可以从郁郁不乐的心情中解放出来。我脑袋中想的就是这些。

"我们一堆人去太显眼了。我和……伍先生两个人去侦察一下。你们在这里待命。因为我能认出杀死韩豪的家伙。"

没有一个人反对我的建议。我和伍从座位上站了起来。小文若无其事地握着我的手。在我的手掌中塞进了一张硬纸片，也许是名片吧。如果这里是徐锐的店，小文是徐锐的女人的话，她肯定与其他的小姐不同，害怕大大方方地给别人名片。

"我马上就会回来。"我自己言自语道。我将名片放进了夹克的口袋里。

从"夜来来"出来走五分钟就能到"堕落天使"，它位于一栋杂居大楼的三层。"堕落天使"的招牌比"夜来来"的还要抢眼，很明显地表现出聚集在这个店里的客人如此粗俗。

伍在前面，我们走入了店中。店内的灯光比"夜来来"的昏暗，充满了淫靡的空气。与其说是俱乐部，不如说是夜总会，这也让人想起时下流行的夜总会。

在服务员的指引下，我们来到了这细长的店内中央的包厢。点酒和小姐的任务交给了伍，我环视店内。不用指出也很快就知道那些家伙占领了店内最里边的包厢。五个在涩谷闲荡的年轻人，看上去和日本人基本一样。中间那个就是小西由浩，即赵浩。

服务员离去后，伍在我耳边说道："好像就是他们。"

"最中间那个牛逼哄哄的就是赵浩吧？"

"对。有杀害韩豪的凶手吗？"

我轻轻地摇了摇头。包括赵浩在内的五个人，我完全没有见过。

两位小姐向我们走来。她们比"夜来来"的小姐露得多，穿着短裙，面容憔悴。在这颓废的氛围中，她们穿得很艳丽。她们二人坐下后，把手伸向了我们的裤裆。伍没有拒绝小姐，我把小姐的手推到了一边。

"今天就不用那种服务了。"

小姐在我耳边小声地说："那您是干什么来的？"

严厉的口气和眼神，足以证明这个女人来日本已经很久了。我把事先准备好的一万日元塞到了她的手里。

"那边的家伙，经常来这里吗？"

接过一万日元后，小姐的眼神变得柔和了。她把手放在我的肩上抱住我，假装吻我的样子，歪着头对我说："就这两三天，好像很有势力的样子。"

"你之前在这一带看到过他们吗？"

"他们在消费低的酒吧喝醉后，和谁都能吵起来。最好不要接近他们。因为他们都是粗暴的流氓。虽然现在他们春风得意，但是很快就会把钱花光，回到原来的境地。"

"你知道他们的名字吗？"

小姐的脸贴在我的肩上摇了摇头。

"他们的住址呢？"

还是否定的动作，这是必然的吧。只在店内交往是这种店的铁律。

小姐小声问我："你是盯上那群人的钱了吗？"

这次轮到我摇头了。

"不，我只是随便问问而已。"

"哼……"

小姐一点也不相信我说的话。她生活在弱肉强食的世界里，同胞欺负同胞，只有强者才能残存下来。完全不顾同是中国人的道义，一切只由原始社会的戒律来衡量。只有蠢货才会认真地相信别人的话，等待蠢货的将是通往死亡的大门。

我偷偷地看了伍一眼。伺候伍的小姐正在隔着他的裤裆抚摸着。伍的脸上露出得意的笑，舒服地喝着酒。刘健一知道我在试探他，有人在向刘健一及时报告。我只向丁友、伍和陈这三个人直接打听过刘健一的情况。即使伍是告密者也不是不可思议；即使伍是刘健一的走狗也不足为奇。

等等！我头脑中的另一个我喊道。如果伍和陈是刘健一的走狗，那么他们两个人会按照刘健一的指示行动吧？他们接受刘健一的命令后，还会向我们提供情报吗？

另一个我的声音震撼了我，刚才的推断是很有可能的。不过，这是为什么呢？刘健一的意图飘在淫靡的店内空气中，变得庞大而广阔。

如果另一个我说的是正确的话，刘健一的目的是什么呢？一个以买卖情报为生的男人,他有什么企图呢?

这些问题只是无所顾忌地重复循环着。

"伍先生,你先在这边玩会儿吧。我去商量点儿事情。"

我把钱给了伍后站了起来。

"您这就要走吗?都付了钱了,您就享受下我的服务呗。"

"下次我们再慢慢来。"

甩开纠缠我的小姐,我迅速离开了这家店。我把手插进夹克的口袋中,碰到了小文的名片。我用颤抖的手指捏出了那张名片。名片上印着小文和店的名字、地址和电话号码,正面是日语的,反面是中文的,小文用圆珠笔在中文那面的空白处写下了自己的手机号码。我站在街灯下,凝视着手写的数字,这几个数字写得很漂亮。我想起了过去的小文。据我所知,小文不会写汉字,她没有上过学。偶尔我的祖父会教她读书写字,但是当时小文年龄太小了。

我在口袋中寻找着能用作便条的东西,我的口袋里只有揉成一团的便利店收据。我将这张收据展开,艰难地写下了自己的手机号码。

我害怕自己主动给小文打电话。但是,如果是她打给我的话……

你这个男人真是没出息、不诚实——另一个我在责备我自己。

"闭嘴!"

我小声吼道,迈出了前进的脚步。

王华已经喝醉了,陈和程光亮还没有喝到王华那种程度。小文没有在他们的包厢中。

我一回来,陈就开口问:"那个家伙呢?"

"他留在那里了。我们是两个人一起去的,立刻都回来的话会让别人觉得奇怪吧。"

陈撇了撇嘴。他大概知道"堕落天使"是个什么样的店，心里在羡慕伍吧。

"有杀死老大的凶手吗？"

王华红着脸突然面向我问道。

"没有，赵浩带来的手下里没有我们要找的人。"

"开什么玩笑！那我们来这里还有什么意义？"

"是啊，完全没有意义。"我看着陈说，"陈先生，你的熟人中有没有想做兼职的？"

"兼职？"

"对，一会儿我想找个人跟踪赵浩，查清那个家伙的住址。"

陈盘着胳膊，装模作样，他正在思考能从我们这里赚多少钱。离开座位的小文回到了我的身边，她坐在了我的左侧，用胳膊抱住了我的左臂。

"你回来了。"

她那细微的声音震颤着我的耳膜。

"也不是没有人手。但是，大家都很忙，得多花点钱啊。"

"我出五万。"

"这有点少吧。"

这时王华扯着嗓子喊道："喂，调查赵浩的家用得着我们出钱吗？"紧接着他又滔滔不绝地说："我们是为了老大报仇的，别那么见钱眼开。"

"阿华！"

"干什么？"

王华回过头来，面对我的气势他有些畏缩。终于，他意识到了自己的失言，像一摊烂泥靠在了沙发背上。

"喊。"

小姐们没有一个人张嘴说话。老大的报仇——杀人计划。她们听得一清二楚,不知如何是好。我明显地感觉到抱着我左臂的小文身体变得僵硬。

"陈先生,你到底能不能给我找来兼职的人?"

"我知道了,你稍微等一下。"

陈离开了自己的座位,在外面打起电话来。他并不是装腔作势,是不想让我们耳闻目睹克扣佣金的举动吧。

"阿基,"陈消失在我们眼前后王华对我说,"不好意思,我大意了。"

"去死吧,笨蛋。如果韩豪活着的话,你早就下地狱了。"

我的声音有些粗鲁。这是我第一次对自己的流氓伙伴说这样的话,王华吃惊地睁开了眼睛。

"阿基……"

"你不要再说话了。"

我再一次警告他说道。

王华想要起来,程光亮用他那粗壮的胳膊制止了他。

"阿华,你喝多了,别得意忘形了。阿基说得对,你稍微反省一下吧。"

"什么?大家都过来!"

"阿基,你也最好注意一下自己的说话方式。今天你搞得就像是我们大哥似的。"

"不好意思,我刚才太生气了。"我向程光亮道了歉。

其实,我自己也为自己的语调感到震惊。小文,小文皮肤下颤抖的肌肉让我焦躁不安,想触及却无法触及的感觉折磨着我。

"忘了已经过去的事,让我们喝酒吧。"

小文松开我的胳膊,开始给我倒酒。其他的小姐也随声附和,热闹起来。陈还在打电话,没有回来的意思。王华仍然摊在沙发上,程光亮沉默不语。

我无法控制自己的感情,接过小文递给我的酒杯,在手中把玩。我并没有喝酒的心情,虽然这么说,但是也不必不喝酒。酒杯中的冰块在融化的过程中发出细小的声音,如果能够像冰一样融化消失的话该多么轻松啊。

"太好了。"小文说道。

"什么太好了?"

"你去了'堕落天使'吧?我知道那是一家什么样的店。我听说阿基去了那里后,便想自己该怎么办。但是,你很快就回来了。你好像是我所认为的那种人。"

"或许是我早泄呢。"

听了我的俏皮话,小文仰天大笑。她毫无防备地露出了喉咙,十分可爱。

"阿基才不是那样的人呢。"

"你不了解。"刘健一那如同咒语的话在我的脑海中一闪而过。"谁也不了解别人,想去了解就危险了。"

小文再一次用自己的胳膊抱住了我的左臂。

"别人也这么说过我,大家都生存在冷酷的世界里。"

你也是这样吧——我将到了嗓子眼的话又吞了回去。我非常嫉妒对小文说过同样话的未知男人,是徐锐,还是其他人?因为自己违背了约定,所以过于恋恋不舍。我想消失、破灭——难以抑制的想法压迫着我的神经。

陈回来了。他对我说:"派一个人跟踪赵浩行吗?"

"先这样吧。"

"好的。我和两个熟人已经打好招呼了。他们两个人都熟知赵浩这个人。现在应该去'堕落天使'了。"

"谢谢你,陈先生。我欠你一个人情。"

我掏出了钱包,递给陈五万日元。我虽然讨厌重复付款,但是也没有其他选择。王华筹集的资金确实在减少,如果不能再想别的办法筹措资金的话,很快我们就无法活动了吧。

"接下来我们怎么着?在这里等消息吗?"

程光亮问道。我摇了摇头。赵浩他们刚刚进入"堕落天使"那个店,他们这些深受熬夜文化影响的家伙们,玩起来应该不会想回家的,天亮的时候恐怕还很热闹吧。现在的我可没有体力,在这里喝酒等着他们回家。

"我们还是先回去吧,可没有钱在这里喝到天亮。"

王华和陈毫不掩饰地皱起了眉头。

"想掏自己腰包在这里继续玩的人,随便好啦。"

说完这句话,我站了起来。程光亮也慢慢地站了起来。王华和陈好像要自己花钱继续在这里消费。

"几点都行,知道那个家伙的老巢后请立刻给我打电话。"

王华和陈点头后,我走向了门口。小文和程光亮旁边的小姐跟在我的后面。

"下次不谈工作的时候记得过来哟。"

小文的声音刺激着我的耳膜。

"好的,一定。"

我将写着我手机号码的收据塞到了小文手里。小文脸上瞬间露出疑惑的表情,不过马上笑着攥住了收据。小文的手指是凉的,手心是热的。

我在收银台结完账后,走进了电梯。程光亮和小姐耳语着。我和小文没有说话,下了电梯。

17

程光亮在四谷下了电车。之后他大概将乘坐地铁或者出租车回到拔弁天的公寓。我来到了新宿。尽管我的身体已经疲惫不堪,但回到房间睡着,还会做那个黑色的梦,我有一种这样的预感。

冰冷的雨水打湿了柏油道路。我站在新宿站熙熙攘攘的东侧出口,正在不知去哪里的时候手机响了。

我以为是小文打来的电话。虽然我知道应该不会是她,但是这种任性的希望膨胀起来。我打开手机屏幕一看,深深地叹了口气,是刘健一打来的。

"喂?"

"你现在在哪里?"

"新宿。车站附近。"

"正好。我这里有了一些情况,你能来一趟我的店里吗?"

"有雪茄招待吗?"

"我早就为你准备了好抽的雪茄。"

我抿嘴笑着挂了电话。我回到站内，乘坐地铁直奔歌舞伎町。我穿过通道，在靖国大道的歌舞伎町一侧走出站。可能是突然下起雨的原因，路上的行人寥寥无几。我淋着雨从樱花大道进入了歌舞伎町，用上衣遮着头部的职员从我的身边跑过，撑着塑料雨伞的皮条客脸上露出了谄笑。招揽客人的站街小姐被冻得发抖，她们抚摸着裸露的胳膊。打湿头发的雨水顺着脸庞滴到了我的鼻尖。

我第一次迈进歌舞伎町的时候也下着这样的雨，那个时候我也是没有打伞淋着雨。我来到了流氓社会的边缘，使用日语作为日本人的窗口，终于……

穿着制服的警察进入了我的视野，打断了我的回忆。虽说比前几天的人数减少了，但是管制仍然继续加强。当初歌舞伎町的各个地方安装监控摄像机的时候，流氓们都不寒而栗，他们担心什么也干不了了。不过这种担忧也就持续到他们发现摄像头有死角的时候，如今在歌舞伎町扎根的犯罪者已经在嘲笑这些监控摄像机了。比起那些摄像头，现实中的警察更让他们害怕。

为了避开警察，我从樱花大道向东大道转移，那里也有警察。虽然我也考虑过走区役所大道，可是最终还是放弃了。区役所大道估计也有警察，最重要的是我和美琪相遇的店铺在区役所大道，看着韩豪被杀的地方也在区役所大道。区役所大道那边有太多的不好的回忆。

我沿着东大道直行，向右拐进了一个胡同。刘健一的店和平时一样在那里。在我按下对讲机之前，铁门的锁就打开了，我登上了狭窄的楼梯，楼上弥漫着浓厚的雪茄的烟味。刘健一坐在店内最里面的座位上，和往日一样盯着电脑的屏幕。他简直就像是一天二十四个小时,一年三百六十五天一直那样坐着。

"没想到你这么久才到。"刘健一盯着电脑屏幕说道。他的两手匆忙地操作着电脑,桌子上放着雪茄专用的烟灰缸,升起浓浓的烟气。

"街上的警察还是很多,为了避免被盘查,我是绕道过来的。"

"即使被盘查也没有问题吧?"

"虽然没有问题,但是也感觉不好。"

"说得也是。"

刘健一脸上露出了笑容,他垂下眼皮,使我看不到他的眼睛。不过,我可以很容易地想象到他那乌黑的眼睛没有丝毫笑意。刘健一敲击了一下回车键,他背后彩色箱子最上面的打印机开始运转起来,好像是个性能不错的打印机。不一会儿,刘健一拿着打印机里吐出来的东西,示意让我坐下。我坐在了刘健一的对面。

"首先,你看一下这个。"

刘健一将一页资料放在桌子上,推到了我这边,上面印刷着住址和手机号码。葛饰区东新小岩,小岩一带也是中国人聚集的区域。

"这是赵浩的住址。"

我默默地看着刘健一。一个小时前我刚刚委托陈去调查赵浩的住址,现在刘健一却将赵浩的住址告诉了我。难以想象这里面有什么蹊跷。

"怎么了?不满意吗?"

"陈跟你联系了?"

"陈?哪个陈?姓陈的烂大街了吧?"

"别跟我开玩笑了!"

刘健一手拿雪茄,吸了一口后,慢慢吐出烟。

"我没有开玩笑。如果你不告诉我你说的陈是谁,我怎么跟你说?

陈的名字是？"

我摇了摇头。即使我告诉他陈的名字，他肯定也会巧妙地岔开话题的。

"将这个住址告诉我的，是一个叫章伯达的男人。他在小岩一带不务正业。你也认识这个章先生吗？"

"我认识陈和伍。"

"伍也是一个烂大街的姓氏啊……说说你今天在哪儿干了什么吧！我们有这样的约定吧。"

刘健一又抽了一口雪茄烟。烟气中略带有湿润柔和的木头香气。

"也给我一支雪茄烟吧。这应该也是我们约定好的。"

"当然了，我已经为你准备好了。"

刘健一从衣服内侧口袋中取出一个细长的皮革烟盒，里面放着雪茄烟。他和上次一样，先用小刀削掉烟嘴，然后用喷灯炙烤烟头。他递给我的这支雪茄冒出了与刘健一的相同的香气。

"这次的雪茄烟比上次的甜味要淡一些，取而代之的是别的味道。"

我接过雪茄抽了一口说道。我清晰地回想起我和小文玩耍的牛圈里那牧草的味道。

"你都知道什么？"

我一边吐着烟圈，一边问道。

"你和那个女人的事情，我基本上都知道。"

前一天晚上被岔开的话语，从刘健一的口中蹦了出来。

"那个女人，你指的是谁？"

"是叫任美琪吧。她是唐真的女人，三年前被杀死了。"

雪茄的潮湿烟气和刘健一低沉的声音把我带回了过去，努力去忘却的记忆完全暴露在了我的眼前。我将刚刚点着的雪茄烟摁到了烟灰缸里。

"别浪费啊,我花了四年的时间才培育出现在的味道。"

刘健一小声说道。他并不是心疼雪茄,而是在戏弄我。虽然我知道自己被戏弄了,但是不可思议的是我没有生气。只是深深的悲痛压在我的心底,记忆不断地涌出。

美琪是唐真的女人。唐真是一个福建人,他当时在歌舞伎町很有势力。我和美琪的邂逅,互相吸引和危险的约会越来越多。美琪是大连人,她不适合做流氓的情妇。但是,她与其他的大多数女人一样,除此之外在日本也找不到其他的出路。我想解救美琪,想让她成为我自己的女人。可是,做唐真的情敌实在是太危险了。唐真的戒心和疑心很强,既狡猾又机警。没有一定能力是无法与其较量的。即便如此……

"你们貌似很谨慎。绝对不在新宿一带见面,不让任何人有所察觉。但是,人嘴是封不住的。你一个人的话另当别论,任美琪太引人注目了。只要稍微做些调查,就会找到记得你们的人。"

我们见面的时间仅限于晚上。在那个时间段,唐真已经睡熟,他的手下们也都睡意正浓,两眼蒙眬。我和美琪在五反田的酒店亲热后,连惜别的工夫都没有就匆忙分开。我们避开了别人的视线,避开了人多的地方,即便如此……

"唐真虽然现在逃到了名古屋那边,但是他只要一知道杀害任美琪的凶手,一定会复仇的。"

我说:"杀死美琪的凶手是唐真。"

"不,是你。"刘健一用低沉的声音断言。他的声调让我抬起了眼睛,他那乌黑的眼睛正在凝视着我。从他嘴中冒出的浓烟笼罩着他的脸，简直就像将自己置于虚空与现实的界限。刘健一确实是一个恶鬼。刘健一那乌黑眼睛是恶鬼的眼睛。

"你调查了我的情况，听说了我的传言。你知道我过去是干什么的了。对吧？"

刘健一仍然盯着我。我无法动弹也无法回答他的问题。

"你和我具有同样的气味。任美琪是你杀死的。你在现场被发现或者是被觉察出来，所以变成了缉毒警察的走狗。只要稍微琢磨一下，连傻子都能想到。"

"不是……不是这样。"我回过神儿来说道。

我和美琪如此谨慎，可还是遭到了唐真的怀疑。他让手下调查了我，我得知自己被调查后失去了理性，也害怕自己胡编乱造的经历露出马脚。不过，唐真并不是调查我的过去。即便如此，我的恐惧感仍然不减。自从编造了信口开河的经历以后，我就一直带着不安和恐惧活在世上。

刘健一说错了。我不是杀了美琪后被矢岛抓住小辫子的，矢岛最初将我视为一名情报提供者的候选人，所以将目光转投向我。他试图接近我，所以一直观察着我。逐渐失去理性的我没有注意到矢岛的存在。

我的恐惧感越来越厉害，将我从内部吞噬。歌舞伎町是原始森林。茂密的树木中不知何时会蹿出一头食肉类的空腹野兽。我决定选择逃离这里，带上美琪离开歌舞伎町，离开东京。只要能离开这里，去哪里都行。如果能从唐真的眼皮底下逃走，即使生活在破农村也没有关系。

我利用唐真外出的空隙去见了美琪，劝她和我一起逃走。

美琪悲痛地摇着头，问我为什么要来。就在这时，我才注意到我已经陷入了唐真设下的圈套。唐真只是假装外出的样子,实际上他一直在等着我来。

"你想说不是你直接下的手,是吧?杀害任美琪的是唐真,你自己只是看着他杀的,你想这么说吧?你想说你只是见死不救吧?"

刘健一笑着说道。他脸上浮现的表情是难以捕捉的,但是他确实在笑。我无法看清刘健一的笑容。

"别说了!"

当时的恐怖、厌恶、屈辱和绝望再次向我袭来,我的身体开始不由自主地颤抖起来。

"不论你是亲自动手也好,还是见死不救也罢,是没什么区别的。因此,你才会像现在这样颤抖。"

"闭嘴!"

"因此,你才不得不按照矢岛那个杂种的指示活动。"

"如果你不闭嘴的话……"

"你就杀了我吗?你做不到。别说些没用的话,让我失望!"

刘健一抽着雪茄烟。他将烟气存在嘴中,露出销魂的表情慢慢地吐出。浓密的烟气停留在刘健一脸的周围,过了很长时间才变得稀薄。

"你想获得自由吗?"刘健一说道。

"什么意思?"

"我在问你想活得轻松点儿吗?"

"如果可以的话……谁都想活得轻松些吧?"

刘健一笑了。附着在头盖骨上的皮肤似乎在抽搐,不过他确实笑了。

"有什么不对劲吗?"

"人类啊,总是想要那些明知道绝对得不到的东西。或者,没有意识到自己已经得到了,还想着去获得。对不对?"

"我不知道你在说什么。"

"那就忘了吧,只是一些胡话。"

如同魔术师响指的瞬间消失一样,刘健一的笑容不见了。刘健一瞅了一眼发呆的我,拿着另外一份资料递给了我。

"接下来是徐锐的情况,第一页是徐锐所经营的店面名录。"

在刘健一的催促下,我看了看这份资料。上面印着很多店的名字、行业种类以及地址。其中七成是"夜来来"那样的俱乐部,三成是色情场所,所在地为锦系町和小岩各占一半。名录中也有"堕落天使"的名字。徐锐和赵浩,以及韩豪,他们的脸孔在我的脑海中交织在一起。我没有想到会是这样。

"徐锐的背后好像没有什么大人物为其撑腰。一切都是由他自己和手下们管理。"

"作为一个年轻的台湾人,能够拥有如此的实力很少见吧?"

"跟他是台湾人还是大陆人没有任何关系。问题只是那个家伙是否有能力。"

刘健一淡淡地说道。他的表情也没有任何变化。

"徐锐好像有这个能力。"

"应该是吧。最先经手的店是'夜来来',开业于六七年前。从那以后,渐渐地壮大起来。"

"他的手下们也是台湾人吗?"

"不是,"刘健一慢慢地摇着头说,"基本上都是东北人。"

"他们都是用钱收买来的家伙吧?"

"也没有其他的方式了吧?"

我又重新看了一遍手中的资料。考虑到经营店铺的数量，应该也有相应数量的人像自己兄弟那样使唤吧。管理小姐们、应对抢劫的流氓们等一系列事情，如果不是相当能干的人是无法妥善处理好一切的。徐锐应该就是这么能干的男人。小文是这种男人的情妇。

唐真和徐锐、美琪和小文，他们分别重叠在了一起。因恐怖和绝望而龇牙咧嘴的美琪变成了小文。

我不会重复与那时一样的过去。我不会违背约定。

"你怀疑是这个徐锐袭击了韩豪？"

对于刘健一的提问，我下意识地摇了摇头。

"目前我还不是很清楚。不过，我刚才去了锦系町。有人告诉我看到了赵浩……他们就在这个'堕落天使'的店里玩乐。"

刘健一瞟了一眼资料说："是这样啊。他是嫌疑很大的家伙吧。是从哪里找上徐锐的？"

我的头脑中拉响了警报，找上徐锐是因为小文。小文牵连着我的过去。她有能力摇撼支撑我胡编乱造经历的根基。

"偶尔发现的。我在锦系町收集各种情报的过程中，听到了徐锐的名字。"

"这样啊……那么，这个女人是怎么回事？之前在我的留言电话中，听你的声音好像对其相当执着啊。"

刘健一又拿出一份资料递给了我。小文的全名——蓝文慈，在我的视野中不断扩大，印在纸上的现住址和出生地已经模糊不清。

"她是五年前来到日本的，应该是通过蛇头偷渡过来的吧。偷渡费是三百万，她上船的时候好像只交了预付款五十万。剩下的二百五十万欠款，她一点一点地还，并于三年前还清了余款。我推测她是那个时候成为徐锐女人的。"

刘健一的话语如同锋利的针一样扎入了我的脑袋。如此短暂的时间内,他能够调查得这么详细,如果他具备这样的调查能力,看破我那伪造的经历也只是时间的问题。

"你能不能告诉我?为什么对那个女人如此执着?"

"她很像美琪。"我努力抑制住颤抖的声音,理性地回答道,"我第一次见到她就对她喜欢得不得了。可是,我知道她是徐锐的女人……让我想起了美琪和唐真。于是,我在你的留言电话中留下了那样的消息。"

"哦,原来是这样啊。"

刘健一噘着嘴说道。他没有笑,刘健一不会像普通人那样发笑。

"徐锐和唐真不同。据我所知,那个女人不是被金钱和暴力所束缚,她是真心想成为徐锐女人的。"

"我也没想对她怎么着。"

"是吗?不过,当你看到蓝文慈的名字时,你的脸色不同寻常啊。那是愚蠢男人才有的脸孔,是我所讨厌的那种人的脸孔。"

"我来这里又不是让你喜欢上我的。"

"我可是想喜欢上你呢。"

刘健一静静地盯着我,乌黑的眼睛中释放出奇妙的光芒。

我像逃跑似的离开了刘健一的店。恐惧纠缠着我的脚步,头脑中一片混乱。

我唯一确信的是刘健一对我所说的话,他一句也不相信。因为小文长得像美琪,所以吸引了我,像这样的胡说八道他完全不关心。

我必须杀了刘健一。在我那胡编乱造的经历暴露之前,必须堵住他的嘴、他的眼睛和他的耳朵。

　　雨已经停了,云的缝隙中可以窥见皎洁的半月。黑暗张开嘴,似乎在嘲笑着我,冰冷的月光照在我湿漉漉的身上。我孤零零地站在歌舞伎町的大街上,一边咬着牙,一边面对着内心的杀意。

18

一夜的浅睡眠导致身体仍积蓄着疲劳感。即便如此清晨还是无情地到来,剥夺了我的睡眠。我仍残留于坠落的感觉中,任何地方都找不到飞翔的喜悦。我从床上爬起来,打开手机的电源,查看一下留言电话的消息。

被保存下来的消息只有一条,打开录音后听到下面的留言:

"阿基?是我,小慈。你已经睡了吧?是啊,已经是早上六点了。今天你能够来店里找我,非常感谢。你不讨厌我这样大婶级的小姐,我很开心。欢迎你再次光临。我会等你的。"

这只是一通生意电话,小姐为了揽客而打来的电话。即使这么想,我心里也乱成一团了。我简直就像一个十几岁的男孩,感觉脸在发烧。我没有听说过小姐在六点钟打电话招揽客人的。不过,小文的声音并没有对我产生特别的影响。

我不知如何是好,无法控制自己的感情。我战战兢兢地取出小文给我的名片,按下了上面写着的电话号码。听着听筒中呼叫声播出,终于接通了。

我的心跳急剧加速。但是,可以很容易地想象到小文大概正在睡觉。果然,听筒中传来了留言电话那机械的声音。

我挂断了电话,长舒一口气。我自己在干什么?自我嘲笑之后,好像什么要发作似的,笑声停不下来了。

我一边笑着,一边打了电话,把韩豪的手下们叫了出来。

答应我出来碰面的只有五个人。看到这些人,王华愤怒地说:"其他的人是怎么回事?韩豪被杀了!让我们很没面子。知道吗?"

其他人逃跑了,或者寻找新的生活去了。至于韩豪的复仇,失去的东西已经无法挽回。没有韩豪在,摇头丸的生意是做不起来的。只有韩豪在的时候,我们才能尝到甜头。他死了之后,一切都化为乌有了。不是已经为韩豪出了钱吗?没有来到这里的家伙们大概会这么说。与其抓住过去不放而白费力气,还不如去寻找新的老板从而过上新的生活。

"阿华,你冷静点儿。能够来这些人已经不错了。"

被我叫来的这些家伙,大概都是没有找到出路的。他们没有找到新的老板,自己也无法独立门户,所以他们无路可走。他们虽然从事不了正经的工作,但是可以干单纯的体力活。最难得的是他们无法用自己的头脑思考问题。

王华噘着嘴,盘着胳膊,摆出一副不爽的样子坐在了椅子上。

"我已经知道赵浩的住址了。"我静静地说道。

王华探出身体问道:"陈和伍已经查到了?"

"这是我从其他途径获得的情报。"

"那给这两个家伙的钱不就白搭了吗?"

"阿华……"在我开口之前,程光亮瞪着眼睛对王华说,"让阿基把话说完。"

"不能那么信任陈和伍,所以有必要买份保险。你们的……你们的钱不会白花的。"

王华仍然摊在椅子上,其他人都默默地听着我的话。

"你们已经听阿华和阿亮说了吧?"

他们三个人默默地点着头。

"我们觉得锦系町的赵浩很可疑。但是,我们还没有找到杀死韩豪的那两个人,一定要找到他们,我们需要赵浩杀死韩豪的确凿证据。"

"我们该怎么办?"王华等得不耐烦了,开口吼道。

我没有理睬他,无视他的话。

"即使杀死韩豪的人是赵浩,也不是他自己的主意。他的背后肯定另有人为其出谋划策。"

王华更加愤怒了,他在为被我无视而生气,他看着我,显得很没面子。他真是个无聊的家伙。韩豪的身边净是些王华这样的人,他的死也是必然的。

"无论如何我们也要找出那个在背后指使赵浩的人,你们愿意帮忙吗?"

"当然了,阿基。只要我们能办到,上刀山下火海在所不辞。"

程光亮回答道,没有人反对。

"我们六个人轮流监视赵浩,要调查那个家伙都与谁接触。赵浩的背后绝对有个神秘人物。"

"你够有自信的哈！"王华笑着说道。

如果没有那个神秘人物的话，就糟糕了。如果袭击韩豪的凶手不是赵浩的部下，我就完蛋了。

"接下来我们两个人一组，三组轮流监视赵浩。"

我们三个小组的监视时间为：早上八点到下午四点，下午四点到凌晨十二点，凌晨十二点到第二天早上八点。我将二十四小时分成三段，每组各负责一段时间。

"王华，你想要哪段时间？"

为了给王华面子，我第一个问了他。

"这个时间表能不能稍微做下调整？"

对于王华的问题，我摇了摇头说："最舒服的时间是早晨到下午那一段，那个时间赵浩应该正在睡觉。但是，那个时间段舒服倒是舒服，不过会很无聊。"

王华哼了一声做出了决定："那我就选下午到凌晨那段吧。"

我看着程光亮说："好的，那么那段时间就拜托阿华和阿亮了。"

我很清楚，如果将其他人和王华编成一组的话，王华肯定会玩忽职守的。如果让程光亮与他分成一组的话，他还能盯着点王华。早晨到下午那段时间的监视任务交给了崔和林。我选择了凌晨到次日早上那段时间，我的搭档是一个叫宋钟的倒霉男人。他这种人只要没有依靠就会很不安，使唤起来倒很容易。换句话说，他这种男人很好操控。

"我们今天就开始行动吧。或许会感到很辛苦，但也不会持续一个月的。快的话，两三天就可以搞定。最重要的是，为了给韩豪复仇，为了挽回我们的面子，这是我们义不容辞的工作。有任何消息都要与我联系，即使没有任何发现也要每隔四个小时打我的手机一次。如果需要经费的话，请不要客气，尽管跟我说。存在我这里那部分大家凑的钱还有些剩余。"

没有任何反对和质疑的声音。除了王华之外，其他四个人都认真地看着我。

我和宋钟一起走了出来，边走边商量着碰头的地点和时间，程光亮从后面追了上来。

"阿基，能占用你几分钟吗？"

程光亮瞅着宋钟对我说道。宋钟明白了程光亮的意思，稍微放慢了脚步，与我们保持一定的距离。

"阿基，你有没有注意到那些家伙看你时的表情？"

程光亮翘着下巴对我说道。

"什么？"

"大家都认为你代替了韩豪。"

"胡说！"

"阿基，请你坦诚一点吧。逃跑的家伙们正在拼命地寻找新的老板。那三个人无法那么做，追随着你。我也直言不讳，我觉得你还不具备替代韩豪的才干。"

"阿亮……"

"好了。我不是在抱怨什么，我想为韩豪报仇。因为我觉得为了给他报仇，听你的应该没错，所以就这么着吧。"

"感谢你的理解。"

程光亮微微地弯下腰对我说："小心点儿阿华，那个家伙对你不怀好意。"

"其实他自己想主管这件事吧?"

"是的。但是,他根本就没有这个能力。他想代替韩豪,自己来当老大,不会有人跟随他的。阿基,你放心,我和他在一起的时候会盯着他的。不过,我又不是二十四个小时都和他在一起,所以……"

"你是说阿华会背叛我们?"

"我说了,我不知道那个家伙会搞出什么名堂来。希望你能小心点儿。如果你有什么闪失,韩豪就白死了。"

我没有说"知道了",而是向程光亮挥了挥手。程光亮停住了脚步,转身回去了。他大概跟王华交代,有些事忘了跟我说才出来的。如果出来时间太长的话,可能会引起王华的怀疑。

王华是一个不正经的男人,程光亮倒是憨厚老实。

我没有回头,继续朝前走,宋钟小跑过来追上了我。

与宋钟分开后,我回到了自己的房间。由于极度疲劳,我反而没有一点睡意。跟程光亮他们热烈讨论时变淡的恐怖,在独处的现在又开始纠缠我。

刘健一的眼睛,刘健一的声音。刘健一肯定会识破我那胡编乱造的经历,这种确信的信念也可以说是妄想的信念吧?我必须杀了他,堵住他的眼睛、嘴巴和耳朵。

我没有相应的力量。但是,我认识拥有这种力量的人。

我给矢岛打了一个电话,电话没有接通。我打给村上的时候,电话立刻就接通了。

"你还是挺用心的嘛,给我打来电话啦。"

村上的声音低沉又厚重。我觉得他可能是睡眠不足或者昨天喝多了还没醒酒。我舔了舔嘴唇,在我头脑中再一次轻描淡写编织着故事。没有漏洞,应该没有漏洞。

"我对那个姓小西的流氓进行了一些调查。"

"有什么收获吗?"

"啊,锦系町中我们系统内部有一个叫谷冈组的组织。那个组织中有一个叫伊取秀树的人,小西好像是他的亲戚。虽然说是亲戚关系,但是是那种长得一点也不像的远方亲戚。好像是因为小西的父母管教不了自己的儿子,所以他的父母央求伊取来照料小西。"

"这么说小西并不是谷冈组的成员?"

"没错。伊取也觉得很难管理小西,他们好像处于基本断绝关系的状态。小西只有遇到麻烦的时候才会来央求伊取。不过,毕竟他们是亲戚关系,他有责任照顾小西,我对他说了让他找找小西。他很快就会联系我了吧。"

我感觉光明就如同头上的电灯,触手可及。小西,我已经告诉了他赵浩的名字,他对我的记忆大概也变得淡薄了。但是,还有刘健一的存在。只要那个男人活着,我就无法安稳地睡觉,无法兑现与小文的约定。

"如果小西招认的话,请你也把真相告诉我。"

"当然啦。我不会再犯重复的错误了,这事毕竟也和你们有关系。我会把真相全部告诉你的。"

"如果你那儿什么消息也得不到的话……"

"我希望不会出现那种情况。但是,通过伊取的口气,他貌似掌握着重要的东西。"

我又舔了舔嘴唇。我的嘴唇已经干透了。

"我这儿还有一点情报。"

"什么情报?"

"村上先生,你听说过刘健一这个人吧?"

瞬间,我们两个人都不说话了。短暂的空白又侵蚀着我的心脏。

"只要是在新宿工作的人,一定听说过这个人。关于他的传说,经世人添枝加叶出有很多版本,不过他毕竟是过去的人了。刘健一怎么了?"

村上的声音没有含糊不清。他应该跟刘健一没有什么关系。

"如今他仍在歌舞伎町居住,经营着情报咨询公司。"

"我偶尔听说过此事。"

"这起事件的调查我交给了刘健一,我觉得他可能会掌握点关于韩豪事件的情报吧。"

"结果呢?"

村上虽然装作若无其事的样子,但是他的声调已经出卖了他。

"我感觉我好像被岔开了。"

"什么意思?你能不能说得稍微容易让我理解一点?"

"也就是说,他明明掌握着一些情报,却故意隐瞒着我。这是我的感觉。"

村上没有任何反应,沉默不语。我只能听到他那轻轻的呼吸声。

"村上先生,您虽然说他是过去的人,但是刘健一在都内拥有一张巨大的情报网。只要是中国人的相关情况,基本上都会流入他的耳中。其实我想从他那里购买的情报,最迟两三天的工夫就能到手。"

"你想说什么?"

"对于韩豪事件,他还没有拿出任何重要的情报。不过,他也并不是为了抬高价格。对于中国人来说,这种态度是很奇怪的。"

"我记得他应该是日本人和中国台湾人的混血儿吧?"

"没什么两样的，因为大家都是在歌舞伎町的中国人社会中生活。对于中国人来说，只要是能卖的东西什么都卖。对于对方想获得的东西肯定会哄抬价格，如果对方不买，就卖给别人。"

说到这里，我停顿了一下，吸了一口气。我浪费了好多没有必要的氧气。如果我太有气势的话，就会让村上产生不必要的疑惑。

"村上先生。自己明明拥有能够卖出的东西却不卖，对自己是不利的。"

"这和刘健一有关系吗？"

"我也不知道。不过我认为他知道点儿什么，并且在隐瞒。"

"哼，那该怎么办？"

"锦系町的路线如果失败的话，咱们试试让刘健一招认如何？"

"如果那样做的话，可能会很麻烦吧。虽说是过去的人了，但是在中国人的世界中他可是个大人物。他和那一带的流氓可不同。"

"我们不惊动任何人，悄悄地进行，只要封住他的嘴就可以了吧？那个家伙是个秘密主义者。对于他人的情报，他几乎一网打尽，收集后卖钱，可是他从不对别人说自己的情况。"

我的嘴唇又干了。不光是嘴唇，舌头和喉咙也干得冒烟了，就连眼球也是干的。

"如果在不让任何人知道的情况下对其进行拷问，我想应该是可以的。"

"不过，我觉得目前还没到做这件事的地步。锦系町的路线应该能搞定吧。但是，如果搞定不了，我们再考虑吧！"

村上的话语结束的同时，我感觉手突然无力，差点儿扔了手机。我用左手支撑住拿着手机的右手，用指甲顶住了手背。

"总之，先等着锦系町方面的联络吧。有任何消息我都会向你汇报的,你就老实等着吧。"

"好的。"

我挂断了电话,感觉手机如同铅块一样,很沉。

19

我一边打盹儿,一边打发着时间。刚刚睡着就会立刻醒来,醒了之后又睡着。疲劳没有得到缓解,可是这么没日没夜地奔波,我已经动弹不得了。我偶尔给矢岛打个电话,可是仍然打不通。

晚上八点多,王华给我打来了电话。

"那个混账终于从自己的老巢中爬出来了。"

"他要去哪儿?"

"现在还不清楚。应该是锦系町吧。"

"手下呢?"

"他带着一个手下。确认他们的去向后,我再联系你。"

我从床上爬起来后冲了个澡。用一盒方便面填饱了肚子后,准备迎接王华的电话。如果赵浩去了谷冈组中的亲戚伊取那里,我想赶过去看看。

一个半小时后,王华给我打来了第二通电话。

"赵浩吃完饭后,进入了一个类似于流氓事务所的地方。"

"知道是什么组织吗?"

"谷冈组。"

"在锦系町的哪儿块?"

"你知道情人旅馆一条街吧,就在那附近的公寓里。"

"我马上就过去,请等等我。"

"喂……"

我没等王华把话说完,就挂断了电话。走出房间后,我跳上了一辆出租车。我给了司机一些小费,让他加快了车速,到达锦系町的时候正好十点。在用手机联系王华后,和王华、程光亮碰了头。他们两个伫立在情人旅馆一条街的一角,两人的身影如同闲居于锦系町一带的中国人,不可思议地融入了其中。

"就是那个公寓。"

王华望着气派的情人旅馆的一角,指着一栋公寓说道。乍一看,那栋公寓极为普通,日本到处都有这样的住宅。公寓的入口上方挂着一个硕大的招牌,上面写着"关东曙光会 谷冈组"。

"赵浩进去后,还有谁进入那个公寓吗?"

"只进去一个流氓模样的男人。公寓的入口好像安装着监控摄像机,我们可不能稀里糊涂地靠近那里。"

"我去看看。"

我将他们两个人留在那里,自己走向了那栋公寓。我装作行人,从公寓的旁边走过,转一圈后回到了原来的地方。无法窥探公寓的里边,也无法摸清里面的方向。

"完全不了解里面的样子啊。"

"是吧?我们该怎么办?"

"不好意思,你们再盯会儿吧。我必须去见伍和陈,我有重要的话要和他们说。"

王华歪着嘴,脸上露出了不满的表情。程光亮先发制人,开口说道:"你去吧。无论怎样,你的值班时间毕竟是从凌晨十二点开始。这边有什么动静的话,我们会联系你的。"

"拜托了!"

我背向他们二人,走出了他们的视线。去见陈和伍的话是我瞎编的,其实我想去"夜来来",想见见小文。

走着走着,我想起了来锦系町的真正目的。有他们两个盯着赵浩呢,我根本就没有必要特意赶到锦系町。那我为什么急着出门呢?无意中来到锦系町,除了想见小文之外也没有其他理由了。

我静静地走着,为我自己的轻浮和任性不寒而栗。我的脚步变得沉重,却停不下来。我自嘲和反省,我害怕恐怖的触角,但是仍然不停地向小文那里前行。

"夜来来"里很热闹,就像春节的时候一样充满了笑声、歌声和欢呼声。这个时候一个人进店的话,应该不会受到热情招待的。我在门口附近的一个小包厢中坐了下来。我跟前台的服务员交代了立刻给我叫个小姐来后,给自己倒上了水。大概要等一会儿小姐才会过来。我没碰兑水的酒,直接拿起小姐们用的小玻璃杯自己倒上了水。我一边喝着水,一边观察着店内的情况。最里面的那个包厢是最热闹的。他们五个男人独占了十来个小姐。小文也在那里,她坐在靠近中央的座位上,脸上露出女王般的笑容。坐在小文右侧搂着她腰的男人是徐锐。我用力握着玻璃杯,杯中的水剧烈地摇晃着。难以抑制的嫉妒心油然而生,让我感到头晕目眩。

你没有那个资格!我一边对自己说着这句话,一边慢慢地喝光了杯中的水。我重新倒水，由于动作太粗鲁，水又在剧烈地摇晃，简直就像是我的心，摇摆不定。

我一点一点地喝着水，努力平复我的心绪。刘健一曾经说过，小文是按照自己的意愿留在徐锐身边的，如果他说的是真的，那我努力挽回那个约定就没有任何意义了。刘健一的话语中暗含着小文在徐锐身边很快乐的意思。

我不该来这里，后悔之心如同波浪反复冲刷着我的大脑。我感觉胃部撕撕拉拉地疼痛，极度疲劳的神经敲响了警钟。我的悔恨变成了呕吐感，反胃感让我很难受。

我来到了卫生间，将胃中的所有东西都吐了出来，可是呕吐感仍然不消，继续吐出了黄色的黏液。我大概这样吐了十分钟。担心我的前台服务员来到卫生间问我是否有事，我告诉他我立刻就会回去，没什么事。吐出了最后的一口胃液后，我在盥洗台开始洗脸。我看到镜中的自己十分憔悴，刘健一是一个恶鬼，我是一个幽鬼。对于小文来说，我大概也是一个亡灵，从过去中苏醒过来，给她带来麻烦的亡灵。

我回到包厢中的时候，看到小文正在等我。

"阿基，让你久等了，真不好意思。我听说你在卫生间里吐了，没事吧？"

"都是因为睡眠不足和吸烟过量，吐出来舒服多了。"

"那件工作还没有搞定吗？"

"不是那么容易搞定的。给我来点水！"

小文轻轻地说完"好的"后，在玻璃杯中放入了冰块，开始倒水。

我一边看着小文倒水，一边在琢磨着小文是否跟徐锐说了我们的事情。如果赵浩和徐锐是一丘之貉的话，如果徐锐与杀害韩豪有某种关系的话,如果小文知道这件事的话……各种疑惑在我的脑海中层出不穷。如果小文仍是过去的那个小文,她应该不会出卖自己在人们面前开怀大笑的。

"我能来一杯酒吗?"

小文一边将手中的水杯递给我,一边问道。我点头表示同意。

"阿基,你有没有好好吃饭?"

"你就像一个母亲啊,小慈。"

"大家都这么说,像个老婆婆。在我很小的时候,我爷爷几乎每天都对我说'有没有好好吃饭,不能不吃饭哦'。"

蓝文乐也对我说过一样的话。阿基,你要好好吃饭,吃得多才能长大,才能让你爷爷和你妈妈开心。我咬住了嘴唇,如果不这样就无法控制住记忆的洪流。

在我回忆起那时小文天真无邪的笑容时,小文举起了自己的酒杯。我也举起自己那倒满水的杯子。杯中的冰块在晃动,如同我的心在摇摆。

"阿基,你小时候是什么样呢?"

"我小时候是个骄傲自大的毛孩子。"

"是吗?我还以为你是一个优秀的小孩呢……"

小文注意到了里面包厢中的动静,没有继续说下去。徐锐他们从座位上站了起来。

"我去送送他们,你等会儿我。你不能回去哟!"

小文匆忙地站了起来,向徐锐那边走去。她抱着徐锐的胳膊,将嘴贴近他的耳边说着什么。徐锐的目光向我投来,他的脸上露出了傲慢的笑容。他们两个人一起朝我这边走来。

徐锐走到我面前,停住脚步对我说:"我叫徐锐,是这个店的老板。据说你在这里很照顾小文，我特此向你表示感谢。"虽然他讲的是普通话，但是完全没有卷舌音，台湾口音十分明显。

"我叫武基裕。"我伸出右手说道。

徐锐用力握住了我的手，只有充满自信的人才会使用这种握手的方式。

"你是日本人吗？你的汉语说得真好！"

"我是第二代战争孤儿。"

"哦，原来如此。这一带有很多第二代、第三代战争孤儿。你是从新宿来的？"

"嗯。原来我在韩豪的手下干，现在正在找工作。"

我想套出他的话来，可是徐锐的表情没有任何变化。

"那起事件在这边也成为一时的话题，对此我表示哀悼。"

"我会将您的话传达给我的兄弟们。您能说这样的话，大家应该会很高兴的。"

"这个世上常常发生悲伤的事情，你也不要太过于消沉。对了……"

说着说着，徐锐看了一眼手表，有点炫耀的意思。那块纯金的手表在店内灯光的照耀下光芒四射。

"一会儿你有时间吗？我不得不去别的店了，咱们一起去那边喝杯酒交个朋友如何？"

我偷偷地看了一眼小文。小文的脸上浮现出复杂的表情。她的表情告诉我，她虽然为我和徐锐成为朋友而高兴，但是也为我离开这个店而悲伤。

"如果不麻烦您的话，我很乐意……"

说到这里，不知是谁的手机响了起来。

"不好意思。"

徐锐打断我的话后,拿起了手机小声地接通了电话。最初他好像很生气,后来脸上开始出现紧迫的表情。他用眼神跟我示意后,走到了店外。

"对不起。好不容易说会儿话,突然来了电话。"

小文代替徐锐向我道了歉。

"没关系。他应该是个很忙的男人吧?"

小文笑着对我说:"在他回来之前,阿基你再跟我甜蜜一会儿吧。"

她像个要搞恶作剧的少女似的坐在了我的旁边。就在她屁股落座的瞬间,这次我的手机开始响了起来。

"搞什么呀?大家怎么都有电话?"

我向任性撒泼的小文道歉后,接通了电话。

"不好了!"

王华的叫声使我的耳膜剧烈地颤动。我不由自主地皱起了眉头。

"出了什么事?"我小声地问道。

小文疯狂地喝着酒。

"那栋公寓里传出了枪声。然后,那个家伙立刻就跑了出来。我们正在他的后面追踪。"

通过王华那惊慌失措的声音,我就知道出事了。

"你把电话给阿亮!"

"等,等会儿。"

虽然只是几秒钟的等待,却让我很不耐烦。

"是我。"

"出了什么事?"

"不太清楚。两三分钟前,那个公寓里传出了枪声,之后我们看见赵浩跳上了一辆出租车。我们也乘坐后面的出租车正在跟踪他。"

"只有一声枪响吗?"我用左手遮着嘴唇问道。

手机中传来沉重的氛围,小文放下了手中的酒杯。

"一共三声。"

"从那栋公寓出来的只有赵浩一个人吗?"

"开始的时候是这样的。我们上了出租车后,从后视镜中看到那些流氓们一个接一个地跑了出来。"

"现在去向哪里?"

我看到徐锐从外面回来了。他脸上那绅士的表情早就不见了踪影,如同发怒的暴君气冲冲地走了进来。

"你等一下。"程光亮的声音变小了,又立刻听到他说,"过了龟户车站,一路向东。"

"好的,知道了。我也尽量早一点赶过去。"

挂了电话后,我对着徐锐说:"不好意思,徐先生。你好不容易有时间邀请我,可是我这边有点急事要去处理。"

"没关系,我手头也有点急事要办。我应该向你道歉才是。"

徐锐从钱包中取出一张名片后继续对我说:"明天你给我打电话吧。不必客气,一定要打给我哟。另外,今天你就不用结账了,算我请你的。"

"可是……"

"我很重视喜欢小慈的客人。不被年轻女人外表所迷惑的人,肯定看透了人的本质。"

我没有时间在这种无聊的事情上和他争论,收下了他的名片。

"那就告辞了,再见!"

"好，再见！"

"小慈，你就不用送我了。我们下次见。"

我制止了想要站起来送我的小慈，转身背对他们二人，心里同时涌起了焦躁和留恋。徐锐和小文看着我，我朝门口走去。

我的直觉告诉我，给徐锐打来电话的人是赵浩。惹了事的赵浩打电话向徐锐寻求帮助，不是没有这种可能。徐锐和我的电话几乎同时响起，应该不是一种偶然。

我舔了舔嘴唇，嘴唇仍然很干。我微微低下头，离开了"夜来来"。

20

在追赶王华他们之前,我来到了谷冈组的事务所。那栋公寓的周围停满了警车和救护车。看热闹的人聚集在血腥的空气和沉重的氛围中。

我从人群中挤到了最前面,正好看到担架上的男人。看一眼就知道他已经死了,痛苦的脸上已经完全没有了血气。他大概就是那个伊取,除了他之外我也想不到是其他人。

我离开现场后打了一辆出租车,告诉司机沿京叶道路向东驶去。这次我没有拨打王华的电话,而是拨打了程光亮的。

"你们现在在哪里?"

"我们上了高速公路,路过了江户川。"

"我也在你们后面追赶呢。我会随时与你们联系,如果你们有了前面车子去向的头绪,也要告诉我。"

"知道了。"

与王华不同，程光亮说话很简洁。

程光亮简洁的话语支撑着我那摇摆的心。关于徐锐和小文，回头再说。现在首先要关注的是事态将如何发展。

我挂了电话后，给村上打了一个电话。

"出什么事了？"接起电话后，村上怒气冲冲地问道。

"我也想知道出什么事了。今天我们的人看到小西去了谷冈组的事务所，兄弟们为了确认小西的动向跟踪了他，到了锦系町之后，突然听到了枪声……"

"被干掉的肯定是伊取。动手的是那个小子吗？他会杀了照顾自己的亲戚？"

"也许吧。看来村上先生您还不了解详细情况吧？如果您知道具体情况后，能跟我联系一下吗？"

"你在干什么？"

"我正在追踪小西。"

"别跟丢了！一定要盯紧他，告诉我他逃跑的去向。组事务所还没有发生过此类事件。你知道吗？"

"好的。"

警察们拥进了事务所中。对于流氓来说，无端受到怀疑并不是什么头疼的事。

"你一定要抓住他。听到没有？"

村上说完这句话后，挂断了电话。不光是锦系町，歌舞伎町那边大概也很混乱。在流氓的事务所中开枪是史无前例的事，中国人是干不出来那种事的。不，脑子稍微正常点儿的中国人是不会做那种事的。可是赵浩不正常，他疯了。

在我告诉司机开向高速公路的时候，程光亮给我打来了电话。

"我们在船桥下了高速。"

"知道了。别跟丢了！请在船桥下高速。"

告诉司机路线后，我挂断了电话。赵浩应该是千叶的飞车党。难道他要逃到自己的老家吗？或者他接到了徐锐的什么指示？无论怎样，一个流氓杀死了自己的亲戚，在日本国内大概没有他的安身之地了。

我向车窗外一扭头，发现正经过原木的出入口。几分钟后，就到了船桥。我又给程光亮打了一通电话。

"在船桥下了高速后，往哪边走？"

"首先朝船桥车站方向开，之后再向北。我们现在路过了一个叫夏见的地方。"

"有没有什么标志性的建筑？"

"前面有一个很大的公园。等等，不是公园……好像是个运动场。"

"知道了，一会儿再联系。"

挂断了电话后，我从司机那里借来了地图。不知道都内的出租车内是否有千叶的地图，这是一本覆盖了关东近郊的交通地图。我打开船桥市的那一页后，用手指找到了由船桥车站向北的道路。地图上标注着"夏见小室线"的县道，这条路的尽头是船桥市的运动公园，恐怕程光亮说的运动场就是这里。

出租司机对这一带的道路不太熟。我用一只手拿着地图为其指路，同时等着程光亮的电话。我们路过船桥的车站后北上，进入了夏见小室线。道路的周边是新兴的住宅区，矗立在各处的高层很显眼。战争遗留孤儿一家回到日本后，住在这条街上再合适不过了。距离前方的公园越来越近，可是我仍然没有接到程光亮打来的电话。于是我主动联系他，手机呼叫声一直响着。响了二十下后，程光亮也没有接电话。我感到非常不安，又拨打了王华的手机。

手机的呼叫声也是一直响，王华没有接电话。我再一次拨打了程光亮的电话，还是没有接通，又给王华打。

他们两个人都没有接电话。仅仅在几分钟前，还通过电话呢，可是现在却没有音讯了。我马上就要到运动公园了。

司机对我说："尊敬的乘客，我们接下来往哪里走？"

运动公园的前面有一个十字路口。我们应该奔哪个方向去呢……"在那个有信号灯的地方停车吧。"

告诉完司机后，我又给他们两个人打电话。程光亮和王华都没有接。

出什么事了？内心的不安越发迫近。出租车放慢了速度，通过后视镜，我看到司机的表情很阴沉。我的不安似乎传染了出租司机。我的眼睛盯着地图，如果过了这个十字路口直行的话，最终会到达东武线的车站；如果右拐的话，道路就会没有尽头。如果假设赵浩逃往老家的话，我感觉直行会更好一些；如果按照徐锐的指示，应该右拐。

我探出身子对出租司机说："请向右拐！"

这时我听到了救护车的警笛声，从右手边传来。声音很小，但是确实逐渐拉近了与我的距离。

我又看了一遍地图，夹杂于住宅区东侧有一个叫船桥市立医疗中心的医院。救护车肯定是从那个医院开过来的。

哪里出事了？出了什么事？我抑制住内心的不安，听到警笛声越来越近。

右侧道路的一端出现了白色的救护车，响着警笛快速驶来。

我对出租司机说："跟上那辆救护车！"

司机的脸色变得苍白，点了点头。救护车无视信号灯，直接在我们的眼前飞驰而过。

沿着运动公园北上，然后在下一个信号灯处左转。之后再左转，进入住宅街区的中央。

"尊敬的乘客，那个……不会遇上麻烦的事吧？"

后视镜中映出出租司机那失去了血气的苍白面孔，看上去他简直就像被抬上担架死去的伊取。我从钱包中掏出两张面值为一万日元的纸币，伸到了出租司机的肩膀上。

"这是车费之外的小费。请你忘记我的模样，也要忘记我用汉语与谁通过电话，好不好？只有这样你才不会有麻烦。"

"知……知道了。"

救护车在大约一百米远的前方停了下来，其他救护车的警笛开始响了起来。我让出租司机也停下了车子。

"请在这里等会儿我，四五分钟我就会回来。"

我下了出租车，向救护车走去。急救人员从看热闹的人群中挤了过去，抬着担架走向了出租车的方向。救护车的前面停着两辆出租车。

这两辆出租车都是足立的牌照号码，前面的挡风玻璃全都变得粉碎。我的脚在颤抖。这两辆出租车就在离我十米远的地方。

我瞬间就明白了到底发生了什么。

他们被伏击了。应该是谁知道了赵浩干出的傻事，想要杀人灭口。

逃跑的目的地是赵浩的老家。把刺客带到那里，让他们埋伏在那里。指令只有一个，那就是斩尽杀绝。赵浩乘坐的出租车停在了老家的前面。追在其后的出租车很可疑，而且司机和乘客都是目击者。所以刺客们胡乱射击，要杀死两辆出租车上的所有人。杀死韩豪的家伙们好像也是这么干的。

救护人员打开了跟前出租车的车门，大量的血流在了柏油路上。王华和程光亮大概都已经死了，出租司机也被卷入其中。赵浩就更不用说了。

几辆救护车的警笛声越来越近。警车也应该正往这里赶来。此地不宜久留。我开始往回走，看到眼前的景象，真想破口大骂。

来时乘坐的出租车已经不见了踪影。

为了不让其他人注意到自己，我悄悄地离开了现场。乘坐出租车离开不是上策。警察大概会追踪从现场离开的人吧。我走入了住宅街区内复杂的胡同，来到了东武野田线的轨道，沿着轨道南下。

我一边走路一边拨打了村上的电话。

"小西被杀了。"

"你说什么？出什么事了？"

"我不知道。我的兄弟们跟在后面。中途就联系不上他们了，就在我不知所措的时候，救护车来了。我跟着救护车赶了过去，看到了现场。小西和我的兄弟们都被枪杀了，两辆出租车的司机也没能幸免。杀手用的可能是霰弹枪。"

袭击韩豪的家伙用的也是霰弹枪。赵浩和王华他们也是被霰弹枪打死的。这两起枪击事件有什么联系，还只是一种偶然？

"这到底是怎么回事？"

"有人害怕小西会泄密，所以想杀人灭口吧？无论怎样，在组事务所杀了人，是不可能逃掉的。"

"会是谁呢？"

"不知道。"

面对村上那怒吼的质问,我也嚷着回应了他。身体早已疲惫不堪,头脑也极其混乱。虽然对方是流氓,但是我也顾不了那么多了。

"别以为说了不知道就完事了。赶紧想方设法去查明这个人。"

"刘健一应该知道是谁。"

我虽然很疲惫,脑子也混乱了,但是刘健一给我带来的恐怖感片刻也没有从我的头脑中离开过。

"请抓住刘健一,撬开他的嘴。但是,不要泄露我的名字。因为在中国人的黑色世界里,不知道在什么地方会发生什么。"

我听到了村上咂嘴的声音,我知道他在生气。让我去伊取那里打听赵浩的人是村上,伊取被赵浩杀了,赵浩也被人做掉了。谷冈组一定会追问村上的。如果闹出别扭来,恐怕砍掉一根小拇指也不能了事。如今没有小拇指的流氓是被嘲笑的对象,不受任何人尊重。缺少小拇指是无能者的烙印。

"你确定那个家伙真的了解情况吗?"

"他应该对此有所了解的。就算他不知道,也无所谓吧?谷冈组什么也不知道。咱们就说刘健一是幕后的人,将他的尸体带过去。我们再利用这段时间去找出真正的幕后人就可以啦。"

"你说得倒是够简单的,武君!我感觉你渐渐露出了本性。"

我听到了"本性"这个词语。我的本性一声不响地潜伏在我那胡编乱造的经历中,姑息转来转去,经常胆怯地窥视别人的眼睛,被追得走投无路的话就会张牙舞爪。

"村上先生,我也很害怕啊。这里是日本,不是中国也不是美国。是会有人不断死去的。"

"那都无所谓,如果你找不到引发这次事件的家伙,你也会成为一具尸体。"

"我明白。"

"首先，警察的调查结束后，我会去与谷冈组的人碰面。我会问问他们出了什么事。另外，对刘健一我也会有些动作。"

"拜托了！"

我挂断了电话，电车从我的身旁飞驰而过。我长舒一口气后，仰望头上的天空。与昨天相仿的半月挂在空中，皎洁的月光照亮了整个夜空。在这住宅街区看到的月亮与在歌舞伎町、锦系町看到的月亮不同，月光的表情有所差异，在这月色下我被深深的孤独包围着。周围极其寂静，除了偶尔飞驰而去的电车声以外我听不到任何声音。连虫叫声都没有，我简直就像要离开这个世界似的。

拂去内心的感伤，我拨打了矢岛的电话。我想向他汇报一下情况，如果可以的话，我想从他那里获取一些来自警方的情报。

可是电话仍然打不通。我咂了咂嘴，为了出气我踢飞了脚下的石块，恐怖的想法终于飞到了九霄云外。

我给程光亮和王华打电话打不通，他们两个人都死了。我给矢岛打电话也打不通。难道？我嘲笑自己萌生这种不切实际的想法，不会发生那样的好事。

你想获得自由吗？刘健一的这句话突然在我的头脑中闪现，我唆使村上去杀刘健一的话紧随其后。

应该不会出现那种情况。无论怎么说，暗杀缉毒警察这种事应该不会发生。

我继续前行，任胡乱的思绪四处游走。终于，我看到了车站。我刚买完一张车票，最后一班电车的广播就开始播报了。我拔腿就跑，跌跌撞撞地下了楼梯，跳上了即将关门的电车。

21

我在船桥换乘了出租车，回到了锦系町。我在车里拿出了徐锐给我的名片。他的头衔是乔伊娱乐（JOY ENTERTAINMENT）的总裁。公司的地址就是那栋公寓。名片的背面密密麻麻地印着乔伊娱乐集团旗下所经营的店铺名称、地址以及电话号码。与中国人做生意的时候是没有必要谦虚的，他的名片似乎透露着这样的信息。

我开始逐个给他的店铺打电话。

"徐先生在吗？"

每个店都告诉我徐锐不在，他们表示愿意传话。我跟他们说我没有什么急事，表示谢意后继续拨打下一个店铺的电话。当我拨打第六个电话的时候，徐锐在店里。那个店的名字叫"孙悟空"，通过这个名字无法想象这个店的营业类型。接电话的男人用客气的普通话说道："董事长在呢，要他接电话吗？"

我用手捂住话筒，大声喊道："喂？喂？奇怪了，什么也听不到了。"

"尊敬的顾客,我们这边能听到您说话……"

我清楚地听到了那个男人的声音。

"喂?喂?还是不行啊!"

我扫兴地嘟囔着挂了电话。我觉得如果徐锐接完赵浩的电话后安排了杀手的话,现在应该藏起来了。可是现实情况不是我想的那样,只要打个电话就可以雇凶杀人,徐锐大概有那么大的胆子。流氓组的事务所中发生了杀人事件,锦系町那边估计也挤满了警察。感到内疚的人应该回到了自己的老巢,潜伏了起来,就像韩豪被杀后的我那样。

宋钟给我打来了电话。过了我们定好的碰面时间却不见我的踪影,他问我怎么回事。

我把王华和程光亮已经死亡的消息告诉了他。宋钟默默地挂了电话,他大概会与另外两个人一起逃跑,藏起来。这样一来,韩豪的手下就全部各奔东西了。

只剩下我一个人了,我或许也应该逃跑。放下一切,飞快地逃出东京。

我调出留言电话的服务,又有一条小文的信息。我反复听了好几遍小文的声音。

我当初下定决心要成为日本人,封存了记忆,编造了经历,不再回顾过去。如今看来这一切都是徒劳。我终于意识到,这十多年的时光,我只是在虚构的世界里挣扎。自从我意识到之后,就无法回到过去了。不过,我该朝哪个方向发展呢?我的眼前只有渺茫而辽阔的黑暗。

我在锦系町下了出租车,大街上仍然弥漫着沉重的空气。和韩豪被害时的歌舞伎町一样，穿着制服的警察挤满了街道。看上去像是谷冈组成员的流氓们正在搜索可疑的人。我在"孙悟空"的前面等着徐锐从里面出来。"孙悟空"是打着台湾美容院旗号的色情场所，没有什么人进出这个店。恐怕这个店正处于停业状态，非法就业的雇员们，包括女人在内，都躲藏了起来。

我拨打了矢岛的电话号码。电话仍然不通，连个电话留言都没有。我抑制住内心的焦躁、恐怖和罪恶感，苦涩的唾液从胃里往上涌。我拨通了刘健一的电话，他就像在等我电话似的立即拿起电话接听。看来村上还没有动手。

"这个时间给我打电话，出了什么事？"

"我的兄弟们死了。"

"什么时候？"

"几个小时之前。他们和赵浩一起被枪杀了。"

"赵浩是在锦系町的组事务所惹了祸之后逃跑的吧？"

"好像是逃往他自己的老家，在那里被人伏击了。我的兄弟们也卷入到事件中。"

"你说的老家，是千叶吗？"

"船桥的尽头。"

"千叶县警的管辖内，还没有传来情报。他遭到袭击死了？"

"可能是霰弹枪，和袭击韩豪时候用的枪一样。"

"无论怎么说，通过赵浩寻找幕后人的线索算是断了吧。"

"还有赵浩的手下们呢。我十分着急，能不能尽快帮我调查一下那些家伙们的姓名和住址？"

"一个小时以后你再给我打电话吧。"

"等等，我还有一件事要问你。"

"什么事？"

"昨天，你问我想不想获得自由，是吧？那句话到底是什么意思？"

"没有什么意思。"

"我联系不上矢岛了。你做了什么手脚？"

我听到了刘健一的笑声。他不是出于高兴，也不是在嘲笑我。

"我只是一个卖情报的，会对缉毒警察做什么呢？他只是无法接听你的电话吧？总之，一个小时以后，你再打电话过来。我不能说一定会调查出来，但是我会尽力的。"

挂了电话后，我的耳朵里仍然残留着刘健一的笑声。村上现在正在干什么呢？矢岛消失到哪里去了？徐锐在自己经营的"美容院"里干什么呢？小文现在怎么样了？

我很清楚现在的心情起伏不定，这是危险的前兆。但是，我什么也做不了。

离"孙悟空"打烊的时间还早着呢。我也不知道徐锐什么时候才出来，或许他对刚才我打的电话产生了戒备之心，悄悄地藏了起来。

过了十分钟左右，一辆奔驰在"孙悟空"的前面停了下来。司机是与徐锐从东阳町的公寓一同出来的男人之一。他没有熄火下车，拿起了手机开始打电话。我想打车离开这里。徐锐将要回到公寓，还是转移到其他的店铺？无论怎样，徐锐都会乘坐那辆奔驰，在同一街道上我没有看到空车的出租。我内心有些焦急，加快脚步拐进了一个十字路口，差点儿撞上两个穿着制服的警察。

"对不起！"

我想要相安无事地离开，可是没能如愿。

"等一下，你是中国人吗？"

被其中的一名警官叫住，我脸上露出不爽的表情停下了脚步。如果不快一点摆脱他们的话，徐锐就逃出我的视野了。但是，如果表现出焦急的样子，会增加警官对我的怀疑。

"我是日本人。"

"你身上带着证件吗？"

这两个警察都很年轻。他们大概是在不常发生的流氓被杀事件之后增加的。他们想趁机建立功勋从轮岗执勤中解放出来，这种野心在他们的脸上表现得很明显。

我从钱包中取出了证件，这两位警官对我的证件仔细地检查了一遍。街道的对面传来了奔驰那厚重的关门声，我知道奔驰迅速离开了那里。面对警察的谩骂，我知道自己也没有办法。在这虚伪身份下的人生，不与警官产生矛盾已经变成了我的第二本能。

他们还给我证件后，又问了我很多问题，十分钟后我才获得自由。而现在再去追赶徐锐没有任何意义了。

我闭上了双眼，反复深呼了几口气，终于下定了决心。我在徐锐的名片上找到了"夜来来"的电话号码，接通之后我让对方叫来了小文。

"喂？"

"是小慈吗？我是阿基。"

"怎么了，阿基？自从你回去之后就出大事了。不知哪里的流氓被杀了，所有的客人都回去了，我们小姐也被带到警局审讯，等到四点钟才被车子送了回来。"

"我送你回家吧。"

"嗯？"

"我想问你点事情。能不能给我点时间和你聊聊？"

过了短暂的几秒后，我继续说道："我不是向你求爱什么的。你记得王华和程光亮吧？他们被杀了。"

小文没有回我的话，我很清楚她已经说不出话了。

"小慈，你能不能挤出点时间来？"

"好吧，你什么时候来接我？"

"五分钟后，我打车去你的店前。"

"知道了，我马上准备好。"

挂了电话后，我开始找出租车。刚才的那两名警察正在街道的对面巡逻，终于从他们的对面驶来了一辆亮着"空车"指示灯的出租车。我向出租车招了招手，那辆出租车调过头后停在了我的身前。

"拐过那个角，向前行驶十米左右停一下。在那里接一个人。"

司机默默地点了点头。汽车收音机里播放着流行歌曲，我让出租车在"夜来来"前停下来之后，问出租车司机："没有新闻吗？"

"这个时间没有新闻播报的。"

司机很肯定地说道，他没有伸手去调台。

"今晚这一带出事了吧？你有没有听到什么消息？"

"好像是暴力团伙的成员被杀了，空气中充满了杀气。也许是因为事件的发生时间太晚了，所以新闻也基本上没有详细的报道。"

"这样啊……"

小文从大厦中走了出来。她穿着牛仔裤和轻薄的皮夹克，并不是去徐锐公寓那天的打扮。看到她的这般装束，我的心情平静了下来。小文细心地望着街道，立刻看到了我，向出租车跑来。

"打开车门！"

我说这句话的同时车门打开了，小文轻盈地钻了进来。

"开车吧！"

"去哪里？"

"离开锦系町，看到家庭餐厅停车就行。"

我们随出租车离开了这里，小文攥住我的手腕，迫不及待地问道："那两个人被杀了是怎么回事？"

"你记得我们在追踪一个叫赵浩的男人吧？"

小文点了点头，睁大的眼睛目不转睛地看着我。

"今天，那个赵浩杀了日本的流氓。王华他们在后面跟踪逃跑的赵浩。赵浩在逃跑的途中被杀了，王华他们也被卷入了其中。"

"发生了这种事……会是谁干的呢？"

"不知道。正因为不知道，所以我才想问你点事。"

"问我？这事跟我一点关系都没有！"

"谁也没说是你干的吧？我想问你的不是这个。"

"那是什么？"小文张着嘴愣在了那里。她深呼了一口气，小声问道："是关于徐锐的情况吗？"

"我们待会儿再说。"

出租司机通过后视镜在窥视我们。看到毫无疑问的日本人突然说起了流畅的中国话，他变得有些不安。如今有很多这样的日本人。

小文看上去似乎不太服气，不过还是按照我说的，没有继续问下去。她依靠在座位上，目视前方。虽然眼角的皱纹与她二十多岁的年龄相符，但是皮肤看上去像是十几岁的少女。小文母亲的皮肤也是这样的，年龄的增加和农活的操劳都没能使小文母亲的皮肤变得粗糙。她经常去山里采些草药煎茶喝，她说这是她美肤的秘诀，并引以为豪。小文并没有喝同样的茶，可是皮肤却和母亲的一样好。

出租车行驶十分钟后，在街道一侧的乐雅乐家庭餐厅前停了下来。我们下了出租车进入了店内。

"你肚子饿吗?"

"我正在减肥,给我来一杯咖啡就行了。"小文冷冷地说道。

让自己思乡的贵宾,如今与自己的男人为敌,像是一个形迹可疑的罪犯。小文那冰冷的声音,让我心痛。我没有预想到我们的谈话会是这样的一个开端。

我们坐在了门口附近的吸烟席,跟服务员要了咖啡。

"当时在店里给我打来电话的人是王华。"在这冰冷的气氛下我开口说道,"他告诉我他们正在追踪杀了流氓逃跑的赵浩。"

小文一言不发,只是上下挑动着眉毛。

"我的手机响起之前,徐锐的手机来了电话。"

"所以你想说什么?"

"赵浩杀了流氓后,为了向徐锐请求指示,所以给他打来了电话。这种想法是合乎逻辑的。"

"别说胡话了。你为什么断定打给徐锐电话的是赵浩呢?就因为是在你接电话之前打来的这一点理由吗?"

"小慈,我想知道这是不是一种偶然!"

"怎么才能知道呢?"

"赵浩是在逃跑的过程中被杀的。有人知道赵浩的逃跑路线,完成了雇凶杀人。我离开店里,徐锐给谁打过电话吧?"

"打了。那个人经常打电话,因为工作很忙,总是用电话谈事。"

"听到他们的谈话内容了吗?"

小文只是摇了摇头。

"'堕落天使'是徐锐开的店,赵浩之前在那里玩过。有没有从徐锐的口中听到赵浩的名字?"

"没有。阿基,这真是扯淡。徐锐或许不是什么正经人,但是他没有杀人的必要啊，因为他赚的钱已经足够多了。"

"那两个兄弟一死，现在就剩下我自己一个人了。我们的老大在歌舞伎町被害，和他在一起的手下也被杀了。如果我不能找出凶手的话，我将会被流氓的同伙干掉。"

"所以……"

"如果跟徐锐没有关系，你得拿出证据让我信服。"

小文轻轻地将手中的咖啡放在了桌子上，仍然用冷冰冰的眼神看着我，小声说道："我该说些什么？"

"我出去之后，徐锐给谁打了电话？"

"我不是说了嘛，徐锐总是在打电话联系别人。"

"我出去之后，他立刻给谁打了电话？"我盖过小文的声音，大声说道。

"徐锐没有打电话，他向店长交代了点事后，就离开了。"

"他和店长说了什么？"

"本月的营业额和新来的小姐等话题，总之是生意上的事。没有谈到杀人什么的。"

遭到小文的讽刺，我盘起了胳膊。与店长慢条斯理的谈话过程中，徐锐大概能够安排船桥的杀手吧？不，他肯定事先都准备好了，如果不迅速行动的话，就无法堵住赵浩的嘴。当时，徐锐接着电话离开了座位。他迅速给赵浩下了指示，然后再打电话给杀手下命令，不会是这样，时间根本就来不及。难道给徐锐打来电话的人不是赵浩？那场惨剧与徐锐没有关系？那么，要杀死赵浩的人会是谁呢？

我的视线变得模糊，我用手指按了按眼角。

"你好像终于明白了吧。"小文对我说道。冰冷的感觉已经消失，那种温柔又回来了。

我摇着头说:"我一点也不明白。"脖子的关节发出了让人讨厌的声音。

"阿基,你好好想想!"

我感觉到温暖的东西碰触到我的脸颊,睁开了眼。小文的手指在我的脸上摩挲。

她继续说道:"徐锐是个商人,交友广泛。虽然他和黑社会有所往来,但是没有必要通过杀人来赚更多的钱。"

"大多数人会突然杀人吗?不都是为了钱杀人的嘛。"

不知道小文是否听到了我的话,她好像被什么附体似的抚摸着我的脸。

"唉,你真的不是我的阿基吗?"

我的心脏骤然紧缩,血液以我能感觉到疼痛的速度在血管中疾驰。

"很遗憾,我不是。"我忍着疼痛说道。

小文的手离开了我的脸颊。我感觉我的皮肤要从肌肉上剥离走。

"说得也是。我的阿基更年轻一点。你已经上了年纪,干瘪了……你今年多大了?"

"四十二。"

我撒了谎,谁也没有注意到我的谎言。

"年龄比我想的要大。"

小文两手抱着咖啡说道,可以看出她有一点沮丧。她大概对我抱有一丝幻想,而我可能击碎了她的幻想。

我的心脏仍然紧缩着,疼痛感在我的皮肤深处继续折磨着我。

小文的手机响起了起来,铃声的旋律是电子乐器演奏出的古典音乐。这一铃声虽然不适合我所熟知的小文,但是与俱乐部的小姐小慈很相称。

小文转过身去背对着我,压低声音接听了电话。我听不到她说什么,也看不到他的嘴形。通过她的侧脸我可以想象到,这个人对小文来说很重要,恐怕是徐锐打来的电话吧。

皮肤深处的疼痛被嫉妒取代了。这种嫉妒心慢慢地勒住了我的喉咙。我感觉喘不过气来,实在无法忍受,我掏出自己的手机拨打了刘健一的手机号码。也许现在又有什么新的情报了。我将手机贴到了耳边,小文好像聊得还很投入,估计还有一段时间才会完事。我的手机也打通了,可是刘健一的手机正在通话中。我轻轻地咂了咂嘴,挂断了电话。小文将视线转向我,示意让我再稍微等一会儿。我一边等她,一边喝光了咖啡。三分钟之后,小文的电话终于结束了。

"时间差不多了,我们走吧。"

小文收起手机,对我说道。她的声音又恢复到了来这里时的冰冷。

"是徐锐打来的吗?"

我忍受着嫉妒,鼓起勇气问道。

"嗯。他跟我说不要和愚蠢的男人闲聊,让我早点儿回去。"

"他说得对。"

我站了起来。结完账后,为小文拦下了一辆出租车。小文轻松地钻进了车里,关上了车门。在出租车驶出之前,她打开了车窗,露出脸来对我说:"等你冷静了之后,再来我们店吧。"

"你是说在我冷静下来之前,不要去找你?"

小文脸上露出悲伤的笑容,暧昧地摇了摇头。

"晚安!谢谢你请的咖啡。"

说完,她关上了车窗。出租车离我而去。我目送着渐行渐远的尾灯,固执的嫉妒心平息了下来。这是一种徒劳的挣扎,我的心仍然无法平静。

我点着一支烟,突然想起来了。小文现在穿的是便装。她每次去徐锐的公寓那里,一直都是按照徐锐的喜好打扮的。今晚却和平时不一样。

想到这里,我把刚刚点着的烟扔到了脚下。虽然我跟踪过小文好几次,但是我几乎完全不了解她。也许她去徐锐公寓的时候,偶尔也会穿成这样。我无法对此进行判断。

带着这种痛苦的想法,我上了一辆出租车回到了自己的家。

22

  第二天的早报用一个版面报道了锦系町的事件。标题和图片十分吸引眼球,可是内容却极其贫乏,连撰写报道的人的推测都没有登载。社会的版面也做了相关报道,同样只是对事件的奇异大书特书,没有一点迫近真相的消息。叠上报纸的时候,我看到了一个很小的标题——《山手线的人身事故》。

  该报道称,昨天下午六点左右,山手线惠比寿车站有一名男子从站台上滚下,被列车撞死了。这篇报道只有短短的几行小字,却将我的眼球吸引到了最后一个字,直到看完。

  "通过死者所持有的驾照判断,该人为东京都秋留野市的矢岛茂雄。"

  我的身体立刻颤抖起来,口干舌燥的同时涌起了呕吐感。矢岛死了,我无法接受这个事实。我用颤抖的手拿着报纸来到了厨房,拿起一瓶矿泉水直接往嘴里倒,我重新又看了一遍这篇报道。

死者是矢岛,连年龄都一致,肯定没错。

这时我的手机响了。我回到客厅后,拿起了手机。由于手抖得厉害,好几次都差点儿掉了手机。我用左手摁住右手接通了电话。

"喂?"

"我是村上。你能不能来一趟事务所?"

"知道了,我马上就过去。"

挂断电话后,我又看了一遍报纸。

矢岛死了,我不知如何是好。这些年来,矢岛是我人生的一部分。我虽然讨厌他、恨他,但是矢岛如同我的影子一样伴随着我。我明明梦想着他消失,希望断了与他的关系,可是现在的我感觉到如同割掉了自己身体的一部分似的十分难舍。

我收拾好茫然的自己后出了门。走向车站的途中,我给刘健一打了一通电话。仍打不通,与昨天不同,并不是在通话中。可能是手机没电了,或者他目前身处于没有手机信号的地方。

电话打不通,王华和程光亮死了,矢岛也死了。现在轮到刘健一的电话也打不通了,刘健一可能也死了,或许是被村上弄死的。我加快脚步奔向新宿,在去村上的事务所之前,我来到了刘健一的店前。

在阳光的照射下,这座木造建筑看上去腐朽不堪。一层的店铺和二层刘健一的店里都没有人,极其寂静。我试着按下对讲,没有回应。我站在这里,点着了一支烟。按了好几次对讲,给刘健一也打了好几回电话。可是等了半天也没有人应答,他的手机仍打不通。

扔掉变短的烟头,我离开了这里,沿着职安大道奔向东明会的事务所。这是我第一次来到东明会事务所所在的公寓,不过那个地方很好找。白天的歌舞伎町中流动着悠闲自在的空气,唯独那栋公寓周围冒着杀气。公寓的入口前站着两个年轻的流氓，他们向路过附近的行人抛去了冒昧的目光。

"我姓武，是村上先生叫我过来的。"

在他们两个询问我之前，我先开口说道。

这两个被我先发制人的家伙歪着脑袋看着我，没有说话，拿起手机向村上汇报了我的到来。

"进来吧！"

听到这句话后，我迈进了这栋公寓。我乘坐电梯来到了五楼，在挂着"东明会"招牌的门前按下了门铃。门立刻就被打开了，我看到了第一次与村上见面时陪同他的那个男人。

"大哥已经等得不耐烦了。"

这个男人把我带了进去。走过一段走廊后，前面的空间变得宽阔起来。比起住宅公寓，这里更像是办公用的公寓。几名组员强睁着睡眼在到处打着电话。穿过充满危险空气的房间，我才想到没有必要来这里。

矢岛已经死了，在新宿束缚我的影子消失了。小文按照自己的意愿留在了徐锐身边，王华和程光亮也都死了，韩豪的手下都四分五裂、各奔东西了。所以，没有任何人会再埋怨我了。

但是，现在逃跑已经来不及了。至少我无法从这个事务所逃出去，也许是矢岛的死让我的大脑不能正常运转了。

这个男人敲了敲里面的门。我听到了"进来"，这是村上的声音。打开门后，这个男人对我点了点头，我从这个男人的身边走了进去。这间房子有八张榻榻米的大小，中间放着一张豪华的桌子。进去之后右边是客厅，村上散漫地坐在沙发上。我关上身后的门，房间里只剩下了我和村上两个人。

村上没有看我，上来就说道："我们遇上大麻烦了。"

"我也是。"

"你想和我争吗？"

村上抬起了头，他的眼睛下面出现了黑眼圈。恐怕是一宿没睡，看上去他没有用兴奋剂唤醒自己的活力。

"我们先去了锦系町，跟那里的老大道了歉，之后就四处奔波。任何人都不想接受道歉的，我们想知道发生了什么事。可是，我什么也不知道。"

"你是说锦系町事务所的伊取和小西的事吧？"

村上摇了摇头。他用那疲惫的手抽出了一支烟，似乎在等着什么。过了好几秒钟，我才意识到自己带着打火机呢。我匆忙地伸了过去，可是村上没有理我，他用自己的打火机点着了烟。

"真是都没有眼力见儿啊。"

"对不起，我还没有习惯。"

"据说当时伊取和现在的我们一样，屋里只有他和外甥两个人。谁也不知道他们两个说了什么话。突然响起了枪声，那个畜生就跑了出去。"

"原来是这样啊……"

"你能不能再详细给我介绍一遍你的兄弟们被杀时的情况？"

"刘健一怎么样了？"

村上气冲冲地吐着烟圈说："跟你通完电话后，我立刻安排年轻的兄弟去抓他。可是他没在店里，也没在街上，哪儿都没有找到他。"

内心同时涌起沮丧和安心两种心情。我也不知道为什么会放下心来。

"先别站着了，坐下吧。"

顺着村上的话，我落座后向他介绍了我昨天看到的情况。在我说话的时候，村上接连不断地抽烟，偶尔会咳嗽几声。

我介绍完情况后，村上无精打采地问道："也就是说，那个畜生从事务所逃出到被杀仅仅发生在短短的一个小时左右的时间里？"

"是的。"

"下令杀人的家伙率领着惊人的组织，还是他知道那个畜生杀完伊取后会逃回老家呢？你怎么看？"

"我觉得很难想到他从一开始就了解情况。我曾经委托村上先生您去伊取那里打探小西的情况，您也没有用多长时间。所以，就算小西的背后有高人指导，也没有时间去慢慢研究计划吧。"

"那只是一般情况，武！那么，能够觉察到在锦系町犯事的家伙逃往船桥，并且在一个小时以内雇佣杀手的人，会是谁呢？"

我没有回答村上的提问，只是摇了摇头。

村上自鸣得意地说："我只知道这起事件肯定是中国人干的，因为这不是我们日本人的做事风格。问题就在于此。四五年前也发生过类似的事情，北京帮和上海帮的家伙们在这条街上大摇大摆招摇过市。他们是有组织的，他们养着很多忠实地执行命令的走狗。"

"刘健一就是从那个时代走向没落的吧。"

"没错。如今在这一带顺风顺水的是你们这样的人。福建人和东北人如同蛆虫一般大量涌现出来。他们没有形成统一的组织，四五个人为一组，有活干的时候就联手，完成任务后就各奔东西。他们重复着这样的生活，新宿和锦系町都一样。"

村上停顿了一下，咳嗽不止。他用粗暴的动作熄灭了手中的香烟，取出手帕后吐了一口痰。

"这里是组长的房间。"他说了句道歉的话后继续说，"总之，我这种猜测也是不可能的。出了事后，为了封住那个畜生的嘴，在短短的一个小时内让杀手埋伏在船桥对其进行伏击。拥有这般实力的中国人早就消失在过去了。"

"村上先生，我明白您说的意思。可是，这起事件是怎么回事呢……杀死伊取后逃跑的过程中，小西为了请求某人的指示打了个电话。接电话的人知道小西逃跑的路线，所以他用电话联系灭口的杀手也是很简单的事。与过去不同的是，现在哪里都有中国的流氓。当然，船桥也有。即使只有短短的一个小时，本来就在船桥的杀手也能够立即投入行动当中。"

"你说的就好像你知道那个畜生给谁打了电话似的。"

村上在这么说之前，我根本就没有想到这里。可能是我下意识想到的。不知不觉中，对小文的思念和对徐锐的嫉妒已经在我的体内沉淀下来。

我对村上说："有一个可疑的人。"面对不可思议的事情，我没有表现出任何个人感情。

"谁？"

"在锦系町做生意的一个台湾人，他的名字叫徐锐，用中文读起来是 Xu Rui。你听说过这个人吗？"

村上摇了摇头说："请你好好介绍一下吧。"

"这个男人在锦系町那一带经营着饭店和色情场所，小西有时会去徐锐开的店玩。"

村上重新抽出一支烟，叼在嘴里没有点火。

"然后呢？"

"在事件发生之前，我在徐锐的店里，那是一个叫'夜来来'的俱乐部。我在那里等人……其间我的兄弟给我打来了电话。听他说，组事务所里传出了枪声,他们看到小西从里面跑了出来。"

村上嘴中还未点火的香烟在上下抖动,他似乎有些焦急,控制着自己的情绪。

"在这之前,徐锐的手机先响了。这只是我的直觉,给徐锐打来电话的人是不是小西呢?时间段太过于吻合了。如果是小西打来的话,小西向徐锐请求指示后,徐锐联系船桥那边的中国杀手在那里伏击,是有可能的。"

"你有证据能证明给徐锐打来电话的人就是那个畜生吗?"

"没有。"

"你为什么觉得徐锐那个男人可疑呢?只是因为那个畜生在他的店里玩过?那个家伙有在歌舞伎町开枪的理由吗?"

我静静地看着村上。如果我能顺利地骗过村上的话,徐锐就会立于窘境。如果我不能缠住徐锐的话,小文该怎么办?好几个卑鄙的想法在我的头脑中闪过。

"有没有?"

"没有。"我说,"没有任何线索。不过,我觉得我们去调查一下与徐锐有没有关系也是必要的。"

村上揪下嘴里的香烟,用手将其攥碎了。

"那你去做好了。"

"我是做不来的。锦系町那里有锦系町的规矩。外来人即使混进去也不会有什么成果。况且单凭我一个人,更是难上加难。我的兄弟们被杀了,其他人也都畏缩逃跑了。"

"因为你没有逃跑,所以你想说你很伟大?"

"因为我跟村上先生您有约在先,我是逃不掉的。"

已经没有犹豫逃跑的必要了。离开这个事务所后,只要奔向新宿车站，搭上远离东京的列车就可以了。王华他们筹集的资金还在我的手上。虽然说不是特别充裕，但是在别的地方安顿下来之前应该差不多够我花的。

但是，我知道我自己大概不会逃跑的。这次逃跑的时候我要和小文一起走，这种愚蠢的想法将我紧紧地束缚住。即使小文不希望和我一起逃跑，我也十分执着于过去的那一约定。

村上看着我，不是注视的目光，而是无聊的眼神。

"你真是一个有情有义的家伙啊。果然日本人不如中国人这么忠诚。"

"他们都是无根之草，我和他们不同。"

其实我更像是无根之草。但是，我不能告诉村上。

村上对我说："告诉我那个叫徐锐的家伙的住址和他所经营的店铺。"

我将徐锐给我的名片递给了村上。

我从东明会的事务所里出来后，直奔靖国大道走向歌舞伎町。这时，我的手机响了。手机屏幕上显示的是"未知号码"，一般情况下我是不接这种电话的。但是，此时有一种奇怪的预感贯穿我的全身。

"喂？"

"你在东明会干什么呢？是在计划如何绑架我吗？"

我下意识地回了一下头。这一低沉的声音肯定是刘健一，东明会的事务所在公寓的死角，连组员的身影都见不到的。

"你现在在哪儿？"

"一个安全的地方。"

刘健一的声音仍然和平时一样，夹杂着他那独有的笑声。

"你把我卖给东明会了吧？"

我的脸变得很热，手脚却失去了热度。

"我不会那么做的。如今，我能够依靠的人只有你了。"

"我很喜欢你这么说。"

我听出了他这带有讽刺意味的话语。不过，他也没有将我的话囫囵吞枣。我的身体开始颤抖，呼吸困难，就像有一种带有黏气的薄膜罩住了我的全身。

"在哪里可以见到你？"

我痛苦地喘着粗气问道。

"你认识参宫桥吗？"

"当然了。"

"你乘坐小田急线的电车，在参宫桥下车，车站的斜对过左侧前的二楼有一个咖啡厅。你在那里等我吧。"

"知道了。我要等多久？"

没等我说完，他就挂了电话。我回拨了他的手机号码，可是没有打通。他刚才应该是用别的电话给我打过来的。我在路上走着，再一次回头，确认没有人跟踪我。走到新宿大道，我来到了地下，通过地下通道我直奔西口。小田急线的普通列车在站台等待着出发的时间。我上了这辆列车，奔向参宫桥。

在参宫桥下了车后，我很快就找到了刘健一指定的咖啡店。这里的一层是个咖喱店，二层是一个咖啡厅。咖喱店的旁边有通往二层的楼梯，构造和刘健一在歌舞伎町开的店基本一样。不同的是，这里没有拒绝来访者的铁门和监控摄像机。

我登上了这感觉来过的楼梯。莫非这也是刘健一经营的店？不过，我也不能否定这一点。我一打开门，看到一位面善的中年女子在柜台内侧，有些扫兴。店内的装潢和氛围与刘健一的店完全不同。

我选择了一个能够观察车站前行人的靠窗座位，落座后点了一杯牛奶咖啡。刘健一还没有出现。

时间在我的焦急情绪中飞逝。咖啡牛奶很好喝，但是由于反胃，我无法将其全部喝掉。烟灰缸里的烟头在不断增加，咖啡牛奶也已经凉了，可是刘健一还没有来。就在我差不多感到麻木的时候，我的手机又响了。这次又是一个"未知号码"。

"从店里出来。"刘健一说，"背对咖啡店向左边走。你会立刻到达一条大道，然后再左转一直朝前走。"

"等等！这个……"

刘健一挂了电话。我咬着嘴唇，迅速买完单后立刻离开了这家咖啡店。如果刘健一没有在这附近的话，那么应该会有人在监视我。我想确认完是否有人跟踪或监视我后再和刘健一联系。我聚精会神地在周围搜索。车站附近只有一些稀稀拉拉的行人，他们其中没有我要找的人。

我按照刘健一的指示向左边走去。从西参道走到了甲州街道，我再往前还没走到十米的时候，手机响了。

"在第一个信号灯前面的胡同左拐。再向前走一会儿后，你会在右边看到一个红色砖瓦外墙的公寓。这个公寓叫'Grand Maison 西参道'。公寓入口处有一个来客用的显示屏，你到了之后请按五〇二。"

"然后游戏就结束了吗？"

"嗯，结束了。"

在刘健一挂电话之前，我先挂了电话，我享受着孩子般的优越感。

这么做虽然很无聊，但是心里很爽。

走了五分钟过后，我看到了那个公寓。从外表来看，这是一栋崭新的高级公寓。外墙上到处张贴着西科姆（SECOM）的标签。公寓入口的旁边有个给来访者带来冰冷感觉的触摸屏。我按下五〇二号房间后，扬声器中传来了刘健一的声音。

"上来吧。"

同时，自动门打开了，入口大厅旁边有一个物业办公室，一位刚进入老年的男人用怀疑的目光直勾勾地看着我。我对他轻轻地点了点头，然后上了电梯。来到五楼，电梯门打开后，正对着的就是五〇二号房间。在我按下门铃前，房门就打开了。刘健一微笑着将我迎接了进去。

"见你一面真是费尽周折啊。"

"托某人的福，我已经火烧屁股了。"

"我可什么也没干。"

"也许吧。"

刘健一说完这句话，走进了房间的里边。我脱了鞋后，跟在他的后面。刘健一经过走廊进入了客厅。公寓自身的面积大概有一百平方米，3LDK[①]的布局。这里虽然没有住人的味道，地板和墙壁的缝隙中却散发出雪茄烟的香味。客厅也很简陋，只摆放着一张电脑桌和一个与房间不协调的沙发。

"这个房间里什么也没有啊。"

我揭穿了这明摆着的情况。

"因为这里平时只是用作保存雪茄烟的仓库。"

[①] LDK 指 Living room、Dining room 和 Kitchen room，即起居室（客厅）、餐厅和厨房构成的一体空间。三间卧室搭配起居室、餐厅、厨房即为"3LDK"。

"雪茄烟的仓库？"

刘健一没有回答我的疑问，他走进客厅的里边打开了另外一扇门。门一开，我就听到了各种马达的声音。同时香烟那浓郁的味道也扑鼻而来。在刘健一的引领下，我站在门口观察着里面的情况。这个房间大概有六张榻榻米的大小，钢架沿着四周的墙壁矗立在地板上。架子上面放着的全部都是雪茄烟的箱子，发出马达声音的是加湿器。这个房间里的空气湿度很大。

"待在这里会生病的。"

"嗯，会生病的。"刘健一高兴地抖着肩膀说，"湿气对雪茄烟来说是必不可少的，而且必须注意在日本的夏天不能发霉。墙壁全部做了防水措施，在上面粘上了红木的板子。因为这里没有人住，所以为了不让加湿器里的水干涸，特意安装了净水器。这可是价格昂贵的医疗设备，因为是直接连接的自来水管，所以必须过滤才行。除了雪茄烟，光这个房间的装修就花了我好几百万。"

"我不是来听你说雪茄烟的。"

"我知道。"

刘健一关上了这个"仓库"的门，他好像有些不高兴。

"这里离新宿这么近，你躲在这里没事吧？"

"这套公寓是用他人的名义买的。本来是一个女人的房子……谁也不知道这里是我的藏身之处。"

"我已经知道了。"

"对，你知道了。"

"为什么？"

"我说过吧？我喜欢你啊。"

刘健一离开门口，脸上的不悦消失了，浮现出安详的微笑。

"虽然我不知道你在想什么，但是我大概不是你所认为的那种人。"

"人是最不了解自己的了。先不说这个，你赶紧告诉我，你和东明会的村上说了什么？"

"东明会里边也有你的情报提供者吗？"

这是我一直思考的疑问，终于开口问了刘健一。可是他只是用迷惑的笑容看了看我。当然有了，要不然他不会那么迅速地逃脱村上的追捕。他自称是买卖情报的，却能够轻而易举地从暴力团伙内部获得情报，太可怕了。

我叹了口气后，回答了刘健一的问题。

"我跟村上谈了谈徐锐的事情。因为拜托去锦系町的组打探赵浩的人是村上，遇上了点麻烦，所以我被叫去问话了。"

"你跟他说出了徐锐的名字？之前就把我给卖了吧？"

"我……"

在我开口说话的同时，刘健一伸出右手，将手掌面向我，摆出了拒绝一切的态势。

"好啦，我也知道你只能那么做。"

我本以为我必须得做出解释，可是刘健一的态度明显拒绝了我。我闭上了嘴，等着刘健一下面的话，我也只能这么做了。

"不过，你是迫不得已说出徐锐名字的，村上不会轻易相信吧？你打了个什么样的'掩球'？"

"赵浩开枪之后，徐锐的手机立刻就响了。我当时在徐锐的店里。直觉告诉我，给徐锐打来电话的人可能是赵浩。这种假设在时间上是非常吻合的。我觉得赵浩不是有计划地行动的。所以，雇佣杀手伏击就是在和时间赛跑。在赵浩犯事之后，因为徐锐第一时间了解了情况,所以他当时随即安排杀手也是可能的。"

"村上同意你的这种说法吗?"

"没有。"我摇着头说,"半信半疑吧。或许他认为,如果没有任何线索的话,我也不会把矛头指向徐锐。"

"原来如此。那你打算怎么着?他让你去干什么?"

"也没什么……王华和程光亮被杀了,其他人因害怕躲了起来。韩豪的手下只剩下我一个人了。一个人什么也干不了。"

"那么,你要离开歌舞伎町吗?"

我知道这句话是无意的,可是矢岛的死却让我回避开了他的问话。我对刘健一说:"矢岛死了。"

"矢岛?"

"一个缉毒警察。你记得吧?"

"他死了?"

刘健一的态度没有丝毫的不对劲。

"死亡消息上了今早的报纸,他在惠比寿车站坠轨被列车撞死了。"

"这不是个好消息吗?"

无论我怎么集中精神思考,也找不出矢岛的死是刘健一造成的迹象。

"应该是被谋杀的,他不是喝醉之后跌入轨道的那种人。"

"你是想说是我杀了矢岛,是吧?一个买卖情报的会杀了一个缉毒警察?"

我回答说:"你问完我'你想获得自由吗'这句话后,矢岛就死了。"

这句话更像是说给我自己听的。

"这只是一种巧合罢了。"刘健一没有把我的话放在心上。"不管怎么说,你现在已经自由了。接下来你有什么打算呢?离开这里吗?"

刘健一所说的"这里"是指这个公寓还是歌舞伎町呢?他说话的语调比较微妙。我暧昧地摇了摇头。

"我不知道。"

"你现在脑子比较混乱吧?哎,这也是正常的。如果你没有什么明确的去向,在我这里待一阵也行。"

我听到了如同父亲正在担心自己孩子的声音。我不觉得这是刘健一的声音,匆忙地环视了一下四周,房间里确实只有我和刘健一两个人。

刘健一用右手解开了上衣的扣子,取出一个盛放雪茄的皮盒子,打开了盒盖。他拔出了两根牛奶咖啡颜色的雪茄烟,用小刀切掉了烟嘴。和平时一样他用小型喷灯点着了一根雪茄后,递给了我。一股如同枯萎香木的香味钻进了我的鼻孔。我接过刘健一递给我的雪茄后,吸了一口。香气虽然是香木的,却让我想起干土的味道。这种味道让人想起胡椒,里面还隐藏着一点甜味。

刘健一也点着了自己的雪茄,开始抽了起来。

"不好意思,我这里没有茶。你就先这么干抽一会儿吧,我处理点工作。"

刘健一说完就转向电脑那里,这台电脑与歌舞伎町店内的型号不同。我看着刘健一熟练地敲击着键盘,自己机械地抽起雪茄来。我吐了几口烟后,看了看被小刀切下的烟嘴。我不知道雪茄烟是经过怎样的工序制造出来的。但是,只要一看烟嘴就明白它是由很多片烟草的叶子撮合在一起,用一片大的叶子包起来的。从烟嘴的断面可以看出雪茄是这么做的,被撮合在一起的一片一片的烟草叶如同指纹的模样卷曲着。一根根雪茄烟的卷曲纹路就像人的指纹那样,大概没有相同的。我感觉我似乎明白一点刘健一执着于雪茄烟的理由了。

我一边看着烟嘴,一边慢慢地吸着烟,心情平静了下来。刘健一把雪茄叼在嘴里,手指不停地操纵着键盘,目不转睛地盯着显示器。

"这支雪茄烟叫什么名字?"

"帕得加斯(PARTAGAS)。你喜欢吗?"

刘健一回答说,他的眼睛仍然盯着显示器,手指也流畅地继续工作着。突然,手指停止了敲打。

刘健一用右手取下嘴里的雪茄烟,他歪着脑袋看着我说:"我这里获取了一些情报。"

他的唾液润湿了烟嘴,放出耀眼的光芒。我下意识地站了起来,想要转向刘健一那里。刘健一那严肃的眼神击退了我。他的眼神告诉我,电脑里的情报只属于刘健一他一个人。

"杀死赵浩的人是……"

我失望地看着刘健一,打断了他的话问:"已经知道了吗?"

"王克和孙盾。他们两个是从北关东来到新潟一带从事偷盗和抢劫的恶棍。东京这边很少有人知道他们,在那边好像相当有名。这一两周,他们好像在船桥闲逛。"

"他们两个现在在哪里?"

"藏起来了。已经不在船桥了。恐怕是拿了报酬后逃跑了吧。"

"这情报是来自于你所培养的人吗?"

"来自我的协作者。他开了相当高的价钱,不过也确实值那个价。你要通报给村上吗?"

刘健一吐着烟圈说道。我将视线从刘健一吐出烟的方向移开。

这也太简单了。大家都陷入了混乱之中，唯独刘健一能够轻松地得知袭击者的姓名？我不相信刘健一的话。

"你有你自己的想法，随便好了。"

刘健一的声音如同嘲笑我一样在我的耳边回荡。

"你说你获取的一些情报。其他的呢？"如坐针毡的我问道。

"矢岛的死是意外事故。"

我有点喘不上气来。

"你怎么知道的？"

"警方的报告是这么说的。矢岛失去平衡，坠下轨道，被撞死了。在事故发生之前没有任何可疑情况。好像也没有成立专门的调查小组。"

"这是警方内部的情报吗？"

"是的。虽然刑事警察和缉毒警察的关系不好，但是死了一个人的情况下他们不会只是走走过场吧？矢岛是意外事故死亡。请你放心吧。"

刘健一吐出的烟圈消失了。虽然雪茄冒出了细长的烟气，但是烟量不足以遮住刘健一的表情，他好像没有撒谎。即便如此，我也不相信矢岛是那么死的，刘健一的声音仍然在我的耳边回荡。

"矢岛掌握着跟我相关的资料吧？如果有的话，今后会怎样呢？你知道吗？"

"我觉得没有。因为他是个秘密主义者。"

"如果是的话还好……还有什么其他的情报？"

"已经都说完了。"刘健一苦笑着说，"你还没有将买情报的钱全部给我。"

"我没有完全支付，你却告诉了我很多。你有什么企图？"

刘健一脸上的苦笑消失了。他叼起雪茄,好像在示意让我也抽雪茄烟。我的雪茄烟的火将要熄灭了。我猛吸了好几口后发现,香味和甜味消失了,嘴里只留下了浓烈的苦味。

"我一直在找人。"刘健一吐着烟圈说道。

"人?"

"没错。头脑灵活而胆小的人,也就是和我有相同味道的人。做情报的生意并不是一件轻松的事,我想要找的人要能够到处抛头露面,为了挣钱甚至不惜出卖家人,我必须驯顺他、管好他。我一个人太累了。"

"你要邀请我做这个人吗?一个只和你见过几次面的我?我确实是个胆小的人,但是我认为我并不聪明,而且我不觉得我们是同一种人。"

"我说过了吧?人是最不了解自己的了。"

"我听说你一直都是一个人。为什么以后要……"

"每个人都会有老的一天。"

电脑中发出了一声电子提示音。刘健一面向电脑,开始敲击键盘。恐怕是接收了新的电子邮件。

"你已经忘了我将你卖给村上这件事,是吗?"

面对着刘健一的后背,我开口说道。刘健一没有理睬我。

"东明会的家伙好像已经开始在锦系町打听徐锐的情况了。村上的动作真是够快的啊。这可不仅是火烧屁股吧?"

我一点一点地拉起了打捞徐锐的网。我必须小心,不能让小文也进入这个网里。我把即将熄灭的雪茄放在了烟灰缸上,系上了上衣的扣子。

"你要回去了吗?"

"啊……"

我生硬地回答了刘健一后转身就走。

"我一直在调查一件事。"

"什么事?"

"雇人杀害韩豪的家伙出于什么目的?如果他是想抢占摇头丸的市场,也该慢慢地有所行动了吧。"

我停住脚步,转过身来问刘健一:"还没有动作吗?"

"完全没有迹象。上了摇头丸瘾的人们已经慢慢开始大幅抬高了摇头丸的价格。"

"真是奇怪啊……"

"嗯,很奇怪。我完全不知道为什么会这样。"

"如果你知道了的话……"

"最先告诉你!"

"为什么",这句话又窜到了我的喉咙深处。为什么刘健一对我这么感兴趣呢?为什么他只对我改变自己的处事风格?为什么?"为什么"这个疑问词在我的大脑中反复闪烁。突然,变成了"什么"这个疑问词。他知道我的"什么"情况?

刘健一微笑着看着我。

"不好意思,那就拜托你了。对于现在欠你的,我一定会还的。"

"我等着,不过也不抱以太大的期望。另外,还有一点。你好像对徐锐的女人很执着,如果你不好好注意你的周围就行动的话,小心栽跟头哟!"

刘健一继续微笑着。由于害怕,我好像快要发疯了。

23

刘健一知道。对于这点，我有绝对的信心，刘健一知道我那胡编乱造的经历和真实经历。

矢岛明明已经死了，我已经没有必要胆怯了，可是恐怖感仍然在我的身边徘徊。刘健一的幻影好像在驱逐着我，我大步流星地离开了这个公寓。走到甲州街道后，奔向新宿车站的方向。

我给小文打了一通电话，可是只听到了留言电话的声音。我在留言中告诉她给我回电后，挂了电话。

我想乘坐电车去锦系町，可现在是最不好的时间段。夜里，居民们大概还在睡觉。于是我决定稍后再去锦系町，乘坐了相反方向的总武线，在大久保下了车。喜欢过夜生活的人们在这个时间也该出动了。

饭馆中汇集着情报。这里有摇头丸的吸食者、做小买卖的生意人和睁着睡眼的中国人。他们在饭馆里吃着夜宵，试图恢复些活力。

旁边的家伙正在谈论着晚上听说的传言。

大家在这里谈得最多的话题就是赵浩被杀这起事件，以及步了韩豪后尘的王华和程光亮。无数的流言飞语交织在一起，有人喜有人忧。悲惨的杀人和死者的话题都与韩豪的死串联起来，韩豪之死让人们想起摇头丸。

摇头丸的价格急剧上涨。以前从东明会购买摇头丸的人们，不得不依赖其他组织，为更高的价格买单。为摇头丸涨价叫苦的人们离开了歌舞伎町，他们辗转到池袋、六本木和锦系町一带去淘购摇头丸了。

锦系町，徐锐的面孔在我的头脑中闪现。东明会正在搜索杀人凶手，所以在歌舞伎町没有必要开辟新的摇头丸销售渠道。只要能够争抢顾客就足够了。

我走访的第四家店是一家广东料理的饭店。我看到了一个卖摇头丸的人，虽然我不知道他的名字，但是我们见过很多次。这个男人在嘈杂的环境中一个人淡定地吃着点心。

"好久不见啊。最近生意怎么样？"

我亲切地问候了这个男人，坐在了他的对面。他瞅了我一眼，深深地叹了口气。

"韩豪老爷被害之后，生意就不好做了。武先生，你有什么办法没有？"

"如果有办法的话，早就去做了。既找不到杀死韩豪的凶手，又没有出现代替韩豪采购摇头丸的人。你不觉得奇怪吗？"

"我不清楚那么复杂的事情。总之，我只想和过去一样从东明会那里购买摇头丸。"

这个男人开始对我抱怨其他出售摇头丸的暴力团伙。自从韩豪死了以后，东明会以外的组织似乎在以不合理的天价出售着摇头丸。但是，要出漫天高价的一方也是有其理由的，因为摇头丸的数量不足。过去歌舞伎町一带流通的摇头丸中的一半，基本上掌握在韩豪和东明会的手里。

"买你货的那些顾客有什么反应吗？摇头丸的价格涨到如此之高，顾客们肯定都是怨声载道吧？"

"因为央求其他的卖家，也买不到多少，所以大家好像到歌舞伎町以外的地方去扫货了。如果这种状况持续下去的话，我们就要失业了。"

"你所说的歌舞伎町以外的地方是池袋吗？"

这个男人摇了摇头说："池袋的摇头丸大多是从这里流通过去的，所以那里的摇头丸价格也涨得夸张。很多人好像将触角伸到了锦系町那边。"

果然是锦系町。如果徐锐控制着锦系町的摇头丸流通的话，他杀死韩豪的理由就十分充分了。

"你认识锦系町采购摇头丸的人吗？"

"你问这个干什么？"

"韩豪死后，我也失业了。如果不想办法找到新的雇主，就没饭吃了。"

这个男人焕然大悟地点了点头说："我听说一个叫申炎的人神通广大。如果你能够和那个家伙搞好关系的话，会卖我点摇头丸吧？"

"我会记得的。"

他好像还想说点什么，但是我没有答理他离开了这家店。

我走到锦系町的时候已经是下午五点了。小文没有给我打电话，我也没有勇气再打电话联系她。我害怕她拒绝我。另外，昨天接连出现打电话不通的对方相继死亡的巧合，这种联想束缚着我。

也许因为刚过去一天，今天锦系町繁华街上的警察很引人注目。刘健一说东明会的人已经开始行动了，可是我并没有看到他们的身影。恐怕他们在悄悄地进行吧。

我在车站周围转了一个小时左右，没有搜集到像样的情报。这是必然的，因为掌握着情报的人都窝在家里呢。就算存在那个倒卖毒品的男人所说的申炎，估计他也决定要暂时避一避风头了。如果是这样的话，急需摇头丸的人就不知如何是好了。就算杀死韩豪的人企图夺走摇头丸的货源和渠道，这样下去也会一事无成的。

我在干什么？一种沉重的徒劳感压在我的肩上。历尽了数次失败，我在追求着什么？矢岛已经死了，小文在徐锐的呵护下过得也许不幸福，但并不是不幸。小文用自己的力量完成了我没有遵守的约定。

已经不存在束缚自己的枷锁了。我完全可以像过去一样，放下一切，一走了之。

我闭上眼睛，试图回忆美琪的面庞。她是知道我的虚假经历，但仍然愿意接受我的唯一女人。我在头脑中勾勒着美琪的模样，稀疏的波浪黑发、表现出意志力的细长而又清秀的眼睛、与有神的眼睛形成鲜明对比低调的鼻子、薄薄的嘴唇……无论我怎么努力地回想，浮现在我脑海中的都不是美琪，而是小文的脸庞和她小时候的容貌。我明明已经很努力去回想，美琪明明已经死了，我却回想不起美琪的容颜。

我的体内开始充满一种感情，不是悲伤，而是残暴。自己也无法判断要做出改变还是自暴自弃。

有了主意后,我给徐锐的手机打了一通电话。呼叫声一直在响,在我要放弃的时候对方接起了电话。

徐锐接通电话后第一句话就是:"我说过我不接陌生号码打来的电话吧?"

"对不起,徐先生。我是昨天和您见过面的武基裕。在'夜来来'……"

"啊,是小慈的客人啊。不好意思,刚才失礼了。我将你错认为是相关工作人员了……你在新闻中听说了吧?昨天锦系町出了大事,我所经营的店铺也受到了牵连,我正在为这事伤脑筋呢。"

"实在是对不起,我没有考虑到您那边的情况,就轻率地拨了您的电话。"

"没关系,你不必介意。因为我跟你说过,什么时候给我打电话都行。"

徐锐说完这句话后闭上了嘴。我感觉到他不知接下来说什么,所以陷入了沉默中。

"我有一事相求。"

"什么事啊?"

"我跟您提过我在歌舞伎町是做什么工作的吧?"

"大概说过一点……"

"我是帮忙销售摇头丸的。可是,我的老板被杀了……"

我没有给徐锐思考的时间,接二连三地说个不停。

"所以我想如果请求徐先生会怎么样呢,目前我是一筹莫展啊。"

无论是不是他自己下的手,他也大概听说过袭击韩豪的事件。如果徐锐是冤枉的话,他应该在拼命地思考着韩豪的手下给自己打电话的理由。如果我没有冤枉他的话，他大概会对我的言行产生很大的怀疑。无论怎样，徐锐应该都不会对我敷衍了事的。

"你有什么需求？"

"如果您认识锦系町一带做摇头丸生意的人，能不能给我介绍一下？"

我如同一个流落街头的男人，拼命地想要依靠他人似的一口气说出了自己的话。听筒中传来了声音很低的笑声。

"我还没有确认你是什么人，你觉得我会和你谈这种事吗？"

"您说得也是。是我太冒昧了。"

我对着话筒送出了孱弱的声音。对方的笑声消失了，徐锐匆忙挽留住我说："不过，我不是拒绝你的意思，武先生。我们只在电话里谈，有些事情是说不明白的。我觉得我们有必要见面聊一聊。"

"我去哪里拜访您呢？"

"来我家吧！"

当然，我知道他家在哪里。

徐锐和他的手下们以及小文在徐锐家中等候着我。没想到小文也在，我有些紧张。小文和我一样，表情看上去也很紧张。

"武先生，欢迎光临寒舍！"

徐锐不顾我们的紧张，微笑着让我坐在了黑色的皮沙发上。虽然用手一摸就知道这沙发是用最高级的皮革制作的奢侈品，但是我没有时间去享受这舒适感。在这套宽敞的屋子中，连接客厅的是厨房和餐厅，房子的装修和装饰也肯定花了不少钱。但是一点也没有体现出有钱的中国人那种特有的粗俗，可以看出徐锐在日本生活很长时间了。

"小慈，跟武先生打个招呼。"

徐锐一说这句话，小文的脸上立刻浮现出僵硬的笑容。徐锐的言谈举止具备一种中国大陆人和日本人都没有的微妙个性，恐怕这是中国台湾范儿吧。

小文摆着僵硬的笑脸对我说："你好，阿基。在俱乐部之外的场所见面，感觉有点奇怪呀。"

"我也是，稍微有点不自在。"

我一边回答小文，一边给徐锐一个眼色。徐锐明白了我的意思，他微笑着用优雅的动作搂住小文的肩膀说："我们有重要的事情要谈，你去别的房间吧。"

"好的，知道了。"

小文若无其事地拨开徐锐的手，转身而去。徐锐的两个手下也跟在小文后面离开了这里。徐锐用一种不可思议的眼神看着小文的背影。这种眼神与男人看自己女人的眼神略有不同，其中混杂着愤怒、悲伤、疼爱和嫉妒等无数种感情。

一种说不清的不和谐感向我袭来。如果徐锐只是用钱包养着小文的话，他应该不会用那种眼神看小文的。不过，就算他们两个相爱，那种眼神也存在一些不和谐。

"锦系町出大事了吧？"

"嗯，大街上到处都是警察。韩豪，也就是我的老板被杀之后，歌舞伎町也是这个样子。"

"哦，那是一起霰弹枪作案的事件吧。暂且不说过去，最近这几年歌舞伎町可没有发生过那么悲惨的事件。"

"过去……这么说，徐先生您过去曾在歌舞伎町待过？"

徐锐好像不想提及这个话题,他用生硬的口吻回答说:"嗯,那是很久以前的事了。"

"是北京人和上海人在歌舞伎町执牛耳的年代吧。"

"不是,比那还要久远。"

徐锐将身体转过去背对着我说道。他是不想让我看到他的表情,还是有其他的原因?厨房的台面上放着一个中国制造的茶壶,他伸手去拿茶壶,开始往事先准备好的茶杯中倒水。

"这是从台湾定购的最高级的乌龙茶。如果符合你的口味就好了。"

徐锐两手端着茶杯回到了客厅,脸上再次浮现出笑容。我接过茶杯后,尝了一口。一股香甜的气味钻入我的鼻孔,柔和香甜的液体在我的舌尖上流动。

看到我的表情,徐锐自鸣得意地露出了笑容。

"这茶叶在台湾都很难买到,是一等一的上品。我在工作之余除了茶没有什么别的爱好。我在附近租了房子,专门用来保存从台湾定购的茶叶。虽然自己也觉得这么做有点白痴,但是我一直都没有放弃。"

我又喝了一口茶,有一种似曾相识的感觉。我想到了似曾相识的原因,乌龙茶的香甜和雪茄烟的香甜,虽然两种味道不同,但是它们极为接近。茶对于徐锐来说,就像刘健一的雪茄烟一样珍贵。

徐锐继续站着喝茶,扩张的鼻腔品味着乌龙茶的香甜。他眯着眼,跟刘健一抽雪茄烟时的表情一样。

那种表情令人讨厌,我害怕这种感觉在脸上表露出来,低下了头。

"怎么样?"

徐锐那自豪的声音在我的耳边回荡。

我回答说:"很好喝!"

"是吧。"徐锐在我对面的沙发上坐了下来,继续说道,"在日本是喝不到这种茶的,真的。"

"真的很好喝。中国大陆也没有这么好喝的茶。"

"你既然也喜欢,你回去的时候我给你来点儿吧。"

"谢谢。那个……刚才在电话里我和您说的事……"

徐锐的表情立刻阴沉下来。他大概不喜欢被打断关于引以为豪的茶的话题。在这一点上,他和刘健一不同。

"关于工作的事,对吧。你在歌舞伎町做过摇头丸的买卖?"

"嗯。韩豪,也就是我的老板通过走私渠道从大陆买来摇头丸,然后卖给日本的流氓。我只是在中间帮帮忙而已。"

"很遗憾,武先生。我不做买卖毒品的生意。"

徐锐的表情没有任何变化。如果他在说谎的话,那么他就是一名天才骗子。

"当然在这种地方做生意时间长了,认识了几个做这方面生意的人。"

"您能给我介绍介绍吗?"

"但是,武先生。我不赞成你这样的人去碰触摇头丸的买卖。"

"为了解救燃眉之急嘛。"

"不至于吧。你是战争遗留孤儿,而且你有日本国籍。日语和中文你都很擅长,头脑又灵活,还长着能够品茶的舌头。"

"您想说什么?"

"无论什么工作你应该都能胜任。我听小慈说过你的情况,经过咱俩这么一聊,我就更清楚了。你是理想的。"

谈话向我意料之外的方向发展了。徐锐只顾着自己一个人说话,他一个人在那儿高兴,我就像置身于浓雾之中,感觉自己一个人掉队了。

"等等!我不明白您在说什么。理想的是什么意思?"

"啊,不好意思。我好像有点冒失,这是我的一个坏习惯。再来一杯茶如何?"

我的茶杯中茶水还剩着很多。但是,徐锐分明在等着我。我将茶杯递给了他。

"无论多么好喝的茶,只要凉了就不能喝了。"

徐锐站起来倒上了新茶。茶壶可能是特殊材质做的,壶嘴冒着浓密的水蒸气。

"你在歌舞伎町打拼多长时间了?"

徐锐一边倒茶一边提出了这个问题。

"四年左右。"

"之前呢?"

徐锐转过身来问道。他两手端着茶杯凑到鼻尖附近,闻着茶的香味。

"之前我在四谷的一个小公司里上班,那是一个专门和中国做贸易的公司。"

"为什么把那份工作……"徐锐的话说到一半停顿了一下,有所醒悟地点点头说,"公司破产了吧?"

"嗯,在经济不景气的时候没有撑住。"

"之后你就转身加入了歌舞伎町的黑社会?你真是个不可思议的人啊。"

"当时我觉得那是挣钱最快的一种选择。在那之前我也去过公共职业安置所(HELLO WORK),可是没有上过大学的我找不到像样的工作。"

"在歌舞伎町待了四年啊……"徐锐把茶杯放在我的眼前,又坐回了旁边的沙发中。"那个时候,福建人和东北人征服了歌舞伎町吧。"

我没有碰徐锐给我新倒的茶水。徐锐的话太绕圈子了,我内心的急躁已经达到了极点。

"那个……"

"你听说过刘健一这个名字吗?"

我和徐锐的声音叠加在一起了,把话说到最后的是徐锐。我无言以对,掩饰着自己的表情问道:"刘……您说的是谁?"

"刘健一。"

"啊,我只是听说过这个名字。我记得他是过去歌舞伎町有名的台湾人吧?"

"中国台湾和日本的混血儿。"徐锐说道。

"那个刘健一是个什么人物?已经是过去的人了吧?我听说他好像在勉勉强强地经营着情报咨询公司……"

我目不转睛地注视着徐锐,生怕错过他的表情变化。过了好长时间,徐锐脸上的微笑消失了。

"勉勉强强地经营着……他可不是那样的人,武先生。"

"您说的是什么意思?"

"福建人和东北人大量拥入日本后,在日本的中国人的状况发生了很大的变化。与之相同的是,使用力量的方式也发生了变化。刘健一曾一时为歌舞伎町的最高掌权人,根据情况的转变他自己也改变了使用权力的方式。"

徐锐说话的口吻发生了变化。但是,他本人并没有注意到这一点,继续热情地说着。

"如果他继续沿用过去的方式,在歌舞伎町称王称霸的话,野蛮的福建人和东北人会要他命的。初到日本的恶徒都想立身扬名。所以,上海的家伙们基本上消失了。"

"等等!"我打断了说得正起劲的徐锐,向他问道,"您是说现在刘健一仍在歌舞伎町执牛耳吗?"

我好像被一种带有恐怖的不好预感打倒了。

"要根据'牛耳'这个词语的使用方法来界定了。"徐锐微笑着说,"刘健一是买卖情报的,对吧?所以他掌握着情报,掌握着所有的情报。从狗屁不如的废话到能与黄金匹敌的情报,那个家伙如同偏执狂一样都会执着地将其收集起来。哪里都有他的情报提供者,任何人都不能睡个安稳觉。现在这个时代,情报和金钱有着同样的重量。刘健一将那些情报归为己有,以玩弄情报为乐趣。大概谁也不了解刘健一,在毫不知情的情况下被他操纵着。"

徐锐说得没错。刘健一什么都知道。他还知道我执着于小文,大概也知道隐藏在虚假经历下真正的我,什么也瞒不过他。正因为刘健一知道一切,所以我被恐怖感束缚着。

"徐先生,您是怎么知道这些情况的?"我用颤抖的声音问道。我没有控制住颤抖的声音继续说道:"应该没有任何人知道吧?"

"我在经商的过程中,发生过好几次奇怪的事。"徐锐恢复了严肃的神情说,"我经过千方百计的调查后,发现商业上的机密不知从哪里泄露出去了。"

"泄密者是刘健一?"

徐锐静静地点了点头。

"您是怎么查出来的?"

"蛇有蛇路,鼠有鼠路。一行知一行啊!"徐锐喝一口茶后继续说,"因为我也曾在歌舞伎町混过,我听说过刘健一这个名字很多次。我也知道他过去在歌舞伎町是个什么人物。我稍微有点着急了。即使他掌握了商业机密,也不会对我的生意带来麻烦。刘健一只是收集情报,他对我和我的生意并没有兴趣。知道这一点后,我就对其放任不管了。"

"如今的状况发生变化了吗?"

"昨天的事件就是一例。如果说你的老板被杀事件是歌舞伎町数年不遇的大事,那么锦系町发生昨天的事可以说是头一次。那么多的警察在街上巡逻,我的生意至少要歇业一周的时间了。谁也不希望出现这种情况。"

徐锐的双手剧烈地上下挥动,他好像忘了右手握着茶杯呢。茶杯中剩余的茶水飞溅出来,打湿了徐锐的西服。

"不好意思。"

徐锐取出手帕擦拭着弄湿的部位。他那优雅的动作,似乎表露出极度抑制的感情。

"谁都不希望的事情发生了,你老板的那起事件也是一样的。在我们不知道的地方,有人在谋划着什么。"

"您是说这是刘健一干的吗?"

徐锐舔了舔嘴唇,向我抛来了锐利的目光。他好像在确认我的反应,也像是在沉思。

"那个愚蠢的家伙在锦系町杀了流氓,接着又在船桥被别人杀了,这两起命案之间只隔了一个小时。如今日本已经不存在这样的中国人,能够拥有那么牢固的网络而且覆盖那么大的范围了。除了刘健一以外。"

我眼前的现实如同在炉子中炙烤的玻璃开始熔解。但是,并不是完全熔化，而是变得扭曲后仍在那里存在。

徐锐又站了起来，向厨房的台面走去，开始在空的茶杯中倒入新的茶水。

"徐先生，您说刘健一在收集情报？"

"嗯，我刚才这么说了。"

"您是想说他不光养着情报员还养着杀手吗？"

"我想说的是网络，武先生。刘健一为了收集情报，在很广的范围内构筑了牢固的网络。他没有必要特意养着杀手。他肯定知道与他联系的人中谁用起来方便，他只要传达下自己的期望，支付相应的费用就可以了。简直就没有变过。"

徐锐转过身来，他好像没有注意到自己的失言。我装作什么也没听到，若无其事地等着徐锐继续说。

简直就没有变过——这句无意中走嘴的话，证明徐锐说了很多谎话。虽然徐锐说他只是听说过刘健一的名字，但是他明显在胡说。刘健一与徐锐之间有更深和更密切的关系。

"基本情况我已经知道了。"我等徐锐坐下后，对他说，"我正在想昨天杀死赵浩的家伙和袭击韩豪的凶手是不是同一拨人。"

徐锐只是点了点头。

"无论赵浩干了什么，能够在那么短的时间内安排杀手的人会是谁呢？我一直在思考这个问题。如果事件的真相真如您所说，那么刘健一确实很可疑。但是，您为什么要和我说这些呢？"

"我有一个想法。我想给你提供一份工作。"

"工作？"

"我想让你去接近刘健一，向我提供关于他的情报。"

我默默地看着徐锐。徐锐用认真的眼神盯着我，看来他不是在开玩笑。他应该不知道我和刘健一的关系。

"我连刘健一的面都没见过。"

"这不是问题。"

徐锐自信满满地说道。这种自信恐怕来自他与刘健一的关系。

"请您说得让我容易明白一点儿。"

徐锐嘴唇的两端翘了起来。

"刘健一喜欢你这样的人。"

我没有问他为什么会知道这一点。我不得不继续装下去,不能让徐锐知道我和刘健一的关系。

"我不明白您的意思。"

"对刘健一进行调查,包括他的生活、交友、现在和过去,我不会亏待信得过的人。他喜欢你这样的人,你头脑灵活,就像一匹狼一样。另外,你和他有一半是相同的。"

"只因为这点理由吗?"

"不好意思,我也找人对你进行了调查。"

听到徐锐的这句话后,我的身体比大脑反应得要快。心脏急剧跳动,后脖颈冒出了汗珠。这是对恐怖的原始反应。

"请你不要介意。"徐锐没有注意到我内心的恐怖,继续说道,"最初我只是担心小慈被男人纠缠,刘健一肯定喜欢你的。你为了保住自己的性命杀死了自己的情人。"

不是那样——我拼命地压住即将蹦出喉咙的这句话。

"刘健一也做过同样的事情。那已经是很久以前的事了,当时相当轰动。从那以后,刘健一就被人们称为恶鬼了。"

徐锐停顿了一下,等待着我的反应。我只是注视着徐锐。大概看我受到了精神打击,徐锐满意地点了点头。

"我先给你三百万,请你作为我的间谍去接触刘健一。刘健一即使不是那个幕后人物,他也绝对知道点什么。"

"可是……那么精明的刘健一会真的相信我吗?"

"当然了。"徐锐将肘部抵在桌子上,盘起了胳膊。"你回到歌舞伎町后,找一个与刘健一有联系的人,向他提出想成为情报提供者的申请,这不就行了吗?刘健一应该熟知你在歌舞伎町的经历。那条街上的事情没有他不知道的。如果他知道要与其接触的人是你的话,他会高兴地与你见面的。"

"如果刘健一是你所说的那种人,我也有可能被他策反。您不担心这个吗?"

徐锐打开交叉的双手,伸手拿起了茶杯。他那充满自信的态度完全没变。即使他没有注意到自己的失言,这种炉火纯青的态度也是徐锐成功的保证。

如果他知道我把自己卖给了日本流氓的话,这种自信的态度估计也会突然改变。

"我确实也考虑过这个问题。刘健一可能会给你更多的钱,你可能会被刘健一拉拢过去。不管怎么说,你们的经历惊人地相似。不过,我也有我的王牌。"

徐锐翘着嘴唇说道。徐锐用右手在鼻子下面抚摸了一下,食指指向了小文和手下们离去的方向。

"她已经陪伴我很长时间了。四年前来到日本后,她立刻就开始与我交往。我说的话可能不太好听,我差不多该找下一个女人了。"

我看了看徐锐手指指的方向,接着又将视线转移到徐锐身上。

"你是说要把她让给我?"

那个约定在我的耳朵深处复活了,小文也许已经早就忘记了。

即使她还记得，也不抱有什么希望了。不过，当时我们的誓言在我的耳朵深处重复了好几遍。

"你不喜欢她吗？据我所见所闻，你对她挺执着吧？"

我冒出了一身冷汗。我已经竭尽全力去注意了，可还是被徐锐看穿了。无论怎样，我都必须更加谨慎。

"我不想忽视她的想法而做出自己的选择。"

"她也喜欢你呀。你们两个看起来如青梅竹马之交，她坐在你的身边好像很沉着。"

徐锐仍是平淡地小声说着，口气和表情中都没有表现出嫉妒的意味。

"怎么样？有没有跟我做这笔交易的价值？"

我知道自己不应该立即做出回答。徐锐作为一个在东京黑社会中生意兴隆的人，他的疑心也应该很强。

"关于她的事情，您让我再稍微考虑一下。"我谨慎地说，"不过，我想接受这份工作。我什么时候能拿到钱？"

徐锐的嘴唇翘得更高了。看样子我好像通过了他的测试。

"马上给你。"

徐锐的响指发出了清脆的声音。不一会儿，通往走廊的门打开了，徐锐的一个手下走了进来。这个手下带来了成捆儿的钞票，他将这三捆儿带着封条的钞票放在了我的眼前。

"请收下吧。"徐锐试探着我说道。

"要不要打收条？"

我把钞票塞进了上衣的内侧口袋中。徐锐开心地看着我说："如果你自己找不到与刘健一有联系的人，请联系我。我认识几个。"

"您现在不能告诉我吗？"

"我不想冒这个险。如果可以的话,我想通过你的力量搞定一切。这样的话,我也能放心。"

"我会加油的。"

我从沙发上站了起来,徐锐也跟着站了起来。我要走向门口的时候,他拍着我的肩膀说:"我想你也知道,我们台湾人和大陆人一样,对背叛很敏感,绝不客气。"

"我知道。"我拍拍鼓起来的内侧口袋说,"我得对得起这钱。"

"那就好。"徐锐提高嗓门喊道,"小慈,客人要回去啦。"

我走进走廊,听到左边的里面传出开门的声音。小文迈着轻快的脚步,出现在了我的面前。

"阿基,你要回去了吗?"

她毫无顾虑地看着我,脸上露出了笑容。你还记得吗?你还记得那个约定吗?你恨我吗?我认真地盯着小文,可是她没有任何反应。这是必然的,估计我有什么期待吧。

"我还有点儿事要去处理。当大街上恢复平静后,我会去店里找你的。"

如果村上相信我的诱导,对徐锐下手的话,可能小文也会有危险。我必须看准时机和小文取得联系。

"我会等你的。"

我们互相点了点头,我转过身去发现徐锐仍然微笑地站着。

我在玄关穿上鞋后,握着徐锐的手说:"谢谢您的茶。"

"啊,对了。我忘了给你茶叶。"

"不用了,下次来打扰您的时候再给我吧。"

我没等徐锐的回话,打开门后,走了出来。

24

  我一边琢磨着徐锐说的话一边坐上了总武线的电车。我看不透是妄想还是现实。刘健一没有徐锐说得那么厉害。现在已经不是那个时代了，流氓团伙罪犯太多太复杂了。但是，矢岛死了，就在刘健一问我想不想获得自由之后死的。刘健一在东明会内部也有情报源，如果徐锐说的是真的的话，如果刘健一有那么大的权力的话……我反复思考着这些问题，我得出的结论是徐锐在说谎。徐锐并没有他自己想象得那么聪明。

  简直就没有变过——徐锐无意中说走嘴的这句话在我的头脑中回荡。刘健一和徐锐过去就认识，恐怕是敌人关系。徐锐让我做间谍去获取刘健一掌握的情报，也肯定有什么内幕。

  现阶段还看不出徐锐有什么企图。我现在更关心的是刘健一的什么"没有变过"。

  无论怎么思索，信息都太少了。在我想东想西的时候，电车进入了四谷车站的站台。我得先回趟家,处理一下这些钞票。

我在便利店买了一个拉链袋,把钞票放了进去。我想暂时把这些钱和往常一样放进冰箱里,可是我的眼睛却无法从手中的钞票移开。

三百万虽然不是那么多,但是也不是个小数目。加上王华他们凑的钱,利用这些资金我不是不能在其他地方重振旗鼓。名古屋、大阪、神户、福冈……为了隐匿于人海中,这些大都市都没问题。奔向东京车站,乘坐上新干线后,我就可以彻底解放了。

为什么不逃跑呢?矢岛和刘健一都这么问过我。放下一切一走了之的话,我至少能从恐怖和痛苦中解脱出来。我之所以不能这么做、不想这么做,是因为我太累了。在新的环境中我必须从零开始构筑人际关系。面对那样的现实,会累垮我。我害怕去新的环境。从中国来到日本,我用了十年的时间才像普通的日本人那样不被别人怀疑地生活。学习日语,适应文化习惯,学习日本的历史,电视节目和流行歌曲不断灌入大脑。也许没有必要那么做,可是在恐怖的驱使下就这么盲目地操劳着。或许是被虚假的经历束缚着,我不能再度重复那段生活了,精神和身体都不再允许我那么做了。虽然我没有忘记我所学的东西,但是舍弃东京就等于舍弃了之前一直重视的日本人身份。我深知没有身份保证的人在这个国家里生存的艰辛。

我感觉手里的钞票很轻,放在我手上就像幻觉一样,轻得让我吃惊。如果更重一点的话,可能会将我吸引到别的地方,可是这些钞票对我来说太轻了,就像胡编乱造的经历一样不可靠,像我之前的人生一样不稳定。

我将钞票连同拉链袋一起塞进了冰箱冷冻室的最里边。我刚想出门的时候,手机响了。电话屏幕上显示的是小文的手机号码。

我很激动,带着复杂的想法接起了电话。

"阿基?"

小文的声音很低很细,就好像不拉住会消失似的。

我匆忙地说:"啊,是我。"

我十分害怕她挂电话。

"今天你突然来,吓了我一跳。"

小文的声音恢复了原来的样子,像往常那样在我的耳边跳动。

"我是被突然叫过去的,徐先生呢?"

"出去了,你们聊了什么?"

"工作的事情。你担心啦?"

"你回去以后,他立马变得兴高采烈。因为那起事件,他一直闷闷不乐、脾气暴躁,我以为出了什么事。"

"我们没说什么特别的话题,徐先生给了我一份工作。"

"什么工作?"

"你最好不要知道。"

"哦……"

小文的声音又变得很低很细,我感觉到心脏被勒紧似的,喘气费劲。

"是危险的工作吗?"

"不是,完全没有危险。有点类似于跑腿的工作,我现在处于失业的状态,我这是碰到救星了。"

"那么,你不怀疑徐锐了?"

小文高兴地问道。这时的声音应该比刚才那种即将消失的声音要好才对,可是我的心脏仍然被什么束缚着。

"啊,或许徐锐和那起事件没有关系。"

"太好了。你看，跟我说的一样吧？是阿基想多了。"

小文那轻松的笑声在我的耳中回响。我终于吐出了憋在胸口的气，可是喘气仍然困难。

"徐锐说要关闭'夜来来'一到两周的时间。在这期间我们见不了面了。"

"有空的时候，我会给你打电话的。你有时间的时候，我们可以一起吃个饭。新宿有一个大连人开的饭店，那里菜的味道很不错，能让人产生思乡的情怀。"

"锦系町也有一个哈尔滨人开的饭店，你一定要去那里尝尝。歌舞伎町和锦系町哪个都行。"

"我一定给你打电话。"

"嗯，你要打给我哟。在我们店重新开门之前我都有空。"

小文的声音听起来越来越远，我下意识地提高了嗓门。

"小慈……"

"嗯？"

"啊……来到日本后，你感到幸福吗？"

我不知道问她什么好，说出了心里话。

"怎么说呢……比起我在农村的时候，不能说不幸，可是也说不上幸福。我有时和以前的朋友通电话，他们告诉我大连和哈尔滨现在也都变成大城市了，有时我想也许不来日本就好了，还特意给了蛇头那么多钱。"

"这样啊，徐锐没有给你带来幸福吗？"

"你为什么要问这个？"

我和徐锐一样由于过度自信，说走嘴了。我一边咒骂着自己，一边寻找着讨好别人的话。

"啊……也许是因为自己感觉不幸福吧。"

"阿基不幸福？真可怜。你得找个能够安慰你的人。"

就是你——毫不留情的激情突然将我吞噬。能够安慰我的人只有你了。让我们兑现那已经被抛弃的约定吧！请你像过去一样在我的身边微笑吧！

十年了，我已经厌倦了必须不断抑制冲动。我的左手紧紧地攥成一拳，反复深呼吸。

"怎么了，阿基？"

小文担心的声音从手机的那端传了过来。

"你说得对，我会努力的。"我的手指挠着掌心说，"我会再给你打电话的。"

"我等你哟。"

"对了。小慈，也许你会觉得奇怪，但是我还是要劝你，近期最好不要和徐先生一起出门。"

"为什么？"

"都是因为那起事件，先前被杀的赵浩还有我的伙伴。另外，如果还有其他跟我想法一样的人，那么徐先生可能会成为他们袭击的目标。"

"这样啊……我会小心的。"

"拜拜！"

小文先挂了电话。我呆呆地看着手机，按下了结束通话的按键。我的左手发麻，插进手掌的指甲撕裂了掌心的皮肤，进入了肉里。

我把血淋淋的左手举到了眼前。

突然，我找到了答案。我知道为什么自己不逃跑和为什么无法逃跑了。

抛弃了故乡，抛弃了祖父，抛弃了小文，我终于来到了日本。说成抛弃只是好听，其实我是逃了出来。我从接受我、养育我的家人那里逃了出来，结果我的生活状态如同在地上爬行一样。

我很怀念故乡，想念祖父，同情小文。我抑制住这些想法，为了成为地道的日本人做出了各种努力。随着泡沫经济的崩溃，我所在的公司倒闭了，如同荒野的街上只剩下我一个人，我才意识到我来到日本是个错误的选择，改革开放的政策给中国带来了翻天覆地的变化。正如小文所言，厌倦故乡的贫困弃国而去的人，大概都捶胸顿足地后悔了。如果留在中国就好了，北京、上海和广州等发生巨大变化的都市在中国到处都是。现在的中国有很多赚钱的机会，在那里语言相通且没有文化和习惯上的差异。

我不想承认自己的失败。我不想后悔自己的选择，所以我必须在现在的地方站稳脚跟。我必须在这里了结不幸的自己。

"小文，你过得不幸福吧？虽然笑得那么欢，但是不幸福吧？"

我对着空气嘟囔着说道，再回顾自己的过去就痛苦了。我的话语和刚才的钞票一样，轻薄而空虚。

我在新宿车站换乘了小田急线，在参宫桥下了电车。可能跟刘健一的暗示有关系，我极度小心地确认着是否被跟踪，朝着那个公寓走去。我在入口旁边的触摸屏上向刘健一发出了来访的信号。

"今后再到这里来的时候，你要提前给我打电话。"

刘健一那不高兴的声音从扬声器中传了出来，入口的门打开了。我走进电梯后，在大脑中筛选着哪些话该对刘健一讲和哪些话不跟他说。

我一敲门，一个我没有见过的男人打开了门，与我擦肩而过，他向外面走去。刘健一没有出来迎我，走廊里孤零零地放着一双全新的拖鞋。

刘健一正在对着电脑干活。

"刚才那个人是谁?"

"工作上的伙伴。"

刘健一说道,他仍然盯着电脑的显示器。刘健一的工作伙伴也就是情报提供者吧。他竟然让这种人来这个公寓,我为之感到震惊。

"我没有见过他啊。"

刘健一看了我一眼,然后又将视线放回了电脑上。他的嘴角浮现出模糊的微笑。

"当然了,我不会叫在歌舞伎町一带活动的人到这里来的。"

"他是锦系町的人吗?"

"不一定。先说你来这里有什么事?"

"我见过徐锐了。"

我故意拉长声音告诉了刘健一。他听到我的这句话后,那有节奏地敲击键盘的手指停在了空中。不过,只是停留了一瞬间,他那白皙细长的手指又若无其事地开始敲击键盘了。

"然后呢?"

"他交给了我一份工作。"

我就像被催着说话似的说道。我将情报一点一点地说出,想玩弄一下刘健一,刘健一专心地操作着电脑。在我看着他的时候,我好像陷入了以下的妄想:刘健一知道了一切,他知道了我和徐锐谈话的所有内容。

"什么工作?不会是你们一起合伙经营色情场所吧?"

刘健一很有气势地敲击了一下回车键,停止了对电脑的操作。同时,我的妄想也烟消云散了。

"他让我接近你，对你进行间谍活动。"

可能是因为刘健一关闭电脑后显示器熄灭了，他的双眼黑不见底。刘健一的脸看上去像恶鬼一样。

"对我进行间谍活动？"

"嗯。用徐锐的话说，我好像具备了你所喜欢的那种人的所有要素。他好像不知道我已经和你有联系了。"

"哦……你接受了这份工作？"

我点了点头。刘健一盘起胳膊，眯着眼睛，脸上出现了微笑。

"报酬是什么？金钱？"

"钱和女人。"

"原来如此。这么说你被徐锐看透了？那么你要跟徐锐合作搞我？应该不会那样。你现在在我这里，而且跟我说着徐锐的情况。"

"说实话，我也不知道该怎么办。你对我说了谎，我无法相信你，可是徐锐也在骗我。"

"说谎？"

刘健一脸上的笑容仍然没有消失。他好像一直都享受着我们的谈话。

"你和徐锐明明很久以前就认识。但是，你却对此事只字不提，徐锐也是如此。"

"我们确实互相认识，但是没有什么联系。我们只不过处在同一个时期，都在歌舞伎町混过，身体里同样流动着台湾人的血罢了。"

"那为什么你有如此强烈的憎恨呢？"

"憎恨？我对徐锐？"

刘健一彻底笑开了。我很清楚他这是正在将我卷进香烟里。

"徐锐对台湾的乌龙茶着迷。他开心地介绍茶时的神情，和你谈起雪茄烟的时候很像,你们两个人简直就像异卵双胞胎。"

"你跟徐锐说这些话了吗?"

刘健一快速回问道。看不出他有丝毫的动摇。

"没有。"

我摇着头说道,体会到一切都是徒劳的。

"你变成说日语啦。你从中国来到日本,用了多长时间才能够在思考的时候也用日本人的方式?"

"我记不清了。"

我一边猜测着刘健一的意图,一边挖掘出记忆。

"大概花了三年左右的时间吧。那个时候我尽量不和说中文的人接触。"

"第一次接触中文的时候,那时我大概十五岁。用了三年左右的时间,我才做到在头脑中用中文的方式思考问题。我迫不得已从日本人的社会突然到中国台湾人的社会中去生活,所以当时拼了命地学习。"

刘健一闭上了嘴,他用鲜红的舌头舔了舔嘴唇。

"你想说什么?"

"如果非要说我和谁是双胞胎的话,那个人应该是你。"

"我没有杀任何人。"

我从牙缝中挤出了这句话。刘健一只是笑了笑。

"徐锐对于你喜欢我这件事是十分确信的。"

"在这一点上,他是对的。"

"为什么?为什么会是我?"

"你想知道理由?还是只是有些害怕?"

刘健一的眼睛逐渐眯成一条缝,几乎闭上眼睛的刘健一看上去像是听着音乐。也许，那是只有刘健一自己能听到的音乐，只有他一个人能够享受。

"不回答我？唉，你也没法做出回答。"

刘健一睁开了眼睛说道。他用那黑不见底的眼睛盯着我。我的身体就像被紧紧捆住似的，无法动弹。

"韩豪和赵浩的事怎么办？"

刘健一问道。

"还有村上呢。我会继续调查吧，如果我不装出继续调查的样子……"

"村上在盯着徐锐吧？"

"嗯。"

"那么，徐锐怎么应对村上呢？这就要看你的本领了吧？"

"等等。"

我向刘健一那边迈出了一步，已经摆脱了束缚。

"徐锐和你是什么关系？你们有什么企图？"

"你没有必要知道这个。"

"别开玩笑了。我这么被你摆布着，说一句我没有必要知道的话就完了？"

"我没有摆布你。是你自己想被摆布吧，为了那个女人？"

刘健一按下了电脑的电源键。苍白的光和刘健一那乌黑的双眼重叠在一起，让人想起了浑浊阴暗的北国大海的颜色。

"任何地方都不存在绝对安全的秘密。"

"什么意思？"

我的声音在颤抖。刘健一的眼球在静静地转动着，他的视线投射到了电脑的显示器上。他每敲击一下键盘，显示器的画面就会变换一次，照得刘健一的脸就像歌舞伎町的霓虹灯。

"李基，一九七〇年出生于黑龙江省。"刘健一停下了敲击键盘的手，开始阅读显示器画面中的文字。"父亲叫李修华，母亲叫朱静蕾。父母双方都是纯粹的中国人，与日本人没有任何关系。"

我紧紧地闭上嘴唇。喉咙里边微微地颤抖，并开始波及全身。我的胃里就好像喝下熔岩般热得难耐，可是手脚却如同冻上了一样冰凉。

"一九八三年，一个叫李修基的男人，购买了中国名为唐霞、日本名为中村菊子的户籍，经过篡改户籍信息，他把孙子李基登记成了日本第二代战争孤儿。"

"你是怎么……"

我没有说全自己的话，喉咙在颤抖，身体在颤抖，嘶哑的声音已经说不出话来。我那死守的虚假经历发出了崩溃的声音。太可怕了，我从来没有经历过这样的恐惧。

"任何地方都不存在绝对安全的秘密吧？因为钱是万能的。我通过熟人的熟人的熟人，在黑龙江省对你进行了调查，这是我的拿手好戏。还用我继续说下去吗？"

刘健一又开始敲击键盘。显示器中的画面发生了变化，他继续说："蓝文慈，一九七七年也出生于黑龙江省。父亲叫蓝文荣，母亲叫苏淑娟。她是家里的长女，在很小的时候，她的父亲就去世了，她和母亲被遣送回了娘家的村子。由于和两个哥哥的年龄差距太大，她和附近的李基成了一起玩耍的朋友，他们共同度过了年少时光。一九九九年，蓝家的人借了二十万元，相当于三百万日元吧，那对于他们来说已经是天文数字了。蓝文慈的家人用这笔巨款将她送到了日本，你的小慈现在仍然每个月给故乡的家人寄去三十万日元。

当时的债务早已还清，文慈的母亲和亲戚如今住进了高级公寓，在哈尔滨生活。"

刘健一那带有恶意的声音并没有传入了我的耳朵。我的左手麻木了。原来是因为我在不知不觉中握紧了双手，在四谷的公寓中留下的伤口裂得更大了，鲜血渗透了创可贴。

"在她的少年时代，蓝家的生活水平处于最穷困的状态。那时文慈的口头禅是阿基肯定会回来的，阿基肯定会信守约定的，阿基……"

"别说了！"

我忍不住了，吼叫了一声。我的左手麻木了，感觉不到疼痛。毕竟最痛的是我的心。

"你抛弃故乡，不修边幅地在这个国家生存，无法忘记与文慈的约定吧？"

"我说过了，你不要再说了。"

"我说我和你像双胞胎，那是胡说八道。"刘健一好像没有听到我的声音，他继续说，"我和你不同。所以，我才喜欢你的。"

"别说了，求你了！请你闭嘴。"

刘健一站了起来。显示器放出的白光照射着他的脸。他那乌黑的眼睛闪闪发光，慢慢地靠近我。我想逃跑，可是我的身体无法动弹。

刘健一抱住我的肩膀说："没有任何人知道。除了我之外，任何人都不知道。在中国调查你和那个女人经历的家伙，只是通过文件和别人介绍了解你们的，谁也不知道为什么要搜集这些信息。一切都只在我的这里。"

刘健一指着自己的脑袋说道。

"只要我闭口不言，你就不会出现任何问题。文慈也不会知道你就是那个阿基。"

我的身体无法停止颤抖。刘健一已经看出来了,他却什么也没说。

我用颤抖的声音问道:"是你杀的矢岛吧?"

"如果你愿意这么想也行。"

与我不同,刘健一的声音很平静。他好像放弃了一切的感情,冷淡、令人毛骨悚然,让我不得要领。刘健一那抱住我肩膀的手臂没有传导出他的体温。

"迟早会搞定关于韩豪和赵浩的相关事情。武,到时候你就来帮我工作吧。我已经驯顺了告密者们,不会对你不好的。"

"为什么是我?"

我听到刘健一笑着说:"你为什么不逃跑呢?"

刘健一没有回答我的问题,而反问了我一句。我知道怎么回答,可是我不想告诉他。

"你是为了文慈吧……那也不错嘛。你可以把她从徐锐那里抢过来,从而完成约定。"

刘健一笑着说道。他的喉咙变形了,喉结在颤抖。在我盯着刘健一的过程中,我脑袋内部好像发出了开关的声音。燃烧的胃部冷却下来,冰凉的手脚恢复了热度。我的内心中萌生了明确的憎恶和杀意,不是热血沸腾的那种,而是冻结的憎恶和杀意。

我只祈祷刘健一没有注意到这一点,我将目光垂下了。刘健一继续大笑着。

25

我很有必要冷却我的大脑,有必要平息虚假经历被识破的恐惧和对刘健一产生的憎恶及杀意。我在小田急百货商店的地下购买了威士忌。从那里出来后,我叫了一辆出租车直奔四谷的公寓。虽然我的视线面向车窗外,但是眼睛里什么也没有。

关闭手机后,我迈入了浴缸。我细心地清洗着自己的身体,重新粘好左手的创可贴。我在玻璃杯中倒上了威士忌,把酒含在嘴里慢慢地咽了下去。恐怖和憎恶的余韵仍附着在皮肤上,只要一放松下来,身体就又立刻颤抖起来。我抱着肩膀继续一个劲儿地喝酒。威士忌剩下一半的时候,我的身体放松了下来,恐怖和憎恶也变淡了。不过,我知道它们并没有消失,只是借着酒劲隐藏了起来。

我盖上了威士忌的瓶盖,在玻璃杯中倒满了矿泉水。我一点一点地喝着水,迷糊的大脑不停地盘算着。

刘健一掌握着我的秘密,我也必须掌握他的秘密才行。关于这一点是不容置疑的。恐惧感一直伴随着我，我无法摆脱已经在内心深处扎根的恐惧感。我对我的恐惧感再熟悉不过了，恐怕刘健一对我的这一点估计错了。他一定认为恐怖束缚着我，他对我的恐惧感的承受程度估计得过小了。

徐锐是我获取刘健一秘密的突破口。刘健一与徐锐之间存在一种朦胧的憎恶。找出这一憎恶应该是我掌握刘健一秘密的最佳捷径。

我在屋子的角落里翻腾出了我的笔记本电脑。这台电脑是两年前的配置，不过已经足够我现在用了。我将电脑连上电话线后，连接上了互联网。我敲出了"歌舞伎町、新宿、中国人、黑社会犯罪"这些关键字，搜索着日语和中文的消息。虽然检索出一些不着边际的情况，但是我并没有泄气，一个一个地查看了一遍。

八年前发生了北京人和上海人之间的对抗，从而酿成了悲惨的事件。两年之后原来的警察引发了奇妙的事件。这些都是报纸、杂志和看热闹的人们集中讨论的话题。我在无数的数据海洋中搜索着人名，可是没有发现刘健一和徐锐的名字。不过，我获取了一些人名，都是死人的名字。元成贵、吴富春、佐藤夏美或吴富连、周天文，如今歌舞伎町还流传着他们的故事，我将这些名字一一对号入座。

疯狂的第二代战争孤儿最终扣动了扳机——吴富春。

愤怒的上海老大下达了杀死这个疯子的命令——元成贵。

刘健一杀死了自己的弟弟——周天文。

刘健一杀死了自己的女人——夏美。

另外，与名字无关的传言数不胜数。不过，有几个名字确实与刘健一有关系。我感觉我喝醉了，恐惧和憎恶隐藏了起来。

刘健一和徐锐的共同点是他们体内都流动着台湾人的血。于是我改变了关键字，输入了"台湾、台湾人、歌舞伎町"。我对检索出的这些难以应对的报道感到束手无策，不过我还是耐心地逐一甄别。

我的视线停留在了一篇日记上，作者是一位战后立即来到歌舞伎町经商的台湾老人。

> 我在今早报纸的死亡栏中看到了朋友的名字。战后立即来到歌舞伎町开始做起和我一样的生意，如同战友的他在昭和末年离开了歌舞伎町。他已经八十多岁了吧。我身边的朋友一个接一个地去世了。提起在歌舞伎町经商的台湾同胞，第一个死亡的是杨伟民。他当时就如同和台湾人的监护人。昭和年间，在歌舞伎町没有一个大陆人和台湾人不知道杨伟民的大名。随着年号变为平成，粗野的大陆人从大陆蜂拥而至，这个杨伟民也驼背了，变得寂寞了。歌舞伎町发生的悲惨事件中，受害者是杨伟民当成自己儿子一样疼爱的天文，他失去天文后也应该离开歌舞伎町了。不久，他自己也在横滨的中华街被人枪杀了……

我的嘴唇干透了，我用水湿润了嘴唇后，在搜索引擎中改变了关键字："杨伟民、横滨中华街、杀人、射杀"。

电脑屏幕中显示的搜索结果跟之前的比少得让人想笑。

我在报纸的过去报道数据库中，选了一篇报道。

"昨天下午五点左右，在横滨市中区山下町X—X的公寓内，发现了中国台湾籍的杨伟民（八十三）和日本籍的林丽美（十七）的尸体。根据神奈川县警方的报告，杨先生和林女士是被口径为九毫米的自动手枪打死的。根据凶手的作案手法不像是专业杀手干的……"

报道的末尾只是简短记述了神奈川县警方的搜查方案。我试着去找一找后续报道，可是没有找到。警方的搜查工作大概遇到了意外的障碍。

在歌舞伎町经营药店的台湾人杨伟民，我虽然不记得这个人，但是我的记忆受到了刺激。我肯定在哪里偶然听到过他的名字。

我重新打开了老人的日记，老人的名字叫陈志平。首页上留有他的住址及电子邮箱。他住在国立，描述建立该主页目的的那一页中称，他与自己的女儿和女婿住在一起。一并设置的布告栏中基本没有填写，这个主页是为了年老的陈志平自我满足而存在的。

我不能在歌舞伎町打听杨伟民的情况，因为那里应该到处都有刘健一的情报网。但是，对于一个隐匿在国立被人遗忘的老人，不是刘健一情报网络中一员的可能性很大。

我给陈志平写了一封电子邮件。

陈先生：

您好！请您原谅我这个陌生人突然给您寄来了邮件。

我的日本名字叫武基裕，中国名字叫李基，我是一名第二代战争孤儿。我现在从事着一份新闻工作，也很快就要迎来回到日本后的第十五个年头。今年我萌生了一个想法，我想记录一下回到日本的第一代、第二代和第三代战争孤儿的探索之路，并将其编辑成一本书面市。

接下来，我想采访在新宿、歌舞伎町度过大半生的陈志平老师，收集好补充材料后，我准备开始动笔。如果您方便的话，希望您能给我点时间，我很想去与您面谈。

如果您同意我的采访，请通过电子邮件或者电话联系我。

写完这封电子邮件后,我关闭了电脑。虽然醉意减退了,但是大脑十分疲惫。这下我大概能睡得很香。

我钻进被窝,闭上了眼睛。眼睛被黑暗包围了,意识也被黑暗吞没。

我像昏过去一样,睡得很死。

26

噩梦将我的意识拉回到现实世界。本应吞噬我意识的黑暗变成了黏稠的液体，分成两个球形，收缩之后俯视着我，这是刘健一那乌黑的双眼。在梦中，我害怕这对眼睛拼命地逃跑。穿过大街小巷、翻山越岭、乘坐列车和飞机，可是刘健一一直都盯着我。无论我去哪里，逃到哪里，都逃不出刘健一的眼睛。

我绝望地发出了悲惨的叫声，这时我从梦中醒来。全身像是被汗水洗了一遍，都湿透了。我一边嘟囔着脏话一边睁开眼看了一下钟表，我很吃惊。我感觉自己也就睡了一两个小时，身体的疲惫感也肯定了这一点。可是，睁眼的时候已经是上午九点了，我足足睡了七个小时。

我匆忙地冲了个澡，打开电脑后连接上了互联网。陈志平给我回信了。邮件中的内容很简单，他说平时白天都在家里，让我选择自己喜欢的时间去采访他。他在邮件的最后也留下了住址和电话号码。眼前的这封邮件写得很老练，与他那主页上的文章比较起来简直判若两人。

我迅速出门，还能赶上上午的时间见到他。我一边走向车站，一边检查自己的留言电话。一共有两条留言，其中一条是徐锐的留言，内容是提醒我昨天的事。另外一条来自村上："镇不住锦系町的家伙了。这段时间，他们开始在别的地方另树旗帜了。在他们成气候之前，我想办了他们。傍晚你来趟我的事务所。"

村上的声音听上去好像刻意压抑着怒火。我把手机放入口袋后，抬头望向天空。我伸出手似乎能够到浓厚的云彩，阴沉的乌云好像在酝酿着一场大雨，恐怕歌舞伎町和锦系町也被同样的云笼罩着。如同云彩一样，空气孕育着极度的紧张感，好像也在颤抖着。

十一点之前我在国立车站下了电车。我拨打了电子邮件中的电话，一名中年女子接起了电话。根据她提示的地址，我穿过车站前的大道后南下。走了大概十分钟，我就看到了陈志平的家。这一带有很多雅致的房子，他的家就是其中之一。门牌上写着高木的那家和住址是一致的。我按了门前的对讲机后，扬声器中传出了刚才接电话的那个女人的声音。

"我是刚才给您打过电话的武，这里是陈志平先生的家吧？"

"是的，请您稍等。"

在等待的期间，我观察了一下这个房子。它的占地面积大概有四十坪。围墙和房子之间有个小而舒适的庭院，盛开的玫瑰花对面整齐地摆放着花盆。花盆中种植着蔬菜和香草。玄关的跟前有一个车库，里面停着一辆白色的赛里西欧（CELSIOR）。无论从哪里看，这都是一个很正派的房子，不会让你觉得会和刘健一有什么联系。

玄关打开后，走出一个微胖的女人。她大概五十岁左右，身着一件深咖色的套装，可能是因为她的腰部赘肉较多，短裙看上去快要绷开了。

"不好意思，我是陈的女儿。我这就要出门，我父亲的腿脚不好，不能出来迎接你了，客厅的桌子上放着一壶茶。"

这个女人好像喷了香水，她大概是去购物或者学东西。我强逼着自己露出微笑，低下头说："您不用客气，是我突然来打扰你们的。"

看着这个女人朝车站走去，我迈入了大门。玄关那里已经为客人准备好了拖鞋，我一边换上拖鞋，一边对房间里喊道："打扰了。"

"请进来吧。"

走廊的里边传来了我意料之外的憨厚声音。我沿着走廊走去，尽头的房门打开后，就是客厅。陈志平稳稳地坐在沙发上，看着院子里的玫瑰。他的头发已经全部掉光，裸露的头皮上有几块老年斑，露在衣服外面的皮肤上刻满了深深的皱纹。从他的外表来看，即使说他有一百多岁也不夸张的。只是他那厚实的声音揭示了他的实际年龄。

"突然来打扰您，实在是不好意思。我是昨天给你写邮件的武基裕。"

"不要那么拘谨，过来吧。如果你想喝水，就自己倒吧。实在不好意思，我那个女儿都五十多了，还是不能放下世俗之心。"

"那不是很有活力吗？对不起。"我一边说着客套话，一边坐在了沙发上。"我十分感谢您今天能这么爽快接受我的冒昧请求。"

"我只是个欣赏院子里鲜花的老头子，十分欢迎客人光临。你想了解过去的歌舞伎町？"

"虽然说是过去，但是我主要想以八十年代为中心了解些情况。因为在那个时期，战争遗留孤儿开始回到了日本……"

"八十年代啊……那个时期这个国家开始变得不正常了。不光是战争遗留孤儿,台湾人和大陆人也都陆陆续续蜂拥而至,歌舞伎町很快就变成了混沌的欢乐街。都是因为中曾根那个大笨蛋,他提出了留学生交换等等,在这个男人成为总理后……"

"陈先生,您在歌舞伎町是做什么生意的?"

陈志平好像要说个没完没了,我打断了他。陈志平并没有露出厌恶的表情。

"中国菜馆。在'Theatre Apple'的后面,我和老婆两个人经营一个小饭店。我们主要卖从台湾采购的香肠和小笼包,不光是台湾同胞,就连日本人也很捧场。最近的中国菜馆……"

"截止到八十年代初,歌舞伎町是比较安定的,是吧?大量外国人拥入日本是在泡沫经济的时期吧?"

"是的,从昭和六十年左右开始发生了变化。从中国大陆及台湾来的家伙们,还有菲律宾人,他们的变化实在太可怕了。我也在老婆的劝说下,关门不干了。我们无法继续住在不能安心地在大街上走路的地方,基本上……"

"陈先生,您在您的主页中提到了杨伟民这个人……"

陈志平终于向我抛来了不快的眼神。我无视他的眼神,继续说道:"他是当时歌舞伎町的重要人物……即使到了八十年代后半叶,他的地位也没有变化吧?"

"变了。提到昭和六十年前的歌舞伎町,在那里生活和做生意的只有中国台湾人、朝鲜人和战前就在日本的大陆人。他们当中也有搞破坏的家伙,可是大家都遵守原先的规矩。破坏规矩的人会遭到杨伟民的惩罚。"

"什么样的惩罚?"

"这个,无法用一句话解释清楚。不好意思,你能给我倒杯茶吗?"

陈志平是个老奸巨猾的老头儿,想让他说出自己不想说的话似乎有些难度。我需要开动脑筋来诱导他。我利用倒茶的时间在头脑中理清了思路,恐怕眼前的这位老人在歌舞伎町不是过着他所说的那种正经的生活。即使过去比现在还要正经,可是歌舞伎町毕竟是歌舞伎町。喝酒、打架……多多少少都会沾染过坏事。我只要注意不去碰触陈志平那背后的阴暗面,让他继续说出更多的情况或许并不是一件难事。

我一边将倒满茶水的茶杯放到陈志平的面前,一边露出了含蓄的微笑。作为一个男人,谁的背后都有见不得人的一两件事吧——面对我的微笑,陈志平满意地点了点头。

"不好意思,我刚才打断了您的话。请您继续说吧。刚才您说到了昭和六十年左右,杨伟民的地位也发生了变化。"

陈志平用茶水润了润喉,好像做好了说话的准备。

"把原先的规矩看成连个屁都不如的人不断增加,之前的做法解决不了问题了。不论杨伟民拥有多么高的威严,对于不知威严意味的家伙是行不通的。之后,杨伟民也改变了自己的做法。"

"怎么改变的?"

"之前公开做的事情,变成在内部办了。如果哪里出了事,他都试图通过各种方法在内部解决。表面上他是个开药店的老头儿,背后却是个调解者。他就这样保护着那些过去就在歌舞伎町生活的中国人,使其不受新来的阴险家伙们的欺辱。"

"可是,即使在内部解决……"

"因为有很多人向杨伟民伸出援助之手,他们把自己的所见所闻偷偷地告诉杨伟民。只要交给杨伟民,一切事情都能搞定。大家都知道这一点,所以他们的子孙后代也从父母那里了解了这些,所有人都积极地协助杨伟民。哎,如果说歌舞伎町有个抵御外人的自卫团,那么杨伟民就是团长。"

"杨伟民只是作为一名志愿者履行着这个职责吗?"

"对于这一点,我无可奉告。"

陈志平脸上的皱纹变深了,过了一会儿我才意识到那是因为他在笑。

"哎,我觉得就是你认为的那样。无论是台湾人还是大陆人,总之我们是商人。只要赚钱是好的来路,就不会被谴责。另外,在那条街上是无法做到洁身自好的。你是这么想的吧?"

我点了好几下头。即使继续深挖杨伟民的阴暗面,估计也不会从陈志平这里得到任何情报。

"泡沫经济崩溃后,杨伟民在歌舞伎町的职责没有发生变化吗?"

"那个时候,我已经离开歌舞伎町了。我不清楚具体的情况。"

"五年前,杨伟民在横滨的中华街被杀害了。您觉得他的职责是被害的原因吗?"

"这个……也许是,也许不是。自从进入平成年号,我对那边的情况就一无所知了。"

"杨伟民的家人呢?"

"我听说他在台湾有很多亲戚,可是在日本他应该没有家人。他的妻子在很年轻的时候就去世了……不过,他好像很疼爱别人让他照看的一个孩子。我记得……"

陈志平盘起胳膊,闭上了眼睛。他在拼命地扯动着回忆的线。我预感他是不是会说出刘健一的名字。

"他叫天文。周天文,就是他的名字。这个孩子聪明伶俐。"

这个名字在陈志平的日记中出现过,歌舞伎町的对抗事件中也出现了这个名字。杨伟民将其视为自己的亲生儿子一样宠着他,恐怕他就是刘健一杀死的弟弟。

"但是,据谣言所闻,他讨厌杨伟民的工作,自己搞独立了。杨伟民一定很失望吧。"

"您还能回想起其他的名字吗?"我使用了我预先准备好的谎言问道,"我听说过杨伟民的身边有个第二代战争孤儿。"

"我没听说过有战争遗留孤儿,要是中国台湾人和日本人的混血儿倒是应该有一个。他叫什么来着……高桥,有个叫高桥健一的少年。"

"高桥健一?"我抑制住颤抖的声音问道。

"嗯。那个坏蛋的母亲是日本人,父亲是中国台湾人。不过,他的父亲和杨伟民的亲戚有某种关系,所以他的父亲去世后,杨伟民收留了他们母子二人。但是,健一与天文不同,杨伟民并不喜欢他。毕竟他的身体里流动着日本人的血,所以杨伟民讨厌他。真是个可怜的孩子啊。"

"杨伟民是个民族主义者?"

"不,对于这一点他应该有个灵活的考虑。他对健一没有摆出那种歧视意识,只是……"

"只是什么?"

"发生了不能对记者说的事情,那是一起悲惨的事故。从那以后,杨伟民抛弃了健一。"

"我保证绝对不会写的,您能不能告诉我?"

陈志平靠着沙发背,探出身子凝视着我。

"这个和战争遗留孤儿没有任何关系吧?"

"听了您之前的介绍,我对杨伟民身边的人产生了浓厚的兴趣。我不会写进书里的,也不会在其他媒体平台写今天的见闻。请您告诉我吧。"

"真拿你没办法。"

陈志平摆出一副喜形于色的表情,开始讲了起来。

"他是一个一无是处的流氓。他杀了一个男孩,是杨伟民的远房亲戚。你绝对不能写,听到没有?"

"杀死了……"

"或许健一有不得不杀他的理由吧,可是他激怒了杨伟民。从那以后,健一和杨伟民应该就不再来往了。"

陈志平的这番话印证了恶鬼的传说。

"警察没有介入吗?"

"一切应该都由杨伟民处理了。他处理这种事从不疏忽大意。当时在歌舞伎町,也应该只有很小的一部分人知道那起事件。"

也就是说杨伟民有能力将杀人事件悄无声息地平息掉。徐锐所描述的刘健一的真面目和杨伟民的身影重叠在了一起。简直就没有变过——徐锐的失言,这句话到底说的是谁呢?

"高桥健一离开了杨伟民,周天文也在五六年前歌舞伎町的中国同胞对抗中死了。也就是说,杨伟民死后没有继承者。福建人和东北人开始横行霸道,歌舞伎町变成了现在的混沌之街。"

"杨伟民的手下中也有几个台湾的子弟,可是他们都做不了他的继承人。歌舞伎町中台湾人的势力直落千丈。即使杨伟民迫切希望找到一个继承人,也不是那么容易找到的。"

"那些台湾的子弟中,您有记得名字的人吗?"

陈志平盘起胳膊,闭上了眼睛。不过,这次没有用回想起周天文名字那么长的时间。

"你这么一说,我倒是想起来了。在杨伟民的葬礼上,好几个上年纪的人集体批斗了年轻的台湾人。我已经对歌舞伎町的事情不太关心了,所以也没怎么留意。当时他们好像在谈论什么叛徒的话题。"

"您能不能再回忆得详细一点儿?"

"你就别给上了年纪的人添麻烦了……"

陈志平突然说了句我听不太懂的话。有点类似于福建的方言,不过又有些不一样,恐怕是台湾话。我完全理解不了。

"他的话里面掺杂了脏话,翻译过来就是'跟背叛自己人的混血儿站在一边真是荒谬绝伦'的意思。或许,这是我听到的最后一句台湾话,所以我仍然记得。"

"混血儿用中文说就是'杂种'吧?"

"没错。"

"被老人这么说的年轻人名字是?"

"好像叫徐锐吧。我不认识他……"

我终于找到刘健一和徐锐的交点了。刘健一曾经是杨伟民的人,徐锐是杨伟民的手下。背叛自己人的混血儿就是背叛杨伟民的刘健一,这么考虑大概太过于鲁莽了吧。

"有没有人了解陈先生离开后歌舞伎町及台湾人的变迁?"

"过去的朋友都去世了,歌舞伎町仅残存下一小撮台湾人了。平成年间的事,与其询问老人,不如去问年轻人更加快捷。"

"知道了。占用了您宝贵的时间,十分感谢您的配合。我差不多该告辞了。"

我站起来向陈志平鞠了一躬。

"你说你也是第二代战争孤儿?不过你的日语很好,又很懂礼节。

你是跟谁学的？"

"我是拼命自学的。为了彻底成为日本人。"

"你相当能干啊。小时候养成的习惯不是那么容易改掉的。不论从哪里看，你都是个日本人。"

暴露无遗的虚假经历——我带着一种讽刺的感情又向陈志平鞠了一躬。

"我接受您的夸奖了。"

"我虽然不知道你有什么企图，但是我要提醒你小心点儿。好久没有谈论过去的事情了，今天与你交流我很开心。"

我抬起头，偷看了一眼陈志平的表情。陈志平只是望着窗外。

"你好像注意到我不是一名记者了？"

"我虽然不及杨伟民那么精明，但是我也曾经干过一些坏事。我能够通过气味觉察出正在拼命寻找什么东西的人。"

"谢谢。"

我再次向他行礼，这次是深深地低下了头。

27

我找到了刘健一和徐锐的交点。但是，这并不意味着我掌握了刘健一的弱点。

刘健一和徐锐——两个说谎的家伙。如果我的推测是正确的话，那么就是他们两个联手杀死了杨伟民。但是，如今他们反目成仇。这两个人是从哪里结下梁子的呢？这里面肯定有答案。

我很晚才吃午饭，乘坐中央线的时候已经是下午两点了。村上让我去趟他的事务所，可是他所说的"傍晚"是指六点以后吧。

不到三点，我来到了新宿车站的东口，站在熙熙攘攘的人群中。围绕着在网上查到的地点，我漫无目的地徘徊。杨伟民原来经营药店的地方，现在建成了包含色情场所和棋牌室的杂居大厦。周天文的中国菜馆变成了泰国料理店，谁也不记得当时的情况了。

岁月带走了一切。与杨伟民和周天文活着时候一样，原封不动保存下来的，恐怕只有刘健一的店了。

只有刘健一一个人保住了性命,他蹲在大厦阴影下的黑暗深处图谋不轨。

简直就没有变过——徐锐的这句话是指刘健一自身呢,还是指刘健一从杨伟民那里继承下来的某种东西?

五点一过,我就踏上了奔向村上事务所的道路。歌舞伎町的空气比平时还要沉重。街上警察的数量虽然减少了,但是大概还需要一段时间才能恢复成出事之前人们旁若无人地走路的景象。人烟淡薄的繁华街道显得非常无聊。

两个门卫对我搜完身后,才让我进入事务所。由于锦系町这次出了大事,流氓们也变得神经质了。村上很不检点地躺在沙发上,身上那套细条纹的西装褶皱不堪,敞着怀露出了脏迹斑斑的衬衫。

"你在这里睡的?"

"组织上有命令,在搞定这件事之前,我得像拉车的马儿一样干活。我可没有跟你开玩笑。"

村上坐了起来,点着了一支烟。他吸了一口烟后,立马咳嗽不止。

"由于吸烟过度,嗓子和胃口都毁了。如果不尽早处理完这件事,我的身体就散架了。仍然不见刘健一的踪影,真是没有办法啊。你说过一个叫徐锐的人,是吧?我想抓住他。你那里有没有什么新的情报?"

我的头脑中闪现出小文的面孔,又瞬间消失了。

"没有。虽然我到处奔波……这里和锦系町的街上挤满了巡逻的警察,所以我找不到能够提供情报的中国人。大家都转移到了其他的地方,等待着事态平静下来。"

"你真是个没用的东西。"

村上将手中的香烟按到了烟灰缸里,动作看上去很粗野。他已经毫不掩饰对我的嘲讽了。

"是我高估你了吗?"

"我想是的。"

"你还真是满不在乎的哈。好了,你也不是一点用处都没有。你跟几个年轻的伙伴去锦系町吧!"

"去锦系町干什么?"

"刚才我不是已经说过了吗?去抓那个叫徐锐的畜生,因为只有你认识那个家伙。"

"你要让我去?"

一股寒气瞬间向我的背部袭来。如果小文在徐锐身边的话……刚想到这里,我就觉得头晕目眩。

"是你说徐锐那个家伙可疑的吧?"

村上的眼睛炯炯有神,闪闪发光。他那阴险的眼神中混杂着不爽和怀疑。

"我对于做这种事还没有习惯。"

我用露骨的胆怯声音说道。村上的目光变淡了。

"你只要指出哪个男人是徐锐就OK了,具体的工作让那些小年轻的去做。"

"现在马上就去吗?"

村上叹了一口气后,从沙发上站了起来,他几乎将额头贴到了我的脸上,靠近我说:"我没说要赶快解决这件事吗?"

"对不起。"

"喂,带着他去吧。"村上对着外面喊道。

村上的唾沫横飞,口臭在鼻子的四周扩散开来。带着一股蒜味的臭气钻进了我的鼻腔。他也许吃了饺子什么的,胃好像也坏掉了。

"去吧，不开心的事最好是赶快解决吧。"

在村上的催促下，我走出了这间屋子。三个年轻的流氓在房门的对面等着我。他们三个人几乎没有说话，在我两侧挽着我的胳膊把我架了出去。走出事务所，我们钻进了提前准备好的车里。这是一辆藏青色的MPV，窗户上贴着车窗膜。除了贴着膜的车窗，这辆MPV跑到哪里都不会引起人们的注意。这辆车太适合用于绑架和监禁了。折叠起三排座椅的中间那排，后面的空间宽敞了许多。他们其中一人坐在了驾驶席上，另外两人和我一起坐在了最后一排。

车在歌舞伎町狭窄的道路上爬行，驶出靖国大道后，车速加快了。坐在我两侧的两个流氓从怀里掏出了自动手枪，专心地做着检查。虽然他们面无表情，假装冷静，但是他们二人握枪的手指在微微地颤抖。

"是去东阳町吧？"

坐在驾驶席的那个流氓通过后视镜抓住了我的视线。估计他们打算在徐锐回公寓的时候，或者从公寓里出来的时候动手。

"嗯。"

"快到附近的时候，你要给我们指路啊。"

这三个流氓的年龄都是二十大几到三十出头。他们之所以对我说话的口气如此粗鲁，估计不是因为他们三个是流氓，而是因为村上对我的态度使然。不过我并没有感到屈辱，焦躁感反而牢牢地抓住了我的心。

伴随着一阵清脆的金属声，坐在我两侧的流氓很默契地检查完手枪，将枪插进了腰间。

车子在千驮谷上了首都高速。道路虽然有些混乱，但是还不至于拥堵。车子前行的速度很慢，但确实是在往前移动。我将双手插进上衣的口袋,右手紧紧地攥住了手机。

如果我们在公寓附近进行伏击的话,小文很有可能也会受到牵连。我感到胃部像是被针扎了一样隐隐作痛,额头上冒出了汗水。也许我的嘴里也跟村上的一样,飘出了一些臭味。

"就我们三个人,没问题吧?"

坐在我左侧的流氓说道。他咧嘴笑了一下,又立刻板起脸来。

"只是去对付一个中国人,我们三个人足矣。"

"别闲聊了!"

坐在我右侧的流氓放声说道。这个家伙看起来像是他们三个人中的领导。坐在我左侧的流氓立刻闭嘴,用怨恨的眼神看着我。

"下了高速后,能不能找个便利店什么的停一下车?"我对这个领导说道。

"干什么?你要上厕所?"

"可能是因为紧张,我得……"

我含糊地说着,这几个家伙的脸上露出嘲讽我的笑容。

"就这么点小事,你就紧张啊?我们又不是去枪战。"

"我可和你们不一样。"

我竭尽全力去献媚和试探着他们。胃部的疼痛应该让我的表情蒙上了一层阴云,额头上的汗珠估计也向他们表露了我的胆小。他们的嘲笑声愈演愈烈,而对我的警戒心却与之成反比地减弱。

"我必须去趟厕所,我怕到关键时刻憋不住……我也没有办法啊,求你们在哪儿停个车吧。"

从事务所出来时的紧张感完全从这三个流氓身上消失了。我轻轻地叹了口气,靠在了后座上。

车子在木场下了首都高速，来到一个便利店前停住了。

"快去快回啊！"

打开车门后，我的背后传来了这句话。我转过身去，脸上浮现出僵硬的笑容说："我是大号。"

那个领导咂了咂嘴，移动了一下下巴，示意让我赶紧去。我跑进了这家便利店，向店员打听了厕所的位置后，钻了进去。我迅速取出手机，拨打了小文的电话。

呼叫声连续响了四五下才打通，是留言电话。

我对着手机的话筒说道："小慈，我是阿基。你在徐锐的公寓里吗？如果你在那里的话，今天绝对不要出门。如果你在别的地方，千万不要靠近徐锐，原因我会稍后和你解释的。总之，你要按照我说的去做。"

挂了电话后，我用上衣的下摆擦了擦额头的汗水。也许额头上的汗水比我想象的要多，衣服弄得又湿又脏。我刚才已经说了要很久，如果现在立刻出去的话，会遭到他们怀疑。于是我坐在了马桶上，低下头等待着时间过去。如果小文没有听到留言电话中的消息，那三个流氓袭击徐锐的时候，小文在身边的话……一想到这里，心情就无法平静。估计村上肯定会利用小文让徐锐开口的，小文会被他们彻底凌辱，被他们打得衣衫褴褛。这一切都是因我而起，我自作聪明的结果就是会害了小文。

带着一种寻找依靠的想法，我拨打了刘健一在西参道公寓的电话。

"怎么了？"

刘健一的声音非常沉着冷静。

"现在我和村上的手下在一起，我们正在去往徐锐公寓的路上。"

"这又是一个迅雷不及掩耳之势的动作啊,村上想敲开徐锐的嘴吗?"

"嗯,都是因为我暗示过他事件的背后有个徐锐。"

"听你的口气,你是后悔啦。也许徐锐真的和这起事件有关系吧?"

"我需要你的帮助。"

我盖过刘健一的声音,大声说道。

"帮助?"

"我不知道徐锐会怎么样,也不知道你会多么高兴。"

"为了女人?"

刘健一的声音中包含着微妙的坚硬,如同小石子一样砸在了我的耳朵上。

"也许会牵连到女人。"

"所以,你就如此嚣张地向我请求帮助?"

刘健一这是在敲诈我,我可不想让他得逞。

"是的。你能不能想想办法?"

"突然改变态度了?真是没劲。"

"你是帮我,还是不帮?"

"我试试吧。徐锐的公寓……是东阳町那个公寓吧?"

"对。"

"你不要有过高的期待,因为没有什么时间了。"

刘健一说完这句话后,挂了电话。我叹着气把手机塞进了口袋中。刚才与刘健一通话的时候,由于过度紧张,我都没有分清是在与其打电话还是当面谈话。

冲过没有使用的马桶后,来到洗手池旁,我照了一下镜子。发现镜子里面一张如同死人的脸看着自己。我将手用水沾湿，变换了一个发型。虽然这只是一点自我安慰，但是我还是想将徐锐认出我的可能性降低。买了一包口香糖和一个便宜的太阳镜后，我离开了这家便利店。刚一出门，坐在驾驶席上的那个流氓就将头探出车窗冲着我怒吼道："真够磨叽的！"

我快速跑上车，坐在了后座的两个流氓中间。

"你这个厕所去的时间够长的。"

"我稍微有点拉肚子……"

那个头儿咂了咂嘴后，示意前面的司机出发。车子慢慢地动了起来。

"关键时刻，你可不要拉裤子啊。"

左侧的流氓嘲笑着我说道。他那娘里娘气的脸上没有丝毫的紧张。

"快告诉我路线！"

面对司机的问题，我恭恭敬敬地给予了回答。这辆MPV在我的指引下继续前行，最后在能够看到徐锐公寓的一角停了下来。

"就是那儿。就是那个公寓。"

我指着徐锐的公寓说道。

"几楼？"

开车的那个流氓取出望远镜问道。

"九楼，九〇一房间。从这里望去的话，好像是九楼从左边数第二个阳台。"

这个流氓拿着望远镜一点一点地移动着，最后停在了一点不动。

"哦，是那个啊……窗户上拉着窗帘，看不到里面。"

"里面有人吗？"

"不知道。"

开车的那个流氓拿着望远镜摇头说道。

坐在我右侧的那个领导给左边的流氓一个眼色。左边的流氓掏出了手机和一张小纸片,他拨打了纸片上写着的电话号码。他歪着头等了一会儿,挂了电话说:"留言电话,没有人接。"

"看来,我们只能等着他回来了。他有几个保镖?"

那个有领导范儿的流氓说道。

"据我所知是两个。"

"有枪吗?"

我在脑海中描绘着徐锐那两个保镖的形象。那两个保镖都身着整洁的西服,与其说是保镖,说他们是商人更为贴切。

"我觉得他们可能没有枪。"

"你真是够粗心的啊。"

"那个男人很正经,他在生活中不需要时刻提防着背后。"

"不管怎么说,你就是太粗心了。"

这个头儿强硬地说道。其他两个流氓闭上嘴巴,深深地点了点头。本应消失的紧张感,又重新在车内弥漫开来。

相安无事的两个小时过去了。那个头儿带来的紧张也随着时间的过去变弱了,现在车里充满了倦怠的空气。我戴上了刚才买的太阳镜,遮挡住自己的表情。

"都等了这么久了啊。"

坐在我左侧的流氓看了一眼手表说道。坐在驾驶席的那个流氓不断地打着哈欠,带有领导范儿的那个流氓不停地抖着腿。时而响起手机的铃声，看着领导的眼神，虽然有些不情愿，但还是匆匆忙忙地挂了电话。

我的手机在待机了两个半小时后，开始震动了。我向那个流氓领导抛去了恳求的眼神。

"说完事后，马上挂断！"

"知道了。"

我从口袋中掏出了手机，当我的视线落到手机屏幕上的时候，心脏几乎停止了跳动。这是小文打来的电话。

我假装内心平静，接通了电话。我将手机紧紧地贴在我的耳边，尽量不让听筒中的声音外泄。

"阿基，你在留言电话中的信息是什么意思？"

"我现在很忙，稍后我打电话给你。"

我一开口说中文，那个有领导范儿流氓就瞪了我一眼，他好像在指责我：你知道我是谁吧？我只会讲日语的。

"可是……"

"你和他在一起吗？"

"我在他的房子里。我刚才睡觉呢，所以没有接到电话。先不说这个，阿基，那个留言……"

"听着，你绝对不要出门。总之，我会稍后给你打电话的。"

我很快地说完后，挂了电话。

"谁打来的电话？"

那个有领导范儿的流氓问道。

"歌舞伎町那边中国俱乐部里的小姐。我很烦她这种招揽生意的电话。"

"那边的日本人和中国人都一样。"

坐在我左边的流氓说道。他一边说着一边发出了猥琐的笑声，其他两个人眉头紧锁。

我对他们说："请安静一下。"

我感觉我听到了什么。

"小子，你要干什么？你敢命令我？"

"请保持安静，我听到了车子的声音。"

这三个流氓突然闭上了嘴，竖起了耳朵。汽车引擎的声音确实在慢慢地靠近这里。这不是国产车引擎发出的声音，而是徐锐乘坐的那辆奔驰。

"可能是那个家伙。"

我舔着嘴唇说道，我的紧张也感染了这三个流氓。我不自觉地将视线转移到公寓的九楼，希望小文能够按照我说的那样待在里面，不要出来。

我们乘坐的这辆MPV也发动了引擎，产生了细微的震颤。我两侧的流氓拔出了腰间的手枪，在弹夹中装满了子弹。

"开到停车场的前面去。"

随着那位领头的下令声，车子驶了出去，在公寓专用停车场的出入口那里停了下来。奔驰那引擎的声音很快就接近了这里，估计拐过前面那个角，进入我们的视线连一分钟都用不了。

后视镜里面映照出公寓的入口。高级公寓往往少有人出入，那个鸦雀无声的入口如同通向黑暗的过道，隐隐约约地映在后视镜中。

"来了。"

那个有领导范儿的流氓用紧迫的声音说道。

同时，后视镜中闪现了人影。我下意识地转过身去，不知他们是什么时候在那里的，三个人伫立在徐锐公寓的墙根下。他们三个人就像影子一样融入周围的环境中,监视着我们乘坐的MPV,而我们完全没有感觉到他们的存在。

估计他们是刘健一派来帮助我的人。如果小文有危险的话,他们应该会第一时间出手相助。

当我回过头来的时候,前面那个角落露出了奔驰的车头。

"准备好啊。我们用枪吓唬他们,然后逮捕那个叫徐锐的家伙。我们要迅速抓住他,然后立马开溜。"

"知道了。"

"你要明确地告诉我谁是徐锐!"

那个有领导范儿的流氓对我说着话,把手放到了车门上。我左侧的那个流氓从我身上跨过,贴在了那个有领导范儿的流氓背后。也许是因为极度的紧张,他的脸上凸显出头盖骨的形状。

奔驰慢慢地靠近这里,停在了我们车子的旁边。奔驰司机对着这辆堵在停车场入口的MPV按出愤怒的喇叭声。

坐在驾驶席的那个流氓打开了车窗,笑着说道:"我的车抛锚了,实在不好意思。如果你们帮忙推推车,我马上就能挪走。"

奔驰内部的男人们面面相觑,他们商量的结果好像是下车帮忙。他们打开车门,司机和另外一个男人下了奔驰车。

"动手!"

那个有领导范儿的流氓一口气打开了车门,跳到了车外。另外一个流氓紧随其后。这个领导流氓举着枪发出了尖锐的声音。

"不许动!只要动一下,你们就玩儿完。"

从奔驰车上下来的二人不敢动弹一下。另外一个流氓拿着枪走近了奔驰车。我看到徐锐在车窗对面将双手举过了头顶。徐锐很不高兴,用执着的眼神紧紧盯着靠近他的流氓。他的视线静静地移动着,隔着我的肩膀看到了什么以后开始摇头。徐锐没有注意到车中的男人是我，可是我有些不安。为了确认徐锐看到的东西，我回过头一看，这次轮到我动弹不得了。

刘健一派来的支援与刚才不同，他们气势汹汹地盯着这里的动向。这样很好。可是，问题是从徐锐公寓里出来的那个人影。

这个穿着针织衫和牛仔裤的年轻女人就是小文。她慌张地左顾右盼，看到徐锐陷入困境，她柳眉倒竖。

"阿锐！怎么了？！"

小文一边喊着一边跑了出来。前来支援的那三个人立即有了动作，他们手持枪支，将枪口对准了小文。冰冷的枪口中充满了杀气。

也许他们并不是来支援我的。就在这一念之间，我打开车门，跳下了车。内心的恐惧和顾虑都瞬间蒸发了。

"小文，危险！"

就在我的吼声前后，响起了枪声。不是一声、两声的枪响。众多枪声叠加在一起，寂静的夜幕突然变成了哀鸣遍野的战场。子弹以极快的速度在我的耳边飞过。

"阿锐，阿锐！"

小文停止了脚步，但仍然喊着徐锐。我紧紧地抱住小文，把她按在了地面上。

"不要抬头！"

小文被我压在身下，她仍然在转头看着徐锐。

我以为是刘健一派来帮助我的人与村上的手下们正在互相射击。

"阿基？！这到底是怎么回事？"

小文在我的身体下面剧烈地挣扎着。

"不要动！我求你了，忍一忍。"

枪声仍在响个不停。子弹射入MPV和奔驰车体的声音和枪声响彻整个夜空。我听到了奔驰引擎发动的声音，紧接着我看到一直监视我们的那三个人倒地了，奔驰以迅猛的速度驶出了我的视线。我不知道是谁开的那辆车，也不知道车上有多少人。不过，我唯一确定的是徐锐逃跑了。

趴在地上的家伙们避开奔驰，起身又开始一通乱射。枪声的间隔比刚才要长一些。也许是村上的手下中有人被干掉了。

"公寓有后门吗？"

我向小文问道。

"从垃圾站那里可以出去。"

"好的，我们要保持着低头的姿势！"

我拉着小文的手站了起来，我们弯着腰跑向了公寓。

"阿锐呢？"

"他一个人逃跑了。"

小文想要转身回头看看，我按住了她的腰，快速跑进了公寓。脸色苍白的管理员在里面等着我们。

"出，出什么事儿啦？"

"不知道。突然就开起了枪。报警吧！"

在我的催促下，管理员迈着蹒跚的脚步回到了管理室中，拿起了电话。

"走吧！"

小文仍在观察着外面的情况，我拉着她走向垃圾站。

"出了什么事？阿锐怎么了？"

"不知道。"

"你不应该不知道吧？刚才你在电话里还给我留言呢。你应该很清楚发生了什么。"

"稍后我再和你解释。现在最关键的是逃跑吧！"

小文有些不服，不过她只是紧紧闭住嘴唇没有再多说什么。我们穿过垃圾站从公寓后门来到了外面，一直没有停息的枪声现在变得只剩单发了。不知道是子弹打光了，还是基本上都死了。

"我们该怎么办？我们去哪儿啊？"

小文似乎在向我挑衅。

"总之，我们先离这个地方远一点吧。"

"也就是说你没想出好主意来，是吧？"

小文对我发怒了，她的言行已经清楚地证明了她并不害怕。我感到了一种微妙的不一致，我所熟知的小文和我不了解的小文。就像我发生了变化一样，小文也变了。

"我们先到主干道上叫辆出租车吧。"

我抓住小文的手跑了起来。我听到一声格外响亮的枪声后，就再也听不到任何声音了。

28

确实没有目的地,我告诉司机师傅开往菊川。刘健一另当别论,村上估计还没有注意到小文的存在。枪战的余音仍然缠绕着我的神经,我的身体似乎在颤抖。小文一声不响地闭着嘴。如果我主动开口说话的话,估计她又会问我一堆问题。维持这种沉默的状态才是上策。

我想到了伫立在墙根下的那三个人。如果他们和刘健一没有关系的话,那么到底是谁派他们来的呢?就算他们是刘健一的人,可是他们的行动就有问题了。在小文出现之前,他们就和村上的手下们交火了。或者,刘健一想对徐锐下手?

我摇了摇头。如果刘健一想杀了徐锐的话,他应该有其他的办法。我很难想象他们的行动是刘健一指使的。

我想直接去问刘健一,可是小文就在我的身边,让我犹豫不决。我不想让任何人知道我和刘健一的关系。

警车和救护车拉响警笛,朝与我们相反的方向飞驰而去。

"又出什么事了吧?"

"谁知道呢。"

这位刚刚步入老年的出租司机不怎么高兴地只说了这句话,之后就紧紧地闭上了嘴巴。不高兴的小文、不安的我和不知所措的司机,沉默成了此时车内的主旋律,让我感到呼吸都很困难。

过了十多分钟,出租车到达了菊川。我和小文两个人默默地走向小文的公寓。

"你也打算去我家吗?"

我们走着走着,小文终于开口说话了。

"如果方便的话。我想先暂时找个落脚的地方,好好想想接下来怎么办。我不会在这里久待的。"

小文翘起了嘴唇说:"你是怎么知道我住在这附近的?"

我为自己的失言和失态懊恼不已。也许我还做了其他的蠢事。由于受到枪声的惊吓,过于想帮小文,我把自己的仪态忘得一干二净了。

"是徐锐告诉我的。"

"徐锐?怎么回事?"

"如果我帮他去办成一件事,他答应我将把你作为报酬让给我……那时他把你的住址也告诉我了。"

我将视线从小文身上移开,瞬间撒了个谎。

"这样子啊……"

我从小文这么暧昧短暂的话语中阅读不出她是怎样的感情。

"阿基,你那么想要得到我吗?"

"嗯。"

我仍然不敢直视小文的脸庞，小文也不再过多问我什么。

我们到达小文的公寓，走进了电梯。

小文对我说："我的手机和钱包都落在徐锐的房子里了。"

"钱的问题我会想办法的。"

"你为什么要为我做这些？如果你只是想要我的话，在房子里直接把我推倒就可以了。完事之后，你让我赚钱，自己过懒散的生活就可以了。男人不都是这样吗？或者，你有不得不这么做的理由吗？"

我和你有个约定。小文，你还记得吗？那一天，那一时刻，我们立下的誓言，可是我已经将这约定抛到九霄云外。

在我即将被激情冲垮之前，电梯停了下来，门开了。

"我们到了。"

我匆忙地抢在小文之前迈入了走廊。

"是这边。"

在我之后走出电梯的小文追赶上我，朝她自己的房子走去。她从牛仔裤前面的口袋中掏出钥匙，插进了门锁。

"我的房间里有些乱……"

小文一边说着这句话一边走进了房子。我一踏入玄关，伴随着头晕的乡愁向我袭来。祖父经常喝的茶水香气充满了我的鼻腔。那是我生长的地方所独有的传统茶叶，有一种独特的味道。我感觉时空逆流，仿佛穿越到了二十年前的黑龙江省。记忆的洪水冲垮了堤坝，打乱了我的思绪。

"你怎么了？你不用太拘束。"

玄关的前面是一个很短的走廊，小文的声音是从对面传过来的，同时我也听到了她好像在收拾什么东西发出的声音。我回过神儿来，脱掉了鞋子。浴室在走廊的右侧。走廊尽头的房门里面是带有厨房的起居室。小文敞着房门，在地板上整理着散落一地的杂志。

"你喜欢这个味道吗？这是我老家那里人们喝的茶味。他们有时会给我一点。因为徐锐不喜欢，所以当我出门的时候如果不除掉这个味道就麻烦了。"

"我的老家也喝类似的茶水。"

"哦……因为我们的老家离着很近啊。请随便坐吧！我换完衣服后给你泡上一壶令人思乡的茶。"

小文抱着杂志，拉开隔扇后走进了旁边的房间。虽然起居室里铺的是地板，但是旁边的那间房间是纯日式的。从小文拉开又关上的隔扇缝隙中可以看到对面摆放着崭新的榻榻米和沙发床。

在小文换衣服的时候，我在房子中环视了一圈。这个房子里的摆设很简单，只有沙发、小餐桌、影碟机和柜橱。钱应该放在其他的地方了。估计她赚的钱大部分都寄回故乡了。

柜橱的上层是玻璃门，下层是抽屉。镶着玻璃门的上层摆着一张黑白照片，照片中小文的家人露着腼腆的笑容。蓝氏一家的背后是绵延不绝的山脚。

记忆的洪水泛滥不止。我使出浑身解数去抑制，可是涌出的记忆以暴力的方式在指责着我。白色的布条在空中摇摆，那是暴露在日光下和药物中医院的帘子。我的母亲体弱多病，在我懂事的时候她已经住进了医院，母亲的脸一直都被帘子遮挡着。我十分讨厌医院，讨厌去医院探望母亲，总是一个人逃到村子外或者后山去玩耍，后来我自己也生病住院了。父母为了我挣钱付医药费，他们受尽了折磨，最终母亲因过劳离开了人世，外出打工的父亲失去了音信。即使出院之后，后山也仍是我的庭院。为了排遣悲伤和寂寞，我漫无目的地在那里徘徊。我在路边拾到的来复枪弹壳、从祖父工具箱里悄悄地偷出来的锈迹斑斑的小刀、附着在山中树根下的日本帝国陆军发行的军票碎片，还有为了填饱肚子从树上摘下来的野果。我将这些东西都藏在后山的洞穴里。野果腐烂之后会发出一股恶臭，因此，我的宝物被祖父发现了，被他没收了弹壳和小刀。

无聊的记忆跌宕起伏，波浪滚滚，形成了旋涡。我继续呆呆地注视着蓝氏一家的老照片。

"这是我的家人。很奇怪吗？"

小文换完衣服后，一边用手关上隔扇一边说道。

"不，我有些怀念他们周围那些景色……我的村子里也有相似的山。"

"那一带都是些小山包……阿基，我能借用一下你的手机吗？我必须联系一下徐锐。"

"没问题。"

我把自己的手机递给了小文。记忆洪水的泛滥仍在继续着，大脑变得有些不清楚了。

"我马上就给你泡茶。这部手机已经设置成不显示来电号码了吧？"

"没有。"我没有理解她这么问的意图，摇了摇头说，"如果你想隐藏去电号码的话，先拨一八四就可以了。"

小文点了点头后，开始拨打电话。她用左手拿着手机贴在耳边，右手向水壶里倒入了水。她把盛满水的水壶放在了炉子上，点着火的同时开始了电话的联络。

"阿锐？是我。你现在在哪里？我？我在自己的公寓里，没有受伤。我不知道发生了什么，然后从你的房子里跑了出来。"小文瞅了我一眼后继续说，"当然是我一个人啦。"

我一边听着小文的声音，一边坐在了沙发上。记忆的洪流终于平息了，脑子又恢复成和平时一样，然后开始运转起来。小文没有告诉徐锐她和我在一起，对于我来说这正是我所希望的。但是，对于小文而言有什么好处呢？因为她刚才有意隐藏来电显示号码，所以她肯定从一开始就打算隐瞒我的存在。

"嗯。我出来的时候很着急，手机也落在你的房间里了……我知道了。好了，两个小时以后我再打电话给你。不说了，你要小心点儿啊。"

小文挂断了电话。她把电话还给我后，在茶壶里放进了茶叶。这种茶叶看上去很熟悉。

"他疑心很重，连我都不告诉他在哪里。"

"发生了那种事情，他的做法是很正常的。你为什么要隐瞒我的存在？"

"一会儿再跟你解释，稍等一下。"

小文的声音很坚决。我没有继续开口说下去，玩弄着小文刚刚还给我的手机。水烧开了，水壶发出了尖锐的声音。小文用习惯的手势将热水倒入了茶壶里，拿出了两个具有中国风的小茶碗。久违的土腥味强烈地刺激着我的鼻孔，我用意志力封锁住那蠢蠢欲动的记忆。

"给你，这可是能令人怀旧的茶。请喝吧。"

小文手里握着茶碗，坐在了我的旁边。她说话的口吻显得很轻松，可是她的脸却有些僵硬。

"你先告诉我，你为什么在那里？"

小文一边递给我茶碗，一边斩钉截铁地问道。

"在新宿，歌舞伎町那边有一个叫东明会的流氓组织。他们与我的老板做着摇头丸的生意，与前不久在锦系町被害的那个流氓的组织也有关系。"

我为了把这谎言编得圆滑些，暂且停顿了一下，喝了一口茶。一股强烈的发酵味和酸味在我的口中扩散开来。在我小的时候，我就非常喝不惯这种茶。我一边极力抑制着不去回忆过去，一边打量着小文。小文没有喝茶，她的视线紧紧地停留在我的侧脸上。

看到她的眼神，我有些动摇。我怀疑自己可能犯了什么错误。

"那个东明会怎么了？"

"嗯，那个东明会怀疑杀死我老板和在锦系町杀人的两起事件是徐锐干的。所以，他们打算绑架徐锐问个究竟。"

"你为什么会出现在那里？是你告诉他们徐锐可疑的吧？你曾经怀疑过徐锐。"

"不是我告诉他们的。"

我大声说道。听到小文这么问，我心很痛。别人怎么看我都无所谓，可是我唯独不想让小文认为我是一个卑鄙小人。这是一种很无聊的感情，但是我却无法阻止它。

"我只是被东明会的头目叫过去的，那些流氓们没有人认识徐锐。所以，他们选择了我。"

"仅仅是因为你知道徐锐长什么样吗？"

"对于他们来说已经足够了，我的价值就是这么微不足道。受到他们的威胁，我也不能说不配合。"

"也就是说，你协助他们一起要杀了徐锐？"

"他们没有打算杀他。我刚才不是说了吗？他们想绑架徐锐后拷问一下。"

"那么，那起枪战是怎么回事？你曾在我的留言电话中告诉我不要和徐锐在一起，你已经预料到事态会发展成这样吧？"

小文不依不饶地问着我。她那坚定的声音和眼神严加指责着我。

"不是的。我之所以给你打电话，是因为我担心你和徐锐在一起的话，连你也会被绑架。对方毕竟是流氓，他们不会对女人客气的，不，他们可能会对女人更狠。"

"别找借口了。为什么会发生刚才的一幕？"

"这不是我们所期望的。请你相信我！除了我们之外，还有其他人盯着徐锐，是他们突然开了枪。"

"其他人？"

小文挑了挑眉，讽刺地问道。

"没错。他们静静地埋伏在那栋公寓的周围。我没想到他们要杀徐锐。"

"你认为会有人相信你说的话吗？"

"不管你相不相信，我说的都是真话。除了东明会以外，还有其他人也盯上了徐锐。"

对小文撒谎让我感到很痛苦。因此，我的言语不够犀利，她对我的谎言并不买账。小文皱起了眉头，很明显她丝毫不相信我的话。

"我知道你的意思了，我还想问你一件事。"

小文的眼睛如同锋利的刀子盯着我说道。得知小文另有其他目的，我突然心跳加快。也许我在不知不觉中犯了错。心悸变成恐怖，开始入侵我的神经。我说了什么？又做了什么？

当我正在为不断涌现的疑问感到恐慌的时候，仍然握在右手里的手机响了起来。我调整了一下气息后，看了一眼手机。手机屏幕中显示的是村上的电话号码。我用眼神跟小文交流后，接起了电话。

"妈的，出什么事啦？"

村上的骂声狠狠地砸在我的耳朵上。

"我不知道,来路不明的家伙们突然出现后,就开枪了。"

"他们是什么人?"

"不知道,我后来就逃命了。"

"我的手下呢?徐锐那个浑蛋怎么样了?"

"不知道,我可以肯定的是徐锐逃跑了。其他的人……"

"武,你可真是个瘟神啊。只要按照你说的行动,人就会一个接一个地死。你打算如何解释?"

"我刚才不是说了吗?我不知道。对于到底发生了什么,我也是一头雾水。请你冷静一点!"

我用恳求的口吻说道。如果照这样的架势说下去,我会成为村上的靶子的。

"你让我冷静?没问题。喂,你现在在哪儿呢?"

我马上撒了个谎回答说:"上野。"

"上野?"

"由于非常恐慌,我从现场逃出来后,跳上了电车。心情平静下来后在上野下了电车。"

"你赶紧给我回到我这儿来!"

"明白。"

我挂断了电话。我已经不能再回到歌舞伎町了。我伸手去拿茶碗,里面的茶水已经凉了。

"你撒谎的水平够高的啊,阿基。"小文说,"我亲眼见到你能够很自然地跟流氓撒谎之后,就更不能相信你说的任何话了。"

小文的眼神和茶碗中的茶一样冰凉。

"小慈……"

"你刚才可不是这么叫我的。"

"我叫你什么了?"

小文摇了摇头。她那冰冷的眼神中隐藏着苦恼与绝望。

"刚才……也就是发生枪战的时候。你叫我'小文'。你还记得吗?"

我感到胸部一阵绞痛,就像被子弹射中了一样。被我抛弃的约定沉甸甸地压在了我的肩上。我就要被这重量压垮了。

"你叫蓝文慈。也可以叫你小文吧?"

我气喘吁吁地说道。很明显我的声音在颤抖。

"只有我的家人才叫我小文,他们都是我很亲近的人。在日本大家都叫我小慈,连徐锐也不例外。"

"可能当时我惊慌失措了吧。"

"惊慌失措的时候,才应该使用平时叫习惯的称呼呀,阿基。"

小文叫我"阿基"的声音是很平静的,也可以说是严肃的。我放下一切,将头转向了小文。

"叫我小文的人只有我的家人和我的阿基。"

"我……"

小文的表情堵住了我的喉咙。她不是在怀念过去,没有愤怒也没有憎恶,只是看着我。

"撒谎!"

"我……"

"明明和我约定好要来接我,可是阿基却没有来。你明明知道我就是那个小文了,可你还是隐瞒着自己的真实身份。"

"小文……"

我想伸手去抚摸小文的脸颊,想低下头表示歉意。但是,小文不会原谅我的。她只是静静地看着我，没有过于激动也没有责备我。

"我完全没有认出你来。阿基，虽然名字相同，也具备相同的气场，可是我没觉得你就是那个阿基。我所认识的阿基更加年轻、活泼。"

橱柜的玻璃映出了我的侧脸，我看到自己的头发中混杂着白发，皮肤干燥粗糙，完全走了样。说自己四十岁也会有人相信，如果说三十多岁会吓到别人的。我这么一个男人如今在小文的面前低着头。

"我是中国人，并不是日本战争遗留孤儿。我利用虚假的证件来到了日本，成为了日本人。恐怕哪天自己的真实身份会露出马脚，每天我都过着提心吊胆的生活，如今变成了这么一个糟糕的中年人，你认不出我也是正常的。其实看到你没能认出我来，我还松了一口气呢。"

"如果你没打算暴露自己真实身份，为什么要接近我？你只要装作不认识我，什么也不做就可以啦。那样的话，我就仍然不会认出你来。"

"请你原谅我。"

我只能说这句话了，无法谈及那个约定。

"因为我是小文，所以你才担心我的吧？所以你才对我说谎的吧？我……"

小文无话可说了。她的表情仍然很冷静，眼神中交织着多种感情。

"我的家人现在住在哈尔滨，我用在日本赚到的钱为他们买了房子。"

"我知道。"

"我爷爷已经去世了。你的爷爷也……患上肺癌离世了，你知道吗？他动弹不了后就住进了哈尔滨的医院……他住院的时候我去送他了。当时他对我说：'阿基肯定会来接你的，你再坚持一下！'"

我不知道，我什么也不知道。我已经抛弃了与小文的约定，抛弃了家人和记忆。起初，一到夜晚我就会想祖父和小文，不过后来渐渐地就不再想了，祖父是死是活对我而言都无所谓了。因此，到现在我仍然很后悔。在日本过的这十五年是完全没有意义的，为了这件事而感到很痛苦。这十五年来，我只是不断地与包围自己的黑暗作斗争，仍然是空虚的。

我感觉自己好像听到了笑声。这是刘健一的笑声，从黑暗的深潭中涌现出的嘲笑声。估计没有事情会令他感到痛苦，他是传说中的恶鬼，杀害了自己的爱人后，他就如同深海中的鱼一般潜入黑暗的深处悠然地游走着。愤怒、悲伤以及后悔都与刘健一没有任何关系，恐怕连憎恨都与他无关。那么，刘健一是靠什么活下来的呢？

"你没有来接我。"

小文说道。刘健一继续在我头脑中笑着。

"对不起。"

我低下头说道。刘健一的嘲笑声音量变大了，响彻在我的整个脑海。我想丢下小文和刘健一，放下一切后逃跑。但是，即使逃走也不会有任何改变。只要不逃出歌舞伎町——矢岛的手掌心，是没有意义的。我不能再逃跑了。我从故乡逃出，逃避与小文的约定，一直都在不断地逃避着一切。如今的我微不足道，毫无价值。不能逃跑了。无论我多么痛苦，也不能再逃跑了。

"好了，不说过去的事了。我们必须考虑考虑接下来怎么办。"

"你打算怎么着？"

"我要去徐锐那里。"

"那会很危险的，也不知道谋害他的是什么人……"

"我没有其他的去处。或者，阿基要把我带到哪里去呢？还像过去那样和我约定？做一个不打算兑现的约定？"

小文的声音听得我耳朵很痛，我的心也被刺痛了。

"我不能与你做任何约定。我……我这个人无法与他人做约定。"

"那么，你就放了我吧。"

我不能放开小文。但是，我又无法给予小文任何承诺。

"好。你小心点儿！"

"阿基你也是。"

小文对我说完这句话后就闭上了嘴巴。小文没有说些挽留我的话。我喝光怀旧的茶水后，站了起来。

当我走向玄关穿鞋的时候，我感觉自己好像吞食了铅块似的身体很重，什么都懒得去做。

"阿基……"客厅里传来了小文的声音，"就像你已经变了一样，我也变了。你记忆中的我还是小时候的我吧？你是怎么发现我是小文的？是从关于农村的谈话中得知的？"

"文乐爷爷的打火机。我小时候很想要那个打火机，文乐爷爷说等我到二十岁的时候就送给我。"

过了一会儿，我想小文应该不会再有问题了。当我用手去抓房门把手的时候，又听到小文说："那个打火机也落在徐锐的公寓里了。"

接着我听到了抽抽搭搭的哭声。我想不出安慰她的话，恋恋不舍地走出了房门。

29

走出小文的公寓,我穿过街道走向对面,藏身于建筑物之间的缝隙中。为了不引起别人的好奇心,我蜷着身子探出头,像一只乌龟一样继续观察小文的公寓入口。虽然小文让我放开她,但是我还是做不到。虽然我不知道雇佣杀手追杀徐锐的人是谁,但是他们应该还在寻找徐锐。我得想办法不让小文卷入这危险之中。

我一边盯着公寓入口,一边拨通了刘健一的电话。小文说两个小时后再给徐锐打电话,因此我还有一个多小时的时间。

刘健一迅速接了我打去的电话。

"是你指使的吗?"

"你这突然说什么话呢?"

"有几个人蹲守在徐锐的公寓周围。我以为他们是你派来的人,可是他们突然就开始开枪乱射。徐锐逃跑了,东明会的家伙们估计是死了或受了重伤。如果是你指使的话,东明会可不会轻饶了你的。"

"我怎么会做出那种事？接到你的求助后,我最后还是无法安排。因为时间不够,在那么短的时间里去找杀手是做不到的。"

如果徐锐说的话是真的,刘健一应该有这个实力。但是,从刘健一那平淡的声音中听不出一点迹象。即使我告诉他徐锐逃跑后,刘健一的声音也没有发生变化。刘健一被黑暗包裹着,黑暗被混沌包裹着。

"刚刚才听说发生了一起激烈的枪战,可我什么也没干。不管你信不信……你那重要的女人没事吧？"

"嗯。"

"你和她在一起吗？"

"没有,我们在半路上分开了。她看到我和东明会的家伙们在一起,认为我和想要徐锐命的那些人是一伙的。"

"这对你来说可是个灾难性的打击啊。"刘健一笑着说道。我没有感觉到他的恶意或欢喜,他的笑声是那么干瘪和空虚。"我会尽快调查是谁导演的这一幕。我觉得无法马上就查清楚,但是一有相关的消息我就会第一时间告诉你。"

"真的不是你干的？"

"如果我想杀了徐锐的话,早就动手了。绝对不会闹这么大动静,而会偷偷地进行。"

我挂断了电话,将手机调成振动模式后塞进了口袋。刘健一说的话是有一定道理的。搞出这么大的动静一点好处都没有。首先会惊动警察,其次流氓们会在街头徘徊,再次会吸引媒体的目光,谁都不会傻到要这么做。

发生了不合常理的事件。也就是说,有人怀有某种目的故意制造了这起事件。这里边有我无法得知的秘密。刘健一和徐锐,还有其他人在幽深的黑暗中蠢蠢欲动。

我感觉自己的身体仍然很沉。疲惫感随着时间的推移而变得更加强烈。但是,我不能泄气,我必须守护小文。我必须兑现与小文的约定。

夜色笼罩住整条街道,我抬起头望向天空,看不到一颗星星。我一边回忆故乡漫天的星星一边等待着小文的出现。

一个小时过去后,小文走出了公寓。她上身穿着花纹复杂的针织衫,外面套着一件红色的短款皮夹克,下身是牛仔裤。鼻子上架着一副浅色的墨镜,右肩上挎着一个古驰的包。

小文走上大道后,东张西望后朝左边走去。她没有注意身后的情况。我从楼宇之间的缝隙爬出来跟在她的后面。在小文的前方有一个电话亭,小文走进电话亭开始打电话。为了不让小文注意到我,我走到路边在一个公交车站停住了脚步。我拿出手机假装发短信,用眼睛的余光盯着小文的一举一动。

小文侧着脸,用右手紧紧握住电话与另一端的对象交流着。她戴上墨镜估计是为了遮掩哭肿的眼睛。因此,我完全无法看到她的表情。

过了十五分钟,小文仍然在通电话。我觉得有些奇怪。如果只是和徐锐决定见面地点的话,没有必要打这么长时间的电话。小文打开自己的包,拿出零钱投进了电话机里。如果是一百日元的话,这通电话还要继续下去很久。

公交车向车站驶来。一辆公交车离站后,我把手机贴在耳边沿着来时的路往回走。小文的电话似乎没有结束的趋势。我在有信号灯的十字路口穿过马路，走到了对面的公交车站前盯着小文。我点着了一支烟，感觉有些呛嗓子，很怀念刘健一的雪茄，只有抽刘健一的雪茄时才会有口中的舒适感。我看了一眼手表，从小文进入电话亭起已经过去二十多分钟了。虽然我离小文有些远，但还是可以看出她心平气和地打着电话。

这边的公交车也进站了，于是我沿着人行道在下一个路口又回到了原来那边。我慢慢地靠近电话亭，终于看到小文把电话放回原处。我刚要松口气，但又紧张了起来。小文再一次拿起了电话，开始给另外一个人打电话。

这次的通话时间很短，也就两分钟左右。明明是在打电话，小文却扭动腰肢，眉飞色舞。这充分说明这通电话的对象应该是徐锐。那么，第一通电话是打给谁的呢？在这种状况下，小文要与谁必须交流将近半个小时呢？不是她的家人，一百日元的硬币应该打不了国际电话。也不会是她的朋友。小文还与一个我所不知的人保持着联系。

小文走出了电话亭。观察了自己的左右，若有所思地朝森下走去。

小文在森下的车站乘坐上大江户线，在两国换乘了总武线，车内空荡荡的。我和小文之间隔着三节车厢，我在车厢间的连接处附近抓住了一个吊环。小文坐在了一个空座上，视线落在了自己的膝盖上。有时她会想起什么似的抬起头，然后瞬间又低下头。墨镜遮掩下的表情中流露出不安。

小文在思考什么？她在担心什么？她的担心与我有关系吗？

我上衣口袋中的手机在震动，是村上给我打来了电话。我掏出电话后，将村上的电话号码拉进了黑名单。我有必要再弄一部手机了。在这之前，我必须拿到藏在四谷公寓里的现金。我觉得村上应该不知道我的住处，也应该找不到。但是我仍需倍加小心。

电车接近小岩的时候，小文站了起来。她与其他乘客一起走出站台，毫不犹豫地往前走。从南口出来后，她走向繁华街道，消失在到处都有的那种杂居大厦中。大厦悬挂的招牌中有与徐锐的名片背面印刷相同的名字。店名的下面写着"中国美容"这几个字。

我很难想象徐锐在这里。就算是没心没肺的人，也不会排除杀手藏在自己店内的可能。恐怕小文来这里是筹集资金的，逃亡的资金或者当前的活动资金。

我认为小文再次现身还需要一段时间，所以我在大厦的周围转了转。周围的人流量很大，非常热闹。哪里都没有长得像杀手的人的影子，我一点一点地从人群中挤出来，回到了大厦的对面。我差点儿和从大厦里出来的小文撞上，我匆忙地闪身离开了那里。我的心脏像打鼓似的怦怦直跳。小文应该没有注意到我，我转过身去的同时听到了尖叫声。

四五个男人围住了小文，正在拉扯她。周围的行人只是呆呆地站在原地盯着事态的发展。

"小文！"

我一边喊着一边跑了过去。我的大脑已经停止思考了，激动的感情支配着我的身体。我的视线中只有小文和那几个男的。那几个男人正在粗暴地将挣扎中的小文往一辆MPV里推。

那几个男人听到了我的叫声，其中一人转过身来，另外一人正在催促着同伙们。转过身来的那个男人将手插进了上衣的里面。

一个闪着黑光的铁块，那是手枪。我看到枪口中喷射出橘色的火焰，枪声瞬间钻进了我的耳朵。我一下子趴在了柏油路面上，感觉子弹在我脑袋的正上方飞驰而过，这可不是错觉。给人带向死亡的力量在我的头上穿过。恐惧冲垮了激情,身体拒绝了大脑发出动站起来的命令。我用两手抱着脑袋,除了担心下一颗子弹的袭来什么也做不了。

子弹没有再飞过来,枪声也消失了。我听到的是行人的惊叫声,还有小文那悲痛的叫声。

"阿基,救救我!"

我战胜恐惧的心理,抬起了头。MPV的车门发出厚重的声音,估计是关上门了。持枪的那个男人也进入了车中。

"小文!"

我站起来的时候,那辆MPV几乎同时飞驰而去。我想去追那辆车,可是膝盖发软,腿动弹不得。微微颤抖的两膝,好像在嘲笑胆小的我。

"小文!"

我又大声地喊了一遍小文的名字,可是我的喊声被埋没在行人的惊叫和怒吼中。那辆MPV只留下尾灯的红色轨迹,渐行渐远。

30

  我没能兑现约定，没能保护小文，这两个念头在我的头脑中团团转。我没有与小文约定要保护她。但是，它就像理所当然的事实刻在我的心上。然而，我在恐惧面前退缩了。与小文相比，与自己的誓言相比，我优先考虑了自己的生命。继续活下去也改变不了什么，我知道自己微不足道，害怕这个害怕那个地活着没有什么意义，可是我还是本能反应地退缩了，错失了解救小文的机会。

  我不能原谅自己。如果可以的话，我想让自己从这个地球上消失。但是，我不能就这么消失了。小文还活着呢，她需要我的帮助。我有义务去完成我应该去做的事情。

  穿过小岩车站前陷入恐慌的人群，我继续向前奔跑。实在累得喘不过气的时候，我打了一辆出租车，四十五分钟后我到达了四谷的公寓。在我正要取出冰箱里面的钱时，我想起了被我忘记的钱——徐锐给我的三百万。我估计徐锐会给我打电话的，他将问我关于贴靠刘健一的事情进展得如何。麻烦事接连不断地增加，一切都是我自己惹祸上身的。我把钱装进了上衣的口袋里。为了以防万一，我只留下了一百万。出门后，我又打了一辆出租车，奔向大久保。我已经不能靠近歌舞伎町了。不过，大久保与歌舞伎町有很多相同之处，但是也有其独特的禁区，村上东明会的触角是伸不到这边的。出租车从明治大道驶入大久保大道的时候，我下了车。

中国的大陆人和台湾人、马来西亚人、新加坡人等华侨聚集的饭店和舞厅，我一个不漏地光顾一遍。见到熟人后省去客套话，我直接向其打听消息，问其是否认识卖枪的人或者地方。估计是我太钻牛角尖了，他们基本上对我都是嗤之以鼻。无论我怎么诚心恳求或死缠烂打，他们都坚持说自己不知道。其中也有热心的家伙和多嘴的人认真地倾听我的话语，不过通过他们的话得知，自从韩豪事件发生以后，贩卖军火的商人都离开了歌舞伎町和大久保一带。我已经疲惫不堪，又毫无头绪，不过我还是不放弃地在大久保这里转悠。

过了一会儿，放在上衣口袋中的手机振动起来。来电显示为未知号码，也许是村上或徐锐打来的。虽然我已经把村上的手机号码拉入黑名单，不会打通我的电话，但是还有其他的电话可以。基本上每隔十分钟就打一次的这如此执着的电话，估计是村上打来的。但是，一丝希望让我感到迷茫，如果是小文打来的电话……如果是小文打来向我求救的电话……如果小文脱离了困境后使用公用电话给我打来的……

我没能违抗这些类似于恶魔的耳语，接听了电话。

"你想死啊！武——"

村上那嘶哑的声音非常刺耳。我为自己的愚蠢而感到悲哀，马上挂断了电话。可是紧接着手机又振动起来。不用听村上的声音，他现在肯定暴跳如雷,接受村上命令的流氓们肯定正在找我。如果被他们找到的话,我肯定会吃不了兜着走的。经过严刑拷打之后,等待着我的将是毫无意义的死亡。

每隔十分钟我的手机就会振动,开始折磨着我的神经。焦躁的情绪越来越厉害,使我的注意力无法集中。于是我将手机的接听设置做了新的调整,改为除了刘健一的电话以外一概拒绝接听。这样就不会有电话烦我了。

我已经筋疲力尽了,可是我仍然继续在街上迈着脚步。我抑制住内心的焦躁,向不同的人询问。当我来到第二十家的时候,在这个广东人经营的店里让我看到了希望。一位五十出头的上海人正在吃饭,当我问他从流氓那里购买枪支的方法时,他给予了回应。我用一些小费让其向我透露了买枪途径。

据说有一对台湾夫妇修建了一个叫"华圣宫"的私人寺庙。如今那边有些冷清,但是过去那里可是华人聚集的圣地。这对台湾夫妇表面上是供奉神,暗地里其实做着贩卖枪支的勾当。

这个男人说,他不知道现在那里是否还有这种生意。不过,我觉得他的这些信息对我来说已经足够了。

我踏上了那个男人指示的路线。胡同的尽头有一个陈旧的公寓,其中一间门口挂着一个手写的招牌"华圣宫"。好像很久没有维修过了,木质的招牌边缘已经腐烂,快要掉下来了。

我调整了一下呼吸的节奏,敲了敲门。我立刻听到了一位感觉不太高兴的老太婆说出的台湾话。

"我听不懂台湾话。"

"你是谁啊?这个时间敲门,真没有礼貌。"

老太婆换成台腔中文说道。她的口音很重,不过还不至于听不清。

"我有一事相求！"

"你明天再来吧。"

"我有急事。求您了！开门吧。"

"在这不安的社会中，你觉得我会轻易让不认识的人进入自己家门吗？"

老太婆似乎越来越气愤了。这样继续下去好像不能解决问题。

"我是刘健一先生介绍过来的。"

我急中生智说出了这句话。也许是因为老太婆讲的是台湾话，或者是因为其他理由。但是，我什么也听不懂。我只是感觉自己似乎抓住了最后一根救命稻草。

"健一？那个家伙这次葫芦里卖的又是什么药？"

老太婆的说话声向我靠近，紧接着我听到了钥匙开门的声音。房门似乎装了多道锁，要过一会儿才能打开。

"我不得不小心行事啊。过去根本就没有必要这么做，可是现在福建和东北的流氓看我上了年纪或由于其他原因而入室盗窃。真是不像话。"

老婆说完这句话的同时门开了。我无法断定此时老太婆的表情，不知她是在微笑还是在发怒。

"刘健一介绍你来这里的？"

"嗯，他告诉我只要来您这里就能得到我想要的东西……"

"我已经不做那种生意了。随着大陆的货源大量拥入日本市场，靠它我已经赚不到什么钱了。"

听了她说这番话，我感到很沮丧。我的灰心可能写到了脸上，老太婆脸上的皱纹出现了波动。我依旧无法断定她是在皱眉头还是在放松。

"我只是说不做生意了,没说没有东西呀。请进吧。"

我跟在老太婆后面走进了房间。屋里充满了线香的味道。

"过去,我的老头子把生意做得挺大,他去世以后我也没有心气做下去了。最近的大陆人几乎不知道拜神,好久没有人前来拜访了。这把年纪的我享有日本的养老金,已经足够我度过余生了。"

老太婆穿过客厅走进了厨房。客厅的角落里有一个供奉关公的小庙,旁边估计是老太婆死去丈夫的照片。这个关羽庙和外面的招牌一样破旧,腐朽到走了样。

"我给你倒杯茶,过来一下。"

在老太婆的催促下我走进了厨房。厨房里面有一张陈旧的餐桌,她已经为我拉出了一把椅子。老太婆一边烧水一边向茶壶中放入茶叶,我闻到了与在徐锐那里喝的茶相同的香味。

"这茶真香。我之前刚刚在某人那里喝过具有类似香味的茶。"

说这句话,我只是想跟老太婆套套近乎。没想到她以与其年龄不符的速度回过头来。

"某人?这种茶在我们那儿都很稀少,在日本几乎是买不到的。你难道去阿锐那里了?"

不经意间我听到了意料之外的话语。

"您认识徐先生啊?"

"我们很熟,这茶就是徐锐送给我的。他还是个毛孩子的时候,我就开始在这里生活了。"

我只是来这里购买枪支的。但是,我意外地了解到老太婆与刘健一、徐锐二人都认识。这只是一种单纯的偶然呢,还是谁给我设好的局?

"你竟然既认识健一又认识阿锐,真是不可思议啊。你是怎么认识他们俩的？"

我想跟她交流，顺便问一些问题。但是，小文正处于危险的境地。对我来说目前最重要的事情是弄到枪。老太婆的话换个其他时间来听就行。

"我也有很多事情需要向您请教，可是现在没有时间。我身上有钱，请您卖一把枪给我吧。"

"你表面上看着挺是一回事儿的，可是对待老人却不懂礼貌，说什么认识健一和阿锐……真是人不可貌相啊。近来任何人都不可信啊，让你喝这杯茶真是浪费了。"

老太婆说着这句话，用手指了指水槽上方的吊柜。

"我要是去拿的话，还得蹬椅子。你自己打开它，帮我取出里面的一个点心盒好不好？"

我极力抑制住愈发厉害的焦躁情绪，打开了吊柜。一个锈迹斑斑的炒勺旁边有一个西式糕点的扁平盒子。当我拿到手里的时候，为其重量感到吃惊。

"打开它吧！"

在老太婆的催促下我打开了盒盖，黑色的自动手枪和金色的子弹映入我的眼帘。

"这是最后一把了。我那死去的老头子为了应对意外情况，一直保存着它。无论我怎么劝他卖掉这把枪，可他就是不同意。他说，万一出了什么事，他必须要保护我。男人基本上都是愚蠢的生物。有人会杀害我这一把年纪的老太婆吗？他去世之后，这把枪就归我管了。我们毕竟做了好几十年这种生意，女人也是很擅长做这种事的。"

我一边听着老太婆唠叨，一边拿起了枪。枪体的表面涂了一层薄薄的油，没有丝毫的锈斑。我取下弹匣，拉动了一下枪身。传递到手掌的冰冷与厚重足以证明这把枪的性能。

"这把枪很好用，它是大陆制造的黑星。如今这种货色谁都想要，不过如果你要是说无论如何都要买的话，我就把它卖给你。"

"多少钱？"

我轻轻地放下手枪问道。老太婆那埋在皱纹中的眼睛放出了一道光芒。

"算上子弹，一共一百万，一分钱也不能再让了。这把手枪可是我老头子的遗物。"

我把枪放在一边，把手伸进了口袋里。掏出仍然冻着的一捆钱摆在了老太婆的眼前。

"这些够吗？"

老太婆瞅了一眼钱后，满意地点了点头。

"我想数数钱确认一下，不过你有急事吧？我相信你，枪你拿走吧。如果你欺骗了我，我不会轻饶你。"

"知道了。"我开始向弹匣里装子弹。"等我的事情办完后，我还会回来的，把枪也还给你。到时候请您给我讲讲刘健一和徐锐的故事。"

我把装满子弹的弹匣推进枪体，关上保险后，插进了腰间。

"你们可能有很深的交情，不过你也是一个可怜的人啊。你听我说，阿锐还好，你一定要小心刘健一。因为你和过去的他很像。"

我想问她说这话是什么意思。但是，我无法控制我那焦急的心情。

"我会尽快再来打扰您的。"

说完这句话后，我就飞快地跑出了老太婆的房间。

手枪插在腰间,它的重量给我增添了活力,鞭策着疲惫的身躯继续前行。我的耳边响起了小文那寻求帮助的叫声。

我想帮她,我想救她。为了弥补那被我抛弃的约定,我想给予小文幸福。

来到参宫桥的公寓前,我拿出手机拨打了刘健一的电话。刘健一用十分乏味的口吻通知我进去。我隔着上衣确认了枪的触感后,走进了电梯。刘健一打开房门,请我进入了房间。

"小文被绑架了……"

"袭击徐锐的家伙们好像与摇头丸有关。"

"摇头丸?"

我十分焦躁。不过,如果袭击徐锐的家伙与绑架小文的人有关系的话……肯定有关系,所以我应该听听刘健一的情报。

"没错。韩豪究竟为什么被杀?是因为摇头丸吧?"

"嗯。我的情报网络基本上没有什么发现,似乎是大陆的人所为。"

"大陆?但是……"

"好像有人认为与其寻找死去韩豪的代理人,不如将自己人送到日本来。撤掉经纪人的话,会大幅增加收入。但是,徐锐是个障碍。"

"徐锐不会也掺和摇头丸的买卖了吧?"

刘健一没有回答我的提问,坐在了一直打开着的电脑前。

"锦系町流通摇头丸的头子中,有一个叫莲达的,小岩那边有一个叫温勇的。他们二人都是福建人,在接触摇头丸生意之前都是徐锐的手下。"

刘健一一边说话,一边敲击着键盘。房间中有些昏暗,只有电脑显示器的光亮映照着刘健一的脸。为了抑制内心的焦躁,我不得不保持理性。

"歌舞伎町有一个叫王坚的人。你知道吗？"

"我听说过这个人的名字。他手下有二十几个流氓吧？韩豪死了以后，他就从歌舞伎町消失了。在那里恢复正常秩序之前，他是不是到别的地方发财去了……"

"两周前有人看到徐锐和王坚在锦系町一起吃饭。即使他们两个谈论韩豪，我也不会感到吃惊。"

刘健一抬起了头。我仿佛看到他那被屏幕光照得苍白的脸和小文那惊恐的脸重合在一起。小文在喊着救命，她的喊叫声在我的耳边真切地回响着。不，只有我自己能听到她的声音。

"也没有任何证据呀。"

"需要证据吗？你说你那个重要的女人被绑架了？这一切都是因为徐锐。如果她是被大陆那边雇佣的家伙绑架的话，现在的处境应该很惨。他们的处事风格与这边是完全不同的。"

"现在你赶紧查清小文在哪儿。"

"别胡闹了。如果只是在歌舞伎町的话，我还能帮上点忙。调查那些来路不明的家伙是需要时间的。"

"赶紧给我查！"

我拔出了腰间的手枪。打开保险拉起枪栓后，把枪口对准了刘健一。

刘健一笑着说："我刚刚听说你在大久保找枪的事，莫非你是在寻找对付我的枪？我还以为你是为了救那个女人而要买枪呢。"

"我是为了那个女人。为了救她，我什么都做得出来。"

刘健一脸上的笑容消失了。消失的不仅是笑容，也许说成连表情都消失了更为恰当。他那双如同玻璃一样没有任何感情的黑色眼睛静静地看着我。

"你好像是认真的嘛。"

"嗯。如果你什么也不干或糊弄我的话,别怪我对你不客气。"

"那个女人是在哪里被绑架的?"

"小岩。她从徐锐店里出来的时候就被盯上了,我估计她是在与徐锐碰面之前去取钱了。"

"稍等一下。"

刘健一又开始敲击起键盘来。我仍然握着枪,等着刘健一忙完手头的事。这把枪沉甸甸的,但是我没感觉到不舒服。手枪的力量和响彻耳边那小文的叫声继续支撑着我。

电脑不断发出收到电子邮件的提示音,刘健一的手指不停地敲击着键盘。

"那个女人是被塞进一辆 MPV 里了吗?"

"没错。有相关的情报了吗?"

"嗯,你先不要急,我只是与一个小岩车站附近的目击者取得了联系。那辆车奔哪个方向跑了?"

"南口车站前的南边。"

"哦,那么车子在途中很可能会驶入千叶大道。我们基本上可以放弃追赶那辆车的念头。"

说话的过程中,刘健一的手指仍然忙个不停,收到邮件的提示音不绝于耳。

我的内心开始涌出一种接近于恐惧的感情。刘健一好像要查什么东西,发送出一封邮件。没过几分钟他就收到了好几封回信。他到底雇佣了多少情报员啊?徐锐的话似乎是真的。

"你知道那辆 MPV 是哪里的吗?如果知道车牌照号的话也行。"

面对刘健一的问题,我开始用力回忆不久前的那一幕。疾驰而去的MPV背影——模糊不清。但是我清楚地记得它的车标。

"它是一辆日产的MPV，可能是君爵（ELGRAND）。我不记得车牌照号了。"

"是租的车吧？"

我只是摇了摇头。刘健一毫不灰心，继续调查。

"如果这辆车是租的，或许会很容易找到它。在租车的时候需要出示日本的驾照，恐怕还要有信用卡。如果是非法旅居的中国人，应该必须要得到别人的帮助。"

刘健一的话语结束的同时，他用力敲击了一下键盘。停止手上的活后，他把脸面向我露出了讽刺的表情。

"你打算把枪口对着我到什么时候？你的恐吓已经充分发挥实效了。"

我放下了枪，感觉两手不是自己的似的，十分僵硬。收到邮件的提示音仍然响个不停。

"你不用查看一下邮件吗？"

"大部分都是一些垃圾情报。指望赚钱的家伙什么都给我发。"

"但是，其中或许也有真东西，不是吗？"

"我已经从事这份工作多年了。你说的东西通过气味我就能闻出来……你就这么站着吗？在等待好消息的空隙，我想抽支烟。"

"随便你啦。"

"你也抽一支吗？"

"不要。"

刘健一脸上浮现出悲伤的表情，从座位上站了起来。他打开了墙边的柜橱中的一个保管箱，取出了雪茄烟。这支雪茄较短，但足够粗。

"那个房间明明已经特意改装成放置雪茄的仓库了，还需要这么小的箱子吗？"

我不想谈论雪茄的话题。但是，如果不继续谈论不靠谱的话题，我那不正经的脑子就会生出无聊的妄想。

"那个房间的湿度设置得有些低。把那些将要抽的雪茄提前转移到这保管箱里，稍微进行一点加湿。这样一来，味道会更好。"

"你和徐锐都很怪。"

"你说得很对。我和徐锐分别对雪茄和茶叶喜欢得要死。"

刘健一拿起放在保管箱旁边的专用剪刀剪掉了烟嘴，点着了雪茄烟。

"被别人拿着枪恐吓之后，特别适合抽上一支清爽的雪茄。"

"你别讽刺我了！我不知道你是怎么想的，我可是被逼得走投无路了。"

"你违背了离开家乡时与那个女人的约定，而选择一个人在日本生活的吧？现在那个女人无论怎样，你都不会关心了吧？"

"你给我闭嘴！"

我换成一个手握着手枪。因为我的怒气和枪身的自重，枪身的前端在颤抖。即便如此，这个距离也应该不会失手。

"你一直在不断地逃避过去，逃避真正的自己。难道现在你变心了吗？帮助那个女人之后，你会留下什么？其实，韩豪那件事已经无所谓了吧？东明会和徐锐也都无关紧要了，你只是希望解救那个女人。"

"这和你没有关系吧？"

"如果救了那个女人，你也会得救吗？"

"我说了让你闭嘴！"

我用力扣了扣扳机,只要稍微再加一点力子弹就会飞出枪膛。任何人都能清楚地看到这一点。但是,我看不出刘健一有丝毫的害怕。他悠闲地抽着雪茄烟,继续念咒语似的说个不停。

"别再欺骗自己了,武基裕。不,李基。无论你做什么,谁也不会得救,根本就不存在什么得救。你只会后悔过去,咒骂着自己活下去。"

"这是你选择的道路吧?我有我自己的想法。"

"如果你帮不了那个女人,你打算怎么着?你只会承受比现在还要残酷的痛苦。"

"别说了!"

即使我再激动,也不能一枪毙了刘健一。我走近刘健一,举起枪向他那拿着雪茄烟的手砍去。刘健一抓住了自己的手腕,雪茄烟掉到地板上,烟灰散落一地。我揪住刘健一的头发,枪口顶住了他的脑袋。

"如果你再说下去,我就真的开枪啦。"

"你不要让我浪费呀。你知道这支雪茄到能够这么好抽需要费多少事吗?"

刘健一平静地抬起头。我感觉到了他鼻中的气息,那双比黑暗还要乌黑的双眸紧紧地盯着我的眼睛。刘健一的眼睛深处只有深渊。

"差不多该有正经的情报了。"

刘健一推开我那握枪的手,拾起地上的雪茄烟。他把烟叼在嘴里重新坐回电脑的前面。我目瞪口呆地看着他,喘息凌乱,两手发抖。无论在多么大的激情驱使下,无论我对小文多么怜爱,我毕竟只是我。刘健一已经看透我了,他严重打击了我。

刘健一那查阅电子邮件的手终于停了下来。

"据说今天一个居住在龟户的正经中国人,受朋友之托以自己的名义租了一辆MPV。"

"真的?"

"嗯。那个男的是个学生,他持有日本的驾照。由于想赚点儿零花钱,所以出借了自己的证件。"

"在龟户哪里?"

"不要这么着急。"

刘健一开始拿起手机拨电话。

"啊,我是健一。他说把证件借给谁了吗?他那么老实,你给他点钱,他不就说了嘛。离你那里也不远吧……好,我等会儿你。"

刘健一把手机贴在耳边,抽着雪茄。他口中含烟,闭上眼睛,脸上露出了陶醉的表情。我焦急地等着,我也只能这么等着。

"知道了吗?好,告诉我名字……明白了,谢谢。如果我还有想问你的再联系你。"

刘健一挂了电话,开始在电脑上打着什么东西。

"那个男人叫郎志森。他是一名广东人,两三个月前来到日本的。据说他自己吹嘘与香港的黑社会关系很铁。他手下有三四个弟兄。"

"那个家伙现在在哪儿?"

"我正在查。"

键盘发出了机关枪似的声音。可能是因为叼着雪茄,他的右眼半睁半闭。每当刘健一的手指停下来我就屏住呼吸,他的手指再次动起来我就沮丧不已。

刘健一又拿起手机打电话。他用低声快语的普通话讲完后挂了电话,然后又给别人打。刘健一跟第五个人通完电话后,他把目光投向了我身上。

"我花了不少钱。"

我把上衣内侧口袋中的现金放在了电脑的旁边。

"不够的话,我随后补上。"

刘健一没有看我掏出来的钱。这次他没有敲击键盘,而是开始移动鼠标。与电脑相连的打印机动了起来,吐出了彩色的纸张。

"早稻田。郎志森住在鹤卷町的一栋半新不旧的公寓里。虽然不清楚那个女人是否在那里,但是大概三十分钟前确实有人看到郎的手下在那里出入。"

我接过从打印机中吐出的纸张,上面印刷了地图软件绘制的地图,早稻田鹤卷町一带有个圆点标记。那里是夹在早稻田大道和早大大道之间的住宅街区。

"一个叫鹤卷公寓的三〇二室。"

我一边走向玄关,一边听着刘健一的介绍。由于我十分焦急,忘了右手还握着手枪,穿鞋的时候才注意到。

"喂!莫非你要拿着这把枪去与他们正面交锋?"

"你别管我!"

"对方可是流氓啊。对于这种粗暴的解决方式,他们可比你习惯多了。"

"那你说我该怎么办?!"

我情不自禁地回过头去问道。

刘健一在走廊对面抽着烟,若无其事地说:"把营救那个女人的任务交给徐锐不就行啦?"

"绝对不行。对于徐锐来说小文只是个女人,并不值得他去拼命。"

"哦……如果你能够幸存下来的话,拜托你把余款结清。东明会的家伙和徐锐的人好像都在拼命地找你呢。路上小心点儿。"

如同血液沸腾的怒气瞬间涌上我的心头。我默默地走出了房间,匆忙地关上了门。

31

我在去往早稻田的出租车中检查了一下手机的留言电话,数十条的留言信息中大部分都是村上的。除了村上之外的两条是徐锐的,留言内容如下:"小慈被什么人绑架了?我想跟你谈谈刘健一的事。赶快与我联系!你应该借了我三百万。"

他那平时商人的口吻早已消失得无影无踪。徐锐露出自己的真面目,在向我施加压力。

村上和徐锐都是狗屁。小文正等待着我的营救,我的意识中只有解救小文这一件事。

我在早稻田的地铁口附近下了出租车,从那里开始走路前进。周围十分寂静,穿梭于早稻田大道的车声被吸入了旁边那个公园孕育的黑暗中。我很快就找到了鹤卷公寓。沿着鹤卷图书馆后面的路走过去,鹤卷公寓就被夹在左右的建筑物中间。这栋公寓是一栋细长的五层建筑,连个阳台都没有。

与那些流氓正面交锋是愚蠢的，不用刘健一提醒我自己也清楚这一点。不过，我想不出好主意来，只有焦急和救出小文的强烈念头。首先，我乘坐电梯来到最高层，确认一下公寓的房间格局。这栋细长的公寓每层只有三个房间，走廊的左端有一个紧急出口，并设有急用楼梯，我顺着楼梯爬上了楼顶。这栋公寓的背后矗立着另一栋公寓，这两栋公寓之间只有二三十厘米宽的空隙，从楼顶上向下望去可以确认各层三个房间的窗户。虽然这些窗户对于采光和通风没有什么意义，但是对我而言它们却是很好的地形。

我跨过墙壁向下滑去，背部紧贴旁边公寓的墙壁，双手和双脚扒住鹤卷公寓的墙壁。虽然我的手腕和腿部的肌肉在颤抖，但是足以撑住自己的身体。手和脚交替移动，我一点一点地使自己的身体下降，距离三〇二号房间大概还有五米。如果不着急慢慢下去的话，我应该是能做到的。

我像一条青虫一样缓慢地移动着自己的身体，终于蹭到了三〇二号房间的窗户旁边。窗框的外面有一道钢筋护栏，不过看上去弱不禁风。当然此时窗户拉着窗帘。根据鹤卷公寓的构造，房间的面积最多也就五十平方米，估计是个1LDK或者2LDK。这个窗户对着客厅，郎志森和他的手下们以及小文很可能就在里面。

过度疲劳的肌肉需要大量的氧气。我摆出一种高难度姿势，气喘吁吁地将脸靠近了窗户。窗帘的布料比较厚实，我无法窥视房间里的情况。虽然没有听到有人说话，但我感觉房间内有人。我不知道里面有几个人，也无法确认小文是否在里面。即便如此，我也确信小文就在里面，也许我只是希望她在里面吧。

我犹豫不决地拔出了腰间的手枪，只用脚和后背支撑住身体，打开了保险。我在心里默默地对自己说，他们应该没有想到我会出现。

我只要破窗而入，举起手枪的话，他们就应该不会动了，然后乘机把小文带出来。如果小文没在里面，我就用手枪的威慑力让他们告诉我小文的所在地。

我那握着枪的手在颤抖，并不是因为肌肉疲劳，而是因为恐惧。我从来没有掺和过武力解决问题的场合，也没有开过枪。作为日本人的武基裕没有必要经历那些，如果我仍然是中国人的李基，也许会积累了不少这样的经验。或者我一直在农村的话，可能一辈子也不会有这种经历。

我闭上眼睛开始祈祷。因为我不信神，所以我所祈祷的对象不在天堂。我向祖父祈祷，向父亲祈祷，向母亲祈祷。我向邻居们祈祷，向村子里的庄稼祈祷，向山上的松鼠们祈祷。

请赐予我拯救小文的力量！请给予我机会让我兑现与小文的约定！请给予我挽回我所抛弃一切的机会！

我将身体向上移动，用右脚登住钢筋护栏，支撑我的体重似乎没有问题。我用左手和左脚扒住后面的墙壁，将一半的体重转移到右脚上，右手举起了手枪。手停止了颤抖，呼吸过充足氧气的肌肉也恢复到了正常状态。

我屏住呼吸，迅速用手枪击碎窗户的玻璃，蜷缩着身体跳进了室内。

"不许动！动一下我就开枪！"

我用手枪对着前方喊道。

这是一间有八张榻榻米宽的客厅，两个坐在地板上的男人和抱着膝盖坐在沙发一角的小文进入了我的视线。绑架小文的是四个人。我没有见到朝我开枪的那个男人和另外一个人。

"不许动！"

我把枪口对准了坐在地板上的那两个人，小文摇着头。

"小文，过来！"

小文没有动，只是悲伤地摇着头。

"你干什么呢，小文！快点儿过来……"

我的脑后被一个硬物击中，像冻上了一样动弹不得。我完全没有感觉到背后有人。

"这位大哥挺身手不错啊。"

我听到了带有浓重中国南方口音的普通话。我没来得及反应，枪就被夺了过去。我仍像冻上了一样一动不动。

"你真是够蠢的。爬墙发出那么大的声音，即使换了别人也能注意到的。"

这个与最初不同的声音在嘲笑我。他们料到了我会闯进来，提前在窗户的两侧等着我呢。现在后悔自己的愚蠢为时已晚。顶在我头后的枪口纹丝不动。他们不是流氓，简直就是真正的职业杀手。坐在地板上的那两个男人站了起来，他们两个从一开始表情就十分淡定。我费了半天劲，结果一切都是徒劳。

"哥哥，请把手放到后面来！"

最初的那个声音说道。

如果我不听他的话，枪口会让我的脑袋开花。

"逞强是没有用的。哟呵，你还有别的想法？想在这里挂掉吗？呵呵，你是来英雄救美的吧？你如果这么白白地死掉，可就没有第二次机会来救她了。"

听了这个男人的话，其他四个人发出了下流的嘲笑声。

"没事儿，到时候就让我们替你来伺候这美人儿吧，哈哈……"

他们用冰冷的手铐锁住了我那背在身后的双手。可能是因为手铐太小，我的两手基本上动弹不了。

"坐在那姐姐的边上去吧！"

我被枪指着后背，坐在了小文的旁边。

"阿基……"

"对不起。我本来是想帮你的，没想到弄成这个样子。"

"哥哥，你来这里也不是完全没用。对我们来说，你来得正好。"

拿枪指着我的男人是最初开口说话的男人，也是在小岩朝我开枪的那个人，恐怕他就是郎志森。另外四个人站在郎志森的后面笑着。他们五个人都是短发，脸被太阳晒得黝黑而显得精悍。即使说他们曾经当过兵也不会有人惊讶，我记得绑架小文的时候是四个人，看来还有一个人藏在暗处，最中间的那个是给我戴上手铐的人。左右两个是坐在地板上的家伙。我用眼瞪了瞪那个娘里娘气的家伙，最终视线停留在了给我戴手铐和他右边的那个男人脸上。我对他们两人好像有点印象。

"刚才我向这位姐姐打听了一下徐锐的联系方式，不过无论我们是吓唬也好哄着也好，她软硬不吃，就是不说。"

郎志森的声音从我的左耳朵进来，又从我的右耳朵冒出。我肯定见过那两个人，他们两个就是袭击韩豪的家伙。我感觉我的脚下好像裂开了一个大口子。赵浩是什么人？被赵浩杀死的人为什么而死？是谁在背后设计了什么样的阴谋？这一切都是怎么回事？我感觉头晕目眩，十分混乱，筋疲力尽地靠在了沙发上。王克、孙盾、莲达、温勇、王坚，刘健一告诉我的这些人名变成一个个独立的汉字部首，萦绕在我的脑海中。一切都是胡编乱造的吗？但是，为什么呢？为了什么，刘健一有必要这么做吗？

"哥哥，你听到我说的话了吗？"

"不好意思,你说什么?"

"我说让你告诉我徐锐的联系方式,我想用这个姐姐的身体做个交易。"

"我觉得徐锐不会答应这笔交易的。"

我事不关己地说道。我的头脑仍然处于混乱状态,无法正常思考。

"这件事不是哥哥你能决定的吧。如果告诉我那个畜生的藏身之处,我可以保你不死。"

"我知道徐锐的手机号码,但是不知道他会不会接电话啊。"

"阿基!徐锐会被他们杀了的。"

小文拽着我的上衣说道,表情充满了不安和恐惧。小文的紧迫表情像一阵风吹跑了我的混乱,我可以稍后再想到底是怎么回事,现在最要紧的是如何从这里逃脱。我递给小文一个眼色,告诉她不要担心。

"我的手机在上衣的口袋里。"

郎志森动了动下巴。没有参与袭击韩豪的家伙走到我身边,把手伸进了我的口袋里。

"里面还有这东西呢!"

除了手机以外,他还掏出了现金,两眼冒光地拿给郎志森看。

"其他口袋可能也有现金。再搜搜!"

他挨个把我的口袋搜了个遍,夺取了我身上所有的现金。

"哥哥,你还是个有钱人嘛。我就不客气地收下啦。"

郎志森只是看了一眼纸币,拿起了我的手机。

"只要看看通话记录就 OK 了吧?"

"嗯。"

"第几个?"

"你让我看一眼。"

郎志森把手机的屏幕面向我,用按键切换着画面。

在显示到徐锐电话号码的时候,我说:"就是这个。"

"哦……你觉得用你的手机给他打过去,他会接吗?"

"会吧。他正想和我取得联系呢,因为这些钱就是他的。"

我用下巴指了指那几个男人手里的现金说道。

"那就好办了。"

郎志森按下拨打电话的按键,把手机贴到了耳边。郎志森无论做什么,他都目不转睛地盯着我。右手里握着的枪也是一动不动地指着我。过了一会儿,郎志森张开了嘴。

"喂……不,我不是武。我姓郎……等等!你别着急。我们这边有你的女人……当然,还有你女人身上带着的东西。那个应该很重要吧?跟我做个交易,怎么样?女人和那个东西,一共一千万。放屁,老子要的是人民币。你要给我日元,那就是一亿五千万。已经够便宜你的了……"

我一边听着郎志森的声音,一边将视线转移到小文身上。刚才我没有注意到,小文的包不见了。小文去小岩那边除了取钱以外,还有其他的东西。

"我可等不了那么长的时间……好,给你一个小时的时间。如果一个小时以后你不给我打电话,你的女人就要去见阎王,那东西也将变成灰……知道了,你考虑好后再给我打电话吧!"

郎志森挂了电话,笑着对小文说:"你好像有救了。放心吧,姐姐。"

"那个东西是什么?"

我堵住了即将开口说话小文的嘴,提出了这个问题。

"不好意思,让你受惊了。哥哥,你现在清楚你自己的处境吗?你现在的处境不适合问别人问题!"

郎志森的手下正在他的身后数着从我这里抢去的钱。郎志森瞅了他们一眼,稍微耸了耸肩。

"哎,我们已经拿了你的钱。真是拿你没办法,给你看看吧。"

郎志森一边说着一边将我的手机塞进了上衣口袋,掏出了自己的钱包。他从钱包中抽出了一张纸片给我看。

这是被撕成一半的旧纸币。虽然我没有见过,但是我知道这是日本的纸币。恐怕在现行的纸币之前,曾经流通过。这半张纸币虽然很久,但是没有一点褶皱。估计它不是被刀切断的,而是用手撕开的。断开处比较复杂,裸露着纸的毛边。

"这是什么?"

"大概是符契什么的吧。这位姐姐很重视它,把它压在了包的底部。我真没想到现在还有傻瓜用这种方法保管重要的东西。"

我来到日本的时候,就已经流通着与现在一样的纸币了。也就是说,郎志森拿给我炫耀的纸币在二十多年前流通过。二十年前,徐锐也就十几岁。那个时代应该不再用符契什么的赎回自己寄存在别人那里的大笔现金等贵重物品了。

"我也问过这位姐姐这个究竟是什么东西,可是她说徐锐只是让她去拿,她并不清楚详细情况。不过,不论怎样这东西肯定很重要。"

我偷偷地看了小文一眼。她埋着头,眼珠向上盯着郎志森手中的符契。通过她的表情,我什么也判断不出来。

"接下来我们只管等着那个畜生打电话来就好了。"

郎志森小心翼翼地把符契塞进了上衣口袋中。

郎志森笑着对他的手下们说:"虽然我们现在闲得要命,但是也没办法。我们有约在先，不能对这位姐姐下手。"

其他人有些不满地点了点头。我感觉有些不对劲，可以看出郎志森他们对雇主非常忠诚。但是，他们利用小文身上带着的符契对徐锐进行敲诈，肯定是他们擅作主张。因为无论是谁，他们的雇主应该都不知道符契的事。

忠诚与背叛。面对这对矛盾的行为，他们显得很淡定。

"杀害韩豪与绑架她都是同一个人的命令吧？"

我向郎志森提出了这个疑问。

"韩豪？什么情况？"

"你别装糊涂了。那两个人把韩豪杀了，是我亲眼看到的。"

"被看到了吗？"

郎志森咂了咂嘴，瞪着杀死韩豪的那两个人问道。我感觉空气好像突然变凉了。虽然郎志森试图表现出开玩笑的动作和口吻，但是仍然无法掩盖他的本质。

"就算是我们杀了那个韩豪吧。"郎志森对我微笑着说道。

他笑着笑着突然板起脸来说："至于谁是我们的雇主，与哥哥你没有任何关系吧？"

"反正我们最后也得杀了他们，所以，告诉他也无妨吧？"

"那也不行……"

郎志森挠着头吞吞吐吐地说道。他没有否定我的猜测。

"韩豪是我的老板。为了给他报仇，我始终没有闲着，到处奔波。如果我不知道是谁想杀死韩豪的，我死也不会瞑目的。"

"哥哥，我也不知道啊。你等等。你听我把话说完。"郎志森向我摆了摆手，他继续说，"我们是被介绍去做杀手的，也真的不知道谁来付我们钱。"

"怎么会……你们都不知道雇主是谁，就去从事这么危险的工作？"

"哥哥，我们是为了挣钱才来到日本的。危险算得了什么？"

"给你介绍工作的中间人是谁？"

我仍然不肯罢休，继续追问下去。

郎志森面向他的手下们说："喂，你们要好好学习一下这位哥哥的执着精神。只要有这种劲头，当个下士或上士都不成问题。"

他的手下们只是点了点头，没有开口说话。看来他们的纪律是相当严明的。他们是一支训练有素的队伍，我和小文生还的可能性很小。

"给我们介绍工作的人是一个叫马远的上海人，这个大叔在四谷那边经营着一家饭店。"

我认识马远。我的公寓附近有一个叫"华南饭店"的上海菜馆，马远就是那里的老板。我在他的店里吃过很多次饭，也和他聊过天。他曾骄傲地跟我说，他已经五十多岁了，二十年前就来到了日本，在歌舞伎町赚了不少钱，并在四谷开了店。虽然不能说他没做过亏心事，但是确实没看出他还参与地下社会中活动。

"那个人……"

"这很正常。哥哥，你是不是在日本待太久了，脑子也变笨了。"

郎志森嘲笑着我说道。

他的嘲笑声穿过我的耳朵，撞上墙壁消失了。

"你没有从马远那里打听打听雇主？"

"为什么？没有那个必要吧？不过，我们最初也是半信半疑，做事相当谨慎。我们只做指示所要求的事，只挣事前交代好的那份钱。只要我们能够赚到应得的钱，至于钱的出处就无所谓了。"

"可是……"我对郎志森仍然纠缠住不放，撒娇似的说，"你稍微知道一些他的情况吧？"

郎志森好像服了我的执着劲儿，他忍不住说道："曾经有人告诉我他是一个危险的家伙。"

"危险？"

"这边有很多干我们这行的人。他们当中有个人是我的发小，我们一起吃过一次饭。我们聊了很多过去的事，一起咒骂日本，也谈到了工作上的事。他也从事着和我们一样的工作。不过他现在已经不在东京了。"

"然后呢？"

"我一提到我的工作，他就立马变了脸色。他听说相当危险，所以告诉我要格外小心。"

"你这个朋友知道你的雇主？"

郎志森像可怜我似的摇了摇头。

"那只是传言。我只是听说了相关的传言。据说无论什么差事，他给钱都很痛快。虽然他嘴上不说得太细，但是只要让他生气我们就会倒霉。据说过去有人骗过他的钱财，活儿明明没干，却硬说已经干完了，好像是一种无论如何都看不出是干了还是没干的状况。那应该会得到他的宽恕吧？他明明不知道，可是最后好像暴露了。就这样了，这个！"

郎志森用自己的手掌模拟着砍自己头的动作说道。

"被杀了吗？"

"无一幸免，全部被干掉了。他们是一个五六个人的团队，最后一个也没剩下。"

"可是，这只是传言吧？"

"嗯。我最初也是一笑了之。可是，他的表情太认真了，于是我就相信了。"

"你信了那个传言？你们部队是接受过训练的，你们应该只相信上级的话和自己亲眼目睹的事情吧？"

郎志森耸了耸肩说："当时只要看了他的脸，就算是哥哥你也肯定会相信他的。也不知道他在哪里，同样不清楚是否真的存在那么一个人。唯一确信的是他很危险。因为我们都是出生入死的同行，我了解他讲的东西。"

没有得到任何有价值的信息。谋杀韩豪的人以及目的仍然不明了，它如同亡灵一般飘荡在我们的身边。

"你们打算背叛那么危险的雇主吗？"

"背叛？"郎志森瞪眼怒视着我问道。

"是啊。你们雇主的'剧本'是绑架这个女人，从而引诱出徐锐来吧。虽然我不知道之后是要杀了他们还是拷问他们，但是我认为剧本里应该没有你们向徐锐进行敲诈的章节。这难道不会激怒你们的雇主吗？"

"也许会吧。"

"那么，你们不觉得危险吗？"

"当然危险啊。这次应该不会出现失误。不过，如果被发现的话就另当别论了。"

郎志森又取出了那张符契。

"还不清楚这是现金卡还是其他什么东西。不过,应该是个宝物。哥哥，你说是不是？"

我只是舔了舔舌头，等着郎志森下面的话。

"当我提出一千万的要求时，那个家伙很干脆地就答应了。那可是一千万啊。在日本这点钱可能不算什么，但是回到大陆的话一千万可是个大数目，大家一起分都有富余。拿着这些钱去赌场碰碰运气，也不会惹怒众神吧？我们要带着这笔钱回故乡。就算那个男人再厉害，他也不会追到大陆的农村去找我们吧。"

郎志森说到这里，面向我用一只眼不断地眨了几下。小文没有明白他的意思。

郎志森的眼睛告诉我，收到徐锐的那笔钱后，只要把小文和徐锐都杀掉，雇主就应该不会有意见的。小文将会被他们杀掉。如果我们不做任何努力的话，肯定会被杀掉，铐在手腕上的手铐是个大麻烦。我稍微移动了一下身体。郎志森说到一半的时候，拿出口袋中的手机放在了地板上。

我之前把手机设置成自动拒绝来电了。或者……也许……

"我们这么干等着，是等不来徐锐电话的。"我努力用冷静的口吻说道。

"为什么？"

"我把那个手机设定成了拒绝来电。由于徐锐的电话太烦人了，所以我不想接他的电话。我可以主动打给他，可是他的电话却打不进来。"

郎志森直勾勾地盯着我，一眼不眨地向我吼道："你为什么要做这麻烦的事，哥哥！怎么调整设置才能接到他的电话？"

郎志森拿起了手机，我告诉了他如何解除拒绝来电的设定。郎志森手指的动作停止的同时，手机开始震动起来。

"没有显示电话号码。"

郎志森看了手机屏幕后，抬起头看着我说道。

我耸了耸肩。恐怕是村上打来的电话。如果郎志森接了这个电话，就可以向村上传递一些信息，就算只是走嘴说了这个公寓的名字也好。虽然我可能仍然难逃一死，但是情况会发生变化，也许会给小文创造出逃生的机会。

"如果是徐锐打来的电话，应该有号码显示的。不过，徐锐面对紧急事态的时候，不知道他是否还使用平时那个手机……"

在我说话的过程中，手机停止了震动。转到留言电话服务后，十分钟以内是不会再来电话的。就在我这么思考的瞬间，手机又开始震动起来。

"真是个纠缠不休的家伙啊。或许有什么急事吧？会是徐锐吗？"

郎志森一边看着手机一边自言自语道。我可以看出他有些迷茫，他不知道应该接了这个电话，还是不理它。在这场思想斗争中，前者取得了胜利，郎志森的左手大拇指放在了接听电话的按键上。但是，他最终辜负了我的期待。

"还是不接了。"

手机又继续震动了一会儿，最后终于不再动了。

"我真没想到，哥哥你好像跟危险的人物有所联系吧。"

郎志森把我的手机握在手中，脸上露出了笑容。他既不是在嘲笑我，也不是在自嘲。

32

大概过了一个小时,徐锐打来了电话。郎志森露出一副不耐烦的表情看了一眼手机的屏幕,紧接着他的脸上写满了紧张。这个电话不是村上打来的,手机屏幕上显示着徐锐的手机号码。正在看着电视的手下们好像感觉到了老大的紧张,他们慢慢地挺直了腰板。郎志森环视了屋内的所有人后接起了电话。

"徐锐先生,您考虑好了吧?"郎志森脸上露出了得意的笑容。"降到五百万?你别说梦话了!我们这么干是冒着很大风险的。让一分钱都没门儿。"

郎志森虽然说话语气有些粗暴,但是脸上仍然挂着笑容。他的手下们如同忠实的狗一样,看着郎志森的一举一动,我和小文也是如此。

"我也不是不理解你。你已经到了快要失去江山的紧要关头了吧?不过我们也是一样站在紧要关头了。只要你考虑好了,就不会让你们流出无谓的鲜血，那个重要的东西也不会化为灰烬……啊，我知道。我不会乘人之危的。我们也要洗手不干，退出江湖了……你稍微等等。"

郎志森对他的一名手下翘了翘下巴，这名手下给郎志森拿来了便签纸和笔。

"好了，你说吧。"

郎志森开始在便签纸上记着什么东西。看来他不仅仅是一个粗人，还接受过相应的教育。

"知道了。两个小时以后。我们互相都不要搞什么小花招……放心吧，那东西由我好好地保管着呢……什么？"

郎志森慢慢地转过身体面向小文。

"只给你三十秒。我再跟你说一遍，不要耍花招……好，你等等。"

郎志森把手机递向小文。小文一下把手机夺了过去，她的这个动作让我想起了电视里看到的饥饿难民。她用双手拿着手机，紧紧地贴到了耳朵边，双手在微微地颤抖。

"嗯，是我……没事。他们没有对我乱来。"

小文的说话声音很小，不过房间中的所有人都在安静地听着。另外，我和郎志森不只是用耳朵听着小文的讲话内容，还聚精会神地盯着她的一举一动。

"嗯……嗯，嗯。"

小文的声音越来越小，有时只是点点头，这让郎志森等得很不耐烦。

"时间到了。"

郎志森说着就把小文手中的手机夺了回来。

"你已经知道你的女人平安无事了吧？赶快准备现金去吧！"

郎志森挂断电话后，又面向小文说道："那个家伙说什么了？"

"没什么……他只是说让我不要担心，他会来救我的。"

"只是说了这些？时间有点长吧？"

"他说，如果我能平安地回到他的身边，他就带我去一趟老家，把我介绍给他的父母。这个时候他竟然跟我说这个……"

小文不好意思地捂住了眼睛。郎志森咂了咂嘴，没有再继续追问下去。

"喂，这边你了解吗？"

郎志森把一张写着地址的便签伸到我的面前问道。江东区青海二—X—X。那边好像是台场，不过对于那边的详细情况我是完全不清楚的。

"据说是在晓埠头公园附近，我们将在那边的路上取钱。这个……"郎志森拍着上衣的口袋说，"给这个女人，把钱拿过来。"

"那我呢？"

"那个家伙根本没有提到你。先说这个地方，你认识不？"

"有地图吗？"我问道。

在郎志森做出指示之前，他的一名手下就已经去找了。房间的一角堆积着一堆杂志和报纸，他从中抽出一套常用的都内道路地图。他把我的手铐解开，把地图递给了我。我哗啦哗啦地翻着地图，注意到了地图上红色的标注。对于不熟悉东京道路的他们而言，估计这个地图发挥了很大的作用。徐锐的公寓周围也用红色的圆圈标注着。

"你不用做多余的事！"郎志森一声喝道，"我们看了地图也知道在哪儿，我问你的是那边是个怎样的地方！"

"知道了。"

我打开了江东区那一页，视线落到了台场的周围。青海二丁目台场的前面是钩形的码头。

"这里好像是仓库街。台场的周围有富士电视台,所以人流量比较大,不过到了晚上就基本上没什么人了吧。"

"周围视野开阔吗?"

"应该没有高层建筑。只是周围都是仓库,隐蔽的地方还是很多的。"

"果然……"郎志森深深地点了一下头说,"我们不可能会痛快地拿到钱的。喂,准备准备。我们马上就出发。"

房间内的空气突然变得紧张起来。其中两人走出了房门,剩下的人取出了藏在柜橱中的枪械。如果只是手枪的话还可以接受,可是其中有两把霰弹枪,估计是杀死韩豪和在船桥袭击出租车时使用过的霰弹枪。这两把霰弹枪很新,枪体锃亮,上面留下了无数的指纹印痕。拿着枪的这几个人的背后充斥着危险的空气。

小文看到这些人的举动,脸色也变了。她搂住我的手臂说:"他们是打算杀了我们吗?"

我摇了摇头。虽然撒谎让我于心不安,但是为了解救小文我什么都愿意去做。

"不会的。他们只是为了防身,以防万一的。他们只要拿到钱,徐锐和你应该就没用了。他们也不想流无谓的血,然后把事情搞大。"

我悄悄地对小文说道,说话声被他们整理枪械发出的金属声掩盖了。

"真的吗?"

"不能说绝对。但是……"

我把嘴边的话语吞了回去。我等待着那未说出口的话,通过我的眼神传递进小文的头脑中。想到刚才她和徐锐通完电话后回答郎志森的责问，我就忍不住想笑。如果最后平安无事，就一起回老家？去见父母？不可能的事。徐锐的心里没有小文，恐怕小文也知道这点。这些话都是小文胡说的。那么，徐锐到底跟小文说了什么呢？

逃脱这种困境的计划，除了这个我想不到其他的内容。

小文立刻明白了我沉默的意思。她微微地冲我点了一下头后，用一种对所有事物都毫无兴趣的眼神，看着充满杀气的那几个人的背影。

公寓的前面停着两辆车。一辆是老式卡罗拉，另外一辆是旧款普瑞维亚。这两辆车都不是租的，估计是二手车。

我和小文被推进了那辆普瑞维亚。可能是害怕引人注目，他们没有再一次给我戴上手铐。不过，我仍然放松不下来，杀死韩豪的那两个人一直盯着我们。郎志森坐到副驾驶的位置上后，车子启动了。郎志森掏出了手机，不是我的手机，好像是他自己的。他一边把手机贴到耳边，一边转过身来把刚才的地图扔到了我的膝盖上。

"我们上了首都高速后，将在东云附近下高速。你来指引之后的路线。"

郎志森说完后转过身体面向前方，开始与某人通起电话来。

"是我。我是郎……嗯，接下来我们就要动手了。你就告诉他，两三个小时以后就应该全部都搞定了，接着就是我们去开心地去领奖金的时候了。这点小事，我们不会失手的，放心吧。"

我估计电话的另一端是马远。马远认为郎志森他们只是杀害徐锐，他肯定不知道符契的事。我一边竖起耳朵听着郎志森的话，一边若无其事地打开了地图。

地图上混杂着新的和老的红色标注。只有新宿区和涩谷区这两页是干净的,也就是说郎志森他们对这两个区的周边道路比较熟悉,最近标注较多的果然是江东区这一页。我装出一副查找路线的样子,查阅着被红色墨水标记过的区域。锦系町——徐锐经营的店面所在区域被红色的小圆圈标记着。东阳町——徐锐的公寓周边也被画上了红圈。小文的公寓也是如此,都有所标注。

"等一切办好后,我再联系你。拜托了!"

郎志森的电话结束了。我匆忙地用手指压住台场的周边,不过我的行为有些杞人忧天。郎志森根本没有理我,他开始和驾驶席的那个男人小声说话。

偷看了一眼我身边这个男人的眼睛,我悄悄地翻到了葛饰区那一页,小岩车站附近也有红色的标注。小文中途到过的徐锐的店就在那一带。

无论郎志森的雇主是谁,那个男人肯定拥有庞大的情报网络。我手上的地图只是东京都内的,恐怕跟在这辆普瑞维亚后面的卡罗拉的储物箱中放了千叶县的地图。另外,赵浩的老家周围肯定也被画着新的红色标记。

我情不自禁地叹了口气。据我所知,能够在这么短的时间内收集到这么多情报,能够预测出赵浩从锦系町逃向老家,并能告诉郎志森的人,只有刘健一。刘健一与徐锐之间有恩怨。如果有的话,我就能够理解刘健一雇佣郎志森杀徐锐这件事了。我所不清楚的是,他为什么要用这么繁琐的方式,直接让郎志森去杀他的话就简单多了。

另外,如果刘健一在操纵着郎志森的话,为什么让我特意出场呢?

一切都像是被笼罩在雾里。我所看不到的诡计深深地隐藏在雾中,我是被刘健一用来揭开这个诡计的棋子。不,我是被他用来构成这个诡计的一枚棋子。没过多久，这个偶然的想法逐渐变得有些把握。

但是，为什么呢？为了什么呢？对于缘由的疑问一直没有从我的心头消失。刘健一正在想什么呢？他那乌黑的眼睛盯着什么呢？

我感觉嗓子有些干，舔了舔嘴唇。这时我注意到小文目不转睛地看着我的侧脸。我突然意识到，现在对我来说最重要的是让小文脱离这个困境，把她从这个污秽的世界里解救出去。刘健一的事先放一放。

"你没事儿吧？"我小声地问道。

小文只是点了点头，没有开口说话。我不知道她在想什么，估计徐锐在电话里跟她说了什么。小文那圆圆的眼睛好像在告诉我，让我小心点儿。

车子已经跑上了首都高速。路况特别好，不一会儿就把神田桥的出口远远地甩在了后面。

手机开始响了起来。郎志森歪着脑袋在自己的身上找着手机。

"哥哥，是你的电话。"

郎志森说着打开了我的手机，看着屏幕说："不是徐锐打来的啊……还是那个纠缠不休的电话吧。我接了啊。"

郎志森没等我做出反应，就把手机贴到了自己的耳边。

"不好意思，这个手机的机主暂时不能接电话。稍后他会打给你的……你，你是谁？"

郎志森那慢吞吞的说话声好像触电了一样变得紧张起来。他的紧张瞬间感染了整个车厢。

"你为什么知道我的名字？关键是你怎么知道我会接听那个家伙的电话？"

郎志森继续不断地发问，于是我知道这电话一定是刘健一打来的。郎志森的身体比他的大脑反应要快，他紧紧地攥着拳头，挺直了后背。我很想知道郎志森和刘健一的谈话内容。

"你说什么？等等！喂，你是谁……真的吗？"

郎志森的视线转移到了后视镜上。通过镜子我无法判断他是在看我，还是在看小文。

"这是怎么回事？你这简直就是在开玩笑……"

我感觉我左臂的肘部很不舒服，小文用她的右手抓住了我的肘部。就如同攀登岩壁的登山者发现若隐若现的支点一样，她拼命地抓住了我的胳膊。她把力量全部集中到指尖上，狠狠地扣住了我的肘部。郎志森说话的紧张煽动了小文内心的不安。没事的，你不要有任何担心，我会用生命去保护你的——这些话我没能说出口，我用自己的手温柔地握住了小文的手。即使这样，小文的指尖力量也丝毫不减，继续压迫着我的肘部。

"你等等。为什么你连这个也知道？"

我通过后视镜看到郎志森皱着眉头，脸上写满了对未知对手的恐惧。即使操作郎志森的人是刘健一，估计郎志森自己也不知道。一切都是通过马远进行交涉是真的。

"啊,嗯。知道了。你既然这么说了，我只有相信了。我听你的……什么？那不行。我都不知道那个家伙和你的关系,就让你们通电话？"

刘健一好像说让我接电话。我有一大堆问题想要问他。但是，这种状况下估计是问不成的。我只有默默地听刘健一讲话的份儿。

"如果你说的全部是真的，事情进展顺利的话，等一切都结束之后我会让你们慢慢地好好聊的。你就先忍忍吧！"

郎志森说完就挂断了电话。手机没有再次响起。

"那个家伙是谁?"

郎志森从座椅上探出身子向我问道。

"那个男人叫刘健一,是一个有名的情报专家。你也听说过这个名字吧?"

"刘健一……"郎志森卷着舌尖,说出了刘健一的名字。我左臂肘部的压迫感开始变成了疼痛。小文的指尖已经没有了血气,紧紧地抓着我的肘部。

"哦,我听说过,不过不是什么情报专家,而是传说中的恶鬼。我以为是个玩笑呢,原来真有其人啊。"

"嗯,他就是那个传说中的恶鬼。现在经营着一个不大的情报咨询公司。"

我不知道刘健一的想法,我首先得想办法脱身。

"不大?看样子你对他非常了解啊。他的公司可不小……喂,开向箱崎。通过湾岸线在台场下高速。"

郎志森的最后一句话是说给司机的。江户桥的出口就在眼前了。司机匆忙地并到了旁边的车道。后面的卡罗拉也跟着紧急变更车道。旁边的车辆狠狠地按着喇叭,可是他们谁都不害怕。

"为什么要改变路线?是有陷阱吗?"

"只是以防万一。"

郎志森调整了一下坐姿,轻松地说道。不过,他那紧张的肌肉和脑门露出的青筋已经出卖了他。

我们这辆普瑞维亚在台场下了首都高速。我单手拿着地图给司机指路,也谈不上是指路。在第一个十字路口右拐,经过富士电视台前左拐，然后再直行就能到目的地。

郎志森通过后视镜观察着身后。那辆卡罗拉紧紧地跟在后面，他担心的是卡罗拉的后面有没有车子在跟踪我们。郎志森害怕那看不到的影子，他被刘健一的话束缚着。

经过富士电视台的前面，稍微往前直行一段就进入了临海线高架铁路的下面。左边有一个公园，牌子上写着"青海中央埠头公园"。目的地应该就在前边了。

"前面那个路口左拐！"郎志森说道。

路口的信号灯下悬挂着一个写有"电信中心前"的牌子。车子左拐后，映入眼帘的是一排巨大的仓库，仓库的对面是大海和有明码头。漂浮在海上的作业船只作为巨大的素材溶入背景之中，除了偶尔开着前大灯的卡车之外没有任何动静。

"开进那条小道，找个合适的地方停车。"

郎志森一边指挥司机，一边仍然注意着后面。跟着后面的只有那辆卡罗拉。

我们这辆普瑞维亚降低了车速，停在了夹在两个巨大仓库中间的路上。普瑞维亚和卡罗拉的引擎熄火后，我们除了自己的喘息声什么也听不见。就连波涛的声音也听不到。街灯的数量寥寥无几，周围都沉浸在安静的黑暗中。我们都在等着郎志森发话。

"好。好像没有什么不对劲的，大家都下车吧。"

郎志森的话里包括了我和小文在内的所有人，卡罗拉里的人也心有灵犀似的下了车。没有一个人说话。不，不光是现在。从早稻田的公寓那里开始，除了郎志森之外，其他几个男人就没有说过一句废话，他们只是默默地按照郎志森的指示行事。与其说他们是训练有素的军人，说他们是盲从于主人的猎犬更加合适。郎志森说的话都是对的。他们只要听郎志森的，就不会没有饭吃。他们所有人都对此深信不疑。不知道他们在老家就这样，还是到日本之后才这样的。不管怎样，郎志森就是大王。因此他习惯了那种自信满满的态度。但是，自从他接听了刘健一的电话后，我看到他的自信好像出现了动摇。

小文紧紧抱住我的手臂，这一举动传递出她内心的恐惧。黑夜中清冷的空气为这里增添了几分恐怖。什么也看不见也许是更恐怖吧。

"喂，你看着他们。"

郎志森命令着驾驶普瑞维亚的那个男人说道。他向离我们有一定距离的地方走去，用眼神让跟在他后面的人停下脚步，再次开口说："没有必要带着霰弹枪，放箱子里吧。我们不能抱着那么显眼的东西在这里闲荡。"

杀死韩豪的那两个家伙面面相觑。

"赶紧的！我们没有那么多的时间。"

在郎志森的催促下，他们两个人把霰弹枪放入卡罗拉的后备厢，跑回了郎志森的身边。

"你们两个听好了！决定我们今后人生能否一点苦也不用吃的关键时刻到了。我们以前只有一边对自己的上级俯首帖耳，一边咬牙忍耐着装孙子才能获得一些褒奖，从而不至于被解雇。我们已经不用回到那种地方了。"

其他几个人都点了点头。

"那个前面……"郎志森伸出手臂指着码头的前面说，"徐锐那个畜生将带着一千万来到这里。一千万！我觉得我们不会那么顺利地拿到钱，就像我们在农村的时候一样，不付出劳动是无法留下美好回忆的。你们明白吗?"

他们几个又点了点头。看守我和小文的那个家伙也受到了影响似的点着头。

"首先,我们分头行动去确认此地是否有陷阱。彻底查清任何可以埋伏的地方。如果没有任何发现的话,以防万一,我们要进行埋伏。如果徐锐那个畜生乖乖地把钱给咱们还好,如果不是的话……"

郎志森拔出了腰间的手枪,模拟着扣动扳机的动作。这几个人瞬间紧张起来。不过看到郎志森脸上露出了笑容之后,紧张感又随之融化在黑暗之中。

"我们只是让他开口,和平时一样。我们必须下定决心,不过也不用紧张。我相信你们能做到,对吧?"

我从远处都可以看到他们眼中充满了精气神儿。我很确信,郎志森是一名不错的下级军官。

郎志森在手枪前端安装上了一个筒状的东西。虽然我是第一次见到,但是我估计它是消声器。

"你们以前是在特种部队吗?"

我向在背后用枪顶着我们的那个人问道。

"闭嘴!"

他那尖锐的说话声与冰冷的金属声叠加在一起,那是郎志森滑动手枪套筒的声音。其他人并没有紧张,他们得到了郎志森的鼓舞,估计已经进入了战斗状态。

"对了,我想起来了。在开始工作前,有件事要做。"

郎志森说着握住枪,伸平了手臂。手腕内侧的肌肉微微动了一下,从消声器里就喷出了一团火焰,坐在我旁边的那个男的就朝普瑞维亚车内的后面飞去。枪声含糊不清,即使自己亲眼看到也不会认为那是枪声。

小文堵住了自己的嘴。从手的缝隙中漏出来的尖叫声变成奇怪的声音，震动着我的鼓膜。在其他人做出作战架势之前，郎志森又将枪口指向了另一个人——杀害韩豪的同伙之一。

"大哥！"我的背后传来了尖锐的叫声。

"闭嘴！"

郎志森严肃地说道。

其他人都如同冻上了一样一动不动。我抱住小文的肩膀，把她搂了过来。小文的身体在微微地颤抖。

"他们两个是叛徒。"

郎志森平淡地说道。被他用枪指着的那个男的拼命地摇着头。

"你们俩打算背后袭击我们吧？徐锐给了你们多少钱？你们是什么时候沦为他的走狗的？"

"大哥，请你听我说。我……"

"没有时间听你胡扯。我就觉得有点不对劲，因为要不是你们搞砸的话，我们应该在那个家伙的公寓前就完成任务了。"

"大哥……"

"闭嘴！"

郎志森一边慢慢地走向这个人，一边对旁边的人点了一下头。接到郎志森指示的那个人从背后用力拧住了这个不断摇头的人的胳膊。

"你们打算怎么收拾我们啊？"

当郎志森的枪口顶向这个人的额头时，他停止了摇头。

"请你听我说，大哥。我们只是……"

"我不会让你死得很痛苦。所以，你给我诚实点儿说。"

"大哥……"

"我知道你是想要钱。不过，你别忘了我们在出国的时候立下的誓言。不论生死我们都要在一起。因为你们这么说了，我才决定收留你们的，阿飞。"

郎志森第一次说出了这个人的名字。这就意味着他将被正式开除郎志森的小队，互相不称呼对方姓名是他们的默契。阿飞突然无力地堆在了地上。

"你们打算怎么收拾我们？"

郎志森安静地问道。他的声音既严肃又仁慈。

"在……在进行交易的时候，我们在后面袭击大哥你们。"

"你们是怎么联系上的？"

"在还那辆 MPV 的时候……"

"原来如此。什么时候开始？"

阿飞抬起了头。

"什么时候开始与徐锐那个畜生有来往的？你们是怎么认识徐锐的？你们应该没有那个空闲和时间去认识他啊。"

"那……杀死韩豪那个家伙后，我们两个不是曾经躲起来一段时间吗？当时他来找我们了。"

"他来找你们？你们是藏在吉祥寺的公寓里了吧。只有我们自己和马远知道那里呀，应……"

郎志森把"应该"这个词吞了回去。他望向天空，脸上浮现出困惑的表情。他能够想到向徐锐泄密的人，只有马远了。但是，他却找不出马远冒着背叛"危险的"雇主的风险这么去做的理由。

小文仍然抱着我的手臂。她的身体已经不再颤抖了，紧紧地闭着嘴，注视着这些男人们的交谈。

"多少钱就让你把我们给卖了？"

"大哥……"

"阿飞,我在问你多少钱让你出卖了你的兄弟?"

"五……五百万。"

"人民币?"

阿飞摇了摇头。

"日元?就这么点钱……"

"大哥,我们也是没有办法啊。我们的藏身之处应该没有人知道的,可是他们却闯了进来。如果不听他们的话,我们就会被杀。就算大哥你在场的话……"

又一团火焰从枪口喷出。拧住阿飞胳膊的那个人发出低沉的叫声,退到了旁边。阿飞的身体倒在了柏油路面上。我感觉到小文的身体变僵硬了。

"喂,哥哥,你过来帮下忙吧。我们人手已经不够了。"

郎志森对我说道。他的声音和平时一样爽朗,但是没有了精神气儿。看守小文的任务交给了另外一个人,我们分头将阿飞和另外一具尸体抬上了那辆普瑞维亚。尸体的周围散发着血液和脑浆的味道,这浓浓的味道有些呛人。逐渐冷却的肉体变得虚无。生与死的界限如此脆弱,将要把我带向地狱。

我看了一眼小文,她呆呆地站在那里。身处危险的她把我带回了现实。必须救出小文,我是为了救她才出现在这里的。

丢下小文和看守她的人,我们把普瑞维亚移动到码头岸壁,将尸体抛到了海里。

"我们这么处理好吗?尸体会很快被发现的。"

我直接说出了浮现在头脑中的疑问。

"没关系。明天晚上我们就在飞机上了,日本的警察会追查到大陆的农村去吗？"

我只能摇摇头。

"哥哥，我看你脑子好使，所以问一下你。你觉得马远那个老头儿背叛那个危险的雇主会有什么好处呢？"

"不知道。"我如实地说，"我不知道的事情太多了，不知道就是不知道。"

"这真是一个高深的见解。"郎志森耸了耸肩说，"我感觉到了讨厌的气息。可是，我们又不能返回。"

"中止今晚的交易更好吧？主导权在你的手中，重新再另约时间交易对你们更有利吧。"

"不。"郎志森果断地摇着头说，"我们一直都是五个人一起行动。退伍以来，我们一直都是。我们比亲兄弟还要亲，而如今我们失去了两个人。任何事物都是如此，只要事情出现问题，就会加速恶化。拖到明天、后天，疑心生暗鬼，离开我的人又会增加。"

我非常理解此时郎志森的焦躁心理。我想到了韩豪被害之后，我的那些兄弟们。韩豪的集团失去老大后，很快就瓦解了。

"我已经能冷静和仔细地考虑问题了。"郎志森这句话好像是说给自己听的。"后面只有行动了，军人就应该这样。哥哥，你是这么想的吧？"

"你们的生死不是我能知道的。"我努力用平静的口吻说，"我的命无所谓，但是你们一定要放过她。"

"那个女人有那么重要吗？他是别的男人的吧？"

"我跟自己发过誓。无论发生什么，我都要保护她。所以，我就鲁莽地闯入了你们那里。"

"似乎说来话长了啊。不过，对于放了她还是杀了她，要看徐锐的表现了。我们不会为了一个陌生人，去冒险搭上自己性命的。我们打算好好地利用她。"

郎志森张牙舞爪地笑着说道。他的笑声中没有一点人情味。

"任何地方都和战场是一样的，哥哥。如果你不自己擦屁股，就没什么人愿意和你做朋友了。"

郎志森在说话的过程中，关上了普瑞维亚的车门。车里仍然散发着血的浓郁味道。郎志森抽动了一下鼻子，脸上又浮现出可怕的笑容。

"我一闻到这个味道就变得狰狞。哥哥你有什么反应？"

我没有回答他的问题。闻到血的味道，我只是感觉胸口发闷。

33

这辆普瑞维亚回到了原来的地方,与那辆卡罗拉汇合。小文被推进了普瑞维亚后,看守小文的这个人驾驶着卡罗拉,跟在普瑞维亚的后面。右手边有一个巨大的仓库,前方是隧道的入口。我们这辆普瑞维亚开上了边道,开始沿着码头顶端的公园周边缓缓前行。周围是一片静寂的黑暗,没有可以埋伏的地方。

"在哪里进行交易?"

车子没有停下,开始第二次绕着公园周围道路缓行的时候,我开口问道。

"就在前面。"郎志森指着普瑞维亚的右边说道。

公园中间有一条很宽的道路,将公园一分为二。在公园的尽头,这条道路分成了左右两个岔路,前面只有沉浸在黑暗中的大海。

"大概再等三十分钟吧。他们肯定是期待着阿飞他们的行动,打算慢慢地出现吧。开什么玩笑,呵呵。"

郎志森说完后闭上了嘴，我也不想再继续多问。我们的车子静静地前行，车内充斥着沉默的空气。终于来到了交易地点，车子停了下来。

"大家下车吧。别忘了带上霰弹枪！"

郎志森一声令下，大家都下了车。从海上吹来的风中带着湿气，夺走了身体的温度。

"估计他们会从对面过来。"郎志森盯着隔开公园的道路说，"哥哥，你们就在这儿站着吧。你们可不要胡思乱想啊，后面有霰弹枪盯着你们呢。"

我和小文背对着大海站在路边。我们身后是驾驶普瑞维亚的那个男的，他手中握着霰弹枪，滑动了一下枪筒。在自己身边听到这不祥的金属声，我和小文都吓得缩成一团。

"哥哥，你们能否活下来就看你们的运气了。我们承包的任务只是杀徐锐。"

郎志森仍然盯着公园的方向说道。不知什么时候他的右手握上了手枪，卸掉了枪口前端的消声器。估计已经不用再担心枪声了。

小文悄悄地用日语问我："我们该怎么办？"

强劲的海风把小文的声音向前方吹去，站着我们后面的那个人好像没有听到。

"不知道。徐锐在电话里和你说了什么？"

"跟我说了刚才被杀掉的那两个人。"

小文这次是用中文说的。瞬间海风停止了。我们两个装作什么也没做的样子闭上了嘴，互相握着彼此的手。小文的手如同冰块一样冰凉，我的手却像燃烧似的火热。

"我本以为在日本可以过着更普通的生活。"

海风明明还没有再次吹起，可是小文又开口说话了。身后的那个人晃动了一下霰弹枪，我知道他是故意的。

"我可能快要死了。就让我说说话吧。"

小文并不害怕，她本来就是一个勇敢的姑娘。身后的那个人好像也认同了小文的说法，没有再做过多的威慑。

"普通的？你说我吗？"

"对呀。你和普通的中国人不同，你不是带着第二代战争孤儿的证件来到日本的吗？即使没有在这里出人头地，至少也能像其他日本人一样吧？"

"过去是那样的。可是，后来我所在的公司倒闭了。当时的日本经济比现在还要不景气。我没能找到新的工作，最后为了挣钱我就不能挑三拣四的了。"

"原来是这样。看来阿基也吃了不少苦啊……你一直都惦念着我吗？"

"嗯。"

我立刻撒谎说道。我在内心里激烈地咒骂自己忘记了一切。由于过分执着自己那胡编乱造的经历，在生活中我一直逃避着自己的真实身份，结果变成了现在这个样子。

"也一直记着和我的约定？"

"嗯，我一直都后悔自己没能信守约定。我想去接你的，可是客观条件不允许。我自己一个人生活下去都勉勉强强……"无论怎么臭骂自己，我都无法停止编造谎话。"为了补偿违背的约定，我决定无论发生什么，都要保护你。"

万一出现什么意外，我愿意做你的盾牌——我想加上这句话，可是身后的人是个障碍。我用力攥住小文的手，将自己的心意传递给她。

"故事到此结束了。"郎志森严肃地说道。

前方出现了小小的光点,肯定是汽车的前大灯。随着光点的逐渐变大,大排量的引擎声也逆着风传了过来。

这几个男人的气场立马就变了。在此之前,周围就飘着紧张的空气。现在空气中似乎散发着静电,把周围的大气也都同化了。我产生了气压增加的错觉,感觉肩膀沉甸甸的。

逐渐靠近我们的汽车是一辆奔驰的SUV。大灯的对面可以看到车内的人影,车上好像有四个人。

郎志森扳起了手枪的击锤。驾驶卡罗拉的那个男人把手指放到了霰弹枪的扳机上。即使不转身我也知道,身后的那个人也做着同样的准备。

向我们驶来的那辆SUV放慢了速度,逐渐靠近我们,停在了距离郎志森五米左右的地方。前大灯熄灭后,四个车门同时打开,从里面下来了四个穿着西服的男人。

"真是准时啊。请问哪位是徐先生?"

郎志森打破了沉默。徐锐被其他三个人包围着站在路上。他的右手拎着一个旅行袋。即使知道谁是徐锐,好像这么说效果更好。

"是我。"徐锐说,"东西呢?"

"在这里。"郎志森拍着自己的上衣口袋说道。

"你让我看看实物。"

"先让我看看钱。"郎志森得意地说道。

郎志森的手下们和徐锐的护卫们都面目狰狞、露着杀气,郎志森掌握着主动权,但他是镇不住徐锐的。

"钱在这里面。"徐锐举着旅行袋说,"我要打开包,请不要开枪啊。"

"那就赶紧快点儿。时间一长也许枪会走火。"

徐锐的护卫们也都各自手里握着枪。这三个人都是陌生的面孔。徐锐应该吸取了在公寓前被袭击的教训,也许这次带来了几个身手不错的家伙。

徐锐把旅行袋放到了自己的脚下,不紧不慢地拉开了拉锁。为了让郎志森看到包里的东西,徐锐托着包的底部。确实可以看到里面装的是带着封条的一万一捆的现金。

"你能保证这里面装着的全部是真钱吗?"

"你拿着的东西对我来说真的很重要,我是不会骗你的。"

"喂。"郎志森动了一下下巴,命令旁边的人去检查包里的钱。

"我们只是确认一下里面的钱。不会没有礼貌地把包抢过来的,请你放心。我们也是很惜命的。"

郎志森的手下斜握着霰弹枪慢慢地走了过去。徐锐的护卫们也放松了一下握着枪的手。郎志森的手下将手伸进旅行袋中,拆开了一捆钞票说:"好像都是真钱。"

"好,你回来吧。"

郎志森这个手下面向徐锐他们,一点点地向后退。这时郎志森从上衣口袋里掏出了符契。

"你能看见吧?"

听到郎志森的声音后,徐锐深深地点了点头。

"我们已经确认完彼此带来的东西了……接下来我们怎么着?"

"你把符契给她。我拿着这个包,你带着她,我们互相走近彼此。"

"好主意。没有什么要叮嘱的了吧……"

"你不会耍小花招吧?"

"当然不会。"

郎志森转过身去冲小文招了招手。小文抬头看着我,我用力攥住她的手——不会有事的,无论发生什么我都会保护你。小文微微点了一下头,紧紧地闭着嘴巴离开了我。

从海面上吹来的风依然很强劲。可以说冻得人发抖,可是我的身体却在发热。我的脖子和手掌冒出了大量的汗水。我确信这场交易不会顺利地结束,心脏如同跳舞一样不停地剧烈跳动着。

小文走到了郎志森的旁边,郎志森把符契塞到了小文的手里。他把右手握着的枪递给了自己的手下,举起双手说:"我不带武器了。希望你也能这么做。"

徐锐的表情变得严肃起来,但脸色并不苍白,脸颊泛着一点红。他拽了拽西服的下摆,下定决心之后向前迈出了第一步。虽然他为没有看到阿飞和另外一人而感到惊愕和失望,但是脸上并没有表现出来。

几乎与徐锐同时,郎志森也推着小文的后背向前走去。波涛和海风的声音,小文的靴子和徐锐的皮鞋发出的脚步声交织在一起。郎志森穿的是胶底鞋。我身后的那个人用霰弹枪把我推到一边,来到了前面。郎志森旁边的那个人背部的肌肉紧绷,徐锐的护卫们也是一样进入了紧张的状态。两个阵营之间拉开的紧张气氛改变了大气的走向,不断重复着压缩和膨胀,缝隙越来越狭小,在崩溃的瞬间确保升到了顶点。

郎志森和徐锐之间的距离只有一臂之长了。郎志森用力推了一下小文的后背,毫无防备的小文失去了平衡,倒向了徐锐那边。郎志森右手撩起上衣的下摆,他的腰间还插着一把枪,这把枪是我的,闪着微弱的光芒。郎志森迅速掏出这把枪,握在了右手里。

徐锐和徐锐的护卫们都被骗了。郎志森的动作太突然了,大街上的潇洒男人们与训练有素的军人之间的差距一目了然。

"小文!"

我一边叫着小文,一边向前冲了出去。徐锐和小文的身体重叠在一起,如果郎志森开枪的话,子弹肯定会穿透小文的身体。由于恐惧和焦躁,我的心都快跳出来了。

在郎志森的枪口喷出火焰之前,我们先听到了一声轰响。郎志森的身体像是被一名看不见的巨人踢了一脚,向旁边飞去。郎志森旁边的那名手下的霰弹枪枪口冒着青烟。

我没有时间去考虑发生了什么。我一头撞向眼前的这个人,抱住他的腰一起滚到了路面上。

有人喊道:"等等!我……"

混乱的枪声顿时消失了。我拼命地握紧拳头狠狠地捶打这个人,霰弹枪从这个人身上掉了下来。我捡起这把枪站了起来。

徐锐的护卫们与杀害郎志森的那个人在互相射击,我的耳边不间断地响着若干手枪的尖锐枪声和霰弹枪的厚重枪声。徐锐的护卫们把那辆SUV当作盾牌,躲在了车身后面。杀害郎志森的那个人藏在了卡罗拉的后面。小文和徐锐抱着头蹲在枪林弹雨中。

这一画面激起了我的怒火,苦闷的怒气让我失去了理智。我必须去救小文,必须让那些想要杀死小文的家伙知道我的厉害。

仍然在地上翻滚的那个人搂住了我的腿,我用霰弹枪的枪托朝他的脸砸了一下。他的手失去了力量,我的脚重新获得了自由。我把枪把顶在腰上,扣动了扳机。意料之外的后座力差点儿让我摔个屁股蹲。徐锐护卫们的枪声瞬间停止了。

郎志森的手下大声喊道:"等等,请你们冷静下来听我说!"

向郎志森开枪估计是他瞬间做出的决定。他似乎要向他们做出解释。我不想给他时间,继续拿着霰弹枪朝着徐锐的护卫们开了两枪。虽然我不知道子弹的去向,但是这两枪让徐锐的护卫们开始向我们发起了更加猛烈的反击。郎志森的手下用绝望的眼神盯着我,然后立刻抄起霰弹枪,开始反击。

我弯着腰爬上了那辆普瑞维亚的驾驶席。车钥匙仍然插在车里。打着火后,我猛踩了一脚油门。大量的子弹乒乒乓乓地射进了车体。前挡风玻璃出现了裂缝,玻璃变成了一片白色。我用霰弹枪的枪体砸掉了破碎的玻璃,继续低头握着方向盘。为了给小文和徐锐遮挡空中横飞的子弹,我把车停在了他们的正侧面。

"上车!快点儿上车!"

我只是对着小文喊话,可是最先上车的却是徐锐。你上不上车无所谓——我把这句话吞了回去,等着小文上车。当小文那苗条的身体进入车子后,我狠狠地踩下了油门。轮胎与路面的摩擦发出了野兽临死前的那种声音,车内充满了橡胶烧焦的味道。徐锐的护卫们不知如何是好,十分困惑。郎志森的手下拿着霰弹枪,执着地在普瑞维亚的后面追赶。不过几秒钟后,后视镜中映出的那个家伙越来越小,最终消失不见。

我下意识地叹了口气。总算逃出了紧急关头,不过内心仍然充满不安。我不能一直驾驶着这辆满是弹痕的普瑞维亚跑下去,必须找个地方扔掉这辆车。乘坐临海线并不是一个好主意,首先是车次较少,其次是移动范围过于受限。虽说那是个荒无人烟的地方,但是发生了那么激烈的枪战。估计警察已经出动了。如果可以的话,我想开车到新木场去换乘电车。

"武先生,你救了我的命!"

徐锐开口说道。我通过后视镜看到，徐锐的西服脏乱不堪。

"还不能那么绝对地说得救呢。"

"不，和已经获救是一样的。我真是没有看错你，给你钱给对了。我一直以为你背叛了我……我来打个电话叫救兵，估计他们二三十分钟后就会到。我们不能一直开着这辆车。找个合适的地方把车停下，等会儿我的救兵吧？"徐锐冷静地说道。

那么危险的枪林弹雨好像没有让徐锐失去理性。刘健一和徐锐都太可怕了。

"小慈，把那个给……"

徐锐向小文索要那张符契。

"那个是什么呀？都是因为那个东西，我才会这么惨的。你给我解释解释！"

"现在这个场合说那个不太合适。我会稍后和你解释的，你先把东西给我。"

"不给。"

小文远离了徐锐的身体说道。

"小慈……"

皱着眉头的徐锐的背后出现了汽车前大灯的光芒。让我感觉不对劲的地方是光太少了。我立刻意识到这是那辆被霰弹枪打碎一只大灯的SUV，已经追上来了。

"内讧就先放一放吧！"

我加大了油门喊道。我想尽量避开人多的街道，前方是标注着"青海一丁目"的十字路口，虽然信号灯是红色的，但是我强行向右拐去。徐锐回头确认了身后追逐我们的SUV。

"他们是我的手下，我们没有必要着急逃跑。"

"虽然你这么想,但是我认为是有必要的。"

"你说什么呢?"

我右手握着霰弹枪,隔着肩膀将枪口冲向了后座。虽然我没有瞄准,但是可以扣动扳机。不过,我不得不考虑子弹击中小文的可能。

"你要干什么?"

"你一看就明白了吧?我没打算救你。你的手下可是够烦人的啊。"

"你被刘健一骗了吧?"

"你和刘健一都在扯淡!"

那辆SUV仍然在追赶我们这辆普瑞维亚。这两辆车之间明明有排量的差距,可是我们之间的距离却没有缩短。那辆SUV可能是刚才中枪,被霰弹枪打坏了某个零件。

"你最好还是冷静下来。现在这种状况,你打算去哪儿?利用我的门路,我们很快就能转移到安全的地方。"

"那只不过对于你来说是安全的地方,对于我和她而言却不是。"

"喂……"

"你暂时把嘴巴给我闭上!小文,这个家伙身上应该带着枪呢。"

我一边开车一边拿枪对着徐锐,可是这么下去会很痛苦。稍有不慎,估计徐锐就会把我手上的霰弹枪夺过去。我们与那辆SUV之间的距离仍然保持不变,既没有拉长也没有缩短。

小文从徐锐的腰间抽出来一把手枪。这把手枪与我的那把黑星不同,看上去很高级,而且不轻。

"你知道怎么用吧?"

通过后视镜,我看到小文点了点头。她滑动了一下枪筒,将子弹送入枪膛,拉起了击锤,把枪口对准了徐锐。

"你竟然这样对我……"

"阿基刚才说让你闭嘴!"

小文铿锵有力地说道。她的口吻明显是告诉徐锐,反驳是没用的。徐锐一脸不满地闭上了嘴。

东京国际展览中心就在我们的右前方。道路依然是笔直的,对面没有任何车辆。我把霰弹枪换到左手上,探出了车窗外面。我一边看着后视镜,一边扣动了扳机。把握着方向盘的右手没能抑制住霰弹枪的后坐力,和左手撞倒了一起。车子开始在路上弯弯曲曲地前进。在我的努力下,车子终于恢复到正轨上来,看了一眼后视镜发现,那辆SUV好像安然无恙继续跟在我们后面。不过他们没有进行反击,他们担心可能会伤到徐锐,所以没有朝我们这辆车射击。

"妈的!"

我把霰弹枪拿到跟前,夹在两腿之间。滑动枪筒后,冒着烟的空弹壳掉在了坐垫上,我开始装上新的子弹,也不知道要装几发。不过,我打算继续射击,直到把子弹用完。

我们逐渐靠近了右边停靠大型轮船的码头,也缩短了与国际展览中心之间的距离。国际展览中心前面的道路分出了三个岔路口,我打算在到达那里之前,把后面追踪我们的车子干掉。我又把霰弹枪探出了车窗,并十分谨慎地好好瞄准。我左手用力握住枪身,慢慢地扣动扳机。我以为不会有什么反应,不料枪身跳了起来,我的耳边响起了低沉厚重的枪声。我通过后视镜看到,那辆SUV倒向了右侧。紧接着那辆车轮胎掉了,冲到了对面的车道,发出刺耳的声音后车翻了。车体与路面摩擦出大量的火星。

"Nice!"

我把霰弹枪扔到副驾驶座上,两手握着方向盘直行穿过了十字路口，继续沿着S型的道路行驶。跨过一座桥后继续前行，来到了梦之岛公园。我把车子开进了公园的停车场，关闭发动机后，打开了储物箱。里面放着车检证、交通地图和一把钥匙。这是那把早稻田公寓的钥匙，我亲眼看到郎志森把它放到了储物箱里。那套公寓里没有住人，我觉得那里是我们目前最好的避难所。虽然刘健一知道那套公寓，但是估计他不会想到我们会回到那里。再聪明的人也会有疏忽的时候。

"下车吧！"我对着后座说道。

我下车后听到台场那边传来了警车和救护车的警笛声。由于太远了，如同幻听一般。

"接下来你有什么打算？"

我没有理睬徐锐的问题，环视了一下四周。确认没有人后，我把小文手里的枪拿了过来，把枪口对准徐锐说："我有很多问题要问你。"

"我们首先要做的应该是逃跑吧，警察马上就来了。"

"如果你能不这么跟小孩撒娇似的和我说话，我们马上就转移。那个符契到底是个什么东西？"

"解释起来很困难。"

我用力把枪口顶在了徐锐的鼻子上。愤怒、恐惧和惊慌都离我远去，现在支配我神经的是一种深入骨髓的虚无感。

"说来话长了，真不骗你。如果从头开始解释的话，得讲到明天早上了。"

"我想问的只是那张符契到底是什么。"

"它是提取金钱和某样东西时必备的凭证。"

"某样东西？"

"这个证明了台湾的某一家族的正式代理人。不，这不是一个正确的说法。应该说，持有那张符契的人就是那个家族的代理人。"

虚无的感觉立刻消失了，取而代之的是混乱，开始占据我的大脑。

"某一家族？"

"刚才我不是说了吗？说来话长啊。"

"台湾的某一家族？刘健一也盯着这张符契呢吧？"

徐锐的话到了嘴边，却不愿意说出。他的身上出现了刚才枪战中都没有显露的动摇。

"拥有那张符契的人可以证明他是杨伟民的继承人吧？"

徐锐试图掩饰自己的表情。但是他没有想到，正是他的努力掩饰证实了我的问话。

"正因为那张符契在你那里，所以你才很快拥有了强大的势力……虽然台湾的势力在日本出现了不断削弱的趋势，可是你却能够如鱼得水地发展。是这么回事吧？"

"你真会编故事！"

表面逞强的徐锐仍然试图努力否定我的猜想。我深深地吸了一口气，本来我已经踏上了迷途，突然间眼前出现了出口。由于过于突然，我的大脑过热出现了短路。我给小文递了一个眼色。小文张开了手掌，注视着褶皱的符契。

"你和刘健一在互相争夺这张符契，并不是互相憎恨什么的。"

韩豪的死是整个事件的开端。我……我们完全没有注意到，不管韩豪是否夹杂了他本人的意志，他和徐锐应该有某种深厚的关系。为了堵住韩豪死亡后裂开的口子，于是徐锐出手了。但是，刘健一肯定抢先将那裂开的口子慢慢地弄大了。韩豪死后，东明会也开始行动了，赵浩引发的事件搅乱了锦系町的秩序。估计徐锐自身的事业也出现了危机,他不得不为自己的善后工作而奔波。面对郎志森他们的追击,徐锐失去了安全的住所。在这种被动的局面下,他打算重新把那张符契握在自己手中,估计这一切都被刘健一所识破了。多年来,他卧薪尝胆,组建了强大的情报网络,一直在等待着这个时刻的到来。

刘健一那乌黑的眼睛里充满了深邃的虚无感。

很多人说我和刘健一很像。如果我走错路的话,估计也会和刘健一一样陷入虚无之中。如果我失去小文的话……想到这里,我很容易地想象到自己会与刘健一同样隐藏在黑暗中。

"你们即使拿着那张符契也是没有任何意义的。"徐锐目不转睛地看着小文说,"只有身体里流动着台湾人的血的人拥有它才有意义。你们知道了吧?还给我吧!"

"不,我不会给你任何东西的。"

小文激动地说道。她的眼角刻着我不曾见过的深仇大恨。

小文的憎恨涂满了黑色的夜幕。憎恨的波动吞噬了一切,覆盖了整个世界。那个无论什么时候都跟在我屁股后面的小文已经消失得无影无踪,白驹过隙的岁月已经改变了一切我所珍惜的东西。

"失去了一切,你可以绝望地感叹了。"

"你会后悔的。"

"如果后悔的话,大不了一死了之。"

小文紧紧地握着那张符契。一股寒气向我袭来,我的身体在颤抖。从远处传来的警笛声不断增多,我还有很多想要问徐锐的问题。我也想平复小文那憎恨的心绪,但是,时间少得让人绝望。继续在这里磨磨蹭蹭的太危险了。

"小文,我们走吧。没有时间啦。"

"把他杀了!"

小文盯着徐锐,一动不动。

"小文……"

"如果你仍然是过去那个阿基的话……如果你觉得有些对不住我的话,就把他杀了。作为没有信守约定的补偿,求你了。"

小文面向我说道。即使眼中充满憎恨,小文看上去也十分美丽。虽然由于憎恨她歪着嘴唇,眼角的皱纹夺去了她年轻的容颜,但是从耳朵到下巴的线条依然保留着少女时代的风采。

我一点儿也不想杀徐锐。我不想杀任何人,也没有想过自己能杀人。但是,我深深地陷入了小文所散发出的憎恨中,保护小文那种顽固的心情束缚住了我的手脚。

"你真的希望我那么做吗?"

"嗯,阿基。"

"知道了。"

我举起了手枪。徐锐摇着头向后退。

"等……等等。即使杀了我,你们也什么都得不到。只会让刘健一个人逍遥。你们好好想想!你们最好与我联手。只要有那张符契在,我们就可以东山再起,可以得到用钱买不来的东西。如果你们愿意与我联手的话,我一定把我所得到的一半分给你们。从来没有过这么划算的交易,是吧?你那么聪明,应该明白这些。"

"我想要的只有小文。"

"小慈……小文是你的。我应该说过了。"

"赶紧开枪!"

小文喊道,叫声中充满了憎恨和悲痛。在考虑小文为何那么憎恨徐锐之前,我的手指就扣动了扳机。一缕青烟升起,橘色的火焰从枪口喷出,稍微有些迟缓的枪声劈开了周围的空气。我看到子弹钻进了徐锐的右侧胸部……我感觉我看到了。徐锐脸上露出惊恐的表情,向身后倒去。他把两手伸到前面,估计是要挡住子弹。这个动作真是滑稽。本不应是滑稽的事,我却当那是个笑话。

我的视线一角闪过了一道影子。那个影子夺去了我手中的枪,跑到了倒在地上的徐锐跟前。这个影子是小文。小文把枪口对准徐锐,继续朝他开枪。空气在颤抖,地面在震动。当我回过神儿之后,我跑到小文身后抱住了她。

"好了,小文。已经结束了。"

小文的身体与其说是在颤抖,说是痉挛更为贴切。她那握着枪的双手如同石头一样僵硬,脚下的徐锐肯定已经断气了。

"好了,小文。是我不对,如果我干好了,就没有必要让你这么做了。"

我抱着小文向她道歉。虽然我知道她不会原谅我,但是我也只能这么做了。

小文的身体一点一点地恢复了过来。我们互相抱着促膝而坐,默默地流下了眼泪。

34

我们在新木场乘坐京叶线,到达东京车站后换乘出租车奔向早稻田。在到达公寓之前的路上,小文没有开口说一句话。

郎志森他们的房间里,冰箱、餐具、微波炉等生活必需品应有尽有。浴室虽然有些破旧,不过挂着洗得干干净净的浴巾。厨房的柜橱中塞满了桶装方便面。我烧开了水,做好炒面后摆到了小文眼前。我已经累坏了,估计小文也是一样疲劳。虽然没有食欲,但是很有必要吃点东西填饱肚子。

"还是吃点儿吧。"

"嗯。"

小文有气无力地说道。她拿起一次性筷子,强逼着自己把用热水烫过的面条往嘴里塞,我也机械地吃着自己的炒面。

"接下来我们怎么办?"

"我家里大概有一百万现金。我想用那些钱给你办个护照。日本的护照比较贵,不过香港或台湾的护照应该能办下来。你拿到护照后,可以去中国香港、中国台湾或者美国等你喜欢的地方。"

"等等。"小文停住了拿着筷子的手说,"只有一百万日元?办完护照后就剩不下什么钱了吧?"

"我会想办法赚钱,稍后给你汇过去。"

"赚钱?阿基你能干什么?"

小文的话语好像在责备我,我非常理解小文的担忧。在这个社会上我是翻不了身的。自从成为矢岛的走狗后,我就白白地浪费了大把的时间,最终一事无成。虽然我说要赚钱给小文汇过去,可是以我的能力只能挣些小钱。

但是,还有刘健一呢。还有这个试图通过阴谋得到符契的人。如今符契在我们的手上。只要我们不狮子大开口,我想刘健一期待的不是流血而是更想得到这个东西。恐怕刘健一期待的只是徐锐的血。

"我家有存折,我挣的钱都存在那个折子里了,大概有五百万日元。"

"放弃这钱吧。"我冷冷地对小文说,"徐锐的手下知道你的住所,也就是说他们很可能已经在你家里蹲守了。"

"可是,那都是我用身体赚来的辛苦钱啊。"

"钱的事交给我吧。"

我的语气有些慌张。杀了徐锐以后,我的神经一直都很兴奋。

小文闭上了嘴。

"我知道我这个人不可信。但是,我已经决定为了你什么都可以去做。请你相信我,只相信这一点也好。"

小文盯着已经吃光面条的容器。通过她的神情,我阅读不出任何信息。我取出了那张符契,除了圣德太子的鼻尖处被撕成一半以外,这半张一万日元的旧币极其普通。为了不让刘健一抓住我的弱点,我想了解这个符契的来历。徐锐死了之后,能够让我依赖的台湾人只有一个了。

我重新在房间中搜索了一番。柜橱的里面塞着两个陈旧的旅行箱。我把这两个旅行箱拉了出来,令我失望的是它们都很轻。这两个箱子都是黑色的新秀丽(Samsonite)。箱子的锁是刻度盘式的密码锁,我尝试着转了几下,没有打开。

"一九九七。"小文开口说道。

"你说什么?"

"一九九七。我听他们说过,是香港回归的那一年。"

"两个都是吗?"

"那我就不知道了。"

我转动着跟前这个旅行箱的刻度盘,调好一九九七后轻松地打开了这个箱子。里面塞满了叠得整整齐齐的浴巾。我抽出一条浴巾后,卷在浴巾内的手机掉到了地板上。这条浴巾内卷了三部手机。我用同样的动作抽出了其他几条浴巾,发现里面卷着一共十部手机、三盒手枪的弹药、两把厚刃的长刀和三把能够用手掌收纳的折叠刀。

我把另外一个箱子拉到了自己的跟前,一九九七的密码无法打开这个箱子。我试了一下七九九一,打开了箱子。这个箱子里面也同样塞着浴巾,卷在浴巾里的东西是一些证件,其中包括五个人的泰国护照和十多张外国人登记证。这些登记证上的人物出生地有中国、中国香港、中国台湾、新加坡、马来西亚、泰国和印度尼西亚等国家和地区,基本上罗列了东南亚的全部区域。最后抽出的东西是五本邮政储蓄存折,我没有找到图章和银行卡。五个账号的金额加在一起,总共有一百多万,也许这些钱是郎志森他们的活动资金。

他们获得的大部分报酬应该通过地下银行转移到大陆了。

我把这两个箱子里的东西全部倒在了地上。护照和外国人登记证都是伪造的,但是能够准备这些东西的人也是少数。从大陆或东南亚流窜过来的流氓们,为了获得其中一个证件都付出了不少辛苦。

如果这一切都是刘健一准备的话,那么我只有为他的人脉以及资金感到畏惧的份儿了。

"找个纸袋什么的,把这些证件全部装起来。"

我对小文说道。我将目光转向了那十部手机。一般从事严重犯罪的中国人都知道携带多个手机,可是这个数目有些异常。郎志森他们平均每个人持有两部手机,十部手机都是预付款的。我拿起了其中的一部手机,打开了电源。通话记录全部被删除了。当然,通讯录中也什么都没有,手机的收信箱中也什么都没有留下。我可以很容易地想象到郎志森告诫他的手下们不要留下任何痕迹的场景。

即便如此,我还是决定挨个手机都检查一遍。任何人都有疏忽大意的时候。当检查到第七部手机的时候,我找到了一些蛛丝马迹。虽然通讯录、通话记录及短信的收信箱删得一干二净,但是发信箱里留下了几条短信,全部都是用日语汉字写下的汉语短信。

"不杀女人。我们的任务是让女人和那个男人见面。明白了。"

发送日期是昨天,我估计女人指的是小文。那个男人……是我吗?这是怎么一回事?

短信的地址并不是手机公司的服务器,而是 Hotmail 的电子邮箱。这是一个谁都可以取得的匿名电子邮箱,估计这个邮箱的使用者是马远。郎志森的说话口气可以证实他并不认识刘健一。

不能杀小文,让小文和我见面。我是根据刘健一提供的情报,来到这个公寓的。

刘健一让我和小文见面,他有什么意图呢?

我闭上了眼睛,越想越烦,最后我下定了决心。我用日语给那个Hotmail邮箱使用者写了一条短信。

"我想和他谈谈符契的事,请你把我的意思传达给雇主。"

我犹豫不决地按下了发送键。

"这个你看行吗?"

小文从厨房找东西回来了,她手里挥动着一个便利店的购物袋。

"这个足够用了。你把散落在那里的证件全部都装进这个袋子吧。"

"然后呢?"

"离开这里。"

如果那个Hotmail邮箱的使用者是马远,估计他会为我怎么知道的邮箱地址而感到吃惊。接下来郎志森他们的手机收到消息就是个时间的问题了,这个邮箱地址已经不再安全了。

"我们去哪儿?"

"大久保。"

我一边回答着小文的问题,一边拾起了一把掉在地板上的折叠刀,塞进了夹克的口袋中。我想尽量避免靠近歌舞伎町,恐怕那里的大街小巷都有两眼放光的东明会的人。不用想我也知道村上正在气头上,我无视他的电话也让他备受屈辱,丢尽了面子。如果我让东明会的人发现的话,肯定不会有好果子吃。当然,不仅仅是我自己,和我在一起的小文也会遭殃,我们和流氓是无法理论的。

即便如此,去大久保也不是不可以,我要探寻这张符契的秘密。那是我们,是小文继续生存下去的唯一机会。

我把自己的手放到了胸前,没有任何感觉。我变换了好几次手的位置，才感觉到心脏在跳动。我稍稍叹了口气，走出了房门。

在去往大久保的出租车中，我收到了短信。
"什么时候？在哪儿？"
这条短信内容极为简短，不过已经表达出了所有意思。
我回复了这条信息："稍后我再联系你。"发送后，我关闭了手机。
我告诉司机从大久保大道进入狭窄的胡同，我们在适当的地方下了出租车。冷汗如同活物一般从我的腋下爬到了腰间。我感觉在胡同中穿梭的稀少人影，每个人看上去都是东明会的人。恐怖的心理战胜了我的理性，内心深处黑暗中爬出来的魔掌迅速捏碎了我的理性。为了克服内心的恐惧，我理性地进行反抗也没有用。解救小文，兑现去补偿违背约定的约定，只有这种固执的想法支撑着现在的我。

华圣宫的周围没有人的气息。我拉着小文的手，迈上了破旧公寓的楼梯。小文的手有些发凉。估计那个老太婆已经睡着了，华圣宫的窗户是关着的，里面一片漆黑。

我轻轻地敲了几下门。最初没有任何反应，我又执着地继续敲门，不一会儿房间里传来了人的动静。我以为她会一边咒骂着深夜无礼的客人，一边走向门口。可是房间里仍然是安静的。

房门打开了，老太婆探出了脑袋。她穿着一身点缀着玫瑰花的大红睡衣。

"果然是你啊。"

老太婆睁大了她那细小的眼睛。"虽然刚过了一天，但是我就知道肯定是你。哎哟，你还带来了一个美人。"

"我们能进去吗？"

"即使我告诉你明天再来也没用吧？进来吧。"

我和小文向这个老太婆表示谢意后走了进来。

"这个时间来到我这儿，就没有茶水招待你们了。"

"您不用客气。我只是有点事情想要问您。问完之后，我们马上就回去。"

两手掐着腰面向客厅的老太婆回过头说："最近的年轻人真是不懂礼貌啊。这个时间全身散发着血的味道进入他人家里，想干什么啊？"

我下意识地抽动了一下鼻子，没有闻到血的味道。是我变得迟钝了，还是我的气场让老太婆回忆起了血的味道？

"您说得没错。作为补偿，我给您带来了一些礼物。"

"礼物？"

"嗯。"

我们跟在老太婆的后面来到了客厅里，小文提着那个购物袋说："在这里呢。"

老太婆毫不犹豫地接过袋子，认真地打量着里面的东西。

"咦，原来是伪造的护照和外国人登记证啊。这是模仿真的证件伪造的，应该很贵。你们要把这些给我？"

"你把这些证件卖了吧。赚到的钱按你七我三分配，如何？"

"现在的人真是见钱眼开，你先放我这里吧。"

老太婆把证件放回了袋子里，小心翼翼地把袋子的口系上，放进了墙边的碗橱抽屉里。

"你想问我什么？"

"刘健一和徐锐……还有这个。"

我取出了那张符契，满脸睡意的老太婆表情突然发生了变化。

脸上的皱纹伸展开来，五官向外凸出。她目不转睛地盯着这张符契。

"你是在哪里弄到这个的？"

"这个是什么？我听说这个是获得台湾某一家族的援助所必备的东西，我想更加详细地了解一下。"

"你拿着它没有任何意义，只有体内流动着台湾人的血的人才有用。"

我的直觉告诉我，老太婆试图岔开这个话题。

我用坚定的口吻说："请您告诉我吧。"

老太婆又恢复到了原来的面孔。不知道是不是因为她感受到了我的执着，或许因为重新进入被打断的睡眠比较困难，聊聊过去的事消磨时间更好一点。看上去她在为自己被卷入这么无聊的事情而嘲笑自己的不幸。

"你们请坐吧。因为要从战后的事情讲起，稍微会有一点长。"

在老太婆的催促下，我和小文坐在了客厅一角的桌子旁。

"从哪里开始讲起呢……"

老太婆托着下巴，望着远方说道。

"我叫马曼玉。战前出生在中国台湾，战争时期来到了日本。"

老太婆——马曼玉开始讲起了过去的事。

在第二次世界大战即将结束之际，新宿的主人并不是日本人。在战前和战争时期的时候，被蔑视的中国人和朝鲜人摆脱了之前的桎梏，在新宿一带购买了大量的土地。他们当时很有势力，做起事来随心所欲，在极为繁荣的黑市建造了歌舞伎剧场，在新宿大开财源。当然，冲突也时有发生。突然袭击、暗杀、施加私刑、拷问……出现了大批的流血事件，他们之间结下了血海深仇。

在这种外国人反目成仇的局势下，一个叫林文雄的台湾人利用日本人在新宿一带组建了自警团。他凭借自己非凡的胆识把台湾人聚集到一起，平息了中国人与朝鲜人之间的激愤，制定了基本的规则，让新宿安定了下来。

不过，无论是中国人还是朝鲜人都不满足于现状。林文雄只是凭借自己的气节和威望，勉勉强强地缔结了和平协定。只要林文雄一去世，大家都准备重新开始厮杀。当时林文雄只有四十多岁，据说由于战争时期和战后的粮食不足，他身体虚弱，患上了结核病。他把自己的大米和蔬菜全部分给了贫困的台湾人。昭和二十年，年过半百的林文雄体力越来越差。这样下去，他将在日本入土还是回到故乡成了问题。

林文雄选择了一个继承人。不过，他没有忘记在离开日本之前自己应该做的事情。林文雄召集了中国人和朝鲜人的老大，与他们定下了遵守外国人协定的誓约。如果一旦出现违背约定的情况，即使他死了也一定会有自己家族的人回来给予制裁。林文雄当场挑明了自己的身份，台北黑社会老大是林文雄的叔叔。

林文雄在这次集会上宣布了自己的继承人，是他带来的一名叫叶晓丹的青年。新宿一带发生纠纷的时候，叶晓丹将作为林文雄的代理人来出面解决问题。如果叶去世了，继续由下一任继承者担当。

作为接受自己和林氏家族意志的人的证明，林文雄在所有到场的人们面前撕开了一张一日元的纸币。

这就是符契的故事开端。

"就是那么一个时代啊。"马曼玉仍然眯着眼睛说，"一场混乱接着一场混乱，大家都想找一个依靠，这个依靠就是林文雄。他离开日本后，这个依靠就变成了那张符契的持有者。叶晓丹接受了台湾林氏家族的援助,在大街上到处开设弹子机,发了大财,并且给林氏家族一大笔钱。从此没有一个人敢跟叶晓丹对着干。"

"林氏家族有那么厉害吗?"

小文插嘴说道。

从早稻田的公寓出来以后,小文一直都没有说话。她好像对马曼玉的话听得很起劲。

"也不是。只是过去在台北几乎没有人不知道这一家族,黑道毕竟是黑道啊。"

马曼玉将"黑社会"说成了具有台湾风格的"黑道"。

"只是当时那一带的外国人比较怕他们。因为毕竟在那个时代人多就势众。如今林氏家族已经金盆洗手了,他们创建了自己的公司,现在成了实业集团,对台湾的政界有着一定的影响力。"

小文若有所思地抱着胳膊说:"但是,那时的符契是一日元的纸币,可阿基现在拿着的是一万日元的旧币。"

"时代一直在不断地变化嘛!"马曼玉如同在教导一名成绩差的学生,继续耐心地说,"进入昭和三十年代以后,林文雄制定的新宿规则就变的有名无实了,日本的流氓势力也在不断壮大。只是当出现什么纠纷的时候,叶晓丹出面进行调解。这个叶晓丹也要忙着赚钱啊。他觉得这项仲裁职责比较无聊,于是将这一权利让给了杨伟民。当时杨伟民为了让林氏家族知晓这个变动,特意回了一趟台湾。作为当时新的符契,他使用了刚刚上市的一万日元纸币。"

"现在这个符契有什么意义呢?"

面对我的提问,马曼玉暧昧地摇了摇头说:"据说它是歌舞伎町老大的证明,不过二十多年前就已经没有意义了。只是,拿着这个符契可以指望来自林氏家族的援助。另外……"

"另外？"

我和小文同时开口说道。我们互相看着对方，露出了苦笑。

"杨伟民赋予了这张符契其他的意义，它还是地下银行图章的替代品。他复制了保留在林氏家族那里的另一半纸币，把复制品存到了某个地下银行。当需要钱的时候，拿着这张符契到地下银行的窗口就可以了。徐锐就是这样提取了杨伟民的钱，为其现在的地位奠定了基础。"

"徐锐杀了杨伟民，把这张符契抢了过来？"

马曼玉深深地点了点头。

"徐锐那个人呀，原本很受杨伟民宠爱的。他背叛了杨伟民后，成为了刘健一的手下。是刘健一指使徐锐去杀杨伟民的，他得到这张符契后却又背叛了刘健一。那个家伙一点儿也不懂礼节。"

"钱被取走之后，这张符契就更加没有意义了吧？为什么徐锐和刘健一还在互相争夺呢？"

马曼玉露出焦躁的表情说："因为徐锐陷入了刘健一计划的窘境之中吧，所以他需要这张符契。只要有这张符契在手，就能让林氏家族出手相助，而刘健一不想让他得到这张符契。就是这么回事吧？"

马曼玉说得没错。徐锐把这张符契放在自己经营的小岩分店里了，当时这张符契已经没有什么意义了。可是，当他遭到郎志森他们袭击的时候，他瞬间意识到报警没什么用，于是让小文取回这张符契。要想摆脱目前的窘境，向刘健一复仇，他十分需要这张符契。和我预想的一样，刘健一一直在等待着这个机会。为了让徐锐陷入绝望的深渊，落入地狱，他一直在微笑着等待。一想到刘健一周围那深不见底的黑暗，我就不寒而栗。

我瞅了一眼小文，她陷入了沉思。我本来打算拿这张符契去和刘健一做个交易,给小文换点钱,可是这个计划如今也泡汤了。刘健一并不需要这张符契。没有林氏家族的帮助,他就已经统治了歌舞伎町。

"为什么……"一直悬在大脑中的疑问瞬间喷发出来。"为什么是我?杀死徐锐不是一件很简单的事吗?只要雇个杀手不就搞定了吗?为什么要利用我呢?让我东奔西跑的,他是出于什么目的呢?我既不是特别聪明,又不擅长打打杀杀。我和那里的中国人没什么两样,为什么他要选择我?"刘健一为了我,连矢岛都给除掉了。"为什么会是我?"

"你问我也没有用,只有刘健一知道其中的理由,有好多处事方法他都是从杨伟民那里学来的。虽然我不知道具体情况,但是如果刘健一是故意利用你的话,绝对有他的理由。也许是让人恶心的阴险理由呢。"

我的脑海中浮现出刘健一那双黑色的眼睛。那是一种同时存在无限虚无和憎恶的透明黑色,眼睛里面燃烧着冰冷的火焰。韩豪被杀后我就被那双眼睛紧紧地盯住了。

"我能借用一下您的卫生间吗?"小文站起来说道。

小文的脸色有些苍白,她没有注意到我的眼神,直接朝着马曼玉手指的方向走去。

"阴险的理由?"我低着头问道。

马曼玉仍然说个不停。

"你知道大家都管他叫什么吧?恶鬼。我不知道是否有这个称呼,不过那个家伙早就把心给扔掉了。我要说的已经说完了。你没有什么再想问的了吧?老人是很能熬夜的。"

我回答说:"我还想听听刘健一和他杀死的女人之间的故事。"

马曼玉深深地长舒了一口气。

35

又过了三十分钟，我才听马曼玉讲完。我认真地听着马曼玉讲刘健一、杨伟民和叫小莲的女人之间的故事，深深地被这三个人物的故事情节吸引了，都没有注意到小文已经从厕所里出来了。

我明白了刘健一关注我的理由，关于我杀死自己女人的传闻引起了刘健一的兴趣。但是，我不知道在刘健一那复杂的剧本中我扮演了什么样的角色。我也不知道他为什么对我如此执着，一切都如同笼罩在雾中，什么也看不清。

我想知道其中的理由。但是，目前有更要紧的事情等着我去做。那就是我必须去为小文筹钱。现在我知道，特别珍惜的那手上的符契已经没有意义了。能够弄来钱的地方只剩下一个了，那就是东明会。我可以把引发这一系列事件的罪魁祸首卖给村上。

在新宿一带溜达是危险的。我们也许会被人看到，这些人很可能与东明会或刘健一有直接联系。我们还是先搭上出租车转移到安全的地方，然后给村上打个电话，这就是今天晚上的大致计划。我和小文一起走出胡同，奔向了大久保大道。可能是因为自己在思考问题，我没有注意到脚步声和人影。

"不许动！"

在胡同的拐角处，我的耳边响起了这句南方口音很重的普通话。

三个男人站在我们面前，堵住了我们的去路。其中一个人手里握着一把闪着黑光的手枪，他们三人的气场与郎志森他们一模一样。

在我感到头晕的同时，疑问也向我袭来。应该没人知道我们在华圣宫。

"举起手来！只要按照我说的去做，我就不伤害你。"

我举起了双手。此时我的脑细胞还在高速运转。华圣宫是即将去那里之前才决定的，没人能预料到我要去那里。我一直和马曼玉在一起，她不可能和外界取得联系。小文过去一趟厕所，过了很久才回来。但是，小文没有手机。思考到这里我想起了郎志森他们的手机。我拿了其中一部，没有确认剩下的数量。如果小文背着我拿了其中一部手机的话……

我将目光转向小文。小文面无表情地看着我说："对不起，阿基。"

她的声音冷酷无情，好像在彻底否定我拼命抱住不放的回忆和我们之间的约定。我的膝盖在颤抖，这种颤抖扩散到了全身。

"为什么？"

我问小文那句话声音也在颤抖。

"他身上有枪！"

小文对那三个男人说道。她没有回答我的问题。他们三个中右边的那个人走到我跟前，夺去了我插在腰间的手枪。

中间那个男人问小文道："那个东西呢？"

"在他身上。"

"那就一起带走吧。你现在可以放下手了。"

我放下了举过头顶的双手。身体仍然在不停地颤抖。由于颤抖得过于剧烈，我感觉到后背有些疼痛，手脚冰凉。不过，我的双眼十分干燥，想哭也流不出眼泪来。只是每当泪腺要挤出眼泪的时候，眼睛里会感到疼痛。仅此而已。

在抢走我枪的那个人的推搡下，我不自然地移动着沉重的脚步。这几个男人没有任何多余的行动。刘健一的计划毫无漏洞。令我不明白的是小文的心情。小文走在我的前面，她的长发随风摇摆。为什么……我的胃、食道、嗓子和嘴都在颤抖，我已经说不出话来。绝望夺走了我的一切，连我的声音也被夺去。

这一切都是你在演戏？一切都是为了刘健一？为什么？为什么啊，小文！请你告诉我！

我不停地用微弱的声音叫喊着。小文没有回头。

大久保大道上停着一辆日产公爵王（CEDRIC），我被推进车后，被他们蒙上了眼睛。双手和两脚仍是自由的。这几个男人和小文都一言不发，保持着沉默。我只能听到安静的引擎声。

我眼前一片漆黑，感觉自己被遗弃了。我的身体渐渐地停止了颤抖，取而代之的是一种四肢无力的感觉。

这几个男人是刘健一的手下，小文也跟刘健一有关系。我明白了，那冷酷的声音和抛弃一切感情的面孔和刘健一的几乎一样。恐怕成为徐锐的情人也是刘健一的指示，多年来小文一直忍受着被嘲笑、被玩弄和被愚弄，等待着时机的到来，就像刘健一那样。

我终于明白了刘健一关注我的缘由。因为我和小文有一定的联系，最初恐怕他只是听说了关于我的无聊传闻。不过，随着对我进行深入的详细调查，刘健一发现了我和小文是童年的朋友，最后还发现我是韩豪的手下。刘健一知道我的一切，本不应该知道的也都知道了。当然，我在大陆的经历估计全部都是出自小文之口，包括我那没能兑现的约定。

"你一开始就发现了吧？"

我对着应该坐在副驾驶座上的小文问道。被绝望夺去的声音又回来了，愤怒、悲伤和憎恨，一切都发生在一刹那。随着时间的流逝，一切都会随风飘散。只有像我这样的蠢货，才会对于明知道已经过去的事情纠缠不休。

"我第一次去那个店里的时候，你就认出我来了吧？"

"一开始我有些半信半疑。不过后来，你看到我爷爷的打火机时脸色发生了变化。于是我确信你就是我的阿基。"

小文静静地回答道。不是我所熟悉的温柔而爽快的声音，而是出自一个历尽艰辛，心碎之后什么也感觉不到的人之口。

"你告诉了刘健一，我是寻找杀死韩豪凶手队伍中的一员？"

"我是有任务在身的，要想方设法地折磨你。如果没有你的话，早就简简单单地结束了。"

本应该充满憎恨的话语，她却说得非常平稳。

"你那么憎恨我吗？"

把我加入刺杀徐锐的计划后，应该死了很多无辜的人。如果换成刘健一的话，是不会这么做的。

"你说什么，憎恨？别再说梦话了。"小文笑着说道。

"我早就把你忘得一干二净了。单单因为你用护花使者的眼神看我，我就饶恕你吗？阿基，你是怎么想的？你要一直纠缠我？"

"也许在你眼里我只是个一无所知的蠢货，但是我只是想保护你。"

"那你要怎么办？"

小文提高了嗓门说道。本应平淡的声音中开始混杂了鲜明的憎恨色彩。

"你想保护我？为了弥补当时的约定？别开玩笑了。故乡、家人和回忆，一切都被你抛弃了。你连自己祖父什么时候去世的都不知道。他为了能让你来到日本可是费了九牛二虎之力啊，你没有给家里写过一封信。他最后骨瘦如柴，人不像人鬼不像鬼，可是他仍然坚信你在日本过得很幸福。"

我没有回话，只是咬住了嘴唇。身体本应停止的颤抖似乎又要发作。

"你了解你走了以后村子里的情况吗？接连不断地闹饥荒。一点雨都不下，庄稼什么都不长。村民们被迫离开家乡，到城市里去找工作。但是，他们不能把所有家人都一起带着。来到城市里的只是一些年轻力壮的人。老人和像我这样的女孩，以及年龄更小的孩子们都留在了村里，每天只是等着外出打工的人给我们送来钱和食物。大家都说阿基很幸运，在村子变成这般凄惨之前就离开了这里，阿基真幸福。可你又是怎么过的呢？你明明到了一个比其他人优越的地方，幸福应该攥在你手里的，可是你却和那些没有活路背井离乡的乡亲们一样没有出息地趴在地上活着。我不会原谅你的，绝对不会！"

那几个男人没有一个人开口说话。就好像车里只有我和小文两个人。

"村子里死了很多人。尤其是冬天的时候，没有什么体力的老人死了很多，留守的孩子们都骨瘦如柴。在等待春天，等待父母来接他们的期间，担心自己也会死掉。这一切，你什么都不知道吧。你却现在说什么要保护我，真是个笑话。"

小文说最后一句话的时候又回到了原来的那种平静。小文之前的憎恶之情就如同刮起一阵暴风，瞬间就消失了。

我一直都很痛苦，很辛苦——我的声音冻结在嗓子中。我太自私，太自以为是了。

车子停了下来。估计是到了一个有信号灯的路口，我已经无法知道车子将驶向何方。

"刘健一是你的什么？"

我十分想知道。因为小文，刘健一改变了计划。无论如何我也想不到刘健一会为他人这么做。

"嗯……"小文十分乏味地说，"是我的保护人。但是，我不清楚他为什么要这么做。谁也不知道他在想什么。"

说完，小文闭上了嘴。没有人再开口说话，连我也不知再说些什么好。

车子停了下来。司机拉手刹的声音告诉我不是因为信号灯停车，而是到达目的地了。我感觉车子跑了很久。我懒得思考，放下内心的一切，只是将身体倚在后座上。

"下车吧。"

我听到这句话的同时，被取下了眼罩。车子的左侧是一排仓库。这些仓库与台场的不同，规模都很小，仓库的对面不是大海而是河流。这里荒无人烟，周围的一切都沉浸在黑暗中。

把我夹在中间，坐在我左右两侧的那两个人先下了车。他们面向眼前的仓库而站，用钥匙打开了左右对开的大门。驾驶席上的那个男人下了车，站在外面用枪指着我。

"你也下来吧。"

"刘健一会来这种地方吗？"

"少废话，下车。"

刘健一应该不会来。他们将在这里把我杀了，然后把我用纸夹子捆包起来，埋在哪个山里。因为我知道了刘健一的秘密，所以这是对我的惩罚。

我不停地眨着眼睛，下了车。这个男人的枪口慢慢地朝仓库方向移动。我只听他说了一句"走吧"。

仓库里面十分阴凉。一个角落里堆着好几个纸箱子，里面可以说什么也没有。门口的旁边放着叉车和用于包装的机器。

他们把大门关上了。小文抱着胳膊站在了叉车的旁边。

"把东西交出来。"

手里握着枪的那个人开口说道。

我说："刘健一已经不需要这个了吧？"

我无法抵抗他们。自从我知道小文不需要我帮助的那一刻起，我就抛弃了一切，自己是死是活都无所谓了。正如小文说的，我一直都是趴在地上活着。我不知道来日本的意义，每天都纠缠着毫无意义的东西，消耗着精神，迷失了自我。即使活着也没有意义，死了也不会有人为我感到惋惜。这就是我。

"我说了，让你交出来。"

这个男人很有耐心地说道。他手上的枪一动不动地指着我。我把右手伸进了口袋中,指尖碰触到了符契和刀子。那把以防万一的刀子如今也已经没用了。我用指尖捏住符契,把它抽了出来。

"把它放到你的脚下。"

这个男人用有点傲慢的语气沉着地说道。他好像不打算给我任何反击的机会,不过我也没那勇气。按照他说的,我把符契放下了。

"向后退!"

我面向前面后退了五步的时候,他点了下头,将目光转向了我的后面。

"小姐,请到这边来。"

"我?"

"没错。我们的任务里也包括你。"

听到这个人说这句话,我又复活了。郎志森他们的手机里留下的短信——让女人和男人见面。我见到了小文。只要了解一点真实情况就会陷入绝望的深渊,对于刘健一来说,我和小文都已经没有用了。

"健一应该没有这样的命令吧?"

小文喊道。仓库里响彻着她的回声。

"我们接到的命令就是这样的。你就认了吧,小姐。"

小文依次凝视着这几个男人的面孔。得知他们的目的后,小文突然朝大门跑去。手里握着枪的那个人将眼神下意识地转向了小文那里,我握住了口袋里的刀子。

"小姐,你真是不死心啊。"

这个男人微笑着将枪口瞄准了小文。为了躲避子弹,我蹲下身子,拿着刀子朝他跑去。

我听到了一声枪响。几乎是同一时间,刀子也插进了这个男人的腹部。我听到了小文的一声尖叫,我感觉好像听到了。我对着这个男人的腹部连续扎了好几下。他倒下了,手枪掉在了地上。我感到有些耳鸣,眼睛里就像插进玻璃碎片似的疼痛,这个男人的血溅进了我的眼睛。我捡起枪,握在了双手中。

小文倒地了。其他两个人一边拔枪一边跑向小文。

我喊道:"不许动!"

那两个人没有停下脚步。我扣动了扳机、胡乱地连续射击。我和他们俩相距五米。我一边祈祷着打中他们一边继续扣动扳机。扳机变轻了,枪身后退停了下来。子弹已经被我全部用光了,那两个男人倒在了硝烟的对面。

"小文!"

我没有确认那两个男人的死活,直接跑向了小文。小文捂住自己的左侧肩膀呻吟着。

"你没事吧?"

"嗯。热,我热,阿基。我的肩膀好像着了火似的,很热。"

我挪开小文的手,看了一眼伤口。子弹好像贯穿了她的肩膀,我实在不忍心去看她,如果能尽快送她去医院的话,应该不会危及生命。

我的背后继续传来小文的呻吟声。倒地的一名男子弓起了身子,他的旁边有一把枪。我捡起那把枪,用枪口顶着他的脖子扣动了扳机。这下他算是断气了,另外一名男子也死了。我撕开刚刚杀死的这个人的衬衣,包扎了小文的伤口。

"小文,振作起来。我马上就送你去医院。"

说到这里,我才意识到自己连这里是哪儿都不知道。我不能带小文去普通的医院。看到小文非法旅居加上枪伤,医院肯定会报警的。新宿那边有一个私人诊所。但是，如果这里距离新宿太远的话，小文可能会丧命的。

我向小文问道："这里是哪儿？"

"志木。"

小文所说的志木，我在头脑中转了半天才明白。志木，这里是志木市，原来我们在埼玉县。我好像有些发蒙。

我将小文放到车的后座上，让她身体躺平。我发动了公爵王，车上没有导航。我不熟悉这里的道路，内心感到十分不安和焦躁。如果小文死了，我绝对不会原谅刘健一。我把捡起的符契又放入了口袋中，不管刘健一在想什么，这张符契也许会成为我的王牌。

我一路沿着广阔的大道行驶，总算找到了开往首都高速的指示牌。这辆公爵王的窗户是淡蓝色的，路过收费站的时候应该不会被盘问。仪表盘上的时钟显示现在是凌晨三点。首都高速上没有什么车，东京近郊的夜景展现在我的眼前。我顾不得路上是否有测速的装置，不断地加大油门向前飞驰而去。我偶尔回头看一眼小文的情况。她好像睡着了，在后面一动不动，脸上冒出的汗水已经说明了她的伤势。

我在高松出口下了高速，沿着山手大道南下。心目白大道、明治大道……职安大道左拐，在拔弁天的十字路口进入了一条胡同。里面有一栋陈旧公寓的二层，一位来自吉林的外科医生开了家私人诊所。虽然我没有来他这里看过病，但是作为东北的老乡，我和他说过好几次话。他给我留下了诚恳的印象。

我在那栋公寓前的路上停了车，飞快地跳了下去。我爬上楼梯后，敲了几下诊所的门。他好像在等我似的，立马打开了门。这位医生脸色苍白，他迅速张开嘴说："阿基，这里不行。"

"不行？怎么回事？"

"大概十分钟前，我接到了一个电话。他告诉我武基裕和一个女人来我这里的话……我可以不说你来过这里，但是不能进行治疗。你明白吗？"

他的话令我毛骨悚然。我跳上这辆公爵王开出仓库到现在还不到一个小时，绑架我的那三个人确实都已经死了。可是，刘健一竟然全部都掌握。到底拥有怎样的网络才能这么迅速且准确地得到这些情报？了解刘健一过去的人称他为恶鬼，在我眼里，他就是个妖怪。由无尽的恶意构成的妖怪。

"她中枪了。求你帮帮忙，救救她吧。"

"我也没办法啊，阿基。你没有听到所以你也许不知道，那个电话中的威胁是真的。我肯定不会说你来过，如果我给她进行治疗之后情况暴露了，我不知道自己会是什么下场。"

"之所以你能接到那样的电话，不正是因为这一带的私人医生没有值得信任的吗？"

我双手抓住这位医生的肩膀说道。

"求您了！这个女人如同我的亲人，对我来说是最重要的人！"

医生咬了咬嘴唇。虽然我在请求这位医生帮忙，但是我连他的名字都不知道。

"你把她带进来吧。"医生愁眉苦脸地说，"不过，我只管治疗。治疗结束后，你们要马上离开，好吗？"

"嗯，一言为定。"

说完我转身跑下楼梯，回到了车前。

"小文，医生答应给给你治疗了。你起得来吗？"

小文睁开了眼。不知道是因为发烧还是因为眼睛湿润,过了一会儿她才对好焦距。

"没问题……"

小文皱着眉头坐了起来。我扶着她的肩膀,总算下了车。我扶着她走向公寓,进入了电梯。电梯由于老旧,动作十分迟缓。

"你再坚持一小会儿。这位医生有麻药,很快你就不会感到疼痛了。"

"阿基……"

小文睁着蒙眬的眼睛看着我。她张开了那失去血色的嘴唇,又闭上了。她好像忍受着间歇性恶寒的侵袭,闭上眼睛后脸上露出了痛苦的表情。电梯停了下来。

"马上就到了。坚持住,小文。"

"谢谢你……阿基。"

小文靠在了我的身上。我小心翼翼地抱起了小文的双腿,她比我想象的要轻。我想起了曾经背着小文爬山的日子。

我抑制住内心的感伤向前踱步,医生开着门正等我们呢。

"快点儿,被别人看到就麻烦了。"

医生已经换上了白大褂。我抱着小文走进了他的房间,这是一套 2DK 的房子,客厅里放着病床。我将小文放躺在那张病床上。

"你去洗手间洗洗手,那里有消毒液。这个点儿,也没法叫来我的助手。你就来帮帮忙吧。"

医生戴上了口罩和手套,用手术刀灵巧地切开了小文的衣服。

"快点儿去!"

在医生的催促下,我跑向了洗手间。

36

医生只给我开了抗生素和止痛药,还有麻药。

"你不要让她勉强动弹,伤口会裂开的。最好是静养一到两周的时间……本来我是不能这么帮你的。"

"对不起。我一定会报答您的。"

"虽然不期待,但是我等着哟。"

估计医生是想笑的,可是他的表情却是悲伤的。他相信我们的生命就如同风中之烛。

我们可不能那样。无论发生什么,至少要救出小文。虽然刻在我记忆中年少的小文与眼前的小文之间横着一条鸿沟,但是对我来说都无所谓了。遵守那个约定是为了我自己,我要为那些我所抛弃和轻视的一切,做出最大限度的补偿。这也是对自己的补偿。

在麻药的作用下,小文睡着了。她的伤口用绷带做好了固定,衣服因为被切开了,医生给她穿上了男式衬衫和夹克。我再一次把她横放在公爵王的后座上。我快速跳上驾驶席,必须尽早离开新宿。也不知哪里会有刘健一的"眼睛"。

我一心想着远离新宿,把车子朝东边开去。在饭田桥上了首都高速,经过环线后来到了四号线。我继续向中央高速飞驰而去。我过去上班的时候,有一次职员旅游,社长带大家去过他那位于八岳的别墅。虽然别墅有些小,但是生活设施样样俱全,我记得备用钥匙被胶带粘在了信箱的里面。现在正好是淡季,估计别墅里应该没有人。我们去那里的话,应该能够让小文好好休息,等她恢复过来。

我的身体已经发出了疲劳过度的警报,但是头脑是清醒的。奔跑吧,奔跑吧,继续奔跑吧。继续跑出刘健一那巨大的手掌,即使摔倒也无所谓。车子后座上有受了伤的小文,即使她没有什么期待,我也要救她,如果她得救了,那我自己也就得救了。

我在谈合坂的服务区给车子加了点油,自己喝了一杯咖啡。虽然这只是一杯热而无味的咖啡,但是它的热度让我打起了精神。重新回到高速公路上的时候,小文也在后座动了起来。

"伤口怎么样了?疼吗?"

"我感觉自己的身体在燃烧。"

"现在麻药劲还没过去。你不要乱动。"

小文起身坐了起来。半睁着眼睛望向车窗外面,不停地眨着眼睛。

"这是哪里啊?"

"谈合坂,山梨县。"

"为什么……"

"我们首先必须治好你的伤。新宿那边到处都是刘健一的耳目,都内没有能够让你安心休养的地方。前面有一栋我熟悉的别墅,我们去那里养伤吧。我利用你养伤的这段时间去赚些钱,帮你把护照办好。等你伤好了,你就可以安心地出国了。"

"为什么你为我做这么多?我明明已经背叛了你。"

"最初背叛的人是我。也许你又要说我想干什么,可我就是这么认为的。我如果能遵守约定去迎接你就好了。我应该给爷爷写信。但是,我拼命地想成为一个地道的日本人,于是我把一切都不当回事。我抛弃了所有珍贵的东西,结果就变成了现在的我。就像你说的那样,我一直趴在地上活着。但是,如果我能救了你,那么我自己也就得救了。"

后视镜映出了张着嘴的小文。

"我知道,我是一个自私的人。之前是自私的,今后也会自私吧。无论你怎么鄙视我,我就是我。我只能以自己的方式活着。"

我讨厌听到严厉的批评,于是自己喋喋不休地说个没完。

"过去的你不是一个自私的人。至少对我来说,阿基是最温柔和可靠的人。可说变就变了。不过也正常,我自己也发生了变化。"

小文自我嘲笑地说道。也许刘健一要杀她的事实让她变得胆怯了。

"你是什么时候来到日本的?"

"五年前。"

"出什么事了?"

"我不想说。你开得稍微慢一点,我感觉有些疼。"

听到小文的话后,我松抬了一下油门。之后小文就闭上了嘴。等她再次开口说话的时候,已经过了大月一带。周围都是穿着绿衣的山丘。

"你考虑过回到那个村子吗?"

"没有。"

我静静地摇了摇头。

别墅的名牌发生了变化。也许是卖了,或者被查封了。不管怎样,备用钥匙仍在我记忆中的地方,别墅里面没有人,地板上堆满了尘埃,这里至少有半年的时间没有人来过了。我快速地打扫了一下卧室,让小文躺在了床上。小文的身体很烫,冒出了大量的汗水,我给她打了一针医生给的麻药。等小文睡着后,我离开了别墅。我开车来到清里,购买了食物和日用品,还有小文的换洗衣服和睡衣。

当我回到别墅的时候,眼睛已经开始蒙眬了。我疲劳至极,躺在沙发上,闭上了眼睛,可是我睡不着。我没有数羊,而是挨个去回想朋友们的面庞。在东京发生纠纷,散到各地的同胞们。横滨、宇都宫、前桥——关东是危险的,不能断言刘健一的手伸不到那里。名古屋、大阪、神户——我想起了能够利用的人。他叫张夏,与日本人勾结专门从事抢金库的勾当。与他一起共事的日本人与其背后的流氓之间发生了纠纷,他逃到了神户。他是一个毫无原则的恶棍,只要能赚到钱,什么都干。

我在神户也有几个做正经工作的中国朋友,我从记忆中挖掘出了他们的电话。知道张夏的手机号码吗?能查到吗?打了几通电话后,终于问到了张夏的电话号码。于是,我立刻拨打了他的电话。

"我是歌舞伎町的阿基。你还记得我吧?"

"你是在韩豪手下卖力的那个战争遗留孤儿吧?我记得你,找我有什么事吗?"

张夏的说话声音很小,很明显他十分谨慎。

"你是不是可以帮我弄本假护照?"

"你不用特意给我打电话,东京那边有很多人都能办这事吧?"

"韩豪被人杀了。这边已经变得乱七八糟了。"

"我也听说了相关情况……护照不成问题,不过要花钱的。"

张夏笑着说道。

"多少钱?"

"日本人的护照一百万,给我的手续费是二十万。"

实际上护照只需七十万。也就是说张夏打算自己吃下五十万,这个价格比东京的市价应该低一点。

"港台的护照呢?"

我听到了他的咂嘴声。估计他讨厌自己应得的份额变少。

"五十万吧。"

"需要多长时间能够准备出来?"

"这个……我把我的电子邮箱告诉你,你用数码相机拍张照,把电子相片以附件的形式发给我。不会超过一周的时间你就能拿到护照。"

"想要护照的人不是我。"

"是女人吗?"

张夏迅速问道。恶棍对于这方面的感觉特别敏锐。

"对。我们手头既没有数码相机,又没有电脑。一周后我们要到神户去,我想到时候让你帮忙照相并办理护照。"

"你真是够麻烦的。好吧,你先往我的银行账户上存入三十万的押金,确认进款后我就开始准备。要与你联系的话,打这个手机号码就行吧?"

"嗯。"

张夏把他的都市银行的支店名和银行账号告诉了我,我记下后挂了电话。三十万……我手头没有这么多的钱,留在我房间里的一百万如今也基本成了泡影。我必须想办法弄到钱,而且要快。

我取出了那张符契。虽然它已经对于刘健一没有任何意义了,但是绑架我们的那三个人在杀我们之前,让我拿出这张符契放到脚下。我通过观察他们的态度,估计他们杀完我和小文以后,打算把符契烧掉或撕碎。

也就是说,这张符契还有意义,刘健一害怕它落入某人之手。这个人是谁呢?他是得到这张符契后能够呼唤林氏家族援助的台湾人。无论是新宿还是其他地方,东京没有这样的台湾人。大多数恶徒都在泡沫经济崩溃的时候回台湾去了。

会是谁呢?这张符契落入徐锐手中之前是由杨伟民持有的。徐锐杀了杨伟民之后,得到了这张符契。杨伟民,他应该是在横滨被杀害的。杨伟民为什么要离开已经住惯了的歌舞伎町,而去横滨呢?因为那里有他的亲戚或朋友。

我激动地跳了起来。我不知道华圣宫那个老太婆的电话号码。我想起了陈志平的电话号码,于是给他打了一个电话。

"是陈先生吧?我是前几天打扰过您的武。"

"哦,是你呀。怎么了?你又要向我打听事情吧?"

接我电话的陈志平貌似心情还不错。

"上次我们聊到杨伟民的时候,没有提到符契的事吧?"

"符契?"

他的声音听上去不像是装出来的,恐怕符契的事情早已从陈志平的记忆中遗失了。

"对,符契。林文雄委托继承人所使用的符契。最初归叶晓丹所有,后来到了杨伟民手里。"

"哦,那个符契啊。确实有那么一个东西,不过后来应该就没有意义了。"

"现在那张符契在我这里。"

陈志平没有接我的话。

"刘健一盯上了这张符契,我不想给他。陈先生,你知道杨伟民的亲戚吗,明白这张符契意义的人也行?"

陈志平没有回答我的问话,他沉默不语。我耐心地等着他开口。

"横滨有一个叫郭昌明的人,你可以去问问他。"

等得我以为已经断线的时候,终于听到了陈志平的声音。

"他是谁?"

"杨伟民的一个堂兄还是什么亲戚的儿子。我记得杨伟民被害的时候,郭昌明的女儿也一起被杀了……我听说,那起事件发生后,他带着自己的儿子和几个混混来到歌舞伎町给她女儿报仇。最终他们好像一事无成,垂头丧气地回去了。"

听到这里我十分激动。我按捺住急躁的心情,安静地问道:"我去哪里可以……"

"你去中华街的'龙凤'就行,那是郭昌明的店。"

"龙凤对吧?谢谢你。我绝对不会忘记您的恩情。"

表示谢意后,我挂断了电话,心情仍然十分激动。郭昌明是一个女儿被杀了的男人。估计凶手是徐锐,对其下达命令的肯定是刘健一。如果我向他介绍一下符契的来历,告诉他向刘健一复仇的机会来了,他应该会给我一笔钱的。

我将手机放在腿上,把符契放回了口袋里。手机震动了一下,收到了一条短信。

"你在哪儿?你不是想和我谈谈吗,阿基?"

这条短信没有发信人的名字,邮箱地址也是另外一个 Hotmail。

我确信发信人不是马远,这是刘健一亲自给我发来的短信。我关闭了手机的电源,又倒在沙发上,闭上了眼睛。

这次我睡得非常快。

我睡得如同一坨烂泥,在感觉到人的气息后睁开了眼睛。小文正在俯视着我,已经换上了我给她买来的睡衣。她抬胳膊应该很疼,可却一个人换完了衣服。这种强大的意志力值得我敬佩。

"怎么了?"

我一边揉着眼睛一边坐了起来,手表的时针已经指向了晚上七点。

"我肚子饿了。另外,麻药劲过去了。我疼得不行。"

"刚才我买来了三明治。等你吃完饭后,吃点抗生素和止痛药吧。如果还是不能止痛的话,我再给你打麻药。"

医生告诉我严禁频繁地使用麻药。但是,当我靠近小文,看到她那痛苦的表情,我又不能那么说。

"你刚才换衣服很费劲吧?"

我一边走向厨房,一边问道。

"可是,汗水把衣服都浸湿了,我心情很糟。"

"如果你不介意的话,稍后让我用湿毛巾给你擦擦身体吧。"

我刚才睡觉的地方是客厅和餐厅,充当隔断的碗橱对面是厨房。我打开冰箱,取出了三明治和橙汁。

"我不介意呀。"

我听到了小文那嘶哑的声音。我找到了杯子,用水稍微清洗一下后,倒入了橙汁。我拿着三明治和杯子回到了原来的地方。

"你自己不吃吗?"

"刚才我吃了一点。"

"哦。"

小文皱着眉头咬了一大口三明治，有食欲就是个好兆头。我一边斜着眼睛看小文吃饭，一边为她准备药片。止痛药两片，抗生素也是两片。医生说吃了这药可能会反胃，到时候可以让她服用市面上的胃药。

于是我在清里也买来了胃药。

"我们要在这里待到什么时候？"

小文把最后一口三明治塞进嘴里后说道。

"直到你的伤口完全愈合后，也就四五天的时间吧。在你静养的这段时间里，我要去处理几件事，你的护照我已经开始着手准备了。等你的伤好了，你就带着我给你准备的钱离开这个国家吧。去的地方你可以随意选择，美国或欧洲都行。"

"美国不错、我已经在日本待腻了。"

小文一口气吞下了我递给她的药片。

"没有电视吗？"

"你不用睡觉了？"

"我一直都在睡觉，让我看一会儿电视吧。"

我用遥控器打开了电视机。屏幕画面中播放着NHK新闻——埼玉县志木市发生了一起枪击杀人事件。

"我不想勾起回忆，换个台吧。"

"稍等。"

我制止住小文，开始听新闻的内容。播音员单调地读着稿子，被杀死的两个人身份不明。另外一名受了重伤，已经被送往医院。警察准备等该名受害者恢复后，对此事件进行审讯调查。另外一名受害者应该是被我用刀刺杀腹部的那个人，看来他没有死。

我总算明白了为什么刘健一那么迅速就掌握了我们的行踪，原来是这个活下来的人与他取得了联系。

播音员继续报道着该事件，现场留下了除了这三名被发现的受害者之外的血迹。可能还存在其他的受害者，埼玉县的警方正在进行全力搜查。总之，目前警方毫无线索。

我切换了电视频道，出现了转播棒球比赛的画面，没有一个像样的节目。当转到旅游节目的时候，小文冲我点了点头。这期是关于石和温泉的专题节目。小文没有说话，开始目不转睛地盯着电视的画面。我拿着三明治的包装塑料和杯子走进了厨房，扔掉垃圾，洗干净杯子，把水烧开后，泡了一袋乌龙茶，然后回到了客厅里。

"这个温泉在这附近吗？"

"开车去那里的话，大概一个小时左右吧。"

"等伤好了，我想去一次。在日本，我最喜欢温泉酒店了。我感觉那里浓缩了日本的精华……可是，我已经有两年左右没有去过了。阿基，你经常去温泉吗？"

我摇了摇头说："我上班的时候，只在职员旅游过程中去过一次。那是一个很糟糕的旅馆。我就没有再想过去温泉。"

"你比我在日本待的时间长多了，真是可惜。泡下温泉的话，好像伤也能够好得快一点吧？"

"不管怎么说，在伤口愈合之前，你哪儿也不能去。"

小文不高兴地闭上了嘴。她从我手里夺过遥控器，关上了电视。

小文用挑衅的眼神看着我说："你总是说一些无聊的话。过去的阿基可不是这个样子。"

"过去的你也更加直爽。"

我和小文互相盯着彼此，过了好长时间都没有眨眼。记忆的洪流即将决堤，估计小文也是这样。

"你给我擦擦身体吧，出汗弄得黏糊糊的。"

小文先转移了视线。

"还疼吗？"

"好像缓解了一点。"

我点了一下头后，来到了浴室。洗手盆下面有一个架子，摆放着叠得整整齐齐的浴巾和毛巾。我取出了两条毛巾，浸在热水中后，轻轻地拧了几下。我回到客厅的时候，发现小文已经解开了睡衣的扣子。她那绑着绷带的肩膀看着就疼。

"如果感到伤口疼痛的话，你跟我说一声。"

小文轻轻地点了一下头。我尽量不去看小文那裸露在外的肌肤和乳房，把脸背过去拿着湿毛巾伸进了她的睡衣里面。我感觉这段时间很奇妙，空气中没有一点性的气息。小文把她的身体献给了我，我没有辜负她对我的信任，只是机械地擦拭着她的身体。

"你过去也曾经这样为我擦过身体。"

小文闭着眼睛说道。

"是吗？"

"有一次我发烧晕倒了。由于当时是庄稼收割的季节，大人们不得不去田里，于是阿基一直陪在我身边，就像现在这样给我擦身体。"

也许有过那样的事。我和小文在一起的回忆太多了，全部回想起来需要相当长的时间。

"在我的伤口愈合之前，你会像过去那样一直陪在我身边吗？"

"我也想那么做，可是我不是和你说过我有必须去处理的事情吗？我明天要出去赚钱，晚上回来。"

"你要去做危险的事吗？"

"我不会靠近新宿，不会靠近刘健一的。"

当我说出刘健一的名字时，小文的眼睛里闪过了一道光。她的眼睛里燃烧着对于遭到背叛的怒火。

"你会替我杀了刘健一吗？"

我摇着头说："我不是那种人。"

"你明明已经违背自己的原则，为我做了这么多。"

"我变了，你也变了。不过，这都没有关系。我脑海中的小文是过去的你，为了那个一直微笑着跟在我后面的可爱的小文，我完全不顾自己地做着这些事情。我的小文已经不存在了。虽然我自己清楚这一点，但是我的心仍被过去束缚着。就像我刚才说的，我没想过要回故乡。其实,在那个店里遇见你之前,我连你都没有想起过。"

总算擦完了小文的上半身。我一边为她系上睡衣的扣子，一边用眼神问着小文下半身怎么处理。小文毫不犹豫地点了点头。我也不能从裤脚把手伸进去，于是脱掉了她睡衣的裤子。小文把内裤也给换了，穿上了我买来的普通纯棉短裤。她那柔软修长的大腿令人炫目，我拿起另外一条湿毛巾开始为她擦下半身。

我的告白在这段时间里飘浮在空中，最终失去方向后悲惨地消失了。小文注意到了刚才我在说谎。

"你接着说呀。" 小文对我说，"你在遇到我之前，都没有想起过我。可是你……"

"遇到你以后，我恢复了记忆。不只是记忆，我想忘记和想永久封存的东西全部都喷发出来了。就像突然否定了我在日本生活的这十多年。"

擦完小文的右腿，我开始为她擦拭左腿。

"你在日本是怎么过的？说说吧。"

小文的声音很平稳。她被绑架在车中的那种激动的语调早已消失得无影无踪，在说给她听这期间我组织了好几次语言。为了补充虚假的经历，我几乎付出了血的代价，可是到头来都是毫无意义的努力，每天都生活在纠缠胡编乱造的经历和不安的阴影下。泡沫经济的混乱和崩溃。我被解雇之后，徘徊于街头，来到歌舞伎町的原委。我与美琪相遇，美琪的死亡。歌舞伎町流传的传言——我为了保住自己性命杀死了美琪。矢岛的出现，让我过上了走狗的生活。与韩豪他们一起从事摇头丸的生意。韩豪的死。遇见刘健一……

"原来如此。"

我把所有的话讲完后，小文得意地点头说道。我已经给她擦完脚了。

"什么原来如此？"

"刘健一为什么喜欢你，以及为什么最终放弃和杀害你的理由。"

"都是因为传闻吧？"

"嗯。要是夸你的话，可以说你很胆小。"

"胆小？这不是夸人的话吧？"

"对于刘健一而言就是。刘健一以为你是和他自己有着相同过去的人，但并不是那样，所以他很失望。虽然你刚才也说了你不是那种人，但是你不能说那样的话。他肯定会找到你，然后把你杀掉。"

即使不问理由，我也知道。他不能不那么做，这对于刘健一来说就是天命。

"我把一切都告诉你了。接下来该轮到你了，给我讲讲吧。"

"你听了之后会觉得无聊的。"

小文说完这句话后闭上了嘴，脸上写满了强硬的固执。

"这样啊……"

我放弃了这个念头,站了起来。我帮小文重新穿好睡衣后,拿起了湿毛巾。

"我的经历平淡无奇。"小文侧过脸开口说道:"一个男人想要拐卖我,一气之下我把他给杀了。刘健一听说这件事之后,我们就相遇了。从那以后……刘健一教了我很多东西。然后,我就被他安排去做了徐锐的女人。"

"你爱刘健一吗?"

"不是那么一回事,他那个人是不需要爱的,他一个人完全可以生活。因为他生活在封闭的世界里,所以一个人也不会觉得寂寞。我曾有一次问过他是否寂寞,他听到我的问题后,愣住了。他肯定是理解不了我所说的东西,孤零零的一个人挑战着我们的世界,不给任何人进入的余地。如今他想要杀我,即使我恨他,他也肯定会一笑了之。"

小文滔滔不绝地说着,突然闭上了嘴。她的表情仍然很固执,但是从脸蛋到眼角的线条已经不那么僵硬了,这是小文的内心开始崩溃的前兆。一旦崩溃开始,估计会吞没一切。

"你想要变成刘健一那样的人吗?"

我俯视着小文问道。小文如同堤坝决口一样哭了起来。

我抱着小文,她睡着了。由于她无法抑制自己的感情,哭个不停,我给她打了一针麻药。我把她抱到床上,她就在我的怀里睡了。小文偶尔说几句梦话。

"阿基……"

小文这种迟缓的声音听起来和小时候的她一模一样。

"我还不想回去……我们再多玩一会儿吧。"

在昏暗的光线下,我很有耐心地看着小文的睡脸。小文继续做着梦。

那座山还以与我记忆中同样的状态矗立在那里吧?那片田、牛圈、村里的每家每户……小文,我们离家太远了。为了挣钱,为了过上富裕的生活。但是,这里什么也没有,只有空虚的繁荣。小文,我们回去吧!找一天我们回那个村子吧。我们不是回去定居和生活,只是回去看看。让我们把自己抛弃和失去的一切刻进心里吧,让我们细心体会一下自己的愚蠢吧。小文,小文,你还记得什么?你能像我一样鲜明地回忆起一切吗?

我知道自己很自私,我认识到把自己的想法强加于小文的行为是愚蠢的。不过,我无法将自己内心深处涌出的话语说给她听。

37

我用昨天买来的米饭做了一些炒饭。如果小文感觉饿的话,把炒饭用微波炉加热一下就可以吃了,估计只是这样的话并不会给她的伤口带来负担。如果她吃腻了炒饭,冰箱里还有三明治,我也为她准备了桶装方便面。

"你真的不会有事吗?"

小文从床上下来后,站在客厅的门口问道。

"嗯。没什么危险的,拿了钱我就回来。"

"我有些担心你。阿基,把你的手机号码告诉我。"

我们身上的手机都不是自己的。查到号码后,我们互相拨了彼此的电话,把号码存了下来。

"如果你疼得受不了的话,可以用麻药。但是,不要用的过多……"

"没事的。虽然还有些发烧和疼,但是已经不像昨天那么厉害了,我能够忍受。"

"是吗？那么，吃饭……"

"过去的小文和现在的小文不一样了。你不用一一说明，我也能好好地照顾自己的。"

小文用任性的口吻说道。

"对不起，我可能是被过去的事情束缚住了。总之，每隔两三个小时，我就会联系你的。等我回来后，给你换绷带。"

"你回来的时候，我想让你帮我买点东西。"

小文的视线落到了脚下。

"什么东西？"

"卫生巾，大姨妈好像快要来了。"

我的脸瞬间比小文的还热。

"知道了，我会给你买回来的。"

我好像逃跑似的从别墅中走了出来。坐进了公爵王，在发动引擎之前，我打开了储物箱。虽然昨天因为拼命逃跑什么也没检查，但是这辆车不是租来的，也就是说它是有车主的。我检查储物箱后很是吃惊。这辆公爵王既不是租来的也不是某人的私车，而是以东京郊外某个二手车贩卖者的名义登记的。也就是说这辆公爵王是一辆已有了买主的车。

我感觉清清楚楚地看到了刘健一构建的关系网十分庞大。他所经营的可不是一个微小的情报咨询公司。他是监视着黑暗世界各个角落的"统治者"。

我哆哆嗦嗦地发动了车子的引擎。我想去换辆车，但是租车太危险了。我自身又不具备偷车的技能，于是一边嘲笑着自己什么都是半吊子，一边踩下了油门。我通过后视镜，看到小文正在背后看着我。

车子在中央道上缓缓地行驶，到八王子的时候进入了一般道路。我按照路标经过八王子辅道后，沿着国道十六号南下。可能是因为早晨开车比较快，从别墅出来后才过了两个小时。利用停车等信号灯的时间，我用手机上网查找了一下"龙凤"的电话号码和地址。现在这个社会真是方便啊，刘健一的情报网大多也是依赖于手机的。

我把这辆公爵王停在了山下町的地下公共停车场，徒步向中华街走去。很快就找到了"龙凤"，我预想它是一个雅致舒适的家庭店面，来到这里发现是一座五层楼的饭店。外面挂着"准备中"的牌子，擦得闪闪发光的自动门对面站着一个男人，他身穿一套黑色的西装，正在过目预约名单。我犹豫半天是否先打个电话联系一下，最终还是放弃了这个念头。

"对不起，我们这里十一点半开始对外营业。"

我走进去后，这个穿着西服的男人抬起头来对我说道。

"我知道。我是来拜访郭昌明先生的……"

"你找那个老头儿？"

这个男人吊起右侧的眉毛问道。他比我刚才透过窗户看到的样子要年轻很多。他的目光十分尖锐，即使说他过去是个流氓也有人会相信。

"我叫武基裕。你能不能帮我捎个话？就说我想找他谈谈关于杨伟民的符契。"

他那原本尖锐的目光突然变得可怕。

"杨伟民？你是什么人？"

"你能不能告诉郭昌明我来了？"

我很有耐心地说道。虽然我不知道眼前的男人为何这么霸气，但是他确实让我很生气。

"我父亲他住院了,如果你有事的话就跟我说吧。我叫郭昌信,是郭昌明的儿子。"

"他得了重病吗?"

"胰腺癌。他还不到五十岁,都是因为饮酒过多。劝过他不要喝酒,他也不听……"

"我是来见你父亲的,你能告诉我他在哪个医院吗?"

我打断了郭昌信的话,无论如何我也不打算和这个男人交易。郭昌信咂着嘴且目不转睛地盯着我。他看到我不动声色,又咂了咂嘴,脱掉了上衣。

"喂,我出去一下。"

不知他向谁喊了一嗓子,扬扬下巴示意出去。我和郭昌信并肩走出了"龙凤"。

"我的车停在前面,我们开车去医院吧。"郭昌信说,"你和杨叔叔是什么关系?"

"没有什么关系。只是,杨伟民的宝贝如今在我的手上。我想和你的父亲谈谈这件东西。"

"我的妹妹和杨叔叔一起被杀害了。你知道吗?"

我点了点头。

"我的爷爷受到这一打击后,也追随我的妹妹而去了。我父亲整天不离酒,他已经多少年没有下过厨房了。"

我又点了点头。

"你来这里是与杨叔叔及我妹妹的死有关吧?"

我没有点头。只是盯着前方,默默地走路。

"你是觉得我太年轻了吗?现在只要我吼一声,就能叫来在这周围的二十个小伙子。"

"我来这里是为了和你父亲谈话的。"

郭昌信不服气地噘起了嘴唇，不过他没有再说什么。

病床上的郭昌明瘦得跟鬼似的。他的鼻孔和手腕伸出好几根管子，他用虚弱的眼神看着自己的儿子。我感觉有些失望，对这个样子的郭昌明不能有任何期待。

郭昌信把我的来意对他父亲说完后，他转过身来向我招了招手。

"你带着那个符契呢？"

郭昌明用微弱的声音问道，他好像说一句话都要消耗一些体力似的。我默默地点了点头。

"你知道它的意义吗？"

"如果把符契交给你或者你儿子的话，你们就能获得来自台北林氏家族的援助。也就是说……你就可以迎来为女儿报仇的机会。"

我将嘴凑到郭昌明的耳边，轻轻地说道。郭昌信努力听取我们的谈话，不过他应该听不到。

"你有证据证明你拿着的东西是真的吗？"

"它本来是由徐锐珍藏着的，我从他那里直接抢了过来，他是杀死你女儿的那个人。"

郭昌明瞪着眼睛，呼吸急促，盯着空中的某一点。被子下的胸部慢慢地起伏，就像病症发作了一样。

"你说了什么？喂！"

郭昌信一边看着父亲，一边逼着我问道。我无视他的问话，等着郭昌明的回应。

"喂！我跟你说话呢……"郭昌信继续逼问着我。

"等等……"

郭昌明伸出如同干瘪的木乃伊的胳膊制止住了他的儿子。他那瘦削的胳膊上浮现出不计其数的血管,就像缠绕在骨头上的小蛇,潜入郭昌明的皮肤内部,吞食着他的骨肉。

"你想要多少?"

我没有立刻做出回答。我回想着龙凤的店面格局,猜想着郭家的财力。

我慢慢地张开嘴说:"一千万!"

郭昌信吃惊地吊起了眼角。他的父亲点头说:"昌信,把钱给这个人。"

"爸爸,您想什么呢?那可是一千万啊。你让我把这么多的钱给一个陌生人?"

"那个东西值这个价。你用钱跟这个人换完东西后,要马上回到我这里。银行那边我会和他们打招呼的。"

说完这句话后,郭昌明的脸上又恢复了血色。这一已经失去生命的灯火,得到复仇机会后又猛烈地燃烧起来。

"可是……"

"别磨磨蹭蹭的,赶紧去吧。"

看到父亲气势汹汹的,郭昌信又惊又喜地说:"知道了。可是,稍后您要好好给我解释一下。"

很难说郭昌明听到了儿子的这番话。郭昌明的眼睛望向空中一动不动,似乎陷入了深思。

郭昌信纠缠不休地质问我与他父亲谈话的本意,不过我仍是无视他的问题。稍后去听你父亲跟你说吧——我始终坚持这一点。最终郭昌信也放弃了继续逼问我,不过他毫不掩饰写在脸上的不满。也许他本人也没有打算去掩饰。

在路上郭昌信的手机响了起来,他连打来电话的人是谁都没有确认就接通了电话。

"喂?怎么……了?啊,知道了。然后呢?"

郭昌信只是看了我一眼,继续打着电话。对话立刻就结束了。

中华街附近有一个横滨银行支店,郭昌信心安理得地将车子停到了写着"职员专用"的车位里。他迈着粗野的脚步走进了银行。估计郭昌明在电话里做出了指示,我们很快就来到了接待室。

"郭先生,您父亲给我们打过电话了……我们已经把钱准备好了。您带着折子和图章呢吧?"

这位中年人应该是银行的中层管理人员,他已经在里面等我们了。郭昌信从夹在腋下的小包中取出了折子和图章。

"我去办一点手续,你在这里等会儿我。"

郭昌信说完就跟那位银行职员一起离开了接待室。我想吸烟,可是没有看到烟灰缸。他们两个人很快就回来了,估计钱是提前准备好的。郭昌信手里提着银行的袋子。

郭昌信用挑衅的眼神看着我,把袋子故意放到桌子上说:"这是一千万。你知道吗?"

我回答道:"确实不是个小数目,不过也算不上太多的钱吧?"

"如果你想要这笔钱的话,就开始跟我解释一下吧。"

"我说过去问你父亲了吧?"

"我想听你说。"

"我是带着为你妹妹复仇的机会来的。我只能说这么多,把钱给我吧。"

"真的能复仇吗？已经过去那么多年了，最终还是什么也干不了。"

"你父亲相信可以，所以他才让你把钱给我的吧？"

郭昌信咬住了嘴唇，被咬的部分失去了血色。我等着郭昌信做出最后的决断。郭昌明是那种状态，这几年估计都是郭昌信掌管那个饭店的。把自己辛辛苦苦赚来的钱不清不白地给予他人，是需要说服自己的。

"知道了，你把钱拿去吧。我将要得到的东西在哪儿？"

在接待室墙壁上的时钟秒针转完一圈之前，郭昌信开口说道。

我从口袋中取出符契，塞到了郭昌信的手里。

"什么啊，这是？"

"这是你们开启复仇之旅的入场券。"

我说着把手伸向了袋子。郭昌信凝视着手中的符契。

"就是这个东西？我父亲为了这么个东西花了一千万？他是不是糊涂了？"

"为了得到这个东西，已经死了很多人。你父亲的头脑是清醒的。另外，我还有一件事需要你转告你父亲。"

我将位于参宫桥的刘健一的公寓地址和房间号码告诉了皱着眉头的郭昌信。

"什么啊，这是？"

"某人的藏身之处。如果那里没有人的话，可以去大久保的华圣宫试试。"

我快速说完，拎着装着一千万的袋子离开了银行的接待室。郭昌信也没有再追问我什么。

38

我在停车场的车中检查了一下袋子里的钱,一共是十捆带着封条的钞票。我随便拆开几捆,好像全部都是真的。我靠在座椅上闭上了眼睛。花掉制作小文护照的一百万,还剩下九百万。对于小文而言,也许这些钱还是不够多。不过作为在日本以外的地方另辟天地的资金来说,也不是太少。如果去泰国、马来西亚或者印度尼西亚的话,这算得上是一笔巨款了。

从停车场开车出来后,我给小文打了一个电话。第一遍呼叫声还没结束就接通了。

"我以为你会早一点给我打电话呢。"

"对不起,刚才有点忙。你的伤怎么样了?"

"还疼,不过我没有用麻药。我睡了一会儿,被疼醒了,不断反复这两个状态。快点儿回来吧,阿基。"

"我这就回到你身边。如果路上不堵的话,大概三个小时以后我就能回去了。小文,我已经拿到钱了。一千万!虽然不是特别充足,但是也能应付一时。"

"谢谢你,阿基。你果然是我的那个阿基。我等着你呢,你快点儿回来吧。"

小文挂了电话,总感觉她的话好像没有说完,声音有些不对劲。我并没有感觉到甜蜜,而只有寂寥感。不,不是寂寥,而是空虚吧,小文将拿着这些钱进入新的天地。可是,我呢?我去哪里好呢?

我无法回应这个找不到答案的问题,发动了汽车。

国道有些拥堵,中央道比较顺畅,从小渊泽高速出口下来的时候已经是下午五点多了。由于我一直在开车,没有休息过一次,背部的肌肉变得十分僵硬。我沿着主干道把车子开进了加油站,在旁边的便利店买完东西后,我又给小文打了一通电话。

"我很快就会回去了,除了卫生巾你还想要其他什么吗?"

"你只要给我钱就足够了,快点儿回来吧。"

小文的声音有些响亮,就像吃了兴奋剂似的。或许是因为无法忍受疼痛,她给自己用了麻药。

"我马上就到,你躺在床上等我吧。"

我挂断了电话后,把油钱付了。我把油门踩到底,遵守着限速直奔八岳的别墅。太阳正在落山的天空上聚集着很厚的云彩,晚上可能会下雨。

当我到达别墅附近的时候,太阳已经完全落下去了。淡季的别墅区十分安静,一切都沉浸在黑暗里。车子的前大灯只能照到干枯的树木。我把车子停进车位后,用两手抱着装钱的袋子下了车。别墅的旁边停着一辆MPV,房屋里漏出了一点光亮。估计是在享受淡季里别墅生活的人。哪里都有突发奇想的人,我每次踩到干枯的树叶就发出清脆的声音,下雨前兆的大风把我的脚步声吹跑了。我没有按门铃,直接进入了玄关。走廊里很黑,客厅里漏出来的光亮落在了地板上。我不仅看到了从客厅漏出来的光,还听到了电视的声音,好像在播放新闻节目。

"小文,我回来了!"

我在走廊中一边走一边喊道。小文没有开灯,也没有应答。也许是因为麻药的作用,她看着电视睡着了。我不想吵醒小文,静静地打开了客厅的门,客厅里的灯光十分耀眼。沙发的扶手上垂着小文那浓厚的头发。她果然是看着电视睡着了。我把袋子放到脚下,走向沙发。我感觉有些不对劲,低头发现地板上有三个影子。一个是我的,还有另外两个影子。停在别墅旁边的MPV闪过我的脑海,偶然不是那么轻易就出现的。那个是……

在我抬起头之前,一把手枪顶在了我的脑后。我的内心并没有涌起惊讶、愤怒和恐怖的感情,只有失望和沮丧。刘健一应该不知道这里。也就是说,是小文告诉刘健一的。除此之外,没有其他的可能。我感觉到四肢无力,一股寒气潜入我的身体。我就像深冬路边的一块石头,慢慢地变得越来越凉,连自己的感情也被冻住了。

小文第一次接电话时那不对劲的声音,估计是因为心虚吧?她是在怜悯放弃我而选择刘健一的自己吧?

如今变成这样,那些都无所谓了。我没有兑现与小文的约定。我为小文做的一切都是没有意义的。

"你们把她杀了?"

我一动不动地向背后的人问道。当然,我说的是中文。

"她只是睡着了,我给她打了一针药水。我们接到的命令是把你们两个活着带走。"

这句低沉的普通话是从我的右侧传来的。

"给你们下达命令的是刘健一吧？"

这次他没有回答我。枪口一丝不动顶着我的后脑勺。

"上面交代了，我们得先拿到你手里的东西。"

我的左侧传来的中国话听上去跟女人说的一样尖细。

"交出来！慢慢地啊。"

我又听到了低沉的声音。

我说："真遗憾，我已经把那东西交给别人了。你只要这么告诉刘健一就行。"

得知符契不在我手上的话，刘健一可能会让他们杀了我。即便如此，也没有关系。我自己是死是活都无所谓。这十几年来，我走过了空虚的人生之路。就算我这么苟且偷生地活下去，又会有什么样的前途等着我呢？小文是我的希望。她是伸向我的援助之手，让我摆脱这如同无间地狱的世界，让抓住虚假经历不放的我回归真实的自己。

但是，这只不过是我的一厢情愿和自作多情。自从我抛弃一切来到日本的那一刻起，我就被所有的拯救方式遗弃了。注定要进入炼狱的生活，我是彻底没救了。

"别做无谓的挣扎了，规规矩矩地交出来也是为你自己好。"

尖锐的声音变得更大了。

"如果你们不相信我的话，可以自己来确认。你们只要把我杀了慢慢找就可以了。不过，我这里什么也没有。你们去看看那个袋子，那就是证据。"

枪口仍然顶在我的脑后一动不动，怒气冲天的气息突然变淡。

我没有听到脚步声，只是听到了拿起袋子的声音。

"这里面装的是钱。"

低沉的声音说道。

顶着我后脑勺的枪口加大了压力。

"你放哪里了？你给谁了？"

"与其逼问我，不如联系刘健一，这样知道得更快。我是绝对不会跟你们说的。"

"你打算死扛吗？开什么玩笑。我们拷问的手段你是想象不到的，知道吗？"

声音尖细的那个男人唾沫横飞，我没有听他那激昂的声音。

我立刻兴奋地说："随你们便！"

我本来就没有信心能够忍受拷问。不过，只是一切都无所谓了。

"妈的，你这个畜生……"

"住手！我们不能伤害他，上面有这样的要求。"

低沉的声音制止住了这个尖细的声音。

"可是……"

"你也很清楚无视命令的人会是什么下场吧？"

我听到低沉的声音之后，又听到了按手机按键的电子音。一共有两声，先是找到通话记录，然后找到目标号码后摁下了拨打电话的按键。电话好像立刻就通了。

"是我……好的，我保证。不过，问题是……嗯，东西没在这个家伙身上。他说把东西给别人了。不过，他这里有大概一千万的现金……知道了，我会这么去做的。这个时间段，我觉得十点之前就能到那边。"

我同时听到了挂电话的声音和说话尖细的那个男人咂嘴的声音。

"马上带这两个人走!"

"知道了。"

我的耳边响彻着充斥愤怒和不满的尖细声音,枪口离开了我的脑袋。我条件反射地放松了一下肩膀。他们好像就等着这一瞬间,照着我的胸口来了一下。难以忍受的疼痛贯穿我的全身,我一头倒在地板上团起了身子。他们揪着我的脑袋,踢我的屁股。我感觉到后脖颈有些凉,而且有微微的痛感。当我意识到被打了针后,立刻被黑暗吞没了。

我做了一个黑色的梦。我的脑海里播放着黑白的影像,有些地方被涂满了黑色。画面的背景是故乡的群山,黑色的煤炭取代了白色的雪,覆盖在山体上。祖父从山脚下慢慢地朝我这边走来,他的脸也被涂满了黑色,就像没有眼、鼻和嘴的黑色妖怪。看到从衣服袖子里伸出干瘪的双手,我就知道他是我的祖父。

祖父嘴里说着什么。那张没有眼、鼻和嘴的脸在责问我。我很清楚为什么会这样。

"你为什么没有回来?"祖父说,"为什么没有来接我?为什么直到我死,你都没有来看看我?"

不带抑扬的声音如同损坏的唱片,重复着相同的内容靠近我。祖父的脸被涂上了黑色。我一回忆他的脸,祖父的声音就消失了。不知为什么,我努力地回忆着祖父的样子。

可是,我回忆不起来,什么也想不起来了:祖父的白头发、脸颊的肤色、眼睛和眉毛的形状、耳朵的位置、鼻子的大小、嘴唇的颜色……回忆全都被涂满了黑色。

别说了——我恳求着祖父。爷爷,求求您了,不要再说了。但是,没有眼、鼻和嘴的妖怪听不到我的声音,因为他没有耳朵。本应该有耳朵的地方只是漆黑一片。

妖怪模样的祖父一点一点地在向我靠近。我捂着耳朵蹲了下来。我不想听,不想看。但是,只要找到狭小的缝隙,祖父的声音就会传入我的耳朵。祖父那对紧闭的眼睛突然睁开了,视网膜在燃烧。

我的身体在颤抖。我如同胎儿一样团成一团,不停地颤抖着。祖父的声音不断向我靠近。祖父确实在向我靠近。但是,我的耳边却听不到他的声音。祖父应该不断靠近我的,可是我感觉不到祖父就在我面前。

我提心吊胆地抬起了头。祖父向我走来,但是,他绝对走不到我这里。他在无限延伸的道路上,朝我这边不停地走着。祖父的身后出现了另外一个妖怪,是一个女妖怪,她和祖父一样没有眼、鼻和嘴,脸被涂上了黑色。合身的T恤显露出的身体曲线告诉我,她是美琪。

祖父的声音和美琪的声音重叠在一起。

"为什么死的只是我?为什么只有阿基一个人在那里?为什么你把我给忘了?为什么你做出了那么过分的事?"

美琪的声音里充满了诅咒。责问我的祖父和诅咒我的美琪,他们二人的声音如同两条蛇纠缠在一起,直击我的耳朵,勒紧了我的心。

请原谅我,请原谅我,请原谅我吧——我拼命地喊着。当然,他们谁都听不见我的声音,美琪的脸上也没有耳朵。谁也听不到,谁也不理解,我那不被任何人接受的话语漂浮在黑白的世界里。

美琪的背后又出现了一个影子。这个影子是小文,不用确认我也知道是她。小文的脸也是涂满了黑色。

"阿基，你为什么没有遵守我们的约定？为什么没有来接我？为什么把我给忘了？你为什么那么自私？"

我无法乞求宽恕，也没因恐惧而颤抖，目瞪口呆地站在那里。无论我怎么集中精力去回忆，也回想不出祖父、美琪和小文他们三个人的面貌。我忘掉了一切，脑海里只留下了一些适当的记忆。

小文的背后又出现了一个影子。那个影子的后面又一个影子。一个影子接着一个影子地出现，组成了无限长的黑脸队列。那些被我抛弃的人们发出了诅咒和绝望的叫声。影子不断地增加，我的视野被涂成了一片漆黑。眼中的黑暗扩大开来，即将把我吞没。

刘健一在黑暗的中心。漆黑的刘健一与黑暗融为一体，他在嘲笑着我。祖父的声音、美琪的声音、小文的声音、无数的声音向我袭来。

"请你们不要说了！我只是做了我能做的事情。我只是我，难道我还能做出别的选择吗？"

我绝望地大声喊道。

39

我的喊声把自己弄醒了。我感觉眼皮很沉,仿佛被糨糊或者什么东西粘上似的。我强睁开了眼。小文正在盯着我看,我差点发出尖叫声。小文的脸上长着眼、鼻和嘴,没有被涂满黑色。

"你没事吧,阿基?你做噩梦了吧?"

我这才意识到刚才自己是在做梦。我出了一身的汗,感觉脑后、胸口和屁股隐隐作痛,肩膀的肌肉很僵硬。

"没事。没什么。"

我想要起身,发现两手无法自由活动,身后的双手好像被戴上了手铐。我感到微微的震动,原来我在车里,是在八岳看到的那辆MPV。我躺在后座上,驾驶席和副驾驶的位置上坐着那两个男的。

我一边小心着被束缚的手,一边再次试图起身。我只抬起了一点身体,就没劲了。我的手脚不自然地酸痛,被注射的药水仍然残存着药效。

"这里是?"

我的声音有些嘶哑,感觉嗓子好像被异物堵住了,估计这也是药的作用。车窗外飘过淡淡的灯光,好像是高速公路的引导灯。

"刚刚过了八王子。"

小文那受伤的胳膊紧紧贴在身体上。对于再次背叛我,看不出她有丝毫的罪恶感。她只是担心被噩梦魇住的我。

"你的伤怎么样了?"

我竭力发出声音,虽然懒得开口,但不是不能说话。

"有点疼,不过没关系。"

"我被注射了什么药?"

"我也不知道。这两个人来了之后,只说一切都交给他们。"

我放弃了起身的努力,低下了仰着的头。

"你给刘健一打电话了?"

我身体使不上劲,也许不光是因为药的作用。绝望支配着我身体上所有的细胞。

"嗯。"

小文终于不再直视我。

"为什么?是因为信不过我吗?你觉得我应该赚不到钱……是因为我准备的钱不够?"

"不是,我没有考虑过钱的事。"

"那是为什么?"

"那个人是魔法师。我永远都被他的魔法控制着,无法逃脱。"

"明明可能会被他杀了?"

"如果我被那个人杀了的话……"

小文好像望着远方,眼睛盯着空中的一个点。她不是爱着刘健一,而是依赖着他。就像小孩依赖父母那样,小文依赖着刘健一。就像曾经一直跟在我的后面那样,小文跟在刘健一的后面。

无数的黑脸,被涂满黑暗的视野,我的绝望,小文的希望,劈开黑暗的引导灯,吞没我的黑暗……什么都没有被割开。

"我不会让他把你杀了的。"

我小声嘟囔道,没打算让小文听见。但是,我的声音清清楚楚地传到了她的耳朵里。与没有眼、鼻、和嘴的妖怪不同……

"你是杀不了那个人的。不过,阿基就是阿基。温柔的阿基,一直陪在我身边的阿基,保护我的阿基,为了我什么都去做的阿基。"

小文仍然盯着空中笑了。她那如同做梦少女的侧脸,让我想起了过去的小文。但是,与过去不同的是,从耳朵到下巴的线条中刻着坚强的意志。

"阿基,我喜欢你。即使你来到日本把我给忘了,即使你毫不在乎地抛弃了一切。就像过去一样,为了我阿基什么都去做。可是,现在的我需要的不是那种人了。"

"刘健一给了你什么?"

"坚强。"

小文立即回答道。就像她一直在等待着我的这个提问。

"坚强?"

"嗯。不为任何东西所动的强大内心,那个人住在超脱了悲伤、喜悦和憎恨的世界里。无论什么事情都不会使他心乱,他超然地俯视着这个世界。我也想要他那样的坚强,想要不会受伤的强大内心。只要能够得到它,我愿意做出任何牺牲。"

小文什么也不知道,刘健一并不坚强。他的心只是被黑暗包裹起来了,用了很长时间才对徐锐进行复仇就是一个例子。他那看上去超然的姿态内部燃烧着憎恨的火焰,他对那些对自己有威胁的人,怀有强烈的敌意。他内心充满了无尽的嘲弄人心的恶意。他潜伏于黑暗中,与黑暗融为一体,孕育着毫无止境的欲望,不断地将猎物送进巨大的胃里。

我不打算告诉小文这些。她肯定会认为我狗急跳墙,从而当作耳旁风的。于是,我是这么说的。

"我想解救你。"

"能够解救我的只有那个人。"

"我觉得如果我能解救你的话,我自己也就得救了。"

"那个人从来不依靠别人。"

"我只是做了我能做的事。"

"没错,你说得对。阿基,你再睡会儿吧。到了那边,即使你讨厌也得睁着眼了。"

小文把手掌放到了我的额头上,她的手如冰块似的很凉。我闭上了眼睛,把一切都交给了汽车的震动。

40

汽车开始减速的声音再一次让我醒来。小文蜷着身体仍在睡觉,车窗外的风景并不是参宫桥。这里是更加杂乱的街道——好像是歌舞伎町或者大久保的样子。MPV驶入了一条狭窄的胡同,以马上就要停车的速度向前行驶。情人旅馆那些光彩夺目的霓虹灯进入了我的眼帘,车子驶入了某个情人旅馆的停车场中。

车子完全停好后,两个男人下了车。小文也醒了,她轻轻地摇了摇头,打开车门也下了车。那两个男的如同和小文换座位似的上了车,把我拽了下去。我想自己站着,可膝盖使不上劲。他们把我的手铐解开,把重获自由的两条胳膊搭在了他们的肩上。他们两个默默地拖着我走,小文跟在后面。

他们没有向旅馆的前台走去,而是走向了工作人员专用的后门。打开这扇锈迹斑斑的门,穿过堆满垃圾袋的走廊后,我们进入了工作人员专用的电梯。小文没有接到任何人的命令,默默地按下了最高层——七层的按钮。电梯里充斥着微臭和精液味道的刺鼻空气。

电梯在七层停了下来。我没有看到任何像客房的门、贮藏床上用品的房间、洗餐具的地方、收纳垃圾袋的房间、工作人员休息的房间……为了满足欲望而来到情人旅馆的人们绝对不会接触到这些。一片狼藉的这里十分安静。

我被拖到了混凝土露在外面的走廊里。走廊的深处,有一个与周围环境不相协调的厚重的门。走在我们前面的小文抓住门把手打开了门,她的各种动作都是那么地熟练。门的里面是另外一种世界:用网线连接在一起的好几台笔记本电脑、不计其数的手机电话、保存雪茄烟的橱柜、巨大的等离子电视、商用冰箱、简单却很结实的双人床等,这间房子大概有十几块榻榻米的大小。刘健一抱着胳膊站在房间的中央。

刘健一对我说:"你把符契交给谁了?"

我的背后传来了厚重的关门声。我踏上了通往地狱的单行道,退路已经被完全切断了。

"你应该能够想到吧?"

撑着我肩膀的那两个人离开了我,我弯着膝盖蹲在了地板上。地板也是露着混凝土的地面,坚硬、冰冷的混凝土侵蚀着我的身体。

"郭昌明死在医院里了。死因好像不是癌症而是心肌梗塞,他的身体明明已经很虚弱了,却还那么兴奋和激动。父亲死了之后,儿子郭昌信不知何去何从。"

"所以我说嘛,你根本就不用问我。"

我故意环视了一下房间的四周。我感觉脑袋很沉,不过脖子上的肌肉支撑着我的意志。

"这里是你的秘密基地啊?太奢华了。"

"基本上没有人来过这里,我也只是偶尔使用一下。"

小文站在刘健一的旁边,如同等待主人爱抚的狗一样盯着刘健一的侧脸。刘健一没有在意小文的存在,继续说道:"这里只是为突发情况准备的,我也不经常来。"

"不过小文好像来过这里很多次了。"

刘健一似笑非笑地看着小文问:"你伤得严重吗?"

"没什么事。不过,我没有想到自己会中枪。"

"你恨我吗?"

小文摇着头说:"我如果是你的话也会那么做。"

"是吗?"

刘健一抚摸着小文的头,就像主人抚摸自己的爱犬似的。一切都扭曲了,刘健一周围的引力和磁场都扭曲了,就像情人旅馆也扭曲了一样。

"果然还是不行啊。"刘健一小声嘟囔道。

"嗯?什么不行?"

这句话说完的同时,刘健一用力戳了一下小文那受了伤的肩膀,含糊不清的尖叫声很不自然地震动了房间里干燥的空气。小文捂着肩膀倒在了地上。

小文——未出喉咙的声音消失了,无力的四肢突然痉挛起来。我用意志力命令着自己的身体——起来!到小文的身边去,爬也要爬过去。

我的肌肉慢慢地有了反应。我伸出右手,用手掌猛推混凝土的地面,试图撑起身体。接着我伸出左手,重复同样的动作。身体只是稍微动了一点,就如同我梦中那些诅咒我的黑脸的人们那样一直走在无尽的路上。即便如此,我也坚持重复着同样的动作。我已经没有解救小文或解救自己的心情了，我只是做着现在可以做的事情。

"必须除掉想要杀了自己的人，竟然留下祸根……"

刘健一看了我一眼，又立刻将视线转回脚下的小文身上。

"我说过除了自己之外谁也不能相信吧？不要相信自己没有亲眼所见的东西，不要对他人有任何期待，我应该一直都是这么告诉你的吧。"

小文的肩膀开始往外渗血，医生为其缝上的伤口裂开了。小文皱着眉头，表情十分痛苦。刘健一的话语如同那个梦中听到的咒语一样永不停息地在我的耳边回荡。黑色的脸，被涂满黑色的脸，我的视线被完全涂黑。我只能听到诅咒我的声音。

Shit！在即将消磨掉的意志下，我继续在地板上爬行。我所抛弃的，我不曾回首的一切都已经无所谓了。现在，我眼前的小文感到十分痛苦。

我不会让他杀了你的——我这样说过。我和她约定好了。小文虽然没有说话，但是这句话仍在我的口中。

不是为了小文，也不是为了悔恨。而是为了自己，我的身体，请你站起来吧！

"健一……"

小文细声细语地说道。她的脸色十分苍白，额头上冒出了细小的汗珠。说完刘健一的名字后，小文的嘴唇就闭上了，没有说出口中的话。不过，我却听到了小文要说的话。

为什么？为什么？为什么？

小文非常苦闷，很是受伤，无比悲痛。

"你不合格。唉，我最初就知道这一点……"

刘健一踢了一脚小文的肩膀，小文发出了惊人的尖叫声。不只是因为疼痛，小文发出了绝望的呼喊声。

我的身体一下子变得很热，憎恶和焦躁在我的身体内部燃烧。没关系，小文，我会保护你的，不要绝望。

我的肌肉可以自由收缩了。意志力打破了化学药品的束缚，如果真的是这样，没有什么做不到的。小文的身体就在眼前，我只要再伸长一点手臂就能触碰到她的脚。

刘健一脸上露出了意外的表情，看着我说："什么时候给他打的针？"

"三个小时前。"

后面的男人回答道。

"这个药效应该能够持续六个小时的吧？"

没有人回答他。刘健一也不是在质问谁。

我伸出手，撑起身体。将一切精力集中到指尖上，向小文那里移动。那是永远到不了的距离——不存在什么永远。

刘健一点了点头。有人挡住了我的手，是驾驶MPV的家伙，是嘲笑我的意志、踢踹我身体的人。他们从后面抓住我的脖子，拉起了我的上半身，与在别墅时一样用枪顶住了我的脑后。不存在什么永远。但是，我与小文之间存在永远不变的距离。无论如何挣扎，我都无法到达小文的身边。

我的脸颊湿了，湿滑的液体堵住了鼻子。

我哭了。

"合成药物的人是个信得过的人。他做的药用于一般人，药效可长达六个小时，而你却可以抵抗这个药效。你的意志力真不一般啊，你身上有很多让我欣赏的地方。"

"我是一个优柔寡断的人。"

我一边哭一边说道。鼻涕淌了下来，嘴中感觉到了泪水的咸味。

"你从来不跟任何人说你自己的故事。即使在成为缉毒警察的走狗后，也是忍辱负重，咬牙忍耐着。如果你的意志力不强的话，是做不到的。如果你说走嘴了就等于给自己挖掘坟墓。另外，你是个胆小鬼。真是棒极了。"

刘健一说的跟唱的似的。

我说："请你帮帮小文吧。"

泪水模糊了我的眼。不过，我仍然能够清晰地看到小文那张痛苦的脸。脸被涂成黑色的人们都发出了抗议的声音，明明没有想起他们的模样，为什么只有小文听不到黑暗中的声音呢？

刘健一没有理睬我，他冲那两个架着我的人扬了扬下巴，紧接着一个黑色的铁块掉在了我眼前的地上。这是一把手枪，枪筒部分的表面映出了流着泪的我的脸。

"你用这个让小文去享受快乐吧。"

刘健一说道。那两个男人放开了我。我跪在地上用两手撑着身体，虽然身体获得了自由，但是身后的枪仍然一动不动地顶着我的后脑勺。

刘健一说："把枪捡起来。"我呆呆地看着眼前的手枪，顶在我后脑勺的手枪增大了压迫感。

"无论我捡不捡起枪，对我来说都已经无所谓了吧。"

我捡起了枪，感觉到这块铁又凉又沉。我明明已经拿过好几次枪了，可是却感到有些恐惧。

"你有三个选择。一是，你用这把枪把小文杀了，自己活下来。如果你这么做的话，你就是我的助手了。二是，你把枪口面向我。如果你要这么做的话，后面那两个人会立即把你干掉。三是，你把枪口指向自己。如果你要这么做的话,后面那两个人会用枪射击你的腿。你会被他们慢慢地折磨死。"

"为什么要这样……"

"你看看这里。"刘健一环视着屋子里的东西说,"我开始从事这个生意的时候,有一台电脑和一部手机就足够了,那个时候手机也没有发邮件的功能。可是,如今却变成了这样,科技的进步和互联网的普及使情报如洪水一般泛滥。我一个人独自去选择取舍一切情报,做起来是很辛苦的。我一直在寻找一名部下。"

"荒唐!"我喊道,"你只是自己累了,一个人潜伏在黑暗中感到了疲倦,想找个伴儿罢了。你听说我和你一样自己亲手杀死了心爱的女人,所以你觉得我可能会成为你的分身?你知道那只是个传言后,这次打算让我真的杀了对自己很重要的女人吧。我不会那么做的,我绝对不会做出那种事。你迷了路,也无路可走了。本来你就没有可走的路,你是被人抛弃了的可怜人。"

我想让小文听见。但是,小文正在被疼痛和绝望折磨着,恐怕她没有听到我的话。

"你的意志坚强,却很胆小。我一直在寻找你这样的人。"

刘健一又把我的话当成了耳旁风。即使我的话语说中了他的弱点,他也不会表现出丝毫的动摇。即便有些动摇,他也会用强韧的意志力去抑制。那对乌黑的双眼目不转睛地盯着我,梦中见到的无数张黑色的脸,在黑暗中心发笑的刘健一,黑暗伸出了将要把我吞没的魔爪。我的梦想,被我抛弃的回忆,没能遵守的约定。自私的渴望,空虚的人生。

来到这里,我知道了自己应该完成的事,感到自己是如此无力。如果按照刘健一说的去做、躲入刘健一制造的影子中、进入刘健一的庇护下，我能够从这种无力感中逃脱吗……

"就是为了这个？"我突然说道，"就是为了这一瞬间，你把我和小文卷入了其中？把我们……把我们……"

思考的旋涡以飞快的速度在头脑中疾驰。语言已经追不上它的速度了。

"最初我只是制定了铲除徐锐的计划。当我知道你的出现，你与小文有联系后，我改变了计划。因为我不相信偶然，所以我对你们的关系心存侥幸。也许你已经注意到了吧，小文在那个店里坐在了你的旁边。当然，这是我的指示。"

死了很多人，不少人坠入了绝望的深渊。我被玩得团团转，直到筋疲力尽。小文被枪击中，受了重伤，现在她非常绝望。符契也没有意义了。即使郭昌信与林氏家族联手，估计刘健一也会置之不理。刘健一是身处暗处统治歌舞伎町的帝王，一切都只是能一眼看穿的把戏。他做的一切都是为了寻找自己的分身，理由仅此而已。愤怒和悲伤让我头昏眼花。可怜的小文，她表现出了绝对的忠诚，对方看起来却只是个无耻之辈。头昏眼花，天旋地转。愤怒和悲伤，悲伤和愤怒，让我喘不过气来。愤怒和悲伤在我的心中混合在一起，终于变成乌黑的憎恶喷射而出。黑暗将把我吞没。

"行了，时间差不多了。你赶紧决定选哪个吧？"

刘健一的声音激起了我的愤怒之火，愤怒的火焰将黑暗烧光了。

我不会杀小文的，我绝不会杀她。那么，我是把枪口对准刘健一呢，还是自杀？后面的那两个人动作肯定会比我快，因为他们已经对这种状况习以为常了。可是，由于药物的作用，我只能做出有时间延迟的动作。

这种状况让我陷入了绝望。迷失方向的憎恶感在体内翻江倒海，我胸闷得喘不过气来。

"你还有另外一个选择，那就是这三个选择你哪个也不选。那样的话，你可爱的小文也会被折磨死。"

刘健一笑着说道。他那双漆黑的眼睛中没有任何感情，只是目不转睛地盯着我。

我用双手举起了手枪。很沉，沉得让我怀疑重力常数是不是出现了异常。胸闷得喘气仍然很困难，内心那狂暴的憎恶喊着让我杀了刘健一。

我不能做出任何一种选择。无论我选择哪一个，小文都会被杀。

"没时间了啊。"刘健一说道。

我的脑后立刻响起了拉起击锤的金属声。

"无论怎样，你都不打算帮助小文了吗？"

"我想要的是杀死小文的你。"

刘健一的声音十分坚定。虽然我气喘吁吁、筋疲力尽，但是我不会看错，我知道小文还对刘健一抱有期望。

最终我一事无成。我没有变成一个地道的日本人，也没有融入恶徒的世界，什么都是半途而废，最后连自己最重要的人都救不了。

我至少可以和小文一起下地狱。尽管这只是我自以为是的想法，我能做的也仅此而已了。

我举起了手枪，就要将枪口对准自己之前，房间里响起了手机来电的声音。刘健一咂着嘴接通了电话。

"怎么了？有什么事？"

刘健一那漆黑的眼睛瞬间放出一道冷静而透彻的光芒。

"你为什么这么晚才向我报告？已经到前台了？挡住他们。无论如何也要阻止他们！赶紧叫人过去。如果人手不够的话，就报警。"

刘健一挂断了电话，笑着说道："我没想到会这样。"

"怎么了？"

"郭昌信好像带着他的兄弟们正在楼底叫嚣。他是跟踪了你吧？你觉得呢？"

从医院到银行的路上，郭昌信接了一个电话。取钱的时候，郭昌信离开了接待室。父亲做出的指示，儿子是严格执行的。拿到钱之后我就放松了警惕，我什么没有注意到。

"这场演出延期。他们好像从正面进来了，应该不会上来。我们伺机给予反击，开始行动！"

这对我来说是个机会。如果错过这次机会的话，就彻底没有希望了。顶在后脑勺那把手枪移动的瞬间，我必须一口气爆发出力量。我向神祈祷，向佛祈祷，向那些脸被涂黑诅咒我的亡者们祈祷。

请给我力量！给我战胜药效的力量！

"只要等待台湾援助就行了……"

刘健一自言自语地说道，他的视线落到了手机上。我身后的一个人走近了小文，不知道是那个声音低沉的还是声音尖细的。我等待着那一时刻，放松了肌肉。我感觉不到平时的力量。不过，肌肉在我的意志下收缩着。

"快点儿！"刘健一把电话贴到耳边说，"是我。怎么样了？转到后门了？为什么没有阻拦住？赶紧报警吧！你就说有大量手持武器的中国人来滋事。"

刘健一挂了电话后，对那两个男的下达了指示："计划有变。四层的房间是空着的，我们先转移到那里。他们直奔这层而来。在他们搜寻我们的时间里，警察应该就到了。"

刘健一做出上述指示后，又拿起手机打起了电话。顶在我后脑勺手枪的枪口开始移动,取而代之的是男人的呼吸。

"站起来!"

那个男人在我的耳边说道。我把积蓄在收缩肌肉里的力量一口气释放了出来,我猛然起身用头撞向了后面那个人。只听一声惨叫,那个男的就倒下了。我将枪口瞄向了另外一个人。他一边向我这里转身,一边从腰间拔枪。

来不及了。绝对来不及了。

就在他拿着枪完全面向我的瞬间,背后传来了巨大的声音。不知是谁在砸门。

他下意识地转移了注意力,我用力举起了手枪。

我扣动了扳机,视线被枪声和硝烟遮挡住。我本来就因流泪而视线模糊,我不管三七二十一继续开枪射击。一枪,两枪,三枪。枪在手中跳动,震得手掌很疼。硝烟对面的男人已经倒地,刘健一却很淡定。

刘健一笑着说:"我知道结局终将到来,但是没想到会如此简单。"

我重新握好手中的枪,把枪口对准了刘健一。外面的砸门声更加剧烈了。我转过身去,发现刚才一直拿着枪顶住我脑后的那个男人正在捂着脸呻吟。大门在不停地摇晃,我听到外面的人在喊"刘健一,你把门打开"。没错,发出这个声音的人是郭昌信。

"我曾经想过会有人像我一样来到这里,就像当初我把杨伟民从这里撵走那样。这个人就是你。"

刘健一继续说着话,他对门外的喧嚣毫无兴趣。他那对乌黑的眼睛注视着我,被涂成黑色的世界呈现在他的眼中。

我扣住扳机,把力量集中到手指上。但是,手指动不起来。我着了刘健一的魔。开枪，开枪，开枪——狂暴的憎恶在大声呐喊。

"即使你杀了我，你也无处投奔。你很清楚这一点吧？你把我杀了的话，你就得继承这里了。即使你不愿意也没办法，这是规矩。"

开枪，开枪，开枪！刘健一的话就是咒语，只要听了就会中招。

"我什么也不会做的。把你杀了，我就离开这里。仅此而已。"

我以憎恶的声音说道。

刘健一望向天花板说道："你是无处投奔的，你明明知道却还抵抗？你到哪里都是一样，你眼前的世界只会是炼狱。"

开枪，开枪，开枪——我扣动了扳机。枪在我的手中跳动，刘健一向正后方倒了下去。我急不可待地站起来，走向了倒地的刘健一身边。

刘健一的胸口下溢出了血，他是笑着倒地的。漆黑的眼睛注视着我。

"都是无处投奔的，无论是你还是我。"

脸被涂黑的人们复活了，他们走在永远延伸下去的道路上逐渐靠近我，不断向我抛来诅咒、愤怒和憎恨的话语。

"这样就告别黑色的梦了。"

"黑色的梦？"

"一个漆黑的世界。那里只有我和小莲两个人。我想触摸小莲，小莲的脸却被涂成了黑色。无论我怎么努力，也回想不起小莲的模样。"

刘健一如同说梦话似的嘟囔着。我的耳边回荡着"黑色的世界"和"黑色的脸"等话语。

刘健一笑着说："通过你的脸色判断，你也有过那黑色的梦。我果然没有看错，你和我是同类……"

我把枪口对准了刘健一那漆黑的眼睛。漆黑的眼睛,充满黑暗的眼睛,照出虚无的眼睛,看清一切和什么都不看的眼睛。用恶意和憎恶扩展开来的黑暗。

开枪,开枪,开枪——我又开了一枪。刘健一的身体在颤抖,他的右眼已经变成了一个空洞。我又对着他的左眼来了一枪。刘健一不再动弹了,我让他那对充满黑暗深渊的眼睛永远地消失了。

我就如同疾病发作一般,身体断断续续地颤抖。

"健一、健一、健一……"

小文想要把手伸到刘健一的尸体那边。我抱着小文,走向了房间的出口。我用枪解决了仍在呻吟的那个男人。

"不要!不要!"

小文的叫声停留在我的耳边。她的眼中没有我,没有像过去那样依赖我。

41

"先去横滨。"

郭昌信向司机做出了这样的指示。

小文在我的怀里颤抖,偶尔会像痉挛了似的呜咽。

"跟踪你是父亲的指示,他因兴奋过度而去世了。能够完成这么漂亮的复仇,他一定十分开心。父亲死后,我不知道如何使用那张符契。所以,我集结了一群年轻的小伙子。"

我没有问郭昌信,他自己开始说起了事情的经过。这对我来说已经无所谓了,什么都无所谓了。小文还活着,她在我的怀中颤抖。这就是我的一切。

"来到日本干坏事的大陆人不仅仅局限于东京,横滨也多得很,更重要的是中华街中有很多台湾人。我的父亲告诉我要盯着他们的恶行。"

郭昌信稍微打了一点车窗,干燥的风吹了进来。

"虽然这不是给父亲的祭奠,但是我认为绝对要在今晚杀了那个畜生。因为之前一直没有找到他的藏身之处。跟踪你看似简单,从八岳回来的时候还是很费劲的。"

郭昌信的声音随风从我的耳边飘过,小文颤抖和呜咽的间隔一点一点地变长了。

"考虑到组织恶徒们奔向那里的话,刘健一很快就会知道,所以我制定了集合在那个情人旅馆前的作战计划。行动非常成功!只是杀死那个家伙的人不是我而是你。"

杀死那个家伙——小文听到这句话后有了反应。她不再颤抖也不再呜咽,静静地抬起头看我。小文的眼睛也是黑的,和刘健一的一样乌黑。

出了什么事?是什么让那个可爱的小文如此绝望?即使我问小文这些,她也不会回答我的。如果我能遵守那个约定的话,小文就不会变成这样,我所知道的仅此而已。还有一个事实,无论我做出什么样的努力都无法解救小文。

"你们的事就交给我吧,我会好好地照顾你们的。你们可以待在横滨,如果你们想去国外的话,我就去帮你们安排。不管怎么说,你都是我的恩人……"

小文那双乌黑的眼睛注视着我。像个少女一样,如同那个时候的小文。只是她的眼睛是黑的,过去闪烁着梦想和希望的眼睛已经陷入了黑暗之中。

"阿基会变成健一吗?"

小文用少女般的声音问道。

"不会。"我摇着头说,"小文不也曾经说过吗?阿基就是阿基。我还是我自己。不会成为谁的代替者,也做不到。"

"不行。健一已经去世了,必须要有人去代替他。杀死健一的阿基必须去代替他。"

"我做不到,小文。任何人都无法代替他。"

我累了,已经筋疲力尽。我的活力全部被刘健一那漆黑的眼睛吸走,感到四肢无力。刘健一死了,那对黑色的眼睛也被我废掉了,他失去眼窝的样子刻在了我的脑海里。我仅存的微弱力量也被小文像刘健一那样用眼睛吸走了。

"不行,阿基。阿基必须去做这个代理人。"

"小文,你要清楚,我是做不了的。"

我和小文咬耳朵似的说着话,从车窗缝隙吹进来的风声和郭昌信的自言自语都无法挤进我们的世界。

鲜明的记忆在我的头脑中闪过。发着烧的小文在冷空气中颤抖,我抱着小文看护她。大人们和平时一样去田里干农活了。贼风刮进简陋的房屋,里面只有我和小文两个人。小文磨着我说要找妈妈,我劝说她必须再稍微等等。

那是永远失去了的时光,无法再次挽回。我变了,小文也变了。我无法承认这一点,盲目地坚持,然后……

车子停了下来。从车窗的缝隙传进来了愤怒的声音。很多身影贴在车的四周,他们用身体撞击着车窗,摇晃着车体。一看就知道他们是流氓。东明会——他们听说了情人旅馆的骚乱,然后找到了我。数对闪耀着憎恶和杀意的眼睛盯着车里面,郭昌信大声叫嚷,这些流氓们也大声地叫嚷着。愤怒的声音从我的耳边飘过,我只能听到小文的叹气声。

小文说:"如果阿基不行的话,我就来做这个代理人。"

我的耳朵只能听到小文的声音,小文的眼睛只能看到我。即使流氓们摇动着车使其剧烈地上下震动,小文的视线也没有出现一丝的移动。

"你也不行。你还不清楚吗?你差点儿被刘健一杀了。他说你不合格。"

小文说:"那我也要做。"

小文的声音十分固执。她在我的怀里蠢蠢欲动。我感觉插在腰间的枪不见了。小文用两手握着那把手枪。

"健一只是自己亲手杀了这个世上他唯一的爱人,那个女人和健一一模一样。"

"小文……"

小文用那双和刘健一相同的黑色眼睛注视着我。她和过去的小文一样在我的怀中蜷着身体,哪个小文都是真的。

我闭上了眼睛,黑暗——在黑色梦中出现的黑暗向我袭来。刘健一也混入了脸被涂成黑色,无眼、无鼻、无嘴的妖怪队伍当中。他那对被我废掉的眼窝也被涂成了黑色……

刘健一在笑我,他笑我做的一切都是徒劳无用的,不存在什么解救。他在笑我无论到世界的哪个角落都不会有任何变化,即使死了也仍不会得到安宁。

"喂,你们干什么呢?!"

郭昌信喊道。我仍然闭着眼睛。

"永别了,阿基。"

我听到了小文说这句话,我仍然闭着眼睛。

刘健一在笑我,那对被我废掉的眼窝中的是更加黑暗的空间。我仍然闭着眼睛。

小文杀了我的话,在东明会的人眼前杀了我的话,她很可能会得救。这至少是我对刘健一发起的反抗。

"喂,住手!"

郭昌信喊道。枪声消除了一切,我感觉胸口受到猛烈的冲击,冷气从那里扩散到体内。我仍然闭着眼睛。

刘健一继续笑着我。也许刘健一是对的,我什么也不知道。对我而言,一切都无所谓了。

Chogonka Fuyajo Kanketsuhen
©Seisyu HASE 2004
First published in Japan in 2008 by KADOKAWA SHOTEN Co,, Ltd., Tokyo
Chinese translation rights arranged with KADOKAWA SHOTEN Co,, Ltd., Tokyo
through JAPAN UNI AGENCY, INC., Tokyo

图书在版编目（CIP）数据

长恨歌／（日）驰星周著；逸宁译．—北京：新星出版社，2014.10
ISBN 978-7-5133-1615-6

Ⅰ.①长… Ⅱ.①驰… ②逸… Ⅲ.①长篇小说－日本－现代 Ⅳ.①I313.45

中国版本图书馆 CIP 数据核字（2014）第 223575 号

午夜文库
谢刚 主持

长恨歌

（日）驰星周 著；逸宁 译

策划统筹：	褚　盟
责任编辑：	邹　瑨
特约编辑：	王跃嵩
责任印制：	韦　舰
封面设计：	@broussaille 私制

出版发行：	新星出版社
出 版 人：	谢 刚
社　　址：	北京市西城区车公庄大街丙3号楼　　100044
网　　址：	www.newstarpress.com
电　　话：	010-88310888
传　　真：	010-65270449
法律顾问：	北京市大成律师事务所

读者服务：010-88310811　　service@newstarpress.com
邮购地址：北京市西城区车公庄大街丙 3 号楼　　100044

印　　刷：	北京京都六环印刷厂
开　　本：	910mm×1230mm　　1/32
印　　张：	13.5
字　　数：	208千字
版　　次：	2014年10月第一版　　2014年10月第一次印刷
书　　号：	ISBN 978-7-5133-1615-6
定　　价：	38.00元

版权专有，侵权必究；　如有质量问题，请与印刷厂联系调换。